Tim Sullivan

Der Kriminalist

Tim Sullivan

Der Kriminalist

Roman

Ins Deutsche übertragen
von Frauke Meier

blanvalet

Die Originalausgabe erschien unter dem Titel »The Dentist«
bei Pacific Press, London, 2020.

FSC www.fsc.org MIX Papier aus verantwortungsvollen Quellen FSC® C014496

Klimaneutral* Druckprodukt ClimatePartner.com/14044-1912-1001

Penguin Random House Verlagsgruppe FSC® N001967

1. Auflage 2023

Neumarkter Straße 28, 81673 München
Redaktion: Ulrike Gerstner
Umschlaggestaltung:© Johannes Wiebel | punchdesign,
unter Verwendung von Motiven von stock.adobe.com
(Pete, matousekfoto, mangpor2004)
LO · Herstellung: sam
Satz: Buch-Werkstatt GmbH, Bad Aibling
Druck und Einband: GGP Media GmbH, Pößneck
Printed in Germany
ISBN 978-3-7341-1169-3

www.blanvalet.de

Für Rachel

1

Die junge Frau, die vor ihm stand, lächelte. Dessen war Cross gewiss, da sich ihre beiden Mundwinkel aufwärts krümmten, was ein unfehlbares Zeichen war. Allerdings wusste er nicht, was es zu bedeuten hatte, denn er kannte sie nicht. Bei Leuten, die er kannte, verknüpfte er die nach oben gezogenen Mundwinkel mit dem, was gesagt worden war, kombinierte es mit dem Ton, in dem es gesagt worden war, und leitete daraus seine Schlussfolgerung ab. Kontext war alles für Cross. Er war sein Interpretator. Nur durch ihn war er imstande, einen Gesichtsausdruck zu entschlüsseln: fröhlich, vielleicht ironisch, manchmal entnervt. Über das Lächeln, das Stirnrunzeln und die fragende Mimik einiger Kollegen hatte er eine mentale Bibliothek angelegt, die in seinem Kopf katalogisiert zur Verfügung stand, damit er immer darauf zurückgreifen konnte; Standbilder aus früheren Gesprächen, die er wiedererkannte und dazu nutzte, seine eigene Reaktion festzulegen. Für Cross war das unverzichtbar, denn aus sich selbst heraus war Lächeln für ihn ohne jede Bedeutung. Ein Lächeln stimulierte keine emotionale Reaktion bei ihm. Er konnte es schlichtweg nicht nachempfinden.

Folglich war ein Lächeln für ihn nur ein weiteres Ding im Leben, das der Interpretation bedurfte. Er hatte gehört, manche Leute würden tatsächlich mit ihren Augen lächeln. Als würde das ihrem Lächeln mehr Gewicht verleihen. Als öffnete es ein Einfallstor in ihre tiefste Seele. Für Cross war das absoluter Unsinn; es war weiter nichts als ein physiognomischer Unfall.

Alles, was dieses Mädchen gesagt hatte, war »Hi«, und nun wartete sie in der nachfolgenden und unangenehmen Stille auf die übliche Grußerwiderung. Aber die kam nicht. Was sie nicht wusste, war, dass Cross so nicht funktionierte. Sein Gehirn war nicht auf diese Art verdrahtet. Die meisten Leute würden das Schweigen mit einem »Hallo« brechen. Und dann würden sie, wenn sie nicht wüssten, was die junge Frau wollte, die Frage »Was kann ich für Sie tun?« hinterherschieben. Aber Cross war anders. Ihr Lächeln, so schloss er, war nervös. Sie wartete auf etwas, doch er wusste nicht recht, was das war und warum sie überhaupt zu ihm gekommen war. So etwas schienen die Leute ständig zu tun. Es war so verwirrend.

»Ich bin Mackenzie«, sagte sie.

Nun ja, das war ein Anfang. Eine Vorstellung.

»Sie sind DS Cross.«

Warum bestanden die Leute so darauf, ihm zu sagen, wer er war?

»Ja, äh, nett, Sie kennenzulernen.« Sie zögerte noch einen Moment, nur um sich zu vergewissern, ob Cross reagieren würde. Was er nicht tat. Also ging sie. Er sah ihr nach, ehe er seine Aufmerksamkeit wieder der Leiche widmete, die zu seinen Füßen lag.

Es war der Leichnam eines älteren Mannes, auf den ersten Blick Ende siebzig, Anfang achtzig. Bei Obdachlosen war Alter jedoch ein amorphes Konzept. Cross waren einige begegnet, bei denen er geschworen hätte, sie wären im Rentenalter, nur um dann festzustellen, dass sie gerade Anfang vierzig waren. Prüfend betrachtete er den Mann. Schmutzig, der Mantel mit Dreck verkrustet und in der Körpermitte mit einem Stück Schnur zugebunden. Er war unrasiert und hatte lange Fingernägel, unter denen halbmondförmig schwarzer Dreck klebte. Eine Wolke abgestandenen Alkohols stieg von seinem Körper auf und überdeckte den frühmorgendlichen Geruch des Moders und des herbstlichen Verfalls in der Luft. Ein Geruch, den Cross stets geschätzt hatte, wenn er eine Leiche zu untersuchen hatte. Er half ihm, sein Gleichgewicht zu wahren. Das war das olfaktorische Äquivalent dazu, in einem schwankenden Boot zum Horizont zu blicken, um Seekrankheit vorzubeugen.

Zu Cross' Verdruss hatten die Uniformierten den Fall bereits als Verbrechen »unter Obdachlosen« abgetan und, kaum dass sie zu diesem Schluss gekommen waren, das Interesse verloren. Cross war jetzt schon ziemlich sicher, dass sie falschlagen. Das sagte ihm die Tragetasche, die der alte Mann immer noch festhielt. Darin befanden sich ein paar Happen Essen und sechs Dosen starken Ciders. Cider war das

Lebenselixier auf der Straße, und wenn man zufällig nichts für Alkohol übrighatte, dann war es trotzdem noch eine Währung, deren Straßenverkaufswert mit Gold nicht aufzuwiegen war.

Cross studierte das Gesicht des Toten. Wer war dieser Mann? Wie hatte er hier enden können? Auf diese Weise? Welche Ereignisse in seinem Leben hatten zu diesem Moment geführt? Was hatte er für eine Geschichte?

Fälle wie dieser reizten ihn stets. Fälle, in denen es um Besitzlose ging. Um Außenseiter. Er fühlte sich ihnen verbunden, weil er in vielerlei Hinsicht selbst einer war. Ein Ausgestoßener, ein Sonderling am Rande der Gesellschaft, eine Kuriosität – jemand, mit dem man sich besser gar nicht abgab, an dem man vorüberging, den man mied. Was ihn in erster Linie an Morden interessierte, war die Chance, einem Opfer eine Stimme zu geben, wenn es selbst keine mehr hatte. Was umso faszinierender war, wenn das Opfer schon zu Lebzeiten keine Stimme gehabt hatte. Einzelgänger, die niemanden hatten, der für sie sprechen würde, wenn sie einmal nicht mehr waren. Keine Freunde, keine Angehörigen, die der Polizei Fragen stellten und wissen wollten, was passiert war.

Der Anruf hatte Cross an diesem Morgen erreicht, als er gerade bei *Tony's* gefrühstückt hatte. Er aß jeden Morgen in diesem speziellen Café in Redland, und er aß jeden Morgen das Gleiche. An Wochentagen jedenfalls, es sei denn, er war verreist, was selten geschah. Für Cross war das praktisch, denn er wohnte direkt über dem Café in einer kleinen Wohnung. Er war eingetreten und hatte sich an seinen üblichen Tisch gesetzt, auf dem ein deplatziert wirkendes, beschädigtes Plastikschild mit der Aufschrift »Reserviert« stand.

Eine Gruppe Stammgäste bevölkerte das Café und genehmigte sich ein englisches Frühstück. Bauarbeiter, Taxifahrer, die ihre Geldbeutel mitten auf den Tisch legten, Pensionäre, die aus Gewohnheit früh aufstanden und hofften, jemand würde »Hallo« zu ihnen sagen und ihnen das Gefühl geben, sie würden doch wieder der menschlichen Gattung angehören. Männer, die sich hinter ihren Boulevardzeitungen versteckten. Alle Gäste waren Männer.

Trotz der komfortablen Nähe zu seiner Wohnung kam Cross an Wochenenden nicht her. Das lag daran, dass Tony an Samstagen und Sonntagen ein junges Pärchen einlud, Brunch zu machen. Pochierte Eier, Avocados, Huevos Rancheros, Milchkaffee, Maispuffer, geräucherter Lachs und Crème fraîche. Das hatte viele junge Leute angelockt, und es bescherte Tony zwei freie Tage, aber für Cross war das nichts. Nicht, weil er sich unter all den jungen bärtigen Hipstern fehl am Platze fühlte – damit musste er sich so oder so jeden Tag herumschlagen.

Es lag an der Länge der scheinbar permanenten Schlange, für die er einfach keine Geduld hatte. Dogger und Whiff – so hieß das junge Paar – hatten ihm angeboten, er könne die Schlange überspringen. Eine entsetzliche Vorstellung. Auf keinen Fall konnte er eine bevorzugte Behandlung akzeptieren; immerhin war er Polizist. Vor dem Pärchen hatte ein Thai-Paar das Café drei Abende pro Woche mit Beschlag belegt, um thailändische Speisen zu kochen. Das war so erfolgreich gelaufen, dass sie – mit Tonys Segen und einer nicht unerheblichen finanziellen Investition – ganz in der Nähe ihr eigenes Restaurant in St. Pauls hatten eröffnen können.

»Morgen, George.«

»Morgen, Anthony.«

Cross war der einzige Gast, der ihn so nannte. Als er zum ersten Mal hergekommen war, hatte er die Schanklizenz über der Tür gesehen, die auf den Namen »Anthony Korsan« ausgestellt war, und seither hatte er diesen Namen benutzt. Niemand korrigierte ihn, also sah er keinen Grund, etwas zu ändern. Tony kam mit einer Tasse Tee samt Untertasse zu ihm. Alle anderen tranken aus Bechern. Er stellte den Tee vor Cross auf den Tisch und nahm das Reserviert-Schild weg. Dann holte Cross Messer und Gabel aus seiner Tasche und legte die Papierserviette in den Schoß.

Er musste nicht bestellen. Tony wusste, was er wollte. Wenig später kamen er und der Kellner mit Cross' Frühstück an seinen Tisch. Daran war im Grunde nichts Besonderes, nur dass alle Bestandteile einzeln auf verschiedene Teller verteilt worden waren.

Ein Spiegelei.

Bacon.

Pilze.

Toast.

Baked Beans.

»Bon appétit«, sagte Tony und stellte einen weiteren, leeren Teller vor Cross auf den Tisch.

»Merci«, antwortete Cross.

Cross platzierte das Spiegelei auf seinem Teller, schnitt sorgsam das Weiße rund um das Eigelb weg und aß es. Anschließend legte er drei Scheiben Bacon in gleichen Abständen vom Rand auf den Teller. Auf der mittleren Scheibe arrangierte er das Eigelb. (Tony hatte dafür gesorgt, dass die Küche Baconscheiben für ihn zubereitete, die alle exakt gleich lang waren.) Cross' Telefon klingelte. Er sah nach, wer anrief, ehe er abnahm.

»Cross ... ich bin gleich dort.«

Aber erst widmete er sich wieder seinem Frühstück, stach das Eigelb mit der linken Baconscheibe auf. Beim Essen schaute er durch die beschlagene Fensterscheibe hinaus, beobachtete das Leben draußen auf der Straße. Die Gegend hatte sich in den fünfundzwanzig Jahren, die er hier lebte, verändert. Im Lauf der Zeit war sie ziemlich gentrifiziert worden, und das spiegelte sich in der im Wandel befindlichen Art der Geschäfte rund um ihn herum wider. Da gab es inzwischen viel Maßgeschneidertes, anspruchsvolle Handwerkskunst. Eine Bäckerei, ein Sterne-Restaurant namens Wilks. Es war, als wäre dem wohlhabenderen Clifton der Platz ausgegangen, sodass es sich nun unausweichlich gen Westen über die Whiteladies Road bis nach Redland hinein ausbreitete. Er erkannte einige Einheimische, die ihren üblichen Verrichtungen um diese Tageszeit nachgingen, und vergnügte sich damit, ein imaginäres Bild von ihrem Leben zu entwerfen, ihren Jobs, ihrem Familienstand, ihrer Sexualität. In seinem Kopf hatte er ein alternatives Redland geschaffen, dessen soziale Infrastruktur samt der zugehörigen Persönlichkeiten alle nach seinen Vorstellungen entstanden waren.

Als er am Tatort eintraf, der am Rande der Downs lag, ganz in der Nähe der Schlucht, wurde Cross von uniformierten Polizisten aufgehalten. Das war für Cross nichts Ungewöhnliches und auch durchaus verständlich. Er war auf einem Fahrrad gekommen, voll ausgerüstet mit neongrünem Helm, auf dem ein Blinklicht und eine Digitalkamera befestigt waren, einer neonfarbenen Fahrradwindjacke, neonfarbenen Fahrradklammern an den Waden und einem kleinen Rucksack auf dem Rücken. Er sah aus wie ein exzentrischer, zerfahrener, fünfzig Jahre alter Geografielehrer, der sich auf dem Weg zu einer Orientierungsexkursion verirrt hatte, nicht wie ein Detective Sergeant der Major Crime Unit der Avon and Somerset Police im Dienst.

»Tut mir leid, aber Sie müssen hinter der Absperrung bleiben«, sagte der Polizist.

»Natürlich. Ich habe … irgendwo habe ich …«, gab Cross zurück und wühlte in seinen Taschen. Er war keineswegs verärgert, ganz im Gegenteil – er war erfreut, dass dieser junge Mann seine Arbeit tat. Wenn der Polizist nicht wusste, wer Cross war, dann sollte er natürlich nach seinem Ausweis fragen. Cross würde sogar so weit gehen zu sagen, dass der Police Constable ihn selbst dann nach seinem Ausweis fragen sollte, wenn er ihn kannte. Cross glaubte an Regeln, an angemessene Verfahrensweisen, denen zu folgen war. Das Leben wäre so viel einfacher, wenn jeder das täte. Endlich nahm er den Rucksack ab, als DS Ottey sich näherte, eine schwarze Frau Ende dreißig, alleinerziehende Mutter mit zwei Kindern. Sie war Cross' derzeitige Partnerin.

»Schon in Ordnung, er gehört zu uns«, verkündete sie.

Da fand Cross endlich seinen Dienstausweis.

»DS Cross«, informierte er den Polizisten, der prompt das Absperrband für ihn anhob, damit er darunter hindurchgehen konnte.

»Tut mir leid, Sir.«

»Kein Grund, sich zu entschuldigen; Sie haben nur ihre Arbeit gemacht«, entgegnete Cross.

Doch dann blieb er an Ort und Stelle stehen und sah erwartungsvoll den Polizisten an, der daraufhin fragte: »Gibt es sonst noch etwas, Sir?«

»DS Cross zwei-eins-eins-sieben, und es ist …« Er sah auf seine Armbanduhr. »Neun Uhr und vier Minuten.«

Der Polizist war verwirrt.

»Für das Protokoll«, erklärte Cross.

»Er hat recht«, sagte Ottey. »Sie sollten ein Protokoll führen und alle verzeichnen, die den Tatort betreten oder verlassen.«

»Oh, natürlich. Klar«, erwiderte der PC, zog sein Notizbuch hervor und trug Cross' Angaben ein, während Cross ihm zusah.

»Zwei-eins-eins-sieben ... richtig.« Cross wandte sich ab und war ein wenig überrascht, als er sah, dass Ottey bereits losgegangen war.

»Josie?« Abrupt blieb sie stehen und drehte sich um.

»DS Ottey, drei-vier-sieben-zwo. Ich bin vor ungefähr fünfzehn Minuten eingetroffen«, sagte sie, während Cross darauf achtete, dass der Constable alles notierte. Als er zufrieden war, schob er sein Fahrrad hinter ihr her. Sie wusste, was nun bevorstand, der unausweichliche Vortrag. Cross konnte einfach nicht davon ablassen. Schlimmer, es regte ihn wahrhaftig auf. Er kam schlicht nicht zurecht, wenn die Verfahrensweise nicht minutiös eingehalten wurde.

»Es ist wirklich wichtig«, informierte er sie ernst.

»Ich weiß, aber außer mir ist niemand hier«, entgegnete sie.

Er bedachte sie mit dem Blick, den sie schon zur Genüge kannte. Dem Blick, der besagte, er warte darauf, dass sie ihm mitteilte, was er bereits wusste. Der besagte, dass sie nicht die ganze Wahrheit sprach. Was sein Vater eine fromme Lüge nennen würde, ein weiterer Ausdruck, den er nie verstanden hatte. Warum sollte eine Lüge frommer sein als eine andere? Gab es auch ungläubige Lügen, atheistische, aufsässige, beispielsweise? Aber er hatte, abseits jeder Logik, gelernt, dass dieser Ausdruck darauf hinwies, dass es sich um keine gewichtige, furchtbare, folgenreiche Lüge handelte.

»Abgesehen vom örtlichen CID. Nicht der Rede wert«, fuhr sie rasch fort.

Er blieb stehen und sah sie an.

»Okay, okay. Ich sorge dafür, dass sie sich alle eintragen.« Sie gab sich geschlagen.

Cross' Regelversessenheit war genau das, was ihn zu einem der erfolgreichsten Detectives der Major Crime Unit der Polizei von Somerset und Avon machte, soweit es um seine Verurteilungsrate ging. Siebenundneunzig Prozent seiner Fälle führten zu einer Verurteilung. Er hatte enorme deduktive Fähigkeiten und war so etwas wie eine Legende im Verhörraum. Aber das wirklich Bemerkenswerte an ihm war seine sorgfältig geordnete Beweismittelsammlung und die detailgenaue Art, wie er seine Fälle dem CPS, dem Crown Prosecution Service, präsentierte. Seine verbissen sklavische Einhaltung sämtlicher Verfahrensweisen war außergewöhnlich, bisweilen aber auch ziemlich frustrierend für diejenigen, die mit ihm arbeiten mussten.

Ankläger strahlten vor Freude, wenn sie seinen Namen bei einem Fall sahen, denn sie wussten, alles, was er vorlegte, wäre akribisch durchdacht und säuberlich geordnet. Rechtsbelehrung, Beweiskette, richterliche Anordnungen würden alle ordnungsgemäß beachtet worden sein. Es gäbe keine der »Abkürzungen«, die manche Polizisten nutzten, was zwar oft zu einer Verhaftung führte, aber auch unausweichlich zu einer Katastrophe vor Gericht. Doch sie schätzten nicht nur seine Effizienz. Das, was seine Fälle so sicher machte, war die Art, wie er sie im Verhörraum aufbaute. Niemand sonst in der ganzen Truppe wusste die »Kein Kommentar«-Antwort mit so einer tödlichen Treffsicherheit zu nutzen wie Cross. Wenn Verdächtige eine Reihe sorgsam konstruierter Fragen mit »Kein Kommentar« beantworteten, wie es ihr Anwalt ihnen aufgetragen hatte, war Cross mehr als zufrieden und baute im Geiste ein Bild auf – darüber, was er über das Geschehene dachte oder manchmal auch wusste, während er ihnen zugleich einige wertvolle Brocken an Beweisen vorenthielt. Wenn er zu dem Schluss kam, dass das Timing passte und die Verdächtigen sich eine ausreichend tiefe Grube gegraben hatten, konfrontierte er sie mit den Beweisen. Dann mussten sie von dem »Kein Kommentar« zu irgendeiner Äußerung wechseln, die letztlich ein Bild ihrer Schuld zeichnete. Es war ein Schachspiel, und Cross war der Großmeister.

Sie wussten es nur nicht.

2

»Sind Sie sicher, dass es Mord war?«

Cross und Ottey standen vor DCI Carsons Schreibtisch. Mit seinen fünfunddreißig Jahren hatte Carson die Ausstrahlung eines Mannes, der es bei der Polizei noch weit bringen würde. Nicht, weil er so ein herausragender Ermittler oder ein besonders cleverer Polizist gewesen wäre, sondern weil er das unverkennbare Gebaren eines Menschen mit politischer Ader an den Tag legte. Nicht übermäßig politisch, nicht auf machiavellistische Art, aber er wusste, welche Schlachten er schlagen und von welchen er sich abwenden sollte. Wen er zu welchem Zeitpunkt unterstützen sollte und wen im Gegenzug nicht. Er hatte einen herausragenden Instinkt, wenn es um lohnenswerte Kontakte ging. Er würde die Karriereleiter schnell und scheinbar mühelos weiter hinaufsteigen. Nicht umsonst lautete sein Spitzname »KCC« – Künftiger Chief Constable. Zudem besaß er die Fähigkeit, nicht nur auf das zu achten, was vor ihm lag, sondern auch den breiteren Kontext einzubeziehen. Eine Fähigkeit, das muss gesagt werden, die Cross lästig und bezogen auf die unmittelbar anstehende Arbeit oft hinderlich fand.

»Würden Sie diese Frage auch stellen, wenn es nicht um eine obdachlose Person ginge?«

»Das ist nicht fair, DS Ottey, und das wissen Sie auch«, sagte Carson.

»Es war Mord«, fuhr Cross dazwischen, weil er wusste, dass die Diskussion schon jetzt Gefahr lief, unnötig konfrontativ zu werden, und damit wertvolle Zeit vergeuden würde.

»Tja, wenn es um Obdachlose gegen Obdachlose geht, wird die Sache erheblich komplizierter«, entgegnete Carson.

»Tut es nicht«, meinte Cross.

Carson sah ihn an, als wüsste er nicht recht, was Cross sagen wollte.

»Obdachlose gegen Obdachlose«, führte Cross seine Worte weiter aus.

»Die Ciderdosen«, erklärte Ottey.

»Was, wenn der Täter in Panik geraten ist und sie deswegen zurückgelassen hat?«, fragte Carson.

»Es ist trotzdem Mord, egal, wer ihn begangen hat«, bemerkte Cross.

Carson stutzte kurz. Dann sah er auf seinen Computer und scrollte einige Seiten hinunter.

»Fünf Uniformierte und zwei DCs«, sagte er gereizt.

»Ernsthaft? Wir brauchen mehr. Das ist doch ein Witz«, erwiderte Ottey.

»Nicht von meiner Warte aus, Ottey«, gab er zurück.

Cross hasste diesen Teil des Ablaufs. Das war eine

neue Entwicklung innerhalb ihrer Arbeit, die sich schnell zur Norm entwickelt hatte dank der Kürzungen, die der Polizei auferlegt worden waren. Dieses Feilschen um Ressourcen – grundlegende, unverzichtbare Ressourcen. Verschiedene Teams, die alle um die gleichen, endlichen Mittel kämpften. Allzu oft fühlte sich das an, als ginge es um einen Wettstreit aller DIs und DSs, die samt und sonders ihre Fälle über Gebühr aufbliesen, um sich mehr Ressourcen als die anderen zu sichern. Der Atmosphäre im Dezernat war das alles andere als zuträglich. Er hasste es, wenn ein Detective durch das Lagezimmer stolzierte und eine blasierte Miene zur Schau trug, die besagte, dass er gerade das große Los gezogen hatte, was umso mehr Freude bereitete, wenn es zu Lasten eines anderen Kollegen ging. Wie so viele Polizisten war Cross zur Truppe gestoßen, weil er Verbrechen aufklären wollte – im Unterschied allerdings zu denjenigen seiner Kollegen, die eher dem Männlichkeitswahn zugeneigt waren und beharrlich davon sprachen, sie würden »Verbrechen bekämpfen«, als wären sie Figuren aus einem Marvel-Comicbuch. Er war sicher nicht hier, weil er um Ressourcen wetteifern und sich für die Nutzung der elementarsten Werkzeuge rechtfertigen wollte, mit denen sie ihre Arbeit ausführen mussten. Oder weil er um Festnahmen – »Köpfe«, noch so ein Begriff, der ihm verhasst war, so wie jeglicher andere Polizeislang; denn in seinen Augen waren diese Ausdrücke ein Anzeichen einer nachlässigen und zugleich aggressiven Arbeitseinstellung – konkurrieren wollte, um die Zahlen des Dezernats aufzuhübschen. Das System, das sie eigentlich unterstützen sollte, hatte sich im Lauf der Zeit irgendwie unmerklich zum Feind entwickelt.

»Wir brauchen mehr, Sir. Wir haben nichts, womit wir arbeiten können. Dass er obdachlos war, macht es notwendig, mehr Leute einzusetzen. Er hatte keine Strukturen, kein Leben –«, protestierte Ottey.

»Von dem wir wissen«, unterbrach Cross. »Dieser Mann hatte ein Leben, und es ist mehr als wahrscheinlich, dass dieses Leben, wie es auch ausgesehen haben mag, auf irgendeine Weise zu jenem unglücklichen Ende geführt hat.«

»Ich kann Ihnen mit ein paar Leuten den Rücken stärken«, bot Carson an, als wäre das ein gewaltiges Zugeständnis.

»Wenigstens etwas«, sagte Ottey seufzend.

»Eine davon ist neu. Es ist ihr erster Vormittag«, fuhr Carson fort.

»Toll, jetzt dürfen wir auch noch babysitten«, nörgelte sie.

»Was ist eigentlich heute Morgen mit Ihnen los, Ottey?«

»Nichts, Sir.«

»Ich habe die Kollegin heute früh zum Tatort geschickt. Sind Sie ihr nicht begegnet?«, fragte Carson.

»Nein.«

»Ich schon, möglicherweise«, sagte Cross.

»Möglicherweise?«

»Ich wusste nicht, wer sie war.«

»Also nehme ich an, sie hat die ganze schonungslose ›Willkommen bei der Major Crime Unit‹-Ansprache im Cross-Stil über sich ergehen lassen müssen, zusammen mit der vorschriftsgemäßen beruhigenden Umarmung«, kommentierte Carson sarkastisch.

»Nein, ich habe sie nicht umarmt«, protestierte Cross.

Nun war es keineswegs so, als würde Carson je vergessen, dass Humor und Ironie bei Cross ins Leere liefen, es war nur, dass er sich manchmal einfach nicht beherrschen konnte.

»Ich meine, ich kenne sie nicht«, fuhr Cross auch prompt voller Ernst fort. »Und selbst wenn ich Leute umarmen würde, was ich im Großen und Ganzen vermeide, wie Sie ganz genau wissen, wäre das grob unangemessen gewesen.«

»Er macht Witze, Cross«, klärte Ottey ihn auf.

Cross sah sie einen Moment lang an – und ging. Ottey war in jüngster Zeit zur Schnittstelle zwischen Cross und dem Rest des Dezernats geworden. Tatsächlich war sie, seit sie Partner geworden waren, zu seiner Verteidigerin und Übersetzerin gegenüber dem Rest der Welt mutiert. So richtig glücklich war sie damit nicht. Sie hatte während ihrer ganzen Laufbahn hart gearbeitet, um dorthin zu kommen, wo sie jetzt war, und sie war noch nicht fertig. Früher hätte die Tatsache, dass sie eine alleinstehende schwarze Mutter war, ihrem Vorankommen im Wege gestanden. Aber die Vorurteile gegenüber ihrer Hautfarbe und ihrem Geschlecht hatten in jüngster Zeit deutlich abgenommen, ebenso wie die Idee, sie könnte als Mutter unmöglich zugleich eine tüchtige Polizistin abgeben. Das lag natürlich an dem gerade aktuellen Schlagwort: Diversity. Und sie hatte vor, diese Karte bei jeder sich bietenden Gelegenheit zu ziehen.

»Wir hatten eine Vereinbarung. Sie haben mir versprochen, Sie würden ihm beim nächsten Fall einen anderen Partner zuweisen«, sagte sie zu Carson, nun, da sie unter sich waren.

»Nicht möglich, fürchte ich.«

»Warum nicht?«

Er musterte sie eine Sekunde lang, während er seine Antwort erwog. Wie es schien, war ihr Schwachsinnsdetektor an diesem Vormittag besonders empfindlich eingestellt.

»Niemand sonst will mit ihm arbeiten«, konstatierte er.

»Und warum zur Hölle soll ich das dann tun?«, erwiderte sie in scharfem Ton.

»Weil Sie das so gut machen. Sie sind ein Opfer Ihres eigenen Erfolgs.«

»Lassen Sie mich mit diesem Managersprech in Ruhe.«

»Bringen wir doch einfach diesen Fall hinter uns, und dann überdenke ich die Angelegenheit noch einmal.«

»Das haben Sie beim letzten Mal schon gesagt«, konterte sie.

So frustrierend sie Cross und die Tatsache auch fand, dass er ihr Partner war, die Zusammenarbeit mit ihm hatte ihre Vorzüge. Zwar würde sie nicht einmal im Traum irgendjemandem davon erzählen, aber sie hatte eine Menge von diesem Mann gelernt. Mehr, als sie zugeben wollte. Trotzdem würde sie es Carson nicht leicht machen, wenn sie irgendeine Chance hatte, das zu verhindern.

»Und ich bin ziemlich sicher, wir waren übereinstimmend der Meinung, dass es nicht gut wäre, George einen neuen Mitarbeiter zuzuweisen.«

»Der DCI meint, die Leute könnten etwas lernen, wenn sie mit demjenigen arbeiten, der die höchste Verurteilungsrate der ganzen Truppe hat, trotz seiner … andersartigen Herangehensweise.«

Nach wie vor nicht überzeugt, starrte Ottey ihn an.

»Stellen Sie sich vor, Sie haben einen bemerkenswerten Chirurgen in einem Krankenhaus, der schwierig ist und andere Leute unbeabsichtigt verärgert. Trotzdem würden Sie doch nicht dafür sorgen, dass ihm im OP keine Assistenzärzte mehr zur Seite stehen, oder?«

Sie antwortete nicht, einerseits, weil das, was er sagte, zumindest teilweise Sinn ergab, aber auch, weil sie wusste, dies war eine Auseinandersetzung, die sie nicht für sich würde entscheiden können.

»Sie müssen eben mit ihm fertigwerden.«

»Mit dem wird niemand fertig.«

»Aber Sie kommen mit ihm zurecht.«

»Zeitweise, bis er wieder etwas tut, das dazu führt, dass ich ihn umbringen möchte.«

3

Cross betrat die Leichenhalle, deren Innenausstattung einen harten Kontrast zu dem viktorianischen Gebäude bildete, in dem sie untergebracht war. Makellos sauber, modern und klinisch zweckmäßig. Er hielt seine Dienstmarke hoch, um sie der Pathologin zu zeigen, einer Frau in den Dreißigern. Die ganz unverhohlen seufzte. Das Reizmittel auf Beinen war wieder da.

»Sie müssen mir Ihre Dienstmarke nicht jedes Mal zeigen, wenn Sie herkommen, wissen Sie?«

Was für ein Unsinn; von ihm war gefordert, sich in allen Stadien der Ermittlungsarbeit ordnungsgemäß auszuweisen. Die Tatsache, dass alle anderen ganz selbstverständlich darauf verzichteten, änderte daran gar nichts. Er ignorierte sie und ging zu der Leiche auf dem Metalltisch. Cross mochte die Leichenhalle – nicht, weil er ein makabres oder morbides Interesse am Tod hegte, sondern weil sie eine Oase der Ruhe darstellte. Hier gab es kein Übermaß an Stimmen, und der Brennpunkt ihrer Ermittlungen lag direkt vor ihnen. Das schärfte den Geist. Hier konnte er denken. Er betrachtete die Verfärbung am Kinn des Mannes und seine auffällige Form.

»Gebrochen?«

»Ja. Sauber. Könnte eine Faust oder ein Gegenstand gewesen sein. Das kann ich Ihnen jetzt noch nicht genau sagen. Aber die Todesursache war Strangulation. Seine Luftröhre ist gerissen. Das war gnadenlos.«

Cross' Telefon vibrierte in seiner Tasche. Es war immer stumm geschaltet; auf diese Weise schien es seine Gedankengänge nicht ganz so sehr zu stören wie mit einem lauten Klingeln, das ihn manchmal regelrecht aufschreckte. Er starrte es an. Es war Ottey. Zweifellos fragte sie sich, wo er war. War wütend, dass er das Büro verlassen hatte, ohne ihr Bescheid zu geben. Er wies den Anruf ab, steckte das Telefon zurück in die Tasche und konzentrierte sich wieder auf die Leiche. Die Pathologin fuhr mit der Aufzählung ihrer Befunde fort.

»An der Einkaufstüte ist etwas Blut – so wie es aussieht, hat er vielleicht mit den Dosen zugeschlagen und irgendjemanden mit einer Kante erwischt – und da scheinen Hautspuren unter seinen Fingernägeln zu sein; schwer, das genau zu sagen, denn da war auch eine Menge Schmutz.«

»Aber er wurde definitiv ermordet.«

»Zweifellos. Er wurde stranguliert.«

»Sonst noch etwas?«

Bei jedem anderen wäre das eine ganz einfache Frage gewesen. Aber aus seinem Munde und in diesem Ton würde sie der Pathologin verraten, dass er etwas entdeckt hatte, was sie übersehen hatte. Sie musste jetzt die stillschweigende Schlussfolgerung erdulden, dass er ihren Job besser erledigen konnte als sie selbst.

»Im Moment nicht.« Tatsächlich schien sie nichts weiter zu bieten zu haben.

Er ging zu einem Karton mit Latexhandschuhen und wollte gerade welche anziehen, als ihm einfiel, dass Ottey ihm beim letzten Mal gesagt hatte, solch eine Vorgehensweise könnte Anstoß erregen. Zwar verstand er immer noch nicht, warum das so sein sollte, aber er drehte sich zu der Pathologin um und fragte in dem Bemühen, höflich zu sein: »Darf ich?«

»Was?«

»Ihn mir genauer ansehen.«

»Ist das wirklich notwendig?«

»Nun ja, das werde ich erst wissen, wenn ich ihn mir genauer angesehen habe.«

»Wollen Sie andeuten, ich würde meinen Job nicht beherrschen?«

Genau deshalb vergeudete er seine Zeit nicht mit Nettigkeiten. Es funktionierte offenbar sowieso nicht. Auf dem direkten Weg ging alles viel schneller, und die Leute wussten sofort, woran sie waren.

»Für so etwas habe ich wirklich keine Zeit. Darf ich mir die Leiche jetzt ansehen oder nicht?«

»Sicher, warum nicht?«

Sorgsam streifte er die Latexhandschuhe über und fing an, den alten Mann zu untersuchen. Er reagierte nicht im Mindesten zimperlich auf Tote und verstand auch nicht, weshalb es manchen Leuten anders erging. Es sei denn, natürlich, die Leiche wies eine besonders scheußliche Verletzung auf, das würde Sinn ergeben. Aber dieser Mann war stranguliert worden, und nun atmete er einfach nicht mehr. Und war kalt. Zeigte eine sonderbare Farbe. All die vom Alkoholkonsum aufgeplatzten Äderchen an der Nase waren verschwunden, von der Schwerkraft entleert, die das Blut hinunter zur Schädelbasis gezogen hatte. Aber das war alles. Da gab es nichts, wovor man sich hätte fürchten müssen. Er hob die linke Hand des Mannes an und betrachtete sie eingehend.

»Hat er einen Ehering getragen? Da ist ein leichter Abdruck an seinem Ringfinger.«

»Der liegt da drüben, zusammen mit dem anderen.«

»Dem ›anderen‹?«

Sie trat an einen an der Seite stehenden Aluminiumtisch, auf dem einige durchsichtige Beweismittelbeutel lagen. Einen nahm sie in die Hand und hielt ihn hoch. Darin befanden sich zwei Eheringe, von denen einer an einem Stück Kette hing.

»Den anderen hat er an der Kette um den Hals getragen.«

»Das haben Sie nicht für signifikant gehalten?«

»Ich bin forensische Pathologin, keine Ermittlerin.«

Ihren Worten haftete ein Sarkasmus an, der Cross normalerweise entgangen wäre. Aber er wurde besser darin, den Ton zu erkennen, und er war ziemlich sicher, dass sie verärgert war. Sie hatte, wie er dachte, auch nicht unrecht. Es war sein Job zu ermitteln, ihrer war es, ihre forensischen Ergebnisse zu präsentieren. Er nahm den Beutel und beäugte die Ringe eingehend. Als er sich dann suchend umblickte, reichte sie ihm, ohne zu fragen, eine Lupe, wofür sie keinen Dank erhielt. Er war viel zu tief in seiner Betrachtung versunken, um daran zu denken, dass er in solchen Situationen seine Anerkennung zum Ausdruck bringen sollte. Die Ringe waren identisch. Einer hatte einen geringfügig kleineren Umfang als der andere und sah weniger abgetragen aus. Auf der Innenseite waren sie mit einem Datum und den miteinander verschlungenen Initialen H, L und C graviert.

»Dieser Mann war verwitwet. Er hat den Ring seiner verstorbenen Frau am Hals getragen. Sie ist schon vor einer Weile gestorben, nach dem unterschiedlichen Grad der Abnutzung beider Ringe zu schließen. Er hatte in der Vergangenheit einige Zahnbehandlungen. Ziemlich umfangreich und ziemlich kostspielig, wie es aussieht. Können Sie den zahnmedizinischen Status fotografieren und röntgen und mir die Bilder schicken?«

»Kann ich.«

Cross musterte die Augen des Mannes und beugte sich dann hinunter, um eines von ihnen von der Seite zu betrachten.

»Die Augen haben Sie nicht untersucht.«

»Natürlich habe ich das.«

»Er trägt Kontaktlinsen.«

Auf der Miene der Pathologin zeichnete sich deutlich ein schärferer Zug ab.

»Das ist mir durchaus bewusst.«

»Dann ist es normal, dass Sie sie in situ belassen?«

Sie erwiderte nichts. Er hatte sie ertappt. Wie hatte sie das übersehen können? Bei anderen Leuten hätte sich bei diesem Tanz vielleicht ein Hauch von Triumph gezeigt, aber nicht bei Cross. Er war nur der Ansicht, dass es ein wenig Zeit sparen würde, würden die Leute ihre Arbeit ordentlich erledigen.

»Können Sie sie bitte entfernen?«

»Natürlich.«

Ihm fiel auf, dass sie sehr vorsichtig zu Werke ging, als sie mit einer Pinzette seiner Bitte nachkam. So vorsichtig, als würde sie die Kontaktlinsen eines lebenden Menschen herausnehmen. Ein Detail, das er zu schätzen wusste. Sie hatte eine teilnahmsvolle Haltung gegenüber den Toten, und er hatte festgestellt, dass Pathologen mit dieser Einstellung tendenziell mehr über ihre Untersuchungsobjekte herausfanden als andere. Einer seiner bevorzugten Pathologen bezeichnete die Leichen, die vor ihm lagen, als »Klienten« – was für Cross' Geschmack ein bisschen zu weit ging, aber er verstand die Logik dahinter. Wie dem auch sei, sie schien an diesem Morgen nicht bei der Sache gewesen zu sein. Sie legte die Linsen in eine Schale und reichte sie ihm.

»Sehen die für Sie normal aus?«, fragte er.

»Ein bisschen groß vielleicht«, entgegnete sie knapp.

»Das sind Sklerallinsen. Sie finden bei Keratokonus Verwendung, das ist eine krankhafte Vorwölbung der Hornhaut, die dazu führt, dass normale Linsen nicht passen. Die Sklera ist das Weiße im Auge, was diese Linsen, wie Sie hier sehen können, abdecken.«

Sie schnaubte verärgert. Cross ging davon aus, dass die Frau wusste, was die Sklera war. Und sie hätte die Linsen bemerken müssen, aber Skerallinsen bedecken beinahe das ganze Auge, weshalb sie leicht zu übersehen waren. Vermutlich gehörten sie nicht zu den Dingen, nach denen sie bei einem Obdachlosen gesucht hatte.

»Ich hatte angenommen, Sie wüssten das alles. Andererseits könnten Sie einwenden, dass Sie Pathologin sind, keine Augenärztin.«

Er ging, und sie starrte ihm hinterher – fassungslos angesichts seiner scheinbaren Rüpelhaftigkeit.

4

Ottey hatte es aufgegeben, andere Leute in der Dienststelle zu fragen, wo Cross sich aufhielt, wenn er mal wieder abhandengekommen war. Nicht einmal deshalb, weil sie es so oder so nie wussten. Es lag vielmehr daran, dass sie selbst oft keine Ahnung hatte, wo er abgeblieben war. Dieser Umstand war zu einer Art Bürowitz geworden, der im Zusammenhang mit ihrer widerwilligen Partnerschaft mit diesem Mann ganz besonders enervierend auf sie wirkte. Also wartete sie geduldig auf seine Rückkehr und tat gegenüber allen anderen, als wäre alles in bester Ordnung und verliefe plangemäß.

Bald darauf kehrte Cross zurück in sein Büro und fertigte eine Liste an. Es gefiel ihm, Dinge, die getan werden mussten, in der Reihenfolge ihrer Priorität in Listen zusammenzufassen. Noch besser gefiel ihm, jede Aufgabe abzuhaken, sobald sie erledigt war. Und ganz besonders gefiel ihm die Tatsache, dass die Haken, wenn er die Liste in der korrekten, logischen Reihenfolge zusammengestellt hatte, in der gleichen Abfolge auf der Seite erschienen. Das mochte vielleicht ein wenig kindisch sein, aber es gab ihm einen Extrakick.

Er war der einzige Detective in der ganzen Einheit,

der ein eigenes Büro hatte, von Carson einmal abgesehen. Alle anderen hatten Schreibtische im Großraumbüro. Das verdankte er dem Umstand, dass er mit den Geräuschen nicht zurechtkam. Nicht, weil er Telefonate und Gespräche anderer Polizisten als ablenkend empfunden hätte. Es lag schlicht an den Geräuschen selbst. Für ihn waren sie buchstäblich intolerabel. Über viele Jahre, bis seine Vorgesetzten begriffen hatten, dass dies kein Ausdruck einfacher exzentrischer Affektiertheit war, hatte man ihn auf den Stufen der Hintertreppe des Gebäudes finden können, wo er vor sich hinarbeitete, dankbar für die Stille, die ihn dort umgab.

Es klopfte an seiner Tür. Ohne von seiner Liste aufzublicken, rief er: »Herein.«

»Können Sie bitte aufhören, einfach zu verschwinden, ohne mir Bescheid zu geben?«, sagte Ottey.

Er arbeitete weiter an seiner Liste, ohne ihr die Höflichkeit zu erweisen, sie wenigstens für einen Moment anzuschauen, als sie sein Büro betrat.

»Sie waren bei DI Carson«, erklärte er.

»Sie hätten auf mich warten sollen.«

»Das wäre eine Verschwendung meiner Zeit gewesen.«

»Mag sein, aber es hätte mich davor bewahrt, eine gute halbe Stunde meiner Zeit damit zu vergeuden, eine wütende Pathologin zu besänftigen, die Sie, wie es aussieht, der Unfähigkeit beschuldigt haben.«

Nun schaute er auf. Er hatte gelernt, dass Blickkontakt die wirksamste Methode war, wann immer es darum ging, der Aussage eines anderen zu widersprechen und um einen Standpunkt deutlich zu machen.

»Das ist nicht korrekt. Sie hat mehrere entscheidende Punkte übersehen, was nicht passiert wäre, hätte sie unser Opfer ordnungsgemäß und gründlich untersucht.«

»Und das haben Sie ihr gesagt.«

»Das war nicht nötig.«

»Wir sollen ein Team bilden, und wir würden sehr viel effektiver arbeiten, wenn ich nicht immer wieder hinter Ihnen aufräumen müsste. Sie haben es doch selbst gesagt: Sie haben Schwierigkeiten bei der Kommunikation mit anderen Leuten.«

»Das habe ich nie gesagt. Ich bin ein sehr guter Kommunikator«, protestierte Cross.

»Die Leute haben ein Problem mit Ihrem Auftreten. Sie machen alle wütend.«

Das war natürlich richtig, und er wusste es, also war sein einziger Ausweg ein Themenwechsel.

»Ich habe die Briefing-Unterlage für Sie«, sagte er und hielt ihr das Dokument hin.

»Wenn Sie so ein großartiger Kommunikator sind, dann können Sie das Briefing selbst machen.«

Reichlich schockiert angesichts dieses Vorschlags, starrte er sie einen Moment lang an.

»Sie wissen, dass ich das nicht tun kann.«

Aber statt ihm zu antworten, knallte sie das Dokument wieder auf seinen Schreibtisch, worauf er erwartungsgemäß zusammenzuckte. Anschließend stapfte sie hinaus ins Großraumbüro, wo Carson bereits auf das Briefing wartete.

Carson sah sich im Raum um – fünf uniformierte Polizisten, ein paar Sachbearbeiter und ein weiterer Detective waren vor Ort.

»Gut, wir sind alle hier.«

»Das ist alles?« Ottey wusste, wie viele Leute für diesen Fall eingeteilt worden waren, aber sie nun physisch vor sich zu sehen, versetzte ihr dennoch einen Schock. Sie beschloss, ihr Entsetzen noch einmal zum Ausdruck zu bringen. »Das ist alles?«, wiederholte sie nachdrücklich.

»Josie, das hatten wir doch schon«, antwortete Carson matt.

»Ernsthaft?« Wie so viele andere hatte sie es satt, die Kritik der Medien und der Öffentlichkeit an der Polizeiarbeit über sich ergehen zu lassen, wenn die Bodentruppen schlicht nichts dafür konnten. Mit den zur Verfügung stehenden Mitteln waren ihre Möglichkeiten begrenzt – ein Mantra, das sie an so vielen Küchentischen von Freunden wiederholt hatte, dass es sich schon reichlich abgenutzt anfühlte. Carson fiel auf, dass Cross nicht da war.

»Wo ist George?«

»Sie ist wütend auf mich, weil ich ohne sie zur Pathologin gegangen bin.« Cross starrte seinen Schreibtisch an und vermied es, Blickkontakt zu Ottey oder Carson aufzunehmen. Im Befragungsraum konnte er während eines Verhörs die härtesten Kerle niederstarren, aber wenn es um ganz normale soziale Interaktion ging, scheute er stets vor einer verbalen Konfrontation zurück.

»Ist das wahr?«

»Sie weiß genau, dass ich ein Briefing nicht leiten kann.«

»Josie?«

Im Grunde hatte sie keine Lust, ihre Zeit mit diesem Gespräch zu vergeuden. Carson stand bei jeder Auseinandersetzung und jeder Meinungsverschiedenheit während der Ermittlungen in einem Fall hinter Cross, was umso ärgerlicher war, weil er fast immer recht hatte. Deshalb schnappte sie sich jetzt einfach das Briefing-Dokument, das sie auf seinem Schreibtisch gelassen hatte, und marschierte hinaus ins Großraumbüro. Carson verließ ebenfalls den Raum, und dann stand auch Cross auf und folgte ihnen. Doch statt sich zu den versammelten Kollegen zu setzen, nahm er sich einen Stuhl und stellte ihn neben die Tür auf der Rückseite des Raums. Es sah aus, als täte er das für den Fall, dass er rasch würde flüchten müssen, was der Wahrheit mehr als nahekam. Bei solchen Gelegenheiten benötigte er stets einen Platz nahe einem Ausgang, falls ihn die Situation überfordern sollte. Auf diese Weise konnte er still hinausschleichen, ohne dass es irgendjemandem auffiel. So eine Überforderung konnte durch zu viel Lärm eintreten, durch eine Auseinandersetzung oder sogar durch etwas so Unbedeutendes wie einen Stift, der auf der Weißwandtafel quietschte – was regelmäßig passiert war, bis jemand erkannt hatte, dass man die Marker einfach ausprobieren sollte, ehe sie benutzt wurden. Der Unterschied zwischen Cross und den anderen bestand darin, dass er nicht hier war, um sich das Briefing anzuhören – schließlich entstammte es zum Großteil seinen Notizen. Er war hier, um sich anzuhören, welche Fragen gestellt wurden. Um der Wahrheit Genüge zu tun, die meisten würden irrelevant und banal sein, aber manchmal erkundigte sich jemand nach etwas, das einen unerwarteten Gedankengang in ihm auslöste. Ottey fing an, aus der Unterlage vorzulesen.

»Kerakotonus ist ziemlich selten ...«

Cross zuckte regelrecht zusammen. »Keratokonus, es heißt KeRATOkonus«, warf er ein.

»Vielleicht möchten Sie übernehmen«, schlug Ottey vor.

»Nein, nein, das mag eine geschickte Erwiderung sein, aber das ändert nichts an der Tatsache, dass es Keratokonus heißt. Es wäre für jeden im Raum nützlich, die korrekte Aussprache zu kennen, ehe sie anfangen, die örtlichen Optiker anzurufen, um nach Verordnungen für Skleralkontaktlinsen zu fragen, wozu Sie die Kollegen gleich anweisen werden.«

Ottey sah sich zu Carson um. Das war genau das, womit sie es während der Arbeit den ganzen Tag zu tun hatte, er jedoch erlebte das nur gelegentlich. Er erwiderte ihren Blick mit diesem Teflonlächeln, das rein gar nichts verriet. Sie fuhr fort.

»Keratokonus ist ziemlich selten; die Inzidenz

schwankt zwischen ein- und sechshundert Fällen je hunderttausend Einwohner«, erklärte sie. »Das Opfer hat Sklerallinsen getragen. Die sind speziell für diese Krankheit gedacht und decken einen großen Teil des Augapfels ab. Die Tatsache, dass er solche Linsen hatte, ein anscheinend obdachloser Mann, ist ganz offensichtlich aus sich heraus von Interesse. Wir müssen herausfinden, wo sie hergekommen sind. Dazu wird ein sachkundiger Optiker benötigt, also können Sie die großen Ketten außer Acht lassen. Sehen Sie sich die alteingeführten Optiker an und lassen Sie sich die Namen aller Personen geben, denen diese Linsen während der letzten zehn Jahre verordnet worden sind.«

Ein Uniformierter meldete sich zu Wort. »Gehen wir davon aus, dass er von hier ist?«

»Ich denke, wir können mit Sicherheit annehmen …«, sagte Ottey.

»Mit Sicherheit kann man gar nichts annehmen«, platzte Cross heraus. Er war überzeugt, dass Annahmen die Ermittlungen in fehl- oder sogar uninformierte Bahnen lenkten und viele Stunden wertvoller Zeit vergeudeten, an der es der Polizei dieser Tage sowieso mangelte.

»Eine Annahme erfordert eine Reihe von Sachverhalten – Faktoren, wenn Ihnen das lieber ist –, die richtig kombiniert zu einer möglichen Schlussfolgerung führen. Wir haben keine derartigen Faktoren oder Sachverhalte und können folglich zum gegenwärtigen Zeitpunkt keine wie auch immer geartete

Art der Annahme, sicher oder nicht, treffen«, führte er aus.

Alle sahen nun Cross an. Ein Umstand, mit dem umzugehen ihm schwerfiel, also tat er, was er in so einer Lage immer tat, und verließ den Raum durch die Tür, die so leicht erreichbar links von ihm war. Ottey wartete gerade lange genug, um ihren Ärger zu bezwingen, ehe sie weitermachte.

»Okay, also, wir werden eine lokale Optikersuche vornehmen und fangen an mit ... Steve, Monty.«

Einer der angesprochenen Detectives erhob Einwände: »Wäre das nicht eine Aufgabe für die Sachbearbeiter?«

»Warum?«

»Damit die Detectives sich der echten Polizeiarbeit widmen können, statt zwei Tage lang auf den Monitor zu starren und am Telefon zu hängen.«

»Gut, das sehe ich ein. Dave und Brian – Optiker. Das war alles. Sir?«

Carson stand auf. »Unser Opfer war obdachlos und aller Wahrscheinlichkeit nach alkoholabhängig. Dennoch ist der Tote ein Opfer, und darum werden wir ihm all den Respekt und die Aufmerksamkeit widmen, die wir auch allen anderen Opfern entgegenbringen. Verstanden?« Er gab sich so vollmundig, als würde er das selbstverständlich und ohne nachzudenken tun, könnte sich aber nicht darauf verlassen, dass seine Mitarbeiter es ebenfalls taten, ohne zuvor daran erinnert zu werden.

Die Versammlung löste sich auf.

5

Alice Mackenzie war vierundzwanzig Jahre alt. Achtzehn Monate zuvor hatte sie ihren Hochschulabschluss gemacht, ohne so recht zu wissen, was sie mit ihrem Leben anfangen wollte, beruflich oder im Allgemeinen. Es war wirklich deprimierend. So viele ihrer Altersgenossen – wenn sie darüber nachdachte, sogar eigentlich so gut wie all ihre Kommilitonen – hatten bei ihrem Abschluss eine klare Vorstellung davon, wie es weitergehen würde. Aber nicht Alice. Daher war sie von einem unbezahlten Praktikum zum nächsten gestolpert, bis in ihrem Leben etwas passiert war, das zu einem fundamentalen Kurswechsel geführt und sie erstmals auf die Idee gebracht hatte, zur Polizei zu gehen. Doch sie hatte immer noch mit einem Rest einer beinahe angeborenen Abneigung zu kämpfen. Die verdankte sie der Art, wie ihre sozialistischen, *The Red Flag* singenden Eltern sie erzogen hatten. Von der Schließung hiesiger Bibliotheken und Notaufnahmen bis zu Immigrantenfamilien, die Probleme mit dem Homeoffice hatten – in ihrem ganzen Leben hatte es nicht einen örtlichen Anlass gegeben, bei dem ihre Eltern nicht aufmarschiert waren oder Komitees gegründet hatten.

Beide waren Akademiker und arbeiteten an der sozialwissenschaftlichen Fakultät. Als Kind hatte Alice sämtliche Ferien in England verbracht, in Brighton, Bournemouth, Blackpool oder Scarborough, nicht, weil ihre Eltern nicht ins Ausland wollten, sondern weil sie ihren Urlaub um die jährliche Labour Conference herum planten. Insofern war ihr Entschluss, etwas zu tun, das in irgendeiner Weise mit der Polizei zu tun hatte – in den Augen ihrer Eltern der rechte Arm einer faschistischen Regierung – ein Schlag ins Gesicht. Ein profunder Akt der Rebellion. Zunächst waren sie sprachlos. Was hatten sie nur falsch gemacht? Um Himmels willen, sie hatten während ihrer Teenagerzeit sogar drei Jahre lang vegetarisch gelebt, um ihr die »Mittel zu einer fundierten Entscheidung in die Hand zu geben«. Und jetzt die Polizei? Das war ihnen unbegreiflich. Bis sie schließlich eine Reihe mildernder Umstände ersannen, die zwar im Grunde für niemanden außer ihnen selbst irgendeinen Sinn ergaben, aber tröstlich für sie waren. Im Licht jener Faktoren erschien die Entscheidung ihres einzigen Kinds, sich der Truppe anzuschließen, absolut logisch, ja sogar unausweichlich und verdiente ihre ganze Unterstützung.

Und da war sie nun an ihrem ersten Tag, voller Feuereifer und fest entschlossen, von Beginn an einen guten Eindruck zu machen, und hatte nichts zu tun. Der viel beschworene Einarbeitungsprozess hatte sich bisher beschränkt auf: »Hier ist Ihr Schreibtisch, und das ist Ihr Computer. Sie können das Passwort ändern, wenn Sie wollen, und es durch etwas ersetzen, das Sie sich leichter merken können.«

Wenn sie ehrlich war, musste sie zugeben, dass der Mord an einem obdachlosen Mann in ihren Augen nicht besonders »sexy« zum Einstieg war. Ein Gedanke, für den sie sich im Stillen umgehend selbst tadelte. Aber sie hatte etwas Interessanteres erhofft, etwas Faszinierenderes. Dagegen war schließlich nichts einzuwenden. Es war absolut verständlich. Immerhin lag doch auf der Hand, dass dies nur ein Fall von sinnloser Gewalt im zwielichtigen Milieu der Obdachlosen war. Ihre Eltern wären über diese Geisteshaltung natürlich entsetzt gewesen. Wo um alles in der Welt konnte das nur hergekommen sein? Vielleicht davon, dass ihr Vater stur darauf beharrte, immer das Beste in anderen zu suchen. Nach den vielen Malen, zu denen er von Leuten, die er aufgenommen oder denen er anderweitig geholfen hatte, enttäuscht worden war, war sie fest entschlossen, sich niemals reinlegen zu lassen. Ihre Einstellung war das diametrale Gegenteil von der ihres Vaters. Eine zynische Grundhaltung, gepaart mit ständigem Argwohn: Wer sind diese Leute? Was wollen sie wirklich? Welche heimlichen Absichten hegen sie? Das war eine Haltung, die ihr, so sollte man annehmen, bei der Polizei enorm zugutekommen dürfte.

Aber gerade jetzt sprach niemand mit ihr. Mittlerweile kam ihr die Befürchtung beinahe wünschenswert vor, dass ihre ersten Tage nur daraus bestehen würden, Kaffee und Tee für die Detectives zu kochen und Akten zu kopieren. Zumindest müssten die Leute mit ihr reden, wenn sie das täte. Während des Briefings hätte sie ebenso gut unsichtbar sein können. Als es zu Ende war, stand sie mit genauso leeren Händen da wie zu Anfang schon – sie hatte schlichtweg nichts zu tun. Verdammte Scheiße. Sie ging zu den Tafeln, die man an das Ende des Raums gerollt hatte. Zuvor hatte sie zugesehen, wie Cross Bilder, Tatortfotos, Aufnahmen des Leichnams, seiner Kleidung und anderer Beweismittel, darunter die Sklerallinsen, an die Tafeln geheftet hatte. Ihr war dabei aufgefallen, dass er mithilfe einer App auf seinem Smartphone alles auf exakt der gleichen Höhe angebracht und ein Lineal benutzt hatte, um dafür zu sorgen, dass die Abstände stets gleich groß waren. Danach war er einen Schritt zurückgetreten und hatte seine Arbeit begutachtet, ein paar kleine Korrekturen vorgenommen und einige Fotos dichter zusammengerückt, als hätte sich bei ihrem Anblick auf der Tafel in seinem Kopf eine Verbindung oder ein logischer Hintergrund herausgebildet. Dann sah sie sie. Die Ringe. Es gab mehrere Fotografien von ihnen: Großaufnahmen von den Abnutzungsspuren und den identischen Gravuren auf der Innenseite. Sie notierte sich die Buchstaben HLC und fertigte eine Zeichnung an, auf der zu sehen war, wie die Lettern ineinander verschlungen waren, ehe sie zu ihrem Schreibtisch zurückkehrte. Vielleicht war das ein Anhaltspunkt. Egal. Hauptsache, sie hatte etwas zu tun.

Cross' Ordnungsbedürfnis war zugleich eines seiner wichtigsten Arbeitswerkzeuge. Er hatte einen feinen Sinn für Dinge entwickelt, die sich nicht an ihrem Platz befanden. Die nicht so waren, wie sie sein sollten. Während der Ermittlungsarbeit hatte er die Erfahrung gemacht, dass Abweichungen von der Norm, wie klein sie auch sein mochten, oftmals der Schlüssel waren, um die scheinbar unlösbaren Elemente eines Falles zu enträtseln. Die Tagesabläufe der Beteiligten, ihr Verhalten, ihr Charakter, das alles unterlag einer gewissen Ordnung. Wenn irgendetwas dort nicht hineinpasste, ergab sich daraus oft eine erfolgreiche neue Ermittlungsrichtung.

»Achten Sie auf die ganzen ›Un-s‹. In der Mehrzahl der Fälle werden Sie feststellen, dass die Ihnen die richtige Richtung weisen«, sagte er häufig und überließ es Ottey, seine Worte für die verwirrten Zuhörer zu übersetzen.

»Das Uncharakteristische, das Ungewöhnliche oder das Unwahrscheinliche«, pflegte sie dann zu erklären.

Im Fall des Obdachlosen erwiesen sich die Skerallinsen definitiv als ungewöhnlich. Im Besitz eines Obdachlosen waren Kontaktlinsen im Allgemeinen schon eigentümlich. Wenn es sich um Tageslinsen handelte, würde das auf eine Einkommensquelle hindeuten oder auf jemanden, der erst seit kurzer Zeit auf der Straße lebte und seinen Vorrat noch nicht aufgebraucht hatte. Aber Sklerallinsen waren gleich doppelt interessant: Nicht nur, dass sie selten waren, sie wurden auch verordnet. Deshalb erhöhte der Umstand, dass der Tote sie getragen hatte, ihre Chancen, das Opfer zu identifizieren, um das Hundertfache.

Als Cross am folgenden Tag im Dezernat eintraf, wartete Mackenzie schon auf ihn – aufgeregt wie ein Kind, das sich bei einer Hausarbeit besonders viel Mühe gegeben hatte und sie nun seinem Lehrer zeigen wollte, weil es das Lob kaum erwarten konnte. Sie wollte nicht übereifrig erscheinen, also ließ sie ihm, als er eintraf, genug Zeit, sich einzurichten, sich einen Kaffee zu kochen und den Laptop aufzuklappen. Als sie dann beschloss, zu ihm zu gehen und ihm ihre Erkenntnisse vorzulegen, kam Ottey ihr zuvor und trat in Cross' Büro. Also wartete sie noch etwas länger.

»Zahnschema und Fotografien von seinem Gebiss sind da. Ich schicke sie weiter zu einem forensischen Zahnarzt«, sagte Ottey.

»Nein, schicken Sie sie zu Henry vom *British Dental Journal*«, widersprach Cross.

»Zu wem?«, fragte sie.

»Er ist nicht nur ein Ausnahmetalent, wenn es um Identifikationen geht, er kann sie auch an alle Angehörigen der British Dental Association weiterleiten. Auf die Art geht es schneller«, erklärte Cross.

»Okay«, stimmte Ottey zu.

Es klopfte an der Tür. Einer der Uniformierten, PC Steve Clark, ging an Mackenzie vorbei und trat ein. Es dauerte einen Moment, bis Cross ihn ansah. Clark sagte nichts. Er war klug genug, um den Mund zu halten, bis Cross bereit war.

»Wir wissen, wo das Opfer kurz vor seinem Tod war. Shaftesbury House«, informierte er, als es so weit war.

»Noch ein Obdachlosenheim?«, fragte Ottey. Der PC nickte.

»Ich hatte keine Ahnung, dass es in Bristol so viele Obdachlosenheime gibt. Das ist schon ziemlich deprimierend«, bemerkte sie.

»Ich habe mit dem Mitarbeiter gesprochen, der in der Nacht Dienst hatte. Der Name des Opfers ist Lenny.«

»Haben wir auch einen Nachnamen?«, fragte Ottey.

»Nein, nur Lenny«, antwortete der PC.

Aber Cross hörte gar nicht zu. Er hatte sich seinen Mantel geschnappt und verließ wortlos den Raum.

»George?«

Weg war er. Sie sah wieder Clark an.

»Tut mir leid, Steve. Danke.«

Dann folgte sie Cross, und Mackenzie blieb im Großraumbüro zurück und bedauerte, dass sie die Gelegenheit, etwas zu sagen, verpasst hatte.

6

Nachdem sie Cross erfolgreich an der Fahrradgarage abgefangen hatte, chauffierte Ottey ihn nun zum Shaftesbury House. Noch vor ein paar Monaten hätte sie ihn gefragt, warum sie dorthin fahren mussten, wenn sie doch einfach hätten abwarten können, was Steve sonst noch zu erzählen hatte. Aber inzwischen wusste sie, dass es nicht daran lag, dass Cross den Berichten, die er erhielt, nicht traute. Es war auch nicht vorrangig dem Bedürfnis geschuldet, alles aus erster Hand zu hören; tatsächlich war der Kontext, in dem die Information zutage kam, entscheidend für ihn. Wie beim Dolmetschen war Kontext einfach alles; er hob manche Punkte für ihn hervor und kennzeichnete andere als irrelevant.

Shaftesbury House war ein altes Bürogebäude aus den Sechzigern, gleich neben einem kleinen, inzwischen stillgelegten Industriepark. Es handelte sich um einen reinen Zweckbau ohne architektonische Besonderheiten. Im Empfangsbereich herrschte die deprimierende Atmosphäre einer abgewirtschafteten Institution, die kaum noch über die Runden kam. An Pinnwänden hingen Flugblätter, die für Selbsthilfegruppen oder telefonische Anlaufstellen warben, aber so alt waren, dass die Ortsvorwahlen schon seit Jahren nicht mehr gültig waren. Niemand hatte sie erneuert, denn im Grunde hatte niemand Bedarf daran. Ironischerweise kamen die Leute nur hierher, um den Hilfsangeboten zu entrinnen, obwohl ihre bloße Anwesenheit an diesem Ort einem Hilferuf gleichkam.

Den Empfangsschalter besetzte einer der wenigen bezahlten Mitarbeiter, die während des Tages Dienst hatten. Sein Mindestlohn wurde nur noch von seinem Arbeitseifer unterboten.

Er blickte nicht auf, als sie näher kamen. Er war viel zu sehr damit beschäftigt, ein Spiel auf seinem Handy zu zocken. Ottey stellte sich und Cross vor und zeigte ihm ihren Dienstausweis, ohne irgendeine Wirkung zu erzielen. Er blickte immer noch nicht auf. Sie fuhr einfach fort. »Sind Sie der Gentleman, der vergangene Nacht mit unserem Kollegen gesprochen hat?«

»Nein«, murmelte er kaum hörbar.

»Wissen Sie, ob Lenny in der vorletzten Nacht hier war?«, setzte sie nach.

»Keine Ahnung.«

»Sie haben ihn gar nicht gesehen?«, fragte Cross.

»Nein. Hab ich doch gesagt.«

»Sind Sie sicher?«, hakte Cross nach.

»Ach, lassen Sie mich rasch im Gästebuch nachsehen«, sagte er spöttisch, ohne zu ahnen, dass seine Ironie an dem Detective, der vor ihm stand, wirkungslos abprallte.

»Sie haben ein Gästebuch?«, erkundigte sich Cross erstaunt.

»Natürlich nicht.«

»War er in letzter Zeit hier?«, wollte Ottey wissen.

»Möglich.« Ottey fragte sich, ob der Bursche zu viele amerikanische Krimiserien im Fernsehen geguckt hatte und annahm, dass sie ihn bezahlen würden.

»Was wissen Sie über ihn?«, hakte Ottey nun in nachdrücklicherem Ton ein und dachte wie so oft, dass sie vermutlich mehr Informationen herauslocken würde, als Cross es in so einer Situation könnte.

»Nichts.«

»Nichts?«, wiederholte sie. Der Mann widmete sich wieder seinem Telefon. Cross starrte ihn an.

»Der arme Kerl ist tot. Warum wollen Sie uns nicht helfen?«, fragte Ottey.

»Will ich doch.«

»Wie wäre es mit einem Nachnamen?«, schlug sie vor.

»Machen Sie Witze? Wir wissen nicht, ob irgendeiner von den Namen, die die uns nennen, stimmt. Wie sollten wir das auch überprüfen? Die sind wie Gespenster.«

»Sie haben ihn also Dienstagnacht nicht gesehen?«, fragte Cross. Der Mann sah erst ihn und dann Ottey an.

»Hat der eigentlich was an den Ohren?«, fragte er.

Cross ging nicht darauf ein. »Wann haben Sie ihn das letzte Mal gesehen?«

»Keine Ahnung«, wiederholte er.

Cross musterte den Mann, taxierte ihn. »Offenbar hassen Sie Ihre Arbeit sehr.«

»Nein, ich liebe sie. Das ist meine Berufung. Meine Lebensaufgabe. Sie haben keine Ahnung, wie schwer es ist, einen Job wie diesen zu bekommen.«

»Und darum sind Sie nicht besonders betroffen über den Tod dieses Mannes. Sie sind zu sehr damit beschäftigt, sich zu überlegen, wie Sie in einem Job enden konnten, den Sie verabscheuen, ohne irgendeine Aussicht, da wieder rauszukommen.«

Der Empfangsmitarbeiter starrte Cross an, der den Blick ungerührt erwiderte. Er würde nicht zurückweichen. In Situationen wie diesen, wenn Cross in so einer Gemütsverfassung war, kamen die Leute häufig zu dem Schluss, dass sie es schneller hinter sich hätten, wenn sie einfach seine Fragen beantworteten.

»Okay, er war hier«, räumte der Mitarbeiter endlich ein.

»Sind Sie sicher?« Cross' Beharrlichkeit machte dem Mann zu schaffen. Seine verbissene Jagd nach Informationen erweckte bei den Leuten, die er befragte, oft den Eindruck, er wäre dumm, sogar langsam. Das war ihm durchaus bewusst, und er nutzte es zu seinem Vorteil. Das gehörte zu den Dingen, die ihm leichtfielen. Es war etwas, was er mit seinem bevorzugten fiktiven Ermittler Maigret gemeinsam hatte, der die gleiche Methode erfolgreich zu nutzen wusste.

»Ernsthaft?«, fragte der Mann ungläubig.

»Um welche Zeit ist er gegangen?«, fuhr Cross unbekümmert fort.

»Gegen acht.«

»War er allein?«

Der Empfangsmitarbeiter dachte einen Moment nach.

»Nein, er war mit Badger zusammen.«

»Badger? Waren sie befreundet?«, fragte Ottey, während Cross fix den Namen notierte.

»Ja, wie ein altes Ehepaar, die zwei. Immer angepisst. Immer streitlustig. Wobei mir einfällt, sie haben sich gezofft, als sie gegangen sind«, sagte er.

»Wann ist Lenny erstmals hier aufgetaucht?«, fragte Ottey.

»Vor ungefähr sechs Wochen.«

»Wissen Sie, woher er gekommen ist?«

»Nein.«

»Irgendein Akzent?«

»Nein.«

»Wissen Sie, wo Badger sich augenblicklich aufhalten könnte?«, meldete Cross sich wieder zu Wort.

»Nein.«

»Was können Sie uns über ihn erzählen?«

»Eigentlich nichts. Ex-Soldat. Redet ständig über den Irak.«

»Irgendwelche psychischen Probleme?« Ottey mochte gar nicht darüber nachdenken, wie viele Männer und Frauen sie auf der Straße angetroffen hatte, die ihren Dienst quittiert hatten. Und fast alle litten an irgendeiner Form konfliktbedingter psychischer Erkrankung.

»Die haben die meisten hier«, sagte er.

»Wie alt ist er?«, wollte Ottey wissen.

»Ende vierzig vielleicht? Bart. Trägt immer eine Wollmütze. Das da drüben ist er.«

Er zeigte auf eine der Pinnwände, in deren Mitte ein Zeitungsausschnitt aus einem Lokalblatt hing. »Obdachlosem Orden gestohlen«, lautete die Schlagzeile. Ottey machte ein Foto mit ihrem Telefon und las den Namen vor. »Corporal Terence Whitby.«

»Seine Orden wurden ein paar Wochen später abgegeben«, berichtete der Empfangsmitarbeiter.

»Sie haben eine Kamera über dem Eingang. Funktioniert die?«, fragte Cross.

Der Mann lachte. »Machen Sie Witze?«

»Nein, ich meine das absolut ernst«, antwortete Cross.

»Natürlich funktioniert die nicht.«

In gewohntem Schweigen fuhren sie zurück zur Dienststelle. Schließlich machte Ottey einen Versuch, die Stille zu durchbrechen, in erster Linie, weil sie sich langweilte. »Wie geht es Ihrem Vater?«

»Gut«, antwortete Cross nur.

»Smalltalk ist nicht Ihr Ding, was?«

»Ich kann Ihnen nicht folgen.«

»Um eine Unterhaltung zu führen.«

»Worüber?«

»Über irgendwas.«

Er überlegte einen Moment lang. »Zu welchem Zweck?«

»Ich weiß nicht ... zum Zeitvertreib.«

Cross dachte darüber nach. »Nein, es ist nicht mein Ding«, beantwortete er dann ihre Frage. Er hatte eine unheimliche Art, Gespräche zu beenden, sodass auch nicht die kleinste Spur einer Einladung blieb, die Unterhaltung fortzusetzen. Was, wie sie dachte, eigentlich eine ganz nützliche Fähigkeit war, eine, die sie sich vielleicht ebenfalls aneignen sollte.

7

Als Ottey und Cross die MCU durch das Großraumbüro betraten, bemerkte Ottey, wie Mackenzie von ihrem Platz aufstand. Kaum hatte sich Cross an seinem Schreibtisch niedergelassen, klopfte sie bereits an seine Bürotür und trat ein.

»Hi.«

Nicht das schon wieder. Cross wartete mit Sicherheit darauf, dass sie ihm direkt mitteilte, was sie von ihm wollte. Sie schien nicht zu begreifen, wie wirkungsvoll es wäre, einfach zu sagen, was immer sie zu sagen hatte.

»Ich bin Alice, die neue PSI-Auszubildende.« Das wusste er längst, also sah er sie nur weiter an und wartete. Sie schaute sich zu Ottey um, die nicht in der Stimmung war, entweder ihr oder Cross in dieser Situation behilflich zu sein. Was immer Ottey auch sagte, es würde nichts an seinem Benehmen ändern, also gewöhnte das Mädchen sich besser gleich daran. Außerdem hatte sie keine Lust, sich Cross gegenüber für irgendeinen unterstützenden Zwischenruf zu rechtfertigen, sobald Alice das Büro wieder verlassen hatte.

»Police Staff Investigator.«

»Ich weiß, was PSI heißt«, sagte Cross endlich.

»Natürlich.« Sie schwieg, wartete darauf, dass er

sie fragte, was sie wollte. Aber das tat er nicht. Er sah sie nur stirnrunzelnd an.

»Ich habe mir alle Hochzeiten aus der Gegend von dem Datum angesehen, das in den Ring graviert wurde, bei denen die Nachnamen mit H, L oder C anfangen«, platze Alice schließlich heraus.

Eine Pause trat ein, als Cross ihre Worte überdachte. Ottey seufzte; sie wusste, was kommen musste – sie hatte das schon so viele Male über sich ergehen lassen müssen, aber es hatte keinen Zweck dazwischenzugehen.

»Ich verstehe, und wer hat Ihnen die Anweisung dazu gegeben?«

»Niemand.«

»Das dachte ich mir, und wissen Sie, wieso?«

»Nein.«

»Es ist nicht nötig, rhetorische Fragen zu beantworten. Der Grund, warum ich weiß, dass Sie keine Anweisung dazu erhalten haben, ist, dass ich über alle Schritte entscheide, die in diesem Fall unternommen werden. Wir haben hier eine Verfahrensweise. Ich entwerfe einen Handlungsplan und weise die einzelnen Aufgaben den Leuten zu, die an dem Fall arbeiten. Das bedeutet, dass keine Arbeit doppelt gemacht wird. Das spart Zeit und Arbeitsstunden, die im augenblicklichen Klima geradezu lächerlich knapp sind. Also bitte verzichten Sie darauf, in irgendeiner Form in Aktion zu treten, ohne dass ich es autorisiert habe.«

»Ich verstehe. Ergibt Sinn.«

»Führen Sie die Suche landesweit aus.«

»Entschuldigen Sie?«

»Natürlich, aber merken Sie sich für die Zukunft, dass Sie nicht fragen müssen.«

»Was?«

Nun konnte Ottey sich ein Lächeln nicht verkneifen. Manchmal war er unbeabsichtigt komisch.

»Ob ich Sie entschuldige.«

»Nein, ich meinte wegen ›landesweit‹. Das wird Stunden dauern«, sagte sie.

»Möglicherweise ein paar Tage. Bringen Sie mir die Ergebnisse, wenn Sie fertig sind.«

Mackenzie zögerte einen Moment. Dann erinnerte sie sich an seinen Rang, die Tatsache, dass sie erst ein paar Tage dabei war und immer noch zu lernen hatte, wie die Dinge hier liefen, und ging. Cross widmete sich wieder seinen Listen. Ottey sah ihr nach. Dergleichen hatte sie schon so häufig gesehen. Einmal hatte jemand Wetten darauf angenommen, wie lange ein Neuling wohl durchhalten würde, wenn er für ihn arbeiten musste. Aber Mackenzie hatte etwas an sich – ihre Art, einfach weiterzumachen, ohne sich ernsthaft zu beklagen –, das eine Seite in ihr zum Klingen brachte. Sie drehte sich zu Cross um.

»Alice ...«, sagte sie.

»Alice?« Eine Sekunde lang hatte er keine Ahnung, von wem Ottey sprach. Eine Alice war nicht in den Fall verwickelt. Dann fiel es ihm doch ein.

»Ach, Alice«, sagte er.

»Sie ist neu«, fuhr Ottey fort.

Cross überlegte einen Moment, blätterte mental in

all den Kommentaren, die Ottey in der Vergangenheit zu seinem Auftreten bei der Arbeit abgegeben hatte. Ottey beobachtete ihn genau, und schließlich dämmerte es ihm: Sie hatte ihn immer wieder darauf hingewiesen, dass er Rücksicht auf andere Mitarbeiter nehmen sollte, vor allem, wenn sie neu waren.

»Oh, richtig«, entgegnete er.

»Wenigstens zeigt sie Initiative.«

»Ja, ich vermute, das hat sie getan«, stimmte er zu.

Ottey setzte sich. »Also, wir haben einen Namen, bei dem es sich um ein Pseudonym handeln könnte, wir haben seltene Kontaktlinsen, und jetzt haben wir auch einen Verdächtigen.«

»Potenziellen Verdächtigen.«

»Potenziellen Verdächtigen«, korrigierte Ottey sich selbst. »Okay, dann werden wir mit Lennys Freund reden müssen.«

»Einem bärtigen Obdachlosen in mittleren Jahren, der eine Wollmütze trägt«, stellte er fest.

»Genau. Na ja, wir wissen immerhin, dass er draußen auf der Straße ist.«

»Was ihn praktisch unsichtbar macht. Außerdem ist er auf der Flucht«, merkte Cross an.

»Woher wissen wir das?«, fragte Ottey.

»Wegen des Ciders. Er ist weggelaufen. Er wusste, dass er Lenny schwer verletzt hatte. Er weiß, dass er in Schwierigkeiten ist. Er wird sich versteckt halten«, entgegnete Cross.

»Er muss essen, und wir wissen, dass er kein Geld hat«, wandte sie ein.

»Das wissen wir eigentlich nicht«, versetzte er.

»Aber es ist eine berechtigte Annahme.« Sie bedauerte ihre Worte, kaum dass sie ausgesprochen waren, also fuhr sie rasch fort, um der bevorstehenden Belehrung zuvorzukommen, ehe er überhaupt anfangen konnte. »Schon gut, ich weiß, so etwas gibt es nicht. Also könnte er Geld haben. Bettelei? Die Leute würden die Regiments-Tattoos an seinen Armen sehen, die Orden, jemanden, der seinem Land gedient hat und nun auf der Straße sitzt. Das wird ihnen nicht gefallen.«

Cross musterte sie.

»Was? Ach, nun kommen Sie schon, das sind keine bloßen Annahmen. Das ist gesunder Menschenverstand«, sagte sie.

»Noch ein Mythos. Sie wissen das alles also ganz genau?«, fragte er.

»Verschonen Sie mich. Das Problem bleibt dasselbe. Wie sollen wir einen Obdachlosen finden, der auf der Straße lebt und nicht gefunden werden will?«

Er antwortete nicht, da er bereits dabei war, die Sache zu durchdenken. Gelangweilt von seiner Pedanterie, stand Ottey auf. Kein Wunder, dass sie ständig erschöpft nach Hause kam. Was sie nicht wusste: Dieser Austausch war für ihren Kollegen tatsächlich von Nutzen gewesen, dank der Erwähnung der Regiments-Tattoos.

Cross nahm nicht an der täglichen Besprechung teil. Er war der Einzige im Team, dem dieses Privileg gewährt wurde, sehr zum Verdruss einiger Officers, die dachten, es würde besagen, seine Arbeit wäre mehr wert als die aller anderen. An diesem Morgen recherchierte er Whitbys militärischen Hintergrund. Whitby oder »Badger«, wie er genannt wurde – dahinter musste sich seine Geschichte verbergen –, hatte eine ausgezeichnete Militärakte, die mit seiner Entlassung aus medizinischen Gründen endete. Er hatte in den Kriegen in Afghanistan und im Irak gedient. Diese Art von Recherche sagte Cross zu. Er liebte es, mehr Einzelheiten zu einem Thema zu sammeln, von dem er bis dahin nicht mehr wusste, als die Allgemeinbildung hergab. Er war ein Faktensammler, der alles, was er fand, für den späteren Gebrauch einlagerte. Carson hatte daher jahrelang versucht, ihn dazu zu überreden, am jährlichen Quizabend der Truppe teilzunehmen, aber er hatte immer abgelehnt, was Carson nicht daran hinderte, seinen Feldzug weiter aktiv zu betreiben. Wichtiger als die Faktensammelei war, dass diese Art der Nachforschung Cross häufig Einblicke in den Charakter und die Gesinnung eines Verdächtigen lieferte, die anderenfalls übersehen worden wären und bisweilen richtungsweisend waren.

Fasziniert stellte Cross fest, dass Badger sogar einmal für Tapferkeit und vorbildliche Pflichterfüllung ausgezeichnet worden war – Mentioned in Dispatches –, kurz vor seiner Entlassung, um genau zu sein. Zu seiner großen Genugtuung verriet eine Fußnote des Artikels, den er entdeckt hatte, dass die

London Gazette diese Auszeichnungen immer noch veröffentlichte. Eine Tatsache, die ihm nicht bewusst gewesen war.

Rasch suchte er die Website heraus und fand Whitby über eine Suchmaschine. Die Lektüre war interessant. Aber was seine Aufmerksamkeit wirklich auf sich zog, das war das Datum der Kampfhandlungen, in denen sich Whitby so tapfer geschlagen hatte. Ein Datum, das sich in zwei Tagen zum fünfzehnten Mal jähren würde. Am Sonntag. Cross beschloss, ein wenig tiefer zu graben – vielleicht förderte das nichts zutage, aber sein Instinkt sagte ihm, die Chancen, dass er auf etwas stieße, standen gut.

»Warum ist George nicht bei uns?«, fragte Carson mehr aus Neugier als aus Verärgerung.

»Er stellt Nachforschungen über den Verdächtigen an. Ich korrigiere, über die Militärgeschichte des potenziell Verdächtigen«, informierte ihn Ottey.

»Warum um alles in der Welt tut er das?«, fragte ihr Vorgesetzter.

»Er hat es nicht für notwendig befunden, mir seine Beweggründe mitzuteilen.« Sie war fest entschlossen, jede sich bietende Gelegenheit umgehend beim Schopf zu ergreifen, um Carson ganz genau vor Augen zu führen, wie schwierig es war, mit Cross zu arbeiten.

»Gut, wo stehen wir?«, fuhr er fort.

»Terence James Whitby alias Badger ist jemand, mit dem wir gern sprechen würden. Er war die letzte Person, die unser Opfer lebend gesehen hat. Er ist im System und hat eine ganze Anzahl an Vorstrafen, einfache Körperverletzung, Störung der öffentlichen Ordnung«, sagte Ottey.

»Was sonst?«

»Ex-Soldat, geschieden, zwei Kinder. Die Ex-Frau hat eine einstweilige Verfügung gegen ihn erwirkt.«

»Ist er von hier?«

»Nein, aus Leeds. Seine Frau hatte das ganze Jahr über keinen Kontakt zu ihm.«

Aber Carson hörte gar nicht zu, denn er hatte einen Detective, mit dem er über einen anderen Fall sprechen wollte, den Korridor hinuntergehen sehen und rief ihm nach: »Shepherd?«

Shepherd reagierte nicht, also verließ Carson den Raum und folgte ihm den Gang entlang.

»Wir haben die Bahnpolizei alarmiert und überprüfen die Überwachungsaufnahmen der letzten achtundvierzig Stunden von Temple Meads und dem Busbahnhof.« Doch dann wurde Ottey bewusst, dass alle anderen im Raum diese Information bereits hatten, und sie verstummte. Sie hatten sich lediglich zusammengefunden, damit Carson sich den Anschein geben konnte, er würde seine Arbeit machen und sich über den Stand der Dinge in Kenntnis setzen lassen. Würde er seine Zwischenstands-E-Mails lesen wie alle anderen auch, könnte man eine Menge Zeit sparen, weil die Hälfte dieser Besprechungen überflüssig wären. Sein Abgang bestätigte, was jeder im Team so oder so schon für sich argwöhnte: dass der Fall, an dem sie arbeiteten, viel unwichtiger war als alles andere in der MCU.

8

Cross neigte dazu, anderen seine Gedankengänge oder potenziellen Spuren vorzuenthalten. Die Erfahrung hatte ihn gelehrt, dass sein Missmut noch weiter zunehmen würde, bis er ein beinahe unerträgliches Maß erreichte, sobald er den Kollegen seine Vorgehensweise erklärte. Er musste sich dann mit dem mangelnden Verständnis seiner Kollegen auseinandersetzen, ihrem Misstrauen gegenüber seinen unorthodoxen Methoden, selbst dann, nein, besonders dann, wenn er es ihnen ausgiebig dargelegt hatte. Folglich hielt er es für besser, einfach weiterzumachen und sich im Nachhinein mit ihrem Ärger zu befassen.

Gleichwohl gab es keinen Zweifel, dass Cross ein gelegentliches metaphorisches Schulterklopfen zu schätzen wusste, ja, sogar brauchte, wenn wie aus heiterem Himmel etwas Gutes dabei herauskam. Das war bei Leuten mit Asperger-Syndrom nicht ungewöhnlich. Sie hatten ein Bedürfnis nach Anerkennung, was möglicherweise eine Methode für sie war, um zu erkennen, ob ihr Verhalten in einem bestimmten Moment als angemessen oder sogar schätzenswert eingestuft wurde.

In solchen Situationen stand Ottey vor der Wahl,

ihn entweder zu ignorieren und allein weitermachen zu lassen oder zu schweigen und einfach mitzuspielen. Sie entschied sich rein aus Neugier ausnahmslos für Letzteres. Was der Grund war, warum sie sich an einem Sonntagmorgen mit Cross in ihrem Wagen wiederfand. Sie standen an dem kleinen Friedhof der Kirche St. Andrews auf einem Hügel oberhalb des Bristolkanals, gleich außerhalb von Clevedon, und warteten auf Badger. Der sollte irgendwann hier auftauchen, aus einem Grund, den nur Cross kannte. Bei dieser speziellen Gelegenheit hatte sie nicht nachgefragt, weil sie das Gefühl hatte, dass Cross genau das wollte, was ihrer Sturheit nur noch mehr Auftrieb gab. Sie hatte auch beschlossen, gar nicht erst zu versuchen, ein Gespräch in Gang zu bringen, was sich ärgerlicherweise schwieriger für sie entpuppte als für ihn.

Schließlich gab sie auf.

»Wir warten hier schon furchtbar lange, nur wegen einer Vorahnung.«

»Das ist keine Vorahnung. Es ist eine sachkundige Voraussage.«

Eine Textnachricht traf auf Otteys Telefon ein.

»WAS GIBT'S ZUM MITTAG?«

Sie stammte von einer ihrer Töchter, der dreizehnjährigen Carla, die mit ihrem Aussehen und ihrem Auftreten mühelos als einundzwanzig durchging, was auch der Grund dafür war, dass ihr Hang, sich falsche Ausweise aus dem Internet zu kaufen, ihrer Mutter konstante Sorgen bereitete. Ottey sah auf die

Uhr und seufzte. Sie hatte versprochen, sie würde um diese Zeit längst daheim sein. Wieder eine Ausrede für Carla, um ihrer Mutter mit selbstgerechter Empörung zu begegnen. Wieder ein gebrochenes Versprechen auf der immer länger werdenden Liste.

»BESTELL PIZZA FÜR EUCH ZWEI. GELD LIEGT AUF DEM KAMINSIMS.«

»OKAY.«

»LASST DIE KETTE VORGELEGT, WENN SIE GELIEFERT WIRD.«

»DEIN ERNST?«

»MEIN VOLLER ERNST.«

»ABER DANN RUTSCHT DER BELAG IN DER SCHACHTEL RUNTER.«

»KETTE. ODER. KEINE. PIZZA.«

Dem folgten diverse Emojis, von denen sie nicht eines verstehen konnte. Doch die bloße Anzahl deutete darauf hin, dass die jugendliche Nachkommenschaft entrüstet über ihre Mutter war, die sie an jedem einzelnen Tag ihres Lebens wie ein dummes Kind behandelte.

Ottey sah sich um, als sie einen Wagen halten hörte. Ein Soldat in Ausgehuniform stieg aus, ging zum Kofferraum, öffnete ihn und holte einen Kranz hervor. Die übrigen Türen wurden geöffnet, und eine junge Frau mit Blumen und zwei fast erwachsene Jungs, beide in Anzügen und beide mit kleinen Bouquets, kletterten ebenfalls heraus. Gemeinsam gingen sie den Pfad zur Kirche hinauf und unterhielten sich dabei. Von Trauer war jedoch nichts wahrzunehmen.

Wenige Minuten später standen sie zusammen mit dem Gemeindepfarrer, der aus der Bibel vorlas, an einem Grab. Als der Geistliche fertig war, trat der Soldat vor und platzierte den Kranz so auf dem Grab, dass er am Gedenkstein lehnte. Danach legten die Frau und die Jungs ihre Blumen darauf ab. Anschließend gingen die Jungs in die Knie und fingen an, Laub und Erde fortzuwischen, die sich auf dem Marmorsockel gesammelt hatten, ein Anblick, der Ottey als Mutter berührte.

»Ich frage mich, ob sie sich an ihn erinnern. Das muss doch wohl ihr Vater sein, nicht wahr?«

Statt Ottey zu antworten, stieg Cross leise aus dem Wagen und ging davon. Sie hingegen blieb, wo sie war, denn inzwischen hatte sie eine vage Ahnung, warum sie hier waren, und sie nahm an, dass Cross allein besser zurechtkäme.

Cross hatte Ottey nicht zugehört. Oder der Familie zugesehen. Er hatte die Umgebung des Friedhofs beobachtet. Nichts rührte sich. Doch dann hatte er eine Bewegung zwischen einigen Bäumen auf der Nordseite des Geländes entdeckt und machte sich nun auf den Weg dorthin.

In einem weiten Bogen umrundete er den Friedhof und ging zur Rückseite der kleinen Baumgruppe, womit er seiner Zielperson den Weg abschnitt, um einem Fluchtversuch vorzubeugen. So leise, wie er konnte, schlich er zwischen den Bäumen hindurch. Der Regen hatte das abgefallene Laub niedergedrückt und jenen feuchten, herbstlichen Geruch freigesetzt, den er von jeher als sonderbar beruhigend empfand. Er fragte sich, woran das liegen mochte. Vielleicht rief er eine tief vergrabene Kindheitserinnerung wach. Vor ein paar Wochen wäre es noch nicht möglich gewesen, sich so leise zu bewegen, dachte er. Da wäre es eher so gewesen, als würde er über Chipstüten spazieren. Der Mann, den er gesehen hatte, trug eine Wollmütze und einen schmuddeligen Mantel. Er trank Starkbier aus einer Dose und beobachtete die Familie und den Soldaten am Grab.

»Kaum zu glauben, dass das jetzt schon fünfzehn Jahre her ist.«

Der Mann drehte sich nicht um; Cross konnte nicht sagen, ob er ihn gehört hatte oder nicht.

»Wenn Sie hier fertig sind, Corporal Whitby, könnten wir uns dann kurz unterhalten?« Er zeigte dem Mann seinen Dienstausweis, aber Whitby war nicht interessiert. Sein Blick ruhte weiter auf der Szenerie vor ihm. Seine Gedanken waren meilenweit fort an einem heißen, staubigen Ort während eines Konflikts, der Jahre zurücklag.

Auf der Fahrt nach Bristol schlief Badger auf der Rückbank des Wagens. Trotz der Kälte hatten Ottey und Cross die Seitenscheiben vollständig geöffnet, um den Gestank nach Schweiß und abgestandenem Alkohol zu vertreiben.

Heute war der Jahrestag der Kampfhandlungen, für die Whitby ausgezeichnet worden war und die seinem besten Freund das Leben gekostet hatten.

Cross hatte sich diese Information zunutze gemacht und gehandelt. Doch was das betraf, so zog er keine besondere Befriedigung aus dem Erfolg. Dafür war die Logik, die ihn hergeführt hatte, zu einfach. Zudem fiel es ihm schwer zu akzeptieren, in welcher Lage sich der Mann auf dem Rücksitz befand. Warum war er zur Army gegangen?, überlegte er. Ein Corporal. Hatte er sich gleich nach der Schule verpflichtet? War das eine wohldurchdachte Entscheidung gewesen oder lediglich das Beste, was er kriegen konnte? Vielleicht war sein Vater auch schon in der Army gewesen. War dieser Schritt von ihm erwartet worden?

Wie dem auch sei, heute war er ein Ausgestoßener, der auf der Straße lebte, ein Alkoholiker, aller Wahrscheinlichkeit nach. Der Krieg hatte seinem Kopf übel mitgespielt, was Cross nicht verwunderlich fand. Wie schlimm mochte es wohl sein?, fragte er sich. Hatte der Krieg ihn so sehr gegen den Gedanken an Gewalt abgehärtet, dass ein Mord ihm nichts bedeutete?

Als sie wieder auf dem Revier waren, wurde Badger ein Rechtsbeistand zugewiesen. Ein müde aussehender, junger Asiate, der den Eindruck vermittelte, er wäre lieber irgendwo anders. Cross hielt viel von dem System, das jenen, die nicht die Mittel besaßen, um selbst dafür aufzukommen, eine anwaltliche Vertretung zur Seite stellte. Allerdings hielt er weniger von einem System, das es diesen Anwälten gestattete, Ermittlungen zu behindern. Er konnte jemanden vierundzwanzig Stunden lang festhalten, ehe er gezwungen wäre, eine Verlängerung zu beantragen. Diese Vierundzwanzig-Stunden-Frist berücksichtigte jedoch keine ärztlichen Untersuchungen oder solche Gelegenheiten, zu denen der zugewiesene Anwalt gleich mehrere Mandanten in den Arrestzellen zu betreuen hatte. Zwischen denen musste dieser dann seine Zeit aufteilen – was allzu häufig der Fall war. Einmal war Cross Zeuge geworden, wie ein Anwalt sechs Mandanten in den Zellen hatte, was die Zeit erheblich reduzierte, die der Polizei für die Befragung der einzelnen Personen blieb. Mit Badgers zugewiesenem Anwalt hatte er bisher noch nicht gearbeitet. Aber die Tatsache, dass dieser eine Besprechung verlangte, noch bevor der potenzielle Verdächtige die Kleidung hatte wechseln können, verhieß nichts Gutes. Cross setzte sich, obwohl er jetzt schon wusste, dass diese erste Befragung kurz werden würde.

»Also, Mister Whitby. Wie möchten Sie angesprochen werden? Terence? Badger?«

Der Mann ihm gegenüber antwortete nicht, sondern starrte nur stumm die Tischplatte an. Möglicherweise war er eingeschlafen. Cross senkte den Kopf, um ihm ins Gesicht zu schauen, und fuhr erst fort, nachdem er sich vergewissert hatte, dass sein Gegenüber wach war, wenn auch nur gerade eben.

»Was ist das für ein Fleck auf der linken Seite Ihrer Mütze?« Wieder erhielt er keine Antwort.

»Ist das getrocknetes Blut …? Könnten Sie bitte die Mütze abnehmen?«

Zu diesem Zeitpunkt wusste er nicht recht, ob

Badger schwieg, weil sein Anwalt ihm geraten hatte, vorerst nichts zu sagen – bis sie erfahren hatten, welche Beweise die Polizei gegen ihn hatte –, oder ob er einfach nicht begriff, was los war.

»Ich muss Sie bitten, die Mütze abzunehmen. Irgendwann müssen Sie das sowieso tun, denn wir werden all Ihre Kleidungsstücke untersuchen müssen.« Cross wandte sich an den Anwalt. »Könnten Sie Ihren Mandanten bitte auffordern, diese Mütze abzunehmen?«

»Bitte tun Sie, worum der Detective gebeten hat.« Diese Reaktion sprach nach Cross' Einschätzung nicht für diesen speziellen Typ Anwalt. Solche Leute würden nur helfen, wenn sie dazu aufgefordert wurden.

Einige Augenblicke später regte sich Badger, beinahe, als würden die zusätzlichen Sekunden ihm helfen, seine Würde zu bewahren. Er nahm vorsichtig die Mütze ab, was schwierig und schmerzhaft zugleich war, denn sie klebte an seinen Haaren. Sein ganzer Schopf war ein einziges Durcheinander aus Haaren, getrocknetem Blut und Schmutz. Cross musterte ihn eingehend.

Der Anwalt ergriff als Erster das Wort. »Mein Mandant braucht ärztliche Hilfe«, sagte er.

»Es sieht eindeutig so aus«, stimmte Cross zu.

»Wie Sie sehen, hat er eine große Platzwunde auf der Seite des Kopfes.«

»Und Kratzer am Hals, weshalb ich den Gerichtsmediziner bereits angefordert habe.«

»Dann sollten wir unterbrechen, bis der Arzt ihn untersucht hat«, schlug der Anwalt vor.

»Oh, fraglos. Ich möchte nicht, dass irgendetwas, was er sagt, wegen einer unbehandelten Kopfverletzung vor Gericht angefochten wird«, meinte Cross und stand von seinem Stuhl auf.

»Während wir auf den Medical Examiner warten, wäre es nett, wenn er so freundlich ist, seine ganze Kleidung auszuziehen«, sagte Cross zu dem Anwalt, ehe er sich wieder an Badger wandte. »Wir geben Ihnen einen Papieroverall, den Sie anziehen können.« Er wusste genauso gut wie der Anwalt, dass die Chancen, einen ME um diese frühe Morgenstunde zum Revier zu locken, gegen null gingen. Aber das bereitete ihm keinen Kummer. Es war so oder so am besten, wenn der Mann zunächst seinen Rausch ausschlief. Ihn in diesem trunkenen Zustand zu verhören würde kaum verwertbare Ergebnisse zeigen.

9

Am nächsten Morgen war Cross als Erster im Büro.

Ottey kam zu ihm und klopfte an die Tür.

»Hat er etwas gesagt?«, fragte sie.

»Nein, wir warten immer noch auf das Eintreffen des MEs.«

»Warum überrascht mich das nicht?«

»Vermutlich wegen der Häufigkeit, mit der das passiert.«

Sie war im Begriff, ihm zu erklären, dass sie es sarkastisch gemeint hatte, aber dafür war es einfach zu früh am Morgen. »Waren Sie die ganze Nacht hier?«, erkundigte sie sich stattdessen.

»Natürlich nicht. Wozu hätte das gut sein sollen?«

Carson betrat das Büro und las dabei eine ausgedruckte E-Mail.

»Schlag an den Kopf, Kratzer am Hals. Sieht ziemlich schlüssig aus. Also, bringen Sie die Sache bitte zum Abschluss«, forderte der Boss.

Das tat Carson häufig, dachte Cross. Den Text aus einer E-Mail vorlesen, die Cross ihm gerade hatte zukommen lassen, um ihn über den aktuellen Stand einer Ermittlung zu informieren, so als wollte Carson Cross über das informieren, worüber Cross ihn just informiert hatte. Sonderbar.

»Das kann man kaum schlüssig nennen. Wir haben allenfalls Indizien«, widersprach Cross.

»Machen Sie es nicht unnötig kompliziert. Die Sache ist klar, und das wissen Sie«, konstatierte Carson.

»Ich weiß nichts dergleichen.«

Carson wollte gerade etwas entgegnen, als ihm einfiel, dass ihn das vermutlich nirgendwohin bringen würde. Außerdem hatte er noch keinen Kaffee getrunken. Er warf Ottey einen Blick zu, von dem er hoffte, er würde ihr sagen, dass sie das regeln solle, und verließ das Büro. Gleich darauf klopfte es erneut an der Tür. Dieses Mal war es Mackenzie. Sie machte einen erschöpften Eindruck.

»Herrje, Sie zwei sind aber früh dran. Ich dachte, ich würde die Erste sein«, sagte sie.

»Da haben Sie sich geirrt«, entgegnete Cross trocken.

»Richtig ...«

Ottey fiel auf, dass sie völlig erledigt aussah. »Sind Sie in Ordnung?«

»Nur müde. Ich war die ganze Nacht wach und habe das hier fertiggemacht.« Sie hielt ein Stück Papier hoch.

»1979 gab es 416927 Hochzeiten, knapp viertausend an unserem speziellen Datum. Hier ist eine Liste aller Nachnamen, die mit L, C oder H anfangen.«

Sie hielt Cross die Liste hin, aber er nahm sie nicht, wodurch es aussah, als wäre ein Faustgruß unerwidert geblieben. Derweil starrte Cross geradewegs durch sie hindurch. Sie glaubte, sie hätte etwas falsch gemacht, dabei verarbeitete er lediglich ihre Worte.

»Sechsundzwanzig Buchstaben im Alphabet, geteilt durch drei ist fast neun; viertausend geteilt durch neun ergibt etwa …«

»Fünfhundert«, sagte sie.

»Nehmen Sie von diesen fünfhundert nur die Einträge, bei denen die Namen der Partner alle drei Initialen in irgendeiner Kombination aufweisen.«

Eine kurze Pause trat ein, während sie überlegte, ob sie ihn korrekt verstanden hatte.

»Klar«, sagte sie.

»Gibt es ein Problem?«, fragte er.

»Nein.«

Aber sie war enttäuscht, dass offenbar niemand beeindruckt davon war, wie sehr sie sich ins Zeug gelegt hatte. Er seufzte. Er fand es zwar lästig, doch manchmal war es schlicht einfacher, wenn er die Dinge selbst in die Hand nahm. Dies schien eine dieser Gelegenheiten zu sein. »Geben Sie her.«

Sie reichte ihm die Liste, die mehrere A4-Seiten umfasste. Er überflog sie und kennzeichnete in ungemeinem Tempo einige Einträge mit einem Textmarker. Dann gab er ihr die Liste zurück und widmete sich seinem Monitor. Mackenzie war völlig verdattert, aber auch beeindruckt. Sie selbst hätte dafür gute zwanzig Minuten gebraucht. Sie warf einen Blick auf die Blätter und sah dann wieder Cross an.

»Soll ich die Liste noch einmal für Sie überprüfen?«, fragte sie.

»Nicht nötig. Geben Sie mir Bescheid, wenn wir die Sklerallinsenliste der Optiker erhalten.«

Mackenzie stand immer noch regungslos an Ort und Stelle. Ottey erbarmte sich und lieferte ihr die Worte, die diese junge Sachbearbeiterin zu hören erwartete – die sie hören musste. »Das ist toll. Danke, Alice, Sie können gehen«, sagte sie.

Mackenzie blieb noch einen Moment stehen, als wüsste sie nicht recht, auf wen sie hören sollte, und dann ging sie. »Okay.«

Ottey sah sich zu Cross um, der nichts davon mitbekommen hatte.

»›Gut gemacht‹, ›gute Arbeit‹ …«, sagte sie.

»Ich verstehe nicht.«

Er starrte sie an, doch sie hatte nicht die Absicht, ihm in diesem Punkt noch weiter auf die Sprünge zu helfen. Er wusste, dass er etwas falsch gemacht hatte, nur nicht, was das war. Aber Ottey war nicht wütend, was wohl bedeutete, dass er jemand anderen verärgert hatte. Nun blickte er zu Mackenzie hinüber, die an ihren Schreibtisch zurückgekehrt war. Sie war, hatte sie gesagt, die ganze Nacht auf gewesen und hatte an dieser Liste gearbeitet. Er dachte eine Minute lang nach, ging das Gespräch in Gedanken noch einmal durch. Aber er war nicht unhöflich gewesen, nur sachlich, dessen war er ziemlich sicher. Dann begriff er. Er hatte nicht »danke« gesagt. Sie brauchte Bestätigung und Dank. Zur Kenntnis genommen.

Allerdings sollten sie all diese Hätscheleien gar nicht benötigen. Ein Mensch war ermordet worden.

10

Inzwischen hatte der ME Badger untersucht und behandelt, und nun saß er Cross verwirrt und leidend gegenüber. Sein Schädel brachte ihn um, aber er hatte keine Ahnung, ob das an den Nachwirkungen des Alkohols lag oder an den Stichen, die der Arzt ihm in den Kopf gejagt hatte. Normalerweise war er nie verkatert – nun ja, es hing davon ab, wie voll er vorher war. Wenn er genügend Geld hatte, konnte er tagelang betrunken sein und nie nüchtern genug werden, um zu leiden, von der ständigen Übelkeit und der Schlaflosigkeit abgesehen. Aber andererseits, wer hatte damit nicht zu kämpfen, wenn er auf der Straße lebte. Er trug jetzt einen weißen Papieroverall, der bei seinem Herumhampeln andauernd raschelte. Der Overall spielte bei der Befragung auch eine Rolle. Verdächtige, die selbst eine Beweismittelquelle darstellen mochten, erhielten ihn, was nebenbei dazu führte, dass sie sich besonders angreifbar fühlten. Denn ihre Kleidung war hier alles, was sie noch hatten, ihr einziger Trost, und selbst der war ihnen genommen worden.

Cross setzte sich und legte eine Akte zwischen ihm und dem Verdächtigen auf den Tisch. Er achtete darauf, dass der Abstand zu den Tischkanten exakt gleich lang war. Als er zufrieden war, blickte er auf und lächelte. Es war ein wohl überlegtes Lächeln. Er nutzte es, weil er nicht aggressiv oder autoritär erscheinen wollte. Er liebte den Befragungsraum. Er liebte die Stille. Einmal abgesehen davon, dass er, wenn er genau hinhörte, ein Summen aus der Tiefe des Gebäudes wahrnahm. Er konnte es zwar nicht einordnen, hatte sich daran aber so gewöhnt, dass er es als angenehm empfand. Es war, als hätte es ihn an einen Ort versetzt, von dem er wusste, dass er ihn mögen würde. Und er mochte den formellen Aufbau des Raums. Seinen Zweck. Die Tatsache, dass alle ihn zu einem gemeinsamen Ziel nutzten. Ihm gefiel auch die einvernehmliche Übereinkunft, die besagte, dass alle sozialen Normen, alle Manieren, aller Benimm an diesem Ort keine Bedeutung hatten. Er musste sich keine Gedanken darüber machen, welchen Eindruck er erweckte, auch wenn er sich Manieren gern zunutze machte, wenn er sie für hilfreich hielt. Doch die formelle, kalte und interrogative Form der Konversation sagte ihm zu. Es war skurril, aber während der Arbeit war dies der einzige Platz, an dem er sich völlig entspannt fühlte, trotz der häufig so offenkundigen Anspannung im Raum. Sein Mangel an Empathie beinhaltete eben auch, dass sich irgendwelche Misslichkeiten oder emotionale Krisen nicht auf ihn auswirken konnten.

Natürlich waren sie ihm stets sehr bewusst; tatsächlich provozierte er solche Situationen oftmals selbst. Sie waren ihm bewusst, weil er sich beigebracht hatte, was welche Reaktionen in der Mimik und der Körpersprache der Menschen zu bedeuten hatten. (Diese Kenntnisse ließen sich im Befragungsraum, wo er Zeit zum Nachdenken hatte, leicht anwenden. Dies war eine Umgebung, in der er das Tempo und die Richtung des Gesprächs vorgab. In normalen Alltagssituationen machte ihm die Geschwindigkeit, mit der sie abliefen, schwer, die Mimik zu lesen. Dafür ging das alles zu schnell. Er konnte nicht zugleich dem Verlauf der Konversation folgen und die visuellen Hinweise auswerten.) Bei anderen Leuten wie Ottey provozierten solche Dinge emotionale Reaktionen – sie konnten einfach nichts dagegen tun. Aber nicht bei Cross, und das war eine seiner größten Stärken in dieser Arena. In Gedanken hielt er die Unbeholfenheit, die Verlegenheit, den Schmerz und die Affektiertheit der Leute, die ihm gegenübersaßen, fest, zusammen mit dem Zeitpunkt, zu dem diese Regungen in Erscheinung traten; all das analysierte er, ehe er den nächsten Schritt tat. Das war der Grund für die bisweilen ziemlich langen Pausen, die eintraten, wenn er ein Verhör führte. Viele Leute dachten fälschlicherweise, das wäre Teil seiner Befragungstechnik, aber das war es nicht. Es war lediglich die Zeit, die er benötigte, um das, was er sah und hörte, zu verarbeiten. Daraus leitete er ab, ob er die Richtung der Befragung ändern sollte oder ob seine Wahrnehmung bloß bestätigte, dass er bereits auf der richtigen Spur war. Denn am besten gefiel ihm, dass die Gespräche hier drin seiner Regie folgten, dass er allein die Richtung diktierte, die sie nahmen. Hier hatte er die Zügel in der Hand.

Die Neugestaltung der Befragungsräume der Major Crime Unit hatte Cross auf den ersten Blick als Fehler betrachtet. Vorher war der Raum kalt, lebensfeindlich und alles andere als einladend erschienen, ein Ort, an dem niemand sich allzu lange aufhalten wollte. Sie waren so unerfreulich gewesen wie Arrestzellen, aber dann kam noch die Anwesenheit von Detectives hinzu, die beharrlich Fragen stellten und sich oftmals geradezu quälend wiederholten, wodurch die Arrestzellen im Vergleich beinahe wie ein friedvoller Rückzugsort wirkten. Darum hatte er angenommen, die Leute würden schon deswegen bereit sein zu reden, weil sie so schnell wie möglich dort wieder rauskommen wollten. Die neuen Verhörzimmer erinnerten eher an ein Office Pod der örtlichen Bank, in dem ein stellvertretender Direktor mit Kunden über Kontoüberziehungen oder die Voraussetzungen für einen Hypothekenkredit sprach, oder an ein Citizens' Advice Bureau – nur ohne die erforderlichen Wandhalter voller hilfreicher Broschüren.

Im Lauf der Zeit hatte Cross seine Meinung jedoch geändert. In dieser neuen Umgebung fühlten sich die Leute wohler, was wenig überraschend war, manchmal so wohl, dass sie fast vergaßen, warum sie eigentlich dort waren, und sich folglich nicht mehr so sehr in Acht nahmen. Also hatte er für die neuen Räume eine neue Strategie entwickelt. Zu Beginn der Befragung bediente er sich einer ruhigen, nicht konfrontativen Herangehensweise (bei mehr als nur einer Gelegenheit hatte der Anwalt des Verdächtigen ihn bitten müssen, zur Sache zu kommen), die den Eindruck erweckte, er wäre da, um dem Befragten zu helfen, nicht umgekehrt. Der Erfolg dieser Methode war schwankend. Zumeist zahlte sie sich erst aus, wenn das Verhör schon ein paar Stunden dauerte, wie er festgestellt hatte. Es war beinahe, als hätte er sie eingelullt und eine Atmosphäre des Vertrauens erschaffen, buchstäblich wie in einem Beichtstuhl. Inzwischen war er darin recht versiert, sah schnell, wenn die Spannung in ihren Schultern nachließ oder sie sich nach einer Weile auf ihren Stühlen zurücklehnten. Darum schätzte er mittlerweile den unauffälligen Teppich, das sanfte Licht, die bürotypische Einrichtung, die direkt von Ikea hätte stammen können (was sie vermutlich auch tat). Gelegentlich bestand er darauf, den Stuhl des Verdächtigen vor Beginn der Befragung auszutauschen, manchmal gegen einen gepolsterten, bequemeren, manchmal gegen einen harten, zweckmäßigen Plastikstuhl. »Stuhlcasting« hatte Ottey das mal genannt. Aber wie er stets zu sagen pflegte, achte aufs Detail, und aus Unklarheiten werden Klarheiten.

Er schlug die Akte auf und nahm einen Beweismittelbeutel mit Badgers Orden heraus, ehe er ihn über den Tisch hinweg fixierte.

»General Service Medal, Gulf Medal, Operational Service Medal Afghanistan, Iraq Medal, Accumulated Service Medal und schließlich die Military Medal. Eine ganze Menge«, sagte Cross.

Badger sah weder die Orden noch Cross an, aber der Anwalt beugte sich vor und betrachtete die Auszeichnungen, gleichermaßen überrascht wie beeindruckt. Cross fragte sich, ob der Anblick seine Haltung gegenüber seinem Mandanten beeinflussen würde.

Er fuhr fort: »Mentioned in dispatches. Ich wusste gar nicht, dass die *London Gazette* diese Auszeichnungen immer noch publiziert, aber das tut sie, und da ist auch Ihre, schwarz auf weiß. Sie müssen sehr stolz sein.«

Bei diesen Worten blickte Bagder auf und bedachte den Detective, der ihm gegenübersaß, mit einem Blick, der besagte: »Sie haben keine Ahnung, wovon Sie sprechen. Absolut keine.« Aber Cross wäre nicht Cross, wüsste er nicht genau, wovon er sprach, und Badgers starrer Blick verstärkte nur seinen Argwohn hinsichtlich der mentalen Verfassung des Mannes.

»Nur, dass die Geschichte nicht ganz so einfach ist, nicht wahr? Tatsächlich war das eine finstere Zeit. Sie werden das nicht wissen, Mister Soor, aber Ihr Mandant war so etwas wie ein Held, als sein Panzer im Jahr 2003 getroffen worden ist. Er hat zwei Kameraden gerettet, hat sie unter feindlichem Feuer aus einem brennenden Panzer gezogen, ohne auf seine eigene Sicherheit zu achten. Aber er konnte nicht alle retten. Einer starb. Badgers bester Freund. Corporal Robert Baines. Die eigentliche Tragödie ist jedoch, dass das alles so unnötig gewesen ist. Denn das war ein Fall von Friendly Fire – ein waschechtes

Oxymoron. Beschuss durch eigene Kräfte. ›Blue on blue‹ nennt man das bei der NATO, glaube ich. Er wurde von den eigenen Leuten getötet. Badger hingegen hat überlebt, wurde ausgezeichnet und mit der Military Medal geehrt.« Soor war verärgert über Cross' wohldurchdachte Andeutung, er sei nicht vollständig über seinen Mandanten informiert, teilweise, weil es zutraf.

»Was hat das alles mit den Gründen dafür zu tun, dass Sie meinen Mandanten hier festhalten?«, fragte er.

Cross ignorierte ihn. Doch dieser kleine Einwurf verriet ihm jetzt klar und deutlich, mit welcher Art Anwalt er es zu tun hatte. Unvorbereitet und kleinkariert. Er konzentrierte sich wieder auf Badger.

»Da hatten Sie einen ziemlich vielschichtigen Haufen Gegebenheiten und Gefühle unter einen Hut zu bringen, stelle ich mir vor. Es würde mich nicht überraschen, wenn Sie das immer noch verfolgt. Obwohl es nicht Ihre Schuld war. Sie haben getan, was Sie konnten, um Corporal Baines zu retten –«

»Haben Sie auch eine Frage an meinen Mandanten?«, unterbrach Soor.

Cross ignorierte ihn auch dieses Mal. Sie waren nicht vor Gericht. In diesem Raum konnte er während der nächsten vierundzwanzig Stunden tun, was immer ihm beliebte; natürlich nur, solange es den gesetzlichen Rahmen nicht sprengte.

»Schlimme Sache – jemanden aus Versehen umbringen«, fuhr er fort.

Wieder erhielt er keine Antwort, aber Cross hatte den Boden bereitet. Er hatte dem Mann erzählt, dass er über ihn im Bilde war; nun war es an der Zeit, den nächsten Schritt zu tun. Herauszufinden, in welcher Gemütsverfassung der Mann jetzt war.

»Ist Ihnen eigentlich klar, warum wir mit Ihnen reden wollen?«, fragte Cross.

Zum ersten Mal beschloss Badger, sich selbst zu Wort zu melden, vielleicht, weil er hinsichtlich der Ereignisse des vergangenen Tages genauso verwirrt und verunsichert war wie alle anderen auch. Wenn nicht gar mehr.

»Sie denken, ich hätte den alten Mann getötet«, sagte er.

»Noch ›denken‹ wir das nicht, aber es ist definitiv eine Richtung, der wir bei unseren Ermittlungen nachgehen müssen.«

»Tja, ich war's nicht. Ich wusste nicht mal, dass Lenny tot ist.«

»Ist das so?«

»Ja, verdammt, das ist so. Warum hätte ich ihn töten sollen?«

»Ich weiß es nicht.«

Cross ging auf, dass Badger immer noch völlig fertig war. Etliche Detectives hätten sich die Situation zunutze gemacht, um ein Geständnis herauszulocken, ihn gedrängt, ihn überzeugt, dass er tatsächlich der Mörder seines Freundes war. Fall abgeschlossen. Aber nicht Cross.

»Wir wissen bisher nicht, wer Lenny war. Wir haben

ihn noch nicht identifiziert. Wer war er, Badger? Kennen Sie seinen richtigen Namen? Können Sie uns wenigstens helfen herauszufinden, wer er ist, damit wir seine Familie wissen lassen können, dass er verstorben ist?«, fragte er.

»Nein. Würde ich, wenn ich könnte, kann ich aber nicht.«

Cross blickte die Akte an. »Sie haben die Army vor sieben Jahren verlassen«, griff er das Thema wieder auf.

»Der Mann kann lesen«, spottete Badger.

Sarkasmus, interessant; er gewann, wie Cross dachte, an Selbstvertrauen, entspannte sich.

»Was ist passiert? Womit ich fragen will, wie sind Sie in Ihre derzeitige Lage geraten?«, erkundigte er sich.

Das trug ihm einen weiteren streitlustigen Blick von Badger ein.

»Sie sind obdachlos, ist das richtig?« Kurze Pause, dann: »Stehen Sie immer noch unter Alkoholeinfluss?«

Keine Antwort.

»Waren Sie Dienstagabend betrunken? Wo waren Sie gegen acht Uhr abends?«

»Kein Kommentar.«

Nun hatten sie also die Kein-Kommentar-Phase erreicht. Was bedeutete, dass Badger wieder eingefallen war, was sein Anwalt ihn zu tun angewiesen hatte. Auch das fand Cross eher ermutigend als frustrierend. Ein Anwalt würde seinen Mandanten stets instruieren, nichts oder nur »kein Kommentar« zu sagen – einerseits, weil er sich sonst selbst belasten könnte, andererseits auch, weil die Polizei dann gezwungen war aufzudecken, über welche Indizien und Beweise sie verfügte. Zugleich war das die Basis, auf der die Polizei ihr Narrativ zusammenstellte und den Beklagten gewissermaßen diskreditierte, wenn es zur Verhandlung kam. »Kein Kommentar«, bis man mit einem Beweis konfrontiert wurde, dem man nicht ausweichen konnte, warf vor den Augen einer Jury kein gutes Licht auf einen Angeklagten, besonders, wenn sich dieser Vorgang wiederholte.

»Waren Sie im Shaftesbury House?«

»Kein Kommentar.«

Badger sah zu, als Cross akribisch »KK« neben den Fragen notierte, die er in sein Notizbuch geschrieben hatte. Er blickte seinen Anwalt an, als wollte er sich erkundigen: »Wer ist der Kerl?«

»Sie waren in St. Joseph's, im Shaftesbury House, habe ich recht?«, fuhr Cross fort.

»Kein Kommentar.«

»Sie wurden da von Zeugen gesehen. Wir haben mit ihnen geredet, und sie sagten, Sie wären dort gewesen.«

Er sah Badger und seinen Anwalt an, der seinem Mandanten etwas ins Ohr flüsterte.

»Dann muss ich wohl dort gewesen sein, schätze ich«, sagte Badger.

»Sie waren in der Nacht von Dienstag, dem dreißigsten Oktober, in St. Joseph's?«

»Wenn Sie das meinen.«

»Ich meine gar nichts. Ich berichte nur, was man uns erzählt hat, und gebe Ihnen eine Chance, diese Informationen zu bestätigen oder eben nicht«, sagte Cross.

»Also gut, ich war da.«

»In der Nacht vom Dienstag, dem Dreißigsten?«, hakte Cross nach.

»Keine Ahnung. Ich weiß ja nicht mal, welcher Tag jetzt ist. Ich weiß nicht, wann Dienstag war. Ich weiß nicht, wo ich war. Ich weiß nicht, was ich getan habe.«

»Und trotzdem wussten Sie genau, welcher Tag gestern war und welche Bedeutung er hatte. Der fünfzehnte Todestag Ihres Freundes.«

Badger sah Cross an, als hätte der gerade eine der Grenzen des Anstands überschritten. Als spräche er über Dinge, die zu erwähnen er kein Recht hatte.

»Das ist was anderes«, meinte er.

»Wie ich schon sagte, wir haben mehrere Zeugen, die Sie dort verorten«, wiederholte Cross.

»Dann muss ich wohl dort gewesen sein.«

»Also – wo waren Sie am Dienstag, dem dreißigsten, in den Abendstunden?«

Badger drehte sich zu seinem Anwalt um.

»Meint der das ernst?«

»Beantworten Sie einfach die Frage«, entgegnete der Anwalt.

»In St. Joseph's«, sagte Badger.

»Sie waren am Abend von Dienstag, dem dreißigsten, in St. Joseph's«, hakte Cross nach.

Wieder sah er sich zu seinem Rechtsbeistand um, dessen starrer Blick andeutete, er solle einfach »Ja« sagen.

»Um acht Uhr?«, fuhr Cross fort.

»Ja«, sagte er.

»Und haben Sie an diesem Abend mit dem Opfer gesprochen?«

»Kein Kommentar.«

»Sie haben mit ihm gesprochen, nicht wahr?«

»Kein Kommentar.«

»Tatsächlich hatten Sie sogar eine ziemlich hitzige Auseinandersetzung, habe ich recht?«

»Kein Kommentar.«

Wieder trat eine Pause ein, als Cross »KK« notierte, als würde Bob Cratchit Eintragungen im Hauptbuch vornehmen, so sauber und leserlich wie nur menschenmöglich.

»Sagen Sie das, weil Sie sich nicht erinnern können oder weil Ihr Anwalt Sie angewiesen hat, es zu sagen?«, erkundigte sich Cross.

»Kein Kommentar.«

»Wir haben Aussagen von Leuten, die behaupten, Sie hätten sich mit Lenny gestritten.«

»Kein Kommentar.«

»Sie haben sich schon früher mit ihm gestritten, nicht wahr? Sogar einige Male. Stimmt das nicht? Der Mitarbeiter am Empfang sagte, Sie seien wie ein ›altes Ehepaar‹ gewesen«, bohrte Cross.

»Kein Kommentar.«

»Sie hatten am Abend des Dreißigsten Streit mit

ihm. Dann ist er gegangen, und Sie sind hinter ihm hergelaufen.«

»Kein Kommentar.«

»Wann haben Sie Lenny das letzte Mal lebend gesehen?«

Nun sah Cross Badger direkt an, worauf der sofort wegschaute. Er wollte Cross' Blick nicht aushalten oder ihn gar provozieren.

»Können Sie sich erinnern, dass Sie Lenny aus St. Joseph's gefolgt sind?«, fragte Cross.

»Kein Kommentar.«

Ottey hatte Mackenzie erlaubt, die Befragung in einem der Beobachtungsräume zu verfolgen. Nicht so sehr, weil sie dachte, sie sollte etwas lernen – was sie, wenn sie schlau war, höchstwahrscheinlich täte –, sondern viel mehr als eine Art Dankeschön für ihre Arbeit mit den Initialen und um ihr eine Atempause zu verschaffen. Sie versuchte, die Ermutigung zu liefern, die Cross nicht liefern konnte.

Bisher fand Mackenzie das Verhör genauso öde, wie sie es bei einem verkaterten Obdachlosen erwartet hatte. Von Cross' legendärer Befragungstechnik hatte sie nichts wahrgenommen. Sie sah zu, als Cross weitermachte.

»Nun gut, vielleicht kann ich da helfen. Sehen Sie, über dem Eingang von St. Joseph's gibt es eine Überwachungskamera. Nichts Ungewöhnliches, nicht wahr? Ich meine, die gibt es heutzutage an vielen Gebäuden, richtig? Kürzlich habe ich erfahren, dass die Bürger dieses Landes durchschnittlich siebzigmal am Tag von einer Überwachungskamera erfasst werden.«

Das war, wie Mackenzie dachte, sonderbar; sie war sicher, dass Ottey ihr erzählt hatte, die Kamera würde nicht funktionieren. Gewissenhaft nahm sie sich vor, ihnen zu sagen, dass Cross gepatzt hatte.

»Ich war überrascht. Ich dachte, das würde viel häufiger passieren. Aber nein, siebzigmal. Wohlgemerkt, auch bei siebzig Erfassungen sind das, wenn man zugrunde legt, dass der durchschnittliche Brite an jedem beliebigen Tag sechzehn von vierundzwanzig Stunden auf den Beinen und, sagen wir, zehn davon außer Haus ist, sieben pro Stunde. Einmal alle achteinhalb Minuten. Vierhundertneunzigmal pro Woche.« Cross brach ab. Es war, als würde er überlegen, was er da gerade gesagt hatte, und wäre so überrascht darüber wie zu dem Zeitpunkt, als ihm diese Zahlen erstmals aufgefallen waren. Der Anwalt unterbrach seinen Gedankengang.

»Ich möchte mit meinem Mandanten reden.«

»Damit habe ich schon gerechnet.« Cross packte seine Akte zusammen und verließ mit Ottey den Raum. Als sie sich den Korridor hinunter entfernten, kam Mackenzie aus dem Beobachtungsraum und rief nach Ottey. Die blieb stehen, Cross ging einfach weiter.

»DS Ottey, ich dachte, das Obdachlosenheim hätte keine Überwachungsaufnahmen gehabt.«

»Richtig.«

»Aber Cross hat gesagt, es gäbe welche.«

Das hatte Cross natürlich gehört, und er antwortete, ohne innezuhalten oder sich wenigstens umzudrehen.

»Das ist so nicht korrekt. Ich habe lediglich darauf hingewiesen, dass es eine Überwachungskamera über der Tür gibt, und meiner Überraschung darüber Ausdruck verliehen, wie oft der Durchschnittsbürger im Vereinigten Königreich täglich von solchen Kameras aufgezeichnet wird. Ich habe nichts über die Existenz relevanter Aufnahmen gesagt, ein Punkt, an dem jeder kompetente Anwalt nachgehakt hätte, aber Badger wurde bedauerlicherweise kein solches Exemplar zur Seite gestellt.«

Mackenzie sah Ottey an, die lediglich ein Lächeln aufblitzen ließ und weiterging.

11

Ottey und Cross blieb gerade genug Zeit, sich einen Kaffee zu machen, ehe sie schon wieder in den Befragungsraum gerufen wurden.

Sie nahmen Platz, und Cross legte die Akte exakt sechs Zoll vor sich ab und achtete darauf, dass sie von den Tischecken gleich weit entfernt war. Als sie perfekt ausgerichtet war, blickte er auf und stellte Badger die gleiche Frage, die er schon an ihn gerichtet hatte, ehe er den Raum verlassen hatte, ganz so, als hätte er sie noch gar nicht gestellt.

»Können Sie sich an einen Streit mit Lenny am Abend des Dreißigsten im letzten Monat erinnern?«

»Ja.«

»Worum ging es bei diesem Streit?«

»Ich hatte ihm Essen gestohlen. Er wollte es zurückhaben. Das war alles.«

»Sie haben schon früher mit ihm gestritten.«

»Ja.«

»Warum?«

»Weil er manchmal lästig war und mir ständig auf die Nerven gegangen ist.«

»Warum?«

»Weil er ein Arschloch war, das sich überall einmischen musste.«

»Warum sind Sie ihm gefolgt?«

»Bin ich nicht. Ich bin nur rausgegangen.«

»Warum wollten Sie eine Nachtunterkunft um acht Uhr abends verlassen?«

»Kein Kommentar.«

Cross hielt einen Moment inne, beschloss aber dann weiterzumachen. Er nahm die Liste mit seinen Fragen und legte sie ordentlich in eine fliederfarbene Klarsichthülle, ehe er eine andere Liste aus einer gelben Hülle holte. Sie bestand aus nur einem Blatt. Er platzierte es vor sich auf den Tisch, dachte über die erste Frage nach und blickte auf.

»Wie haben Sie sich die Platzwunde am Kopf zugezogen?«, fragte er.

»Bin gefallen.«

»Wo?«

»Weiß ich nicht mehr.«

»Und die Kratzer?«

»Hören Sie, ich sage die Wahrheit.«

»Danke, das wäre hilfreich«, meldete Ottey sich zum ersten Mal zu Wort. Cross holte tief Luft. Es ärgerte ihn, aber in Gegenwart des Verdächtigen würde er nichts dazu sagen. Außerdem hatte er aus früheren Vorfällen dieser Art gelernt, dass seine Reaktion in solchen Situationen oftmals selbstsüchtig und ungerechtfertigt war – ihren Worten zufolge. Es gab schließlich zwei Personen, die für diese Befragung zuständig waren, und das sollte er bedenken. Er sollte dankbar dafür sein, dass sie ihm im Großen und Ganzen freie Hand ließ, die Verhöre so durchzuführen, wie er es wollte, und nur dazwischenging, wenn sie es für notwendig hielt – das waren ebenfalls ihre Worte. Aber er arbeitete mit ihr zusammen. Als er darüber nachgedacht hatte, erkannte er, dass die Tatsache, dass sie sich zurückhielt – was sie ständig tat –, ein Zugeständnis an ihn war.

»Ich kann mich nicht an viel erinnern. Ich war total neben der Spur. Ich weiß nur noch, dass wir gestritten haben, danach erinnere ich mich an gar nichts mehr. Ich schwöre es. Ich habe keine Ahnung, was passiert ist. Ich hatte Streit mit Lenny, und jetzt ist er tot, und ich weiß das nur, weil Sie es mir gesagt haben.«

Cross musterte ihn einen Augenblick lang, und was er sah, war Panik. Panik, weil der Mann sich buchstäblich nicht erinnern konnte, was passiert war. Und weil sein Freund tot war.

»Das muss beängstigend sein. Wirklich beängstigend«, sagte Cross.

»Was?«

»So betrunken zu sein, so berauscht, dass Sie sich nicht mehr erinnern können, was Sie in jener Nacht getan haben.«

Badger starrte den Tisch an und fing an, kleine Stücke aus dem Styroporbecher in seiner Hand zu brechen und auf den Boden fallen zu lassen.

»Sie können sich nicht erinnern. Ein Mann ist tot. Ihr Freund. Sie wurden gesehen, als Sie mit ihm gestritten haben, und dann wurde er umgebracht. Das muss sehr beängstigend für Sie sein«, konstatierte Cross.

Diese Wahrheit war Badger sichtlich unangenehm.

»Hat er Sie geschlagen? Haben Sie deshalb diese Verletzung?«, fragte Cross.

Er kam zu dem Schluss, dass der Verdächtige ein wenig Trost brauchte, eine Art Erklärung. Einen Ausweg.

»Sie hatten sich offensichtlich nicht unter Kontrolle – das könnte sich vor Gericht strafmildernd auswirken.«

Wieder ging Ottey dazwischen – sie ahnte eine Schwachstelle bei Badger.

»Haben Sie ihn geschlagen?«, fragte sie.

»Können wir eine Pause machen? Mein Kopf bringt mich um.«

In Verhörpausen beobachtete Cross Verdächtige häufig in ihrer Zelle. In diesem Fall konnte er nur zusehen, wie Badger auf dem Bett saß und zu Boden starrte.

»Man sollte annehmen, dass er schlafen wollte«, bemerkte Ottey.

»Nein ... er versucht, sich zu erinnern. Er versucht, sich eine Vorstellung von dieser Nacht zu machen, aber er kann es nicht. Ich glaube nicht, dass er es kann. Das ist es, was ihm Angst macht. Er fängt an, sich zu fragen, ob er das Undenkbare womöglich tatsächlich getan hat«, überlegte Cross laut.

Aber auch er hatte genug gesehen, also ging er mit Ottey zusammen zum Großraumbüro. Als sie dort ankamen, fing Mackenzie sie ab.

»Also, ich habe die Liste der Hochzeiten mit der der Sklerallinsenpatienten verglichen. Keine Übereinstimmung«, sagte sie.

»Mist«, war alles, was Ottey dazu einfiel. Das war ihre beste Spur gewesen. Cross überlegte eine Minute.

»Da muss etwas sein. Sie müssen es übersehen haben«, sagte er dann.

»Ich bin es tausendmal durchgegangen«, protestierte Mackenzie.

»Das kommt mir höchst unwahrscheinlich vor angesichts der Zeit, die Sie dafür aufgewendet haben. Ich möchte die Liste aller fünfhundert Hochzeiten und die aller Patienten haben.«

»Ich werde sie mir auch ansehen«, sagte Ottey.

»Das wird nicht nötig sein«, rutschte ihm prompt heraus.

Sie maß ihn mit einem finsteren Blick. Aha, das war also wieder völlig falsch gelaufen. Er versuchte sich an einem Rückzieher.

»Insofern, als dass Sie sehr beschäftigt sein müssen und anderes zu tun haben«, sagte er.

»Zwei Augenpaare sehen mehr als eins«, entgegnete Ottey in einem Ton, in dem mehr als nur eine Spur von Härte lag.

»Das wäre allerdings von Vorteil.«

»Eigentlich ... drei Augenpaare«, sagte Mackenzie und bedauerte umgehend, den Mund aufgemacht zu haben, war aber zugleich dankbar, dass die beiden sie vermutlich gar nicht gehört hatten, weil sie bereits weitergegangen waren.

Viele Leute empfanden den Papierkram, die Dokumentenstapel, die durchgesehen werden mussten, die Listen, die analysiert werden mussten, als lästige Pflicht. Nicht so Cross. Nichts war ihm lieber als Listen mit Anrufen, Adressen, Daten oder Tabellen mit geografischen Sichtungen samt der zugehörigen Zeitangaben. Äußerst schnell stachen ihm dabei Muster ins Auge, beinahe als wären sie auf der vor ihm liegenden Seite mit Textmarker gekennzeichnet. Zudem besaß er ein fantastisches Kurzzeitgedächtnis und ein bildhaftes Erinnerungsvermögen, weshalb wiederholt auftauchende Daten und Fakten sich für ihn schnell zu einem Muster oder einem Ablauf verknüpften. Diese Muster und Abläufe und die Unterbrechungen und Lücken, die sie enthielten, lieferten häufig unschätzbare Hinweise zur Lösung eines Falles.

Er konnte eine maßlose Geduld aufbringen, wenn er glaubte, etwas auf der Spur zu sein. Stundenlang war er dann damit beschäftigt, sämtliche Handlungen nachzuvollziehen und zu wiederholen, die seiner Ansicht nach stattgefunden haben mussten, um herauszufinden, wo in dem ganzen Verlauf eine Lücke oder eine Schwachstelle verborgen war. Er hegte auch einen gewissen Stolz hinsichtlich der Effizienz und der Geschwindigkeit, mit der er Ergebnisse erzielte. Zwar würde er das nie zugeben, aber für ihn war das wie ein Wettrennen, und in diesem speziellen Fall war er nicht allein.

In diesem Rennen, in dem es darum ging, Lennys

Identität zu ermitteln, hatte er eine Konkurrentin. Mackenzie arbeitete so schnell sie konnte, weil sie ihn schlagen wollte. Sie hatte etwas zu beweisen. Entweder sie knackte den Code, oder sie bewies ihm, dass es keinen Code zu knacken gab, noch ehe er das selbst herausfinden konnte. Wie verrückt arbeitete sie die Listen ab, suchte verzweifelt nach etwas, das sie zuvor übersehen hatte, das ihr aber jetzt direkt aus den vorliegenden Daten ins Gesicht springen würde.

Und sie wurde zusätzlich ermutigt durch den Umstand, dass Cross und Ottey in den Befragungsraum zurückgerufen worden waren, was ihr einen Vorteil ihm gegenüber einräumte.

»Erinnern Sie sich, dass Sie Lenny gefolgt sind?«, fragte Cross.

»Kein Kommentar«, sagte Badger.

»Erinnern Sie sich, weiter gestritten zu haben, nachdem Sie St. Joseph's verlassen haben?«

»Kein Kommentar.«

»Sie haben schon früher Straftaten begangen, richtig, Badger?«

»Inwiefern ist das relevant?«, ging Soor dazwischen.

»Das wissen Sie sehr gut, aber vielleicht weiß Badger es nicht. Sehen Sie, Badger, jedes Mal, wenn jemand eine Straftat begeht, wird seine DNA in der nationalen Datenbank festgehalten. Was bedeutet, dass Ihre DNA im System ist«, erklärte Cross.

Er musterte Badger, konnte aber nicht erkennen, ob der gerade über die möglichen Auswirkungen dessen, was er soeben gehört hatte, nachdachte, oder ob er immer noch versuchte, sich einen Weg durch die vagen Erinnerungen an die Ereignisse der letzten Tage zu bahnen. Wurden die Dinge für Badger klarer oder noch verwirrender, je nüchterner er wurde, fragte sich Cross.

»Das Opfer hatte eine Plastiktüte bei sich, die sechs Dosen Cider enthielt. Ziemlich schwer. Könnte einigen Schaden anrichten, wenn sie jemandem an den Kopf geschleudert wird. Erinnern Sie sich, dass er Sie geschlagen hat?«, fragte Cross.

»Kein Kommentar.«

»Ihre Kopfwunde wurde mit siebzehn Stichen genäht. Ich bin ziemlich sicher, ich würde mich daran erinnern, geschlagen worden zu sein, wenn so eine schwere Verletzung dabei entsteht.«

Badger sah seinen Anwalt an. »Vielleicht kann ich mich deswegen nicht erinnern. Wegen dem Schlag auf den Kopf.«

Cross betrachtete ihn. Mehr und mehr glaubte er, dass Badger sich wirklich nicht erinnern konnte, was geschehen war, und dass ihm das Sorgen machte. Er beschloss, die Dinge voranzutreiben und zu schauen, was er hervorlocken konnte. Er wandte sich an den Anwalt.

»Ich denke, wir sollten die Sache ein wenig beschleunigen, meinen Sie nicht? Vielleicht hilft uns das weiter. Sie sollten wissen, dass wir Blut an der Tragetasche und Haut unter den Fingernägeln des Opfers gefunden haben. Ich bin ziemlich überzeugt, wenn die Analyseergebnisse …« Er sah auf seine Armbanduhr. »… in Kürze eintreffen, wird die DNA mit der von unserem Mister Whitby hier übereinstimmen. Sofern ich richtigliege, stünde er vor Gericht besser da, wenn er sich etwas genauer an die Ereignisse jenes Abends erinnert. Und außerdem zugibt, dass er tatsächlich in der Nacht seines Todes eine körperliche Auseinandersetzung mit dem Opfer hatte, ehe wir den Ablauf durch unsere Beweise untermauern.«

»Ich will mit meinem Mandanten sprechen.«

»Natürlich wollen Sie das.«

Für Cross gehörte es zum üblichen Ablauf, sukzessive zu enthüllen, was er hatte oder haben könnte, und während der Befragung ein Narrativ zu entwickeln, das, wenn es einer Jury vorgelegt würde, zur Verurteilung beitragen konnte. »Der Angeklagte schien sich nicht erinnern zu können, dass er diesen Mann gekannt hat. Tatsächlich hat er das ganze zweiundzwanzigmal im Zuge der Befragung bestritten. Bis ihm schließlich Fotos vorgelegt wurden, die ihn bei drei verschiedenen Gelegenheiten beim Abendessen mit dem Verstorbenen zeigten. Da fragt man sich natürlich, was er sonst noch verheimlichen könnte.«

Mit der Liste der Hochzeiten und der Sklerallinsenträger war Cross in einer Sackgasse gelandet. Einer Sackgasse, die innerhalb der festgesetzten Parameter lag. Er war überzeugt, die Antwort auf die Frage nach

Lennys Identität verbarg sich irgendwo dort drin. Sie suchten landesweit, also war der genaue Ort kein Problem, aber er musste eine weitere Variable ergänzen. Er dachte einen Moment darüber nach und kam zu dem Schluss, dass ein erweiterter Datensatz die Ultima Ratio war. Was, wenn die Initialen »HLC« nicht alle Komponenten des Namens umfassten, den sie suchten? Er überflog die Liste auf der Suche nach diesen Initialen in Kombination mit ein oder zwei anderen Lettern. Dann sah er es. Zu Mackenzies Pech geschah das exakt zu dem Zeitpunkt, als sie gerade von ihrem Stuhl aufsprang.

»Ja!«

»Was ist?«, fragte Ottey.

»Hab ihn gefunden. Unser Opfer. Ich habe ihn.«

Sie tippte einen Namen auf ihrer Tastatur, genau im gleichen Moment wie Cross. Der staunte über das, was er zu sehen bekam.

»Das kann nicht stimmen«, sagte Mackenzie angesichts der Fakten, die sich ihr offenbarten.

Cross tippte weiter, recherchierte den Namen, der auf seinem Computer angezeigt worden war, als es an der Tür klopfte. Er blickte auf. Mackenzie stand auf der Schwelle, und Ottey war gleich hinter ihr.

»Herein.«

»Ich habe ihn gefunden«, verkündete sie äußerst zufrieden. »Das Problem war der Name. Sein amtlicher Vorname ist gar nicht Lenny und auch nicht Leonard, sondern ...«

»William«, fiel Cross ihr ins Wort.

»Richtig, ja.« Zwar hatte ihr dieser Einwurf einen kleinen Dämpfer versetzt, doch sie fuhr fort, überzeugt, dass die folgende Information ihn zum Staunen bringen würde. »Der nächste Grund, warum wir ihn nicht finden konnten, das eigentlich Faszinierende an der ganzen Geschichte, ist aber …«

»Dass er vor sieben Jahren gestorben ist.«

Ottey seufzte. »Gut gemacht, Alice«, sagte sie.

»Was natürlich nicht möglich ist«, sprach Cross weiter. »Also lassen Sie uns herausfinden, was ihm vor sieben Jahren zugestoßen ist.«

»Bin dran«, sagte die junge Frau, die nun noch entschlossener war, ihm zu zeigen, dass sie alldem gewachsen war, und ging zurück.

»Sie sind ein Albtraum. Sie hat ihn gefunden.«

»So wie ich.«

»Eine kleine Ermunterung, vielleicht? Eine winzige Anerkennung? Wäre das wirklich so schwer?«

Dann ging auch sie. Er überlegte einen Moment. Sie hatte offensichtlich nicht unrecht – das hatte sie in solchen Situationen nie. Er musste die Sache mit Mackenzie korrigieren, wenn er Zeit und die beste Strategie ausgearbeitet hatte. In diesem Moment tauchten die DNA-Ergebnisse auf seinem Monitor auf. Cross studierte sie stirnrunzelnd. Das sah nicht gut aus für seinen Verdächtigen.

12

Die Aufdeckung von Lennys Identität war ein großer Schritt voran in dem Fall, eine weitere Spur, der sie folgen konnten, was begrüßenswert war. Cross war mehr und mehr überzeugt, dass Badger, sollte er Lenny getötet haben, keine Erinnerung an die Tat hatte, was natürlich nicht hieß, dass er es nicht getan hatte. Cross hatte das Gefühl, er müsse Badger helfen, sich ein Bild von dem zu machen, was vorgefallen war. Er hatte jedoch nicht die Absicht, ihn zu bedrängen, um ein Geständnis zu erzwingen. Andere Ermittler würden aber genau das tun, gerüstet mit den DNA-Ergebnissen. Also setzte Cross weiter auf Geduld.

»Hat er Sie geschlagen? Sind Sie so zu der Platzwunde gekommen?«

»Ja, mit der Einkaufstüte.«

Daran hatte Badger sich zu seiner großen Erleichterung in der Zelle erinnert. Er war einfach froh, dass ihm überhaupt noch irgendetwas aus dieser Nacht einfiel. Es auszusprechen gab ihm das Gefühl, ein wenig klarer zu denken.

»Der Cider. Darum ging es bei dem Streit. Nicht um Essen. Es ging ums Trinken. Cider. Sein Cider. Er hat gesagt, ich hätte ihn mir unter den Nagel reißen wollen.«

»Haben Sie?«

»Muss wohl. Das war's. Er hat ihn sich zurückgeholt und ist rausgerannt – und da bin ich hinterher.«

»Und er hat Sie mit der Tüte geschlagen?«

»Ja.«

»Was erklären würde, was Ihre DNA dort zu suchen hat.«

»Ihre DNA stimmt mit der des Bluts auf der Tüte überein«, warf Ottey hilfreich ein.

»Richtig.«

»Und da waren auch Spuren Ihrer Haut, vermutlich von Ihrem Hals, unter seinen Fingernägeln.«

Plötzlich sah Badger verängstigt aus. Er blickte seinen Anwalt an, als wollte er ihn um Hilfe bitten.

»Dann muss ich es also getan haben. Scheiße.«

»Mister Whitby …« Der Anwalt war nicht glücklich mit diesem halben Zugeständnis. Aber etwas an der Art, wie Badger gesprochen hatte, die Tatsache, dass er so bereitwillig daran glauben wollte, deutete auf Charaktereigenschaften, die Cross nachdenklich machten. Er war nicht so überzeugt von Badgers Schuld, ganz gleich, was der Anwalt denken mochte oder welche Beweise darauf hinzuweisen schienen.

»Wie? Wie genau haben Sie ihn umgebracht?«

»Na ja, ich hab ihn geschlagen. Hart.«

»Tatsächlich sogar hart genug, um ihm den Unterkiefer zu brechen.«

Diese Information erschütterte Badger offenbar sehr. So eine brutale Gewalt gegenüber dem alten Mann – was um alles in der Welt hatte ihn veranlasst, so etwas zu tun? Lenny war doch immer nett zu ihm gewesen. Warum hätte er so etwas tun sollen?

»Wirklich …? Dann ist er gefallen. Er muss sich den Schädel beim Sturz an irgendwas gebrochen haben. Ich wollte nicht … es war ein Unfall.«

»Also, Sie haben ihn geschlagen, er ist gestürzt, und das hat ihn umgebracht?«

»Muss wohl so gewesen sein.«

Cross hatte in diesem Raum schon viele verschiedene erleichterte Mienen gesehen. Selbstzufriedene Erleichterung in den Zügen eines Verdächtigen, wenn die Polizei ihn aus Mangel an Beweisen gehen lassen musste. Aufrichtige Erleichterung, wenn die Polizei jemanden entließ, weil sie nicht mehr glaubte, dass derjenige etwas mit der Tat zu tun hatte. Eine beinahe überwältigende Erleichterung, wenn ein Verdächtiger endlich losließ und gestand, als würde eine schwere Last von seinen Schultern genommen – der Druck der Lügen und Heimlichkeiten. Aber Badgers Erleichterung sah anders aus. Das war, als griffe er nach Strohhalmen, als wäre für ihn die Akzeptanz irgendeiner Version der Ereignisse, wie immer sie auch aussehen mochte, Trost und Erleichterung zugleich. Die meisten Ermittler hätten sich an diesem Punkt ein formelles Geständnis geholt, was Ottey gerade tun wollte, als Cross fortfuhr.

»Das war's?«

»Ja.«

»Warum haben Sie den Cider nicht mitgenommen?«

»Weiß ich nicht.«

»Wussten Sie, dass er tot war?«

»Nein, hab ich Ihnen doch schon gesagt. Ich hatte keine Ahnung, dass er tot war, bis Sie es mir erzählt haben.«

»Warum sind Sie dann geflüchtet?«

»Bin ich?«

»Na ja, Sie haben den Cider zurückgelassen – den Grund, warum Sie sich überhaupt gestritten haben. Das impliziert, dass Sie es eilig hatten.«

Badger dachte einen Moment darüber nach und nickte dann langsam, als würde er diese Version der Ereignisse als die einzig plausible anerkennen. Endlich ergriff sein Anwalt wieder das Wort.

»Möchten Sie eine Pause?«

»Nein, alles in Ordnung. Bringen wir das einfach hinter uns. Armer alter Lenny.«

»Sind Sie geflüchtet, weil Sie wussten, dass er tot war?«

»Nein. Ich wusste, dass ich ihn verletzt hatte. Ich schätze, ich wusste, dass es ihn schlimm erwischt hat, und wollte einfach nur da weg. Aber wie ich schon sagte, ich hatte keine Ahnung, dass er tot war.«

Das war in Cross' Augen entscheidend: Lenny war stranguliert worden, brutal. Jemand hatte ihn stranguliert, bis dieser Jemand wusste, er war tot. Das schien nicht zu Badgers Reaktion auf das, was ihm berichtet wurde, zu passen – das ergab alles einfach keinen Sinn. Cross war zunehmend überzeugt, dass Badger Lenny nicht umgebracht hatte. Er war zweifellos an irgendeinem Punkt mit ihm aneinandergeraten. Sie hatten sich gestritten. Aber nach allem, was er von ihm hörte und sah, war er ziemlich sicher, dass Badger ihn tatsächlich nicht getötet hatte.

»Ich habe noch eine letzte Frage an Sie.«

Er sah Badger unverwandt an, versuchte, ihm zu vermitteln, wie wichtig die Antwort auf diese Frage war. Versuchte, ihn zu ermutigen, aufzupassen und so genau zu antworten, wie er nur konnte. Und als er die Frage stellte, tat er das sehr langsam und bedächtig.

»Haben Sie Lenny zu irgendeinem Zeitpunkt Ihre Hände um den Hals gelegt?«

»Das glaube ich nicht. Ich weiß es nicht.«

»Bitte denken Sie darüber ganz genau nach. Als er am Boden lag, nachdem Sie ihn geschlagen haben, haben Sie da Hand an ihn gelegt?«

»Nein. Er war weggetreten. Bewusstlos. Warum hätte ich das tun sollen?«

»Sind Sie da absolut sicher?«

»Ich weiß nicht, aber warum sollte ich? Ich bin einfach abgehauen.«

»Das könnte wirklich wichtig sein, Badger.«

Stirnrunzelnd starrte Badger den Tisch an und versuchte verzweifelt, sich zu erinnern, was genau passiert war. Er sprach aus, was er im Geiste vor sich sah.

»Ich habe ihn am Kragen gepackt … ihm gesagt, er soll mir den Cider geben. Da hat er mich gekratzt … ich habe losgelassen, und er hat mich mit der Tüte getroffen, und dann habe ich ihn umgehauen, und er ist zu Boden gegangen. Es tut mir so leid.«

Damit war die Sache für Cross erledigt. Dieser Mann hatte es nicht getan. Er hatte sich fraglos mit dem Opfer geschlagen, aber er hatte seinen Kontrahenten nicht getötet. Was Cross' Frust hinsichtlich der vorhersehbaren Aufforderung, in Carsons Büro zu erscheinen, nur umso schlimmer machte. Carson hatte die Befragung auf einem Monitor verfolgt und war seinerseits mehr und mehr frustriert darüber, wie Cross die Dinge verdrehte, scheinbar außerstande, den Fall abzuschließen, auf dass Anklage erhoben werden konnte. Also rief er selbst beim Crown Prosecution Service an, ohne das Ende des Verhörs abzuwarten.

Bald darauf standen Cross und Ottey Carson in seinem Büro gegenüber.

»Der CPS hat genug in der Hand. Wir klagen ihn an. Gut gemacht.«

Cross sagte nichts; er reagierte überhaupt nicht. Was ärgerlich war, war, dass Carson schon mehrfach auf diese Weise vorschnell in Aktion getreten war, obwohl sie in Cross' Augen keinen klaren Fall hatten. Er wusste allerdings auch, dass jeglicher Widerspruch gegenüber seinem Vorgesetzten die Dinge innerhalb der Dienststelle ernsthaft schwierig machen würde, also hielt er den Mund. Bis ihm eine direkte Frage gestellt wurde, die unbeantwortet zu lassen er von Natur aus nicht fähig war.

»George?«

»Sir?«

»Warum habe ich das Gefühl, Sie sind anderer Meinung?«

»Ich weiß nicht, weshalb Sie dieses Gefühl haben.«

»Okay, sind Sie mit der Situation glücklich?«

»Ich bin weder glücklich noch unglücklich.«

»Also, was denken Sie, dass wir tun sollten?«

»Wir sollten noch warten.«

»Ich wusste es. Warum müssen Sie das immer tun?«

»Was tun?«

»Sich weigern, das Offensichtliche zu akzeptieren?«

»Ich denke, Sie haben Ihre Frage vielleicht soeben selbst beantwortet. Das Offensichtliche zu akzeptieren ist gerade das Falsche. Oftmals ist die Akzeptanz des Offensichtlichen das Dümmste, was man tun kann.«

»Sie haben ein Geständnis. Auf Band. Er hat gesagt, er hat ihn getötet.«

»Nicht ganz.«

»Es waren seine Worte.«

»Exakt lauteten seine Worte: ›Dann muss ich es also getan haben.‹«

»Er hat gestanden.«

»Nein, das hat er nicht. Er glaubt, dass er es aller Wahrscheinlichkeit nach getan hätte.«

»Weil er es aller Wahrscheinlichkeit nach getan hat.«

»Er ist nicht sicher, was passiert ist. Das ist alles noch sehr verschwommen wegen des Alkoholrauschs.«

»In dem er einen alten Mann umgebracht hat.«

»Er hat einen kräftigen Schlag an den Kopf eingesteckt. Die meisten Leute wären danach bewusstlos gewesen. Ich bin nicht überzeugt.«

»Ach, lassen Sie das doch.« Hilfesuchend sah Carson sich zu Ottey um, aber nach dem Gespräch vor ein paar Tagen, als es darum gegangen war, dass Cross und sie erneut Partner sein sollten, hatte sie nicht vor, ihm irgendwie entgegenzukommen.

»Warum tut er so was immer?«

»Leonard wurde stranguliert«, fuhr Cross fort.

»Und?«

»Badger hat ihn nicht stranguliert. Er hat ihn geschlagen, woraufhin Leonard gestürzt ist.«

»Vielleicht erinnert er sich nur noch nicht daran.«

»Wer Leonard auch ermordet hat, hat sich genug Mühe gegeben, dass seine Luftröhre geschädigt wurde. Diese Tat hat jemand begangen, der das Bedürfnis hatte, ganz sicherzugehen. Das passt nicht zusammen. Es ergibt keinen Sinn.«

»Wann ergibt ein Mord je einen Sinn?«, fragte Carson.

»Ein berechtigter Einwand. Ich ziehe das zurück, aber die Art, wie er ermordet worden ist, passt nicht zu den Gegebenheiten, die wir vor uns haben«, entgegnete Cross.

»Es passt, wenn der Täter volltrunken war und

keine Kontrolle mehr über sich hatte. Bereiten Sie die Anklage vor. Jetzt.«

»Nein«, sagte Cross.

»Was? Das ist ein direkter Befehl.«

»Er kennt die Todesursache nicht.«

»Wie ich bereits erwähnte, vielleicht hat er sich nur noch nicht erinnert.«

Cross' Erfahrung verriet ihm, dass er in einer Auseinandersetzung weitgehend chancenlos war, wenn er es mit einem Vorgesetzten mit so einer Einstellung zu tun hatte. Sie sagte ihm auch, dass er, wenn er dranbliebe und es dennoch versuchte, die Situation tendenziell nur schlimmer machen würde. Also tat er das, was sich in solchen Situationen als wirkungsvollste Vorgehensweise entpuppt hatte, und verließ den Raum. Für ihn ergab diese Handlung Sinn, aber auf alle anderen wirkte sie divenhaft – die Primadonna, die ihren Willen nicht bekam und von der Bühne stolzierte.

Carson sah Ottey an und platzte heraus, ehe ihm klar wurde, dass er mit der falschen Person sprach: »Der denkt die halbe Zeit über, er kann sich über alle Konventionen hinwegsetzen.«

»Das müssten Sie doch längst kennen. Warum sehen Sie dann so besorgt aus?«, fragte sie.

»Ich bin nicht besorgt. Bringen Sie Whitby vor Gericht.«

Die meisten Leute in Cross' Lage wären vermutlich verärgert gewesen. Seiner Ansicht nach war ein Fehler begangen worden. Tatsächlich war es sogar mehr als das. Seiner *Überzeugung* nach, war ein Fehler begangen worden. Aber Cross reagierte bei der Arbeit selten ärgerlich auf andere – frustriert, ja, doch er war kaum je ungehalten.

Was ihn selbst betraf, war das allerdings eine andere Sache. Sich selbst würde er manchmal am liebsten treten, wenn er etwas übersehen hatte, was andere als winziges, verdecktes Detail abgetan hätten, sich jedoch als wichtiges Informationsfragment im Zuge einer Ermittlung erwies; dann war er ärgerlich. Dann hatte er etwas übersehen, das ihnen einen Haufen Zeit und eine Menge intellektueller Energie erspart hätte, wenn er sich richtig konzentriert hätte.

Aber in einer Lage wie dieser, wenn Carson übereilt den falschen Mann vor Gericht stellen wollte, regte er sich nicht auf. Vermutlich verlangte Carson danach, um jene zufriedenzustellen, die eine Stufe über ihm waren – jedenfalls so lange, bis der Fall verhandelt wurde und in die Binsen ging (nun ja, das blieb jedenfalls zu hoffen, denn anderenfalls wäre die Sache hundertmal so schlimm – denn es gab einen unverkennbaren Unterschied zwischen der Beschuldigung und der Verurteilung der falschen Person).

Stattdessen ertappte Cross sich gewöhnlich dabei, plötzlich noch energischer daran zu arbeiten, die Wahrheit aufzudecken, ehe ihnen die Situation zu sehr entgleiten konnte. Dann würden Egos ins Spiel kommen, Egos und deren mangelnde Neigung zuzugeben, wenn sie falschgelegen hatten. Also würde er, wie Carson das in der Vergangenheit genannt hatte, auf eigene Faust weitermachen.

Das brachte ihn in Konflikt mit so gut wie allen anderen in der Dienststelle, die sich gegenseitig zu dem schnellen und erfolgreichen Abschluss der Ermittlungen gratulierten – und in der vorliegenden Angelegenheit zudem dazu, einen arg langweiligen Fall unter Dach und Fach gebracht zu haben. Allen mit Ausnahme von Ottey, die gelernt hatte, Cross zu solchen Gelegenheiten den Raum zu geben, den er brauchte. Vielleicht hatte das Carson auf einer unbewussten Ebene veranlasst, auf der Fortsetzung der Partnerschaft zu bestehen, auch wenn ihm das nicht klar sein würde. Sie reagierte selbst dann so, wenn sie Cross nicht verstand oder nicht mit ihm übereinstimmte. Dieses Mal jedoch war sie der Ansicht, dass er durchaus richtigliegen könnte: Auch wenn die physischen Beweise auf Badgers Schuld zu verweisen schienen, fühlte sich dieser Schluss für sie nicht stimmig an. Das war eine Ausdrucksweise, zu der Cross niemals greifen würde. Er würde sich nie den Luxus gönnen, hinsichtlich der Schuld oder Unschuld eines Menschen »ein Gefühl« zu haben. Das widersprach all seinen Instinkten. Er brauchte Beweise. Er brauchte Gewissheit. Vor allem aber trieb ihn das nimmermüde Bedürfnis an, alles richtig zu machen, Ordnung zu schaffen. Damit die richtige Person gefunden und verurteilt wurde. Hier jedoch kannte Badger die tatsächliche

Todesursache nicht. Darüber hinaus hatte sie das Gefühl, dass es nicht zu ihm passte, Lenny zu strangulieren. Also gedachte sie, Cross stillschweigend unter dem Radar und außer Reichweite von Carson zu unterstützen.

13

Cross' Vater Raymond war bis zu seiner Pensionierung als Luftfahrtingenieur in Filton tätig gewesen. Viele Jahre lang hatte er an der Concorde gearbeitet. Das war, wie er gern sagte, die Krönung seiner Laufbahn. Jedem, der bereit war, ihm zuzuhören, erzählte er, dass er an einem der größten Wettrennen des zwanzigsten Jahrhunderts mitgewirkt hatte, »um diesen Vogel vor den verdammten Franzosen in die Luft zu bekommen«, und sie hatten das Rennen gewonnen. Das war etwas, worauf er außerordentlich stolz gewesen war, jedenfalls bis zum 25. Juli 2000, dem Tag des Concorde-Absturzes in Paris. Das war einer der schlimmsten Tage seines Lebens. Nicht nur wegen des tragischen Verlusts an Menschenleben, sondern auch wegen der Tatsache, dass die Concorde danach nicht mehr hatte starten dürfen. Er hielt das für einen Fehler, für ein himmelschreiendes Unrecht. Bis zu diesem Moment hatte die Concorde als das sicherste Flugzeug überhaupt gegolten. So etwas hätte nie wieder passieren sollen. Allerdings war auch sein Stolz auf sein Lebenswerk befleckt von einem überwältigenden Gefühl von Schuld und Scham.

Raymond war die einzige Person in Cross' Leben, zu der er eine konstante Beziehung unterhielt. Seine

Mutter hatte sie verlassen, als er gerade fünf gewesen war, und sein Vater hatte ihn allein aufgezogen, aber nie wieder geheiratet. Dieser Tage sahen sie einander regelmäßig zweimal die Woche, sofern Cross' Arbeit es zuließ. Sie unterhielten sich nie fernmündlich, weil Cross nicht gern telefonierte und Raymond genervt davon war, das Schweigen allein ausfüllen zu müssen. Cross zog Textnachrichten vor, aber Raymond beklagte sich, seine Finger seien zu dick für die Tasten. Auch wenn Cross der Ansicht war, sein Vater sei nur zu starrköpfig, trafen sie sich infolge all dessen jeden Donnerstagabend zum Abendessen und sonntags entweder zum Lunch oder zu einem Ausflug. Über die Jahre hatten sie viele lokale Sehenswürdigkeiten besucht, waren gelegentlich zu Wanderausstellungen gegangen, und manchmal hatten sie auch eine größere Strecke auf sich genommen, um sich einer von Georges besonderen Freuden hinzugeben – Kirchenorgelmusik. Sie gingen zu den Konzerten oder auch nur zu den Kirchen, um sich eine spezielle Orgel anzusehen, von der George gelesen hatte. Er war selbst ein mehr als passabler Organist und übte im Austausch für die regelmäßige Wartung des Instruments in einer Kirche in St. Pauls. An den Donnerstagabenden holten sie sich Essen zum Mitnehmen, immer das gleiche Gericht, immer von demselben Restaurant, *Xiao Bao's*. Und darum stand George am Abend von Badgers Klageerhebung in der kurzen Schlange der Kunden und wurde, als er an der Reihe war, auf vertraute Art begrüßt.

»Guten Abend, Mister Cross.«

»Guten Abend, Xiao Bao.«

»Das Übliche?«, fragte Xiao Bao, obwohl er wusste, dass George die Frage ignorieren und seine Bestellung aus dem Kopf rezitieren würde.

»Fünf, siebzehn, zweiunddreißig, vierunddreißig und dreiundvierzig«, intonierte Cross.

»Natürlich, das macht ...«

Und wie jede Woche nannten beide zugleich die Rechnungssumme: »Zwanzig Pfund und fünfundsechzig Pence.«

Xiao Bao kannte Cross nicht gut genug, um zu verstehen, warum sie dieses Ritual Woche für Woche durchgingen, doch er war gern bereit mitzuspielen, zum einen, weil er Cross als sonderbar und exzentrisch einstufte, doch auf eine harmlose Art. Aber auch, weil Cross das Wechselgeld, das ihm nach den fünfundzwanzig Pfund, mit denen er zu zahlen pflegte, zustand, nie annahm.

In der Wohnung seines Vaters musste sich Cross wie immer einen Weg durch den Dschungel aus gesammeltem Unrat im Flur freikämpfen. Er war ziemlich sicher, sie würden feststellen, dass diese Wohnung viel größer war, als sie zu sein schien – wäre der Bewohner nicht so sammelwütig. Sie könnten womöglich sogar das verschollene und in Vergessenheit geratene Schlafzimmer wiederfinden. Er konnte mindestens sieben Mikrowellen sehen, einige davon gefüllt mit anderen lebensnotwendigen Gütern, die irgendwann in der Zukunft wieder gebraucht werden könnten, hypothetisch betrachtet. Da gab es Betamax-Recorder, VHS-Recorder, Radiatoren, Kaminroste; mehrere Fernseher, teilweise noch mit Röhren, darunter, dessen war er sicher, einige Schwarz-Weiß-Geräte. Man könnte es niemandem verübeln, diesen Raum als Hinterzimmer einer Elektrowerkstatt an einer Dorfstraße einzustufen. In der Ecke stand sogar eine Trockenhaube mit Ständer von der Art, wie Friseure sie in den Sechzigern benutzt hatten. Ausgaben der Zeitschrift der *Royal Aeronautical Society* und andere Technikmagazine stapelten sich vom Boden bis zur Decke. Die meisten davon waren Jahrzehnte alt und voller Artikel über technische Fortschritte, die über die Jahre veraltet waren. Der typische Geruch von Zeitungspapier, nun gut, im Grunde von irgendwelchem Papier, das zu lange in der Sonne gelegen hatte, hing in der Luft. Aber an diesem Abend war da auch noch der unverkennbare, beißende Gestank von Raymonds Lieblingsinstrument – dem Lötkolben.

Während er versuchte, genug Platz zu finden, um sein Fahrrad so abzustellen, dass er selbst noch daran vorbeikonnte, rief er: »Ich bin's.«

»Na, wer sollte es auch sonst sein?«, lautete die ebenso vertraute wie gereizte Antwort.

Cross betrat das Wohnzimmer, das wie der Korridor gleichermaßen mit allerlei Krimskrams vollgestopft war.

Im Zentrum all dessen saß ein Mann Ende siebzig, der den mit einer Stirnlampe bewaffneten Kopf in das Innenleben eines Fernsehers steckte. Das war Raymond, Cross' Vater.

»Du siehst aus, als hättest du zu tun.«

»Claires Fernseher. Sie hat schon wieder Kaffee auf das Gehäuse geschüttet. Ich weiß nicht, wie sie das immer hinkriegt.«

»In der Tat. Ich habe chinesisches Essen mitgebracht.«

Zwar war das genau das, was Cross jede Woche mitbrachte, doch Raymond antwortete ihm höflich, ganz so, als wäre er überrascht über die Wahl seines Sohns.

»Danke.«

Er lötete weiter, als Cross eine Tragetüte aus seinem Rucksack holte und den Tisch musterte. Er war mit Magazinen und Zeitungen übersät, dabei hatte er ihn erst vor vier Tagen freigeräumt.

Er nahm die Zeitungen und Magazine und sah sich nach einem freien Stück Boden um, auf dem er sie ablegen konnte, aber da war nichts, also legte er sie auf einen anderen Stapel.

»Wie geht es deinem Bein?«

Raymond hob eines seiner Beine an. Der Fuß steckte in einem Stützschuh.

»Sie haben mir einen orthopädischen Stiefel verpasst.«

Cross dachte einen Moment darüber nach.

»Wäre es hilfreich, wenn ich für dich zum Supermarkt gehen würde?«

»Nicht nötig. Ich bekomme morgen eine Lieferung.«

Sie begannen zu essen. Es gab diverse Speisen: Rindfleisch mit Ingwer und Frühlingszwiebeln, etwas Dim Sum, Reis, aber alles, was Cross aß, war gebratener Reis mit Ei. Raymond hatte es aufgegeben, ihn zu fragen, warum er immer chinesisches Essen holte, obwohl er es doch offensichtlich nicht mochte. Cross jedoch hatte Essen nie als etwas betrachtet, das Genuss vermittelte. Es war der Treibstoff, den der Körper brauchte, um den Tag zu überstehen, weiter nichts.

»Hast du auch Papadams mitgebracht?«

»Es ist chinesisches Essen, Dad.«

»Ich meinte gar keine Papadams. Ich meinte diese Pfannkuchendinger.«

»Ja, die sind in der Folie.«

Raymond öffnete die Folienverpackung und nahm sie heraus. Er benutzte sie wie Brot und tunkte sein Essen damit auf. Für eine Weile sprach keiner von ihnen. Dann: »Ich verstehe sowieso nicht, warum man keine Papadams zum chinesischen Essen haben sollte, wenn man sie doch will. Das ist doch schwer in Mode.«

»Was?«

»Fusion Food. Wo man zwei verschiedene Küchen nimmt und miteinander vermischt. Was anderes würde ich auch nicht tun.«

Raymond war der einzige Mensch, in dessen Gesellschaft Cross jemals speiste. Das war etwas, woran er gewöhnt war, was ihm sogar angenehm war. Er hatte immer geglaubt, es müsse seine Schuld gewesen sein, dass seine Mutter sie verlassen hatte. Nun, dank seiner Diagnose und einem gewissen Verständnis dafür, wie sich sein Zustand auf andere auswirkte, war ihm klar, dass er aller Wahrscheinlichkeit nach ein eigenartiges Kind gewesen war. Schwierig, verschlossen und dem Anschein nach auch kalt. Er hatte stets vermutet, dass sie damit nicht zurechtgekommen war. Sein Vater hatte sich auf seine ganz eigene Art für ihn aufgeopfert und alles mit ihm durchgestanden, wofür Cross ihm im Rahmen seiner Möglichkeiten dankbar war.

Sie setzten ihr Mahl fort, schweigend, was beiden gleichermaßen zupasskam: Cross, weil er die Notwendigkeit und den Zweck von Smalltalk nicht verstand und auch nicht wusste, wie dergleichen zu betreiben wäre; Raymond, weil er noch nie ein Gespräch mit seinem Sohn geführt hatte, das nicht notwendig oder grundsätzlich informativ und praktisch gewesen wäre. So war das schon, seit George fünf gewesen war, und daran würde sich auch nichts mehr ändern. Dennoch war er froh, dass sie einander regelmäßig sahen, nicht nur um der Gesellschaft willen, sondern auch, weil jedes Wiedersehen bedeutete, dass ihm bei der Arbeit nichts Schlimmes zugestoßen war. Wenn George es wegen irgendwelcher beruflichen Hindernisse nicht schaffte, dann rief er zuverlässig an und sagte es ihm. Das tat er jedoch nicht in erster Linie, weil es in seiner Natur lag, sondern wegen Raymond. Denn als er es einmal versäumt hatte, war er dank der Telefonistin, die gleich mehrere Anrufe von Raymond entgegengenommen hatte, zu der Erkenntnis gelangt, dass sein Vater krank vor Sorge war, wenn er sich nicht meldete.

Als sie mit dem Essen fertig waren, sammelte Cross die Plastikbehälter ein und trug sie in die Küche. Wie nach jedem gemeinsamen Essen rief Raymond ihm nach: »Stell die Sachen einfach irgendwohin, ich wasche sie dann später ab.« Er brachte es schlichtweg nicht über sich, die Behälter wegzuwerfen, schließlich könnten sie sich ja irgendwann in der Zukunft noch als nützlich erweisen. Cross tat, wie geheißen, obwohl er wusste, dass einer der Küchenschränke bereits zum Platzen voll war mit ausgewaschenen Plastiktellern und Folienverpackungen von Essen zum Mitnehmen. Einige verteilten sich in der Wohnung, gefüllt mit Schrauben, Nägeln und nicht mehr im Verkehr befindlicher Münzen: »Irgendwann könnten sie etwas wert sein, wenn man sie nur lange genug aufbewahrt.«

Cross hatte aufgegeben, mit ihm darüber zu diskutieren, seit sein Vater einmal lachend erklärt hatte, er würde die Münzen auch vor der Müllhalde bewahren. Er hatte entgegnet, Raymond lebe in dieser Wohnung selbst auf einer Müllhalde. Oft fragte er sich, ob sein ausgeprägtes Bedürfnis nach Reinlichkeit und Ordnung vielleicht gar kein Symptom seines Zustands war (wie manche annahmen), sondern schlicht eine Reaktion darauf, in so einem Saustall aufgewachsen zu sein. Als er noch hier gelebt hatte, war der einzige aufgeräumte Raum in der Wohnung sein Zimmer gewesen. Aber in den Jahren, seit er ausgezogen war, war auch das von diversen Arten von Schutt eingenommen worden, von denen Raymond behauptete, sie wären essenziell für das Überleben in der Zukunft. Inzwischen war es ziemlich schwierig, die Tür zu dem Zimmer zu öffnen. Nicht, dass er es irgendwann in den letzten Jahren auch nur versucht hätte.

Nach dem Abwaschen schnappte Cross sich seinen Rucksack und ging. Kein »Auf Wiedersehen«, kein »Bis bald«. Er ging einfach, sammelte sein Fahrrad ein und verließ die Wohnung. Raymond reagierte weder gekränkt noch überrascht. Er wusste, sein Sohn war in Gedanken schon irgendwo anders, vermutlich bei der Arbeit. Er sah keine Notwendigkeit, seinem Vater zu sagen, dass er ihn in ein paar Tagen wiedersehen würde, denn das tat er Woche für Woche mit unfehlbarer Verlässlichkeit.

Und Raymond lag richtig. Während Cross nach Hause radelte, dachte er daran, dass er Leonards Familie besuchen musste.

14

Wie sich herausstellte, war Leonard – William – Carpenter ein Einheimischer und entstammte einer recht gut situierten Familie in Bristol. Ein Zahnarzt, der einige Jahre zuvor – um 2006 herum – verschwunden und sieben Jahre später für tot erklärt worden war. Cross hatte die Officers, die die Familie über das Auffinden von Leonards Leiche in Kenntnis setzen sollten, nicht begleitet, wie er es sonst zu tun pflegte. Er war zu der Zeit damit beschäftigt, Badger zu befragen, und Carson hielt seine Gegenwart für überflüssig, da er zu dem Schluss gekommen war, dass sie ihren Mann bereits hatten. Cross jedoch fand diese erste Begegnung zwischen einer trauernden Familie und den Polizisten, denen die wenig beneidenswerte Aufgabe übertragen worden war, den Angehörigen die schlimme Nachricht zu überbringen, bisweilen ganz besonders informativ.

Allerdings war Familie für Cross eine fremdartige Vorstellung. Er hatte keine, von Raymond abgesehen. Keine Mutter. Keine Geschwister. Er hatte keine Ahnung, wie es sein mochte, einen jüngeren oder älteren Bruder oder eine Schwester zu haben. Auf der anderen Seite waren persönliche Beziehungen in seinem Leben sowieso ein seltenes Gut. Zum Teil lag das daran, dass ihn die Mühe, die es kostete, irgendeine Form dauerhafter Verbindung – oder Beziehung – zu einem anderen Menschen aufrechtzuerhalten, im Alltag schlicht überforderte. Sein Verhalten und seine Reaktionen so zu konfektionieren, dass sie »akzeptabler« waren – was immer das im realen Leben auch bedeuten mochte –, war ganz einfach zu kräftezehrend. Genauso ermüdend war die Notwendigkeit, beständig analysieren zu müssen, wie andere Menschen sich ihm gegenüber verhielten, ihre individuellen Eigenheiten wahrzunehmen oder zu interpretieren. Er war nicht überzeugt, dass die Vorzüge am Ende ausreichten, um diese emotionale und physische Anstrengung zu rechtfertigen.

Wie die Dinge lagen, gab es schon jetzt genug Gelegenheiten, zu denen er beim Nachhausekommen völlig erschöpft war von der Last, sich während des Tages »normal zu benehmen«. Er war ausreichend selbstkritisch, um zu wissen, dass er im Grunde ein selbstsüchtiger Mensch war, der gern für sich blieb, und dass das, bis zu einem gewissen Grad, auf seinen Zustand zurückzuführen war.

Dennoch fand er Familien endlos faszinierend. Spannungen, wie sie im Kräftespiel innerhalb von Familien im Zuge seiner Arbeit so oft zutage traten, waren ihm in keinem anderen Bereich seines Lebens je begegnet. Selbst in der dem Anschein nach »liebevollsten« Familie lauerten diese Spannungen, allzu häufig sublimiert, direkt unter der Oberfläche. Das Wechselspiel zwischen Geschwistern faszinierte ihn ganz besonders. Die Differenzen zwischen zwei Geschwistern, die einander ähnlich waren, waren genauso groß wie die zwischen solchen, die sich diametral unterschieden. Wenn man dann noch das familiäre Netz moderner Strukturen mit Stiefbrüdern und -schwestern und Stiefeltern einbezog, bestand durchaus die Möglichkeit, eine Schlangengrube ungeahnten Ausmaßes freizulegen. Und die »Eindringlinge«, wie er sie oft nannte, die Partner der Geschwister, verheiratet oder nicht, trugen ihrerseits einen ganzen Haufen Unruhe und Bitterkeit in den Familienverbund hinein.

Das Haus der Familie Carpenter war groß, ein frei stehendes edwardianisches Gebäude am Rande der Downs mit einer kiesbedeckten Auffahrt, in der drei Wagen parkten: ein AMG Mercedes Sportcabrio, ein großer BMW und ein ziemlich alter VW-Golf mit einem »Baby an Bord«-Aufkleber in der Heckscheibe. Cross hasste solche Etiketten. Nach seinem Gefühl haftete ihnen etwas Selbstgerechtes und Überhebliches an. Sie besagten seiner Ansicht nach eher »Sieh dir mein Baby an« als »Bitte fahr vorsichtig«. Sein Handy zeigte mehrere verpasste Anrufe von einer ihm unbekannten Mobilnummer an. Es irritierte ihn, dass sie als »verpasst« eingestuft wurden, denn das war nicht der Fall; tatsächlich hatte er sie alle abgewiesen. Es musste doch möglich sein, eine Liste »abgewiesener« Anrufe auf dem Telefon zu generieren. Das ergäbe mehr Sinn und könnte sogar nützlich sein.

Er kettete sein Fahrrad an einem viktorianischen

Fußabstreifer aus Metall fest, ging zur Haustür und klingelte. Einige Augenblicke später öffnete eine junge Frau, Jessica Carpenter, mit sechsunddreißig Jahren Leonards jüngste Tochter. Sie warf nur einen Blick auf den Mann mit der neonfarbenen Fahrradjacke, dem Helm und den Fahrradklammern an den Hosenbeinen und war schon dabei, die Tür wieder zu schließen.

»Ich fürchte, heute ist kein guter Tag. Würde es Ihnen etwas ausmachen, ein andermal wiederzukommen?«

Er zog seinen Dienstausweis hervor.

»DS Cross. Ich bin wegen Ihres Vaters hier.«

»Es war Catherine, nun ja, vor allem Alan, ihr Mann, die uns gedrängt haben, unseren Vater für tot erklären zu lassen, damit sie sich die Praxis unter den Nagel reißen konnten«, sagte Gillian.

Cross saß in einem Armsessel in einem Raum, den ein Immobilienmakler zweifellos als gut ausgestatteten und wohlproportionierten Salon beschreiben würde, von dessen großen Fenstern aus der Blick auf die Downs führte. Wer immer dieses Haus eingerichtet hatte, besaß einen großartigen traditionellen Geschmack und hatte ein Auge für Antiquitäten. Ihm gegenüber saß die älteste Schwester Catherine, die sehr professionell gekleidet war: schwarzer Hosenanzug, weißes Hemd. Gillian, die mittlere Schwester, war die, die gesprochen hatte. Sie zeigte sich recht modisch, ihre Kleidung wirkte kostspielig und verriet Sinn für Stil. Derzeit ging sie im Raum auf und ab und paffte eine E-Zigarette. Catherine reagierte prompt auf die spitze Bemerkung ihrer Schwester, und Cross ahnte, dass dies ein alter, ermüdender und vielfach durchgespielter Streitpunkt zwischen den beiden war.

»Ich bin Zahnärztin«, erklärte sie.

»Ich verstehe. Dann geht es hier um die Praxis Ihres Vaters?«, hakte Cross nach.

»Um sein Lebenswerk«, konkretisierte die herumwandernde Schwester. »Die haben einen Schönheitssalon daraus gemacht.«

»Ach, nun hör schon auf. Sie hasst es, dass wir inzwischen auch Botox anbieten«, erklärte Catherine.

»Ich wäre nicht überrascht, wenn ihr bald mit Nagelpflege und Haarefärben anfangen würdet«, konterte Gillian.

»Gute Idee. Vielleicht denke ich mal darüber nach.«

»Dir traue ich das glatt zu. Der Punkt ist, Detective, dass unser Vater das verabscheuen würde.«

»Weil er Angst vor Veränderung hatte.«

»Weil er an den NHS geglaubt hat.«

Bis zu diesem Punkt hatte Jessica keinen Ton von sich gegeben, sondern nur stumm auf einem Stuhl etwas abseits der Runde gesessen. Dabei hatte sie eine Pose eingenommen, von der Cross dachte, sie müsse sie wohl ihr ganzes Leben lang geübt haben – vorgebeugt, die Arme über dem Bauch verschränkt, als würde sie buchstäblich festhalten, was sie eigentlich hätte sagen wollen. Weil das einfacher war als die

Alternative. Vielleicht lag es daran, dass sie so viel jünger war als ihre beiden Schwestern.

»Wovon redest du? Er hatte Privatpatienten«, gab Catherine zurück.

»Ach bitte, nicht schon wieder. Lasst uns doch einfach mal hören, was der Mann zu sagen hat«, ging Jessica dann endlich dazwischen und brachte ihre Schwestern für einen Moment erfolgreich zum Schweigen, aber nicht, bevor Gillian in einem Tonfall tiefer Verwunderung verriet: »Er hat ihr das Haus hinterlassen, wissen Sie. Wir mussten für alles, was wir haben, arbeiten. Uns hat man nichts auf dem Silbertablett serviert.«

»Wie oft muss ich dir das noch sagen – wir kümmern uns um seine NHS-Patienten«, griff Catherine den Zank wieder auf.

»Du bist so eine traurige, verbitterte alte Kuh«, murmelte Jessica leise. Sollte Gillian sie gehört haben, so ging sie nicht darauf ein, sondern fuhr mit ihren Vorwürfen fort.

»Aber ihr nehmt keine neuen Patienten an. Je früher ihr sein Lebenswerk in eine Privatpraxis umwandeln könnt, desto besser, soweit es dich und Alan betrifft.«

Plötzlich sprang Jessica auf. Sie hatte genug. Diesen Streit, genau diese Sätze, hatte sie während der letzten Jahre Dutzende von Malen gehört, ohne dass sie einer Einigung nähergekommen wären. Stattdessen wiederholte sich der Ablauf immer wieder aufs Neue.

»Könnt ihr zwei nicht mal aufhören? Er ist tot! Er wurde ermordet, und ihr liegt euch immer noch mit dem gleichen verdammten Kram in den Haaren, über den ihr ständig streitet. Er hat auf der Straße gelebt. Die ganze Zeit. Wie wäre es, wenn ihr mal für eine Minute darüber nachdenken würdet?«

Sie verließ den Raum. Cross sah die beiden anderen an, versuchte, aus ihnen schlau zu werden. Die zwei Schwestern schwiegen, und Cross sagte auch nichts. Schließlich beschloss Catherine, der Stille ein Ende zu machen. »Ich dachte, Sie hätten bereits jemanden festgenommen und Anklage erhoben.«

»Haben wir«, antwortete er.

»Und warum sind Sie dann hier, DS Cross?«, fragte Gillian.

Er antwortete nicht, sondern folgte Jessica zur Tür hinaus und in die Küche. Sie war dabei, den Wasserkocher am Spülbecken zu füllen.

»Das gerade tut mir leid. Möchten Sie einen Tee? Kaffee?«, fragte sie.

»Nein«, entgegnete er.

Sie beschäftigte sich weiter damit, sich selbst einen Kaffee in einer kleinen Cafetiere zuzubereiten.

»Haben Sie Geschwister, Detective?«

»Nein, habe ich nicht.«

»Dann sollten Sie sich glücklich schätzen.«

»Sollte ich? Darüber habe ich noch nie nachgedacht. Was ist mit Ihrem Vater passiert? Ich meine, wie kam es, dass er als Obdachloser auf der Straße gelandet ist?«

»Ich weiß es nicht. Wir dachten alle, er wäre tot. Stimmt es, dass Sie ihn in den Downs gefunden haben, nicht weit von hier entfernt?«

»Ich habe ihn nicht gefunden, aber, ja, er wurde in der Nähe der Schlucht entdeckt.«

Sie ließ seine Worte einen Moment lang auf sich wirken. Die Nähe zum Haus warf so viele Fragen auf. War er längere Zeit in der Gegend gewesen, hatte er so nahe an seinem Zuhause auf der Straße gelebt, direkt vor ihrer Nase? War sie ihm womöglich sogar auf der Straße begegnet und hatte in die andere Richtung geschaut? Hatte sie ihm vielleicht Geld gegeben? Das tat sie gelegentlich. Oder, schlimmer, war er auf dem Weg nach Hause gewesen, als es passiert war?

»Er war nie mehr derselbe, nachdem Mum gestorben ist«, sagte sie.

»Inwiefern?«, hakte Cross nach.

»Er hat es einfach nicht verkraftet. Wir haben getan, was wir konnten, aber er war untröstlich, verzweifelt, eigentlich. Sie war das Rückgrat ihrer Beziehung. Sie *war* diese Familie. Wir alle haben zu ihr aufgesehen ... na ja, die meisten von uns, jedenfalls. Er hat angefangen zu trinken und immer weniger gearbeitet – zwangsläufig. Ich meine, wer will schon einen verkaterten Zahnarzt? Catherine musste ihn oft nach Hause schicken – sein Atem hat nach Alkohol gerochen. Am Ende mussten sie einen anderen Zahnarzt einstellen, um die Patienten meines Vaters zu versorgen.«

»Das muss für Sie alle schwer gewesen sein.«

»Na ja, schon, diese ganze Geschichte ist natürlich schwer für uns, zumal das alles öffentlich breitgetreten wurde.«

»Ich kann Ihnen nicht folgen.«

»Das dauerhafte Medieninteresse. Während der ersten paar Wochen waren ständig Nachrichtenteams vor dem Haus. Dann, als das endlich nachgelassen hat, sind Journalisten aufgetaucht und haben Mitgefühl geheuchelt. Vor allem eine von einer hiesigen Zeitung, die anscheinend gedacht hat, das würde ein Karrieresprungbrett für sie sein.«

Immer noch leicht verwirrt, musterte Cross sie. Offensichtlich kannte er nicht alle Fakten, eine Situation, die ihm zutiefst zuwider war. Sein Mangel an Kenntnissen entging ihr nicht.

»Sie wissen nichts darüber, oder?«, fragte sie.

»Worüber?«

»Über meine Mutter.«

Cross starrte sie an. Er war wütend auf sich selbst, weil er seine Hausaufgaben nicht ordentlich erledigt hatte, ehe er hergekommen war. Der erste Eindruck im Umgang mit trauernden Verwandten – eigentlich mit jedem, der für einen Fall von Bedeutung war – war so wichtig, und gerade jetzt kam er sich vor wie ein Idiot, und er nahm an, dass er auch genauso aussah. Es gab nur eine Möglichkeit, aber wie wahrscheinlich war das?

»Ihre Mutter wurde ermordet«, sagte er.

»Ja.«

»Ich wusste es nicht. Das war sehr nachlässig von mir, unprofessionell sogar. Ich erinnere mich nicht an einen Fall Hilary Carpenter.«

»Hilary Monkton. Sie war Teilzeitautorin und hat historische Romane geschrieben, Liebesromane. Nachdem sie aus der Zahnarztpraxis ausgestiegen ist, hat sie hauptberuflich als Autorin gearbeitet, und sie hat ihren Geburtsnamen behalten.«

Cross durchwühlte sein Gedächtnis. Schließlich blickte er auf.

»Jetzt erinnere ich mich. Sie wurde hier ermordet, in Ihrem Garten. Der Fall wurde nie aufgeklärt. Sie saß beim Tee, möglicherweise zusammen mit ihrem Mörder.«

»Der Teegeschirr-Mord.«

»Richtig.«

»Wenn der Tod der eigenen Mutter mit so einem abgedroschenen Schlagwort betitelt wird, das ist ungemein verstörend.«

»Das verstehe ich. Bedauerlicherweise mögen die Medien bei solchen Angelegenheiten nichts lieber als niveaulose Spitznamen.«

»Dad war frustriert, weil die Polizei nicht weitergekommen war, also wurde er so eine Art Amateurschnüffler.«

Cross folgte ihr in ein kleines Arbeitszimmer am Ende eines Korridors, von dem aus der Blick in den Garten führte. Ein altmodischer Schreibtisch mit einer grünen Ledereinlage stand vor dem Fenster des von Bücherregalen gesäumten Raums. Neben Büchern befanden sich in den Fächern auch gerahmte Familienfotos, auf denen die Mädchen in sehr viel jüngeren Jahren zu sehen waren. Außerdem waren da etliche Gebissabdrücke aus Gips, die von verschiedenen Personen stammten. Der Raum war schon eine Weile nicht mehr gelüftet worden und verströmte den Geruch von in der Sonne liegendem Papier. An der Wand gegenüber dem Schreibtisch lehnte eine große Pinnwand, die übersät war mit Tatortfotos, Lageplänen und Zeitungsausschnitten, die auch bei der Major Crime Unit nicht aus dem Rahmen gefallen wäre.

»Ich habe alles so gelassen, wie es war. Er hat das seine Einsatzzentrale genannt. Er war wie besessen«, berichtete Jessica.

»Er hat das Verbrechen untersucht?«, erkundigte sich Cross.

»Er hat schon früh den Eindruck gehabt, die Polizei käme kaum voran. Und dann haben sie aufgegeben.«

»Hat es nicht ein Geständnis gegeben?«

»Richtig. Von einem verurteilten Mörder. Mein Vater hat ihm nie geglaubt. Er hat gesagt, es wäre nicht plausibel. Da gäbe es zu viele Unwägbarkeiten. Aber die Polizei dachte, sie hätten ihren Mann, und sie haben den Fall abgeschlossen. Dad ist ein paar Jahre später verschwunden. Er konnte nicht mit der Tatsache umgehen, dass der Mörder, zumindest aus seiner Sicht, immer noch frei herumlief und niemand ihm glauben wollte. Die Polizei ist sogar zu uns gekommen und hat uns gebeten, dafür zu sorgen, dass er aufhört, das Revier aufzusuchen. Sie haben gesagt, er wäre vor lauter Trauer verblendet.«

»Erinnern Sie sich, wer damals der SIO war? Der zuständige Senior Officer?«

»Nein, das weiß ich nicht mehr.«

Dutzende Archivierungskästen stapelten sich an der gegenüberliegenden Wand. Cross ging hinüber, um sie genauer zu betrachten.

»Haben die alle mit dem Fall zu tun?«, fragte er.

»Ja.«

»Kann ich die mit aufs Revier nehmen?«

»Natürlich.«

»Ich bringe sie zurück.«

»Ich weiß nicht, ob das notwendig ist. Denken Sie, sie könnten irgendwie nützlich sein?«

»Durchaus möglich.«

Er musterte all das Material und fragte sich, ob Leonard, ohne es zu wissen, die Identität der Person aufgedeckt hatte, die vor all diesen Jahren seine Frau ermordet hatte. Sollte dem so sein, dann hatte er wahrscheinlich auch seine eigene Ermordung, etliche Jahre später, aufgeklärt.

Cross wählte Mackenzies Nummer. Sie war mehr als erfreut über seinen Anruf. Sogar noch glücklicher war sie, als ihr gesagt wurde, sie dürfe mit niemandem über das sprechen, was er von ihr wollte. Nur warum wollte er wissen, ob sie einen Wagen hatte? Entweder er versuchte herauszufinden, wie rasch sie dort sein konnte, oder er benötigte eine Mitfahrgelegenheit. Aber er würde sie doch sicher nicht anrufen, nur damit sie ihn zurück ins Büro kutschierte. Er hatte ein Fahrrad. Bestimmt brauchte er sie nur kurzfristig vor Ort. Also fuhr sie, so schnell sie konnte, hin. Jessica führte sie in das Arbeitszimmer, in dem Cross am Schreibtisch saß und Leonards Akten las.

»Da bin ich«, sagte sie.

Allmählich ging ihm ihre Art, das Offensichtliche kundzutun, auf die Nerven.

»Was soll ich tun?«, fuhr sie fort.

Er zeigte auf die Archivierungskästen.

»Die. Ins Revier.«

Er stand auf und fing an, Detailfotos von der Pinnwand zu machen. Mackenzie hatte sich nicht gerührt, also drehte er sich um.

»Sie haben Ihren Wagen hier?«, fragte er.

»Ja.«

»Gut. So schnell Sie können.«

Sie wollte gerade zu einem Protest ansetzen, obwohl ihr die Erfahrung ihrer kurzen Bekanntschaft sagte, dass das nutzlos wäre, doch er hatte den Raum bereits verlassen.

Als er die Haustür erreichte, tauchte Catherine auf und hielt ein Telefon hoch, um anzudeuten, dass der Anruf für ihn war.

»Ihr Boss.«

Er überlegte eine Minute. Carson wusste nicht, dass er hier war, und Mackenzie war wohl nicht so dumm gewesen, es ihm zu erzählen, denn hätte sie, dann hätte er sie daran gehindert herzukommen.

Also musste Catherine angerufen und sich erkundigt haben, weshalb ein Officer in ihrem Haus war und Fragen stellte, obwohl die Polizei doch bereits einen Mann in Gewahrsam hatte. Was schon für sich genommen interessant war. Warum sollte sie sich diese Mühe machen? Weil sie verärgert war? Gewiss nicht. Wozu also? Aber angerufen hatte sie, und sie ging davon aus, dass Cross den Anruf entgegennahm und in ihrer Gegenwart von seinem Vorgesetzten zusammengestaucht wurde. Sie wollte Cross zeigen, wer hier wirklich das Sagen hatte, und das war ihrer Meinung nach auf keinen Fall er. Aber er war nicht geneigt, ihr Spiel mitzuspielen.

»Bitte richten Sie ihm aus, dass ich auf dem Rückweg zum Revier bin«, sagte Cross.

»Aber er will Sie sprechen«, begehrte sie auf.

»Oh, davon bin ich überzeugt, doch dafür werden wir im Büro genug Zeit haben. Guten Tag.«

Er hatte nicht die Absicht, ihr die Genugtuung zu verschaffen.

15

Cross widmete seine Aufmerksamkeit der Familie, die Leonard hatte für tot erklären lassen. Es lag auf der Hand, dass dies ein Schritt war, der jedem schwerfallen musste – den Tod eines geliebten Menschen feststellen zu lassen. Zunächst einmal beinhaltete diese Erklärung ein Element der Unsicherheit; mit anderen Worten, niemand wusste, was genau aus der betroffenen Person geworden war. Folglich ging es mit einer gewissen Beklommenheit einher, so etwas zu beantragen. Es mussten ihrerseits vielerlei Bedürfnisse existiert haben, um sie dazu zu treiben, das durchzuziehen. Gewissheit. Ihr Gefühl, damit abschließen zu dürfen. Ihre Sehnsucht, weiterzuziehen und ihr Leben zu leben. Die Wolke zu vertreiben, die über ihnen schwebte. Die offizielle Frist zur Beantragung einer solchen Erklärung betrug sieben Jahre. Diese Familie hatte Leonard wenige Monate nach Ablauf der Frist für tot erklären lassen. Sie hatten nicht lange gewartet. Treibende Kraft schienen Catherine und ihr Ehemann gewesen zu sein, denen es um die Leitung der Praxis gegangen war. Gillians Motiv war, wie Cross vermutete, Geld – der Wert des Hauses, von dem sie natürlich alle nicht hatten wissen können, dass es der jüngsten Schwester zufallen würde.

Er hatte Jessica gefragt, ob sie es nicht verkauft hätte, weil sie befürchten musste, ihre Schwestern würden sie bedrängen, den Erlös mit ihnen zu teilen. Aber nein, der Grund, warum sie es nicht verkauft hatte, war, dass sie tief im Inneren immer geglaubt hatte, er könnte zurückkommen. Sie hatten gar nicht gewusst, dass er bei einem ortsansässigen Juristen ein Testament hinterlegt hatte. Sie hatten angenommen, dass für sie in Anbetracht seines physisch wie psychisch derangierten Zustands die gesetzliche Erbfolge gelten würde.

In der Familie ging mehr vor, als ein kurzer Besuch hätte zutage fördern können. Warum hatte Catherine es für angebracht gehalten, Carson anzurufen und sich zu erkundigen, weshalb Cross dort war? Warum hatte sie sich über seine Anwesenheit beklagt?

Während er durch die Straßen von Bristol zurück zur MCU radelte, kam ihm etwas in den Sinn. Die Obdachlosen hier draußen fielen ihm angesichts der Ermittlungen derzeit verständlicherweise mehr auf als sonst. Sie alle trugen Dinge mit sich herum – ihre »Habe«: Schlafsäcke, Pappen, Einkaufsbeutel und abgewetzte Rucksäcke mit den Lebensnotwendigkeiten ihres Daseins, wie immer die auch aussehen mochten. Warum sollte das bei Leonard anders gewesen sein? Er musste auf der Straße ebenfalls irgendwelche Dinge dabeigehabt haben. Wo waren die? Was war aus ihnen geworden? Bei ihm oder in der näheren Umgebung seines Leichnams hatte sich weiter nichts gefunden. Vielleicht wusste Badger mehr.

»Ist Ihnen das Konzept der Befehlskette vertraut?«, fragte Carson.

»Ja«, antwortete Cross.

Er stand Carson gegenüber, der hinter seinem Schreibtisch saß und sich zurücklehnte wie ein Professor, der einem Studenten eine hypothetische Frage stellte, deren Antwort sie alle kannten, während seine Körpersprache zu vermitteln suchte, dass er fasziniert der bevorstehenden Erwiderung entgegensah.

»Und die daraus abzuleitende Notwendigkeit, Anweisungen von Leuten, die in dieser Kette über Ihnen stehen, auszuführen?«, hakte Carson unnötigerweise nach.

»Ja, mir ist allerdings keine Anweisung Ihrerseits an mich bekannt, die mich auffordert, Erkundigungen im Mordfall Carpenter zu unterlassen«, entgegnete Cross.

»Ich hatte angenommen, unsere Anklageerhebung gegen Whitby würde das implizieren.«

»Nicht für jemanden, der diese Anklageerhebung für einen Fehler hält.«

»Schön. Dann weise ich Sie jetzt an, den Fall Carpenter nicht weiter zu verfolgen.«

»Mir wäre lieber, Sie würden das nicht tun, denn anderenfalls wäre ich gezwungen, den Befehl zu missachten, was Sie ärgern würde und was ich nur ungern täte.«

Carson musterte dieses sonderbare Wesen und wusste nicht, was er sagen sollte.

»Raus.«

»Selbstverständlich.«

Er ging. Ottey konnte ihr Entzücken darüber kaum verbergen, dass Carson gerade am eigenen Leib erfahren hatte, wie schwierig ihr Partner war. So war das mit George – man konnte sich fest darauf verlassen, dass er regelmäßig alle anderen gegen sich aufbrachte, ihren Boss eingeschlossen, was sich hoffentlich als schlagendes Argument dafür erweisen würde, ihr einen neuen Partner zuzuweisen.

»Gute Arbeit, Sir«, sagte sie.

Cross kam zurück.

»Eine Sache hatte ich zu fragen vergessen. Würde es sich in irgendeiner Weise auf Ihre Haltung auswirken, wenn ich Ihnen sage, dass seine Frau vor zwanzig Jahren ermordet wurde?«

Carson und Ottey verschlug diese neue Information offenbar die Sprache, wenngleich Ottey nicht überrascht über dieses Ass in Cross' Ärmel war. Das war typisch für ihn. Sie sah Carson an und lächelte.

»Muss man ihn nicht einfach gernhaben?«, fragte sie.

»Halten Sie die Klappe und finden Sie heraus, was er im Schilde führt«, herrschte Carson sie an.

Badger sah in seiner Gefangenenkluft schon etwas präsentabler aus. Sein Haar war kurz geschnitten worden, und er strahlte eine Ruhe aus, die das Gefängnis Leuten, die direkt von der Straße kamen oder schwierige Lebensbedingungen hatten erdulden müssen, manchmal vermittelte. Ottey nahm an, das lag vornehmlich an Dingen wie Wärme, einem Bett mit Matratze – einer dünnen Matratze, aber immerhin –, regelmäßigen Mahlzeiten und Tee. In dieser neuen Umgebung ging es zudem nicht lauter zu als auf der Straße oder in den Asylen, in denen sie manchmal Zuflucht suchten. Langweiliger war es wahrscheinlich auch nicht. Allerdings sicherer und, was wohl der eigentlich wichtige Punkt war, hier waren alle gleichgestellt und gleich gekleidet; niemand konnte auf Anhieb erkennen, ob jemand von der Straße stammte. Niemand interessierte sich sonderlich dafür, wo jemand herkam.

Im HMP Bristol gab es sowohl verurteilte Gefangene als auch solche, die wie Badger in Untersuchungshaft waren. Die meisten verbrachten hier nicht mehr als zwölf Monate. Die 1980 erbaute Haftanstalt lag inmitten von Straßen voller viktorianischer Häuser und passte so gar nicht zu ihrer Umgebung.

Cross erinnerte sich, mit seinem Vater durch diese Straßen gegangen zu sein, wenn sie sich ein Rugbyspiel der Heimmannschaft auf dem Memorial Ground hatten ansehen wollen. Raymond hatte seinen Sohn aus einem Gefühl väterlicher Verantwortung heraus mitgenommen. So hatten sie mehrere Wochenenden damit zugebracht, stundenlang Spiele in einer Sportart zu verfolgen, von der keiner von ihnen etwas verstand, und becherweise heiße Bovril-Brühe zu trinken, die keiner von ihnen mochte.

»Heilt sie gut? Die Kopfwunde?«, fragte Cross.

»Schätze schon«, sagte Badger.

»Ich muss wissen, wo Lenny seine Sachen aufbewahrt hat.«

»Was meinen Sie?«

»Als wir Sie aufgegriffen haben, da hatten Sie Ihren Schlafsack dabei, ein paar Tragetaschen und einen alten Rucksack. Leute, die auf der Straße leben, haben immer irgendwelchen Besitz. Wo ist der von Lenny?«

Eine kurze Pause trat ein, als Badger sich dem Anschein nach an eine weitere Gemeinheit gegenüber seinem verstorbenen Kumpan erinnerte.

»Weggeworfen.«

»Ich kann Ihnen nicht folgen«, sagte Cross.

»Als wir gestritten haben ... ich hab sein Zeug in die Schlucht geworfen. Darum hat er mich mit den Dosen geschlagen.«

»Wo genau ist das passiert?«

»Gleich beim Observatorium.«

»Ganz sicher?«

»Ja.«

Cross stand auf. Das war alles, was er brauchte. Vielleicht würde das etwas bringen. Vielleicht auch nicht.

»Denken Sie, Sie finden da noch mehr Beweise dafür, dass ich es getan habe?«, fragte Badger.

»Im Gegenteil. Ihnen mag das nicht bewusst sein ...«, fing Cross an.

»George ...« Ottey wusste, was er zu sagen beabsichtigte, und sie wollte ihn davor warnen. Cross jedoch fuhr unbekümmert fort.

»... aber ich bin keineswegs von Ihrer Schuld überzeugt«, brachte er seinen Satz zu Ende.

»Wirklich?«, fragte Badger.

»Ja.«

Als sie zur Tür gingen, war Badger immer noch damit beschäftigt, die Worte zu verdauen. Dann blickte er auf und sagte: »Da war noch jemand.«

»Was?«, fragte Ottey.

»Ich habe mich erinnert. Ich war k.o. Sie werden mir bestimmt nicht glauben.«

»Weiter«, forderte Cross ihn auf.

»Als ich wieder zu mir gekommen bin, hat sich jemand über Lenny gebeugt. Ich dachte, er würde ihn ausrauben. Dann ist er weggelaufen.«

»Sind Sie sich wirklich sicher?«, wollte Ottey wissen.

»Weiß nicht. Ja. Nein, ich bin sicher. Da war noch jemand.«

Cross dachte eine Minute darüber nach und sah dann Ottey an, die ihren Zynismus kaum zügeln konnte. Das fiel auch Badger auf.

»Ich wusste, Sie würden mir nicht glauben. Ich wusste, ich hätte mir das sparen sollen.«

»Ganz im Gegenteil, das ist extrem interessant«, widersprach Cross.

16

Wie viele Leute, die in Bristol aufgewachsen waren, hatte auch Cross eine lange, persönliche Verbindung zu den Downs, der Clifton Suspension Bridge – einer Kettenbrücke, die als Wahrzeichen Bristols gilt – und dem Bristolkanal. Zoobesuche mit Raymond, der einen Freund hatte, der sie zu einem verbilligten Preis hineinließ, gipfelten stets in einem Spaziergang durch die Downs, einem Eis von Verrechia und einem Besuch der Camera Obscura (auch wenn diese Besuche rasch ein Ende fanden, nachdem sie durch die Camera ein männliches Paar im Gebüsch in flagranti ertappt hatten).

Das mehr als einen Quadratkilometer große, grasbewachsene Gelände der Downs wurde oft als Bristols grüne Lunge bezeichnet, wo Leute joggten, Picknicks machten oder Fußball spielten. Sie hatten sogar ihre eigene Liga mit über vierzig Fußballclubs. Offenbar hatte Raymond ihn schon im zarten Alter von zwei Jahren in die Downs gebracht, wo sie zusammen mit vielen Tausend anderen die Ankunft der SS Great Britain beobachteten, die 1970 von den Falkland Inseln über den Atlantik geschleppt worden war. Während seines ganzen Lebens war Raymonds großer Held Isambard Kingdom Brunel gewesen, der berühmte viktorianische Ingenieur, also hatte er auch diesem historischen Ereignis beiwohnen müssen.

Raymond hatte seinen Sohn zu etlichen Pilgerfahrten zu jedem einzelnen verbliebenen Zeugnis von Brunels kreativem Genie geschleppt. Vom Bahnhof Temple Meads, aufgrund der Nähe sein bevorzugtes Ziel, über diverse Brücken überall im Land, bis zur Paddington Station in London. Und natürlich durfte auch das Brunel Engine House in Rotherhithe nicht fehlen, aus dem später das Brunel-Museum hervorgegangen war. Tatsächlich wäre Cross, hätte seine Mutter nicht interveniert, heute als DS Isambard Cross bekannt, was ihn in der Truppe noch mehr Schmähungen ausgesetzt hätte, als er sie sowieso schon zu erdulden hatte. Das war eines der Dinge, für die er seiner Mutter dankbar war. Nicht nur wegen der anachronistischen Antiquiertheit und der Eigentümlichkeit des Namens an sich, sondern auch, weil er nie so recht hatte verstehen können, warum Eltern Kinder nach berühmten Persönlichkeiten benannten. Zweifellos zelebrierten sie damit ihre Affinität zu dieser Person, nicht aber das arglose Baby, das den Rest seines Lebens mit dem Namen würde zubringen müssen. (Was den modernen Trend, Kinder nach dem Ort ihrer Zeugung zu benennen, betraf, nun, der ließ ihn schlicht sprachlos zurück.) Er war allerdings nicht ganz davongekommen, denn sein voller Name, der keinem seiner Kollegen bekannt war, lautete DS George Brunel Cross.

Das Gebiet, in dem Badger seiner Erinnerung zufolge Leonards Sachen weggeworfen hatte, lag gleich an der Schlucht, etwa hundert Meter entfernt von der Stelle, an der die Leiche gefunden worden war. Cross hatte Mackenzie mitgenommen. Gemeinsam gingen sie den Pfad entlang und blickten über das Geländer in die Schlucht. Mackenzie entdeckte zuerst etwas und winkte ihn zu sich. Ungefähr zehn Meter unter ihnen lag ein Schlafsack am Fuß eines Baums auf dem Hang. Ein paar Tragetaschen und ein schmutziger Rucksack verteilten sich in der Umgebung.

»Ja, das ist vermutlich, was wir suchen. Schön, dann los mit Ihnen.«

»Bitte?«, fragte sie mit einem nervösen Lachen.

»Sie können doch da runtergehen, oder etwa nicht?«

»Sie scherzen.«

»Warum sollte ich scherzen?«, erkundigte er sich.

»Nein, kann ich nicht.«

»Das ist ein Problem.«

»Nicht unbedingt«, sagte sie.

Sie hatte ein paar Kletterer entdeckt, die gerade mit dem Aufstieg an der Steilwand der Schlucht fertig waren. Binnen Minuten hatte sie sich ihre Hilfe gesichert. Cross war beeindruckt von Mackenzies Pragmatismus und ihrem Einfallsreichtum.

Wieder im Büro ging Cross die Gegenstände durch, die sie aus der Schlucht geborgen hatten. Zunächst wollte er sicherstellen, dass es sich tatsächlich um Leonards Habe handelte. Ein Foto, das ihn als jüngeren Mann zusammen mit Hilary zeigte, schien das zu bestätigen. Die Tragetaschen waren vollgestopft mit zusammengefalteten Zeitungen, die vermutlich dazu gedient hatten, Leonard warmzuhalten, während er schlief. Viele Obdachlose stopften sich in der Nacht Zeitungspapier in die Kleidung, ganz ähnlich wie die professionellen Radfahrer es bei steilen Bergabfahrten bei der Tour de France zu tun pflegten, ging es Cross spontan durch den Kopf.

Das Einzige, was sonst noch von Interesse war, waren ein Schlüssel an einer Schnur, ein Coupon, der aus einer in England gedruckten polnischen Zeitung herausgerissen worden war und den er würde übersetzen lassen, sowie ein weiteres Foto. Es war ein Bild von einem schlammigen Stück Boden, in dessen Mitte Cross gerade noch ein paar Fußabdrücke erkennen konnte. Was aber vor allem seine Aufmerksamkeit erregte, war das Aktenzeichen, das auf dem Foto vermerkt war. Es war eine Tatortkennzeichnung der Polizei von Avon and Somerset. Ohne weitere Nachforschungen anzustellen, konnte er nicht sicher sein, dennoch stand für ihn fest, dass diese Referenznummer aller Wahrscheinlichkeit nach aus der Originalfallakte zu Hilarys Ermordung kopiert worden war. Auf der Rückseite befand sich ein weiteres Aktenzeichen, das ihm ebenfalls bekannt vorkam. Es war das, was auch auf allen anderen Recherche-Dokumenten von Leonard stand. Cross hatte inzwischen Stunden damit zugebracht, Leonards Kisten durchzusehen. Der Inhalt trug die Handschrift einer

Amateurermittlung, bei der alle Spuren verfolgt worden waren, ganz gleich, wie dürftig sie auch gewesen sein mochten.

Im Grunde bewunderte Cross die Beharrlichkeit und die Gründlichkeit, aber ein geschultes Auge hätte einige der Hinweise mehr oder weniger auf den ersten Blick als absurd oder unlogisch verworfen. Die Menge an Zeit, die Leonard vergeudet hatte, fand Cross erschreckend. Und nicht nur das, er hatte sich auch von Belanglosigkeiten ablenken lassen. Zugleich war er bei seiner Untersuchung enorm methodisch und geduldig vorgegangen, übertrieben sogar. Diese Geduld hob für Cross umso mehr hervor, wie entschlossen der Mann gewesen war, die Wahrheit über den Tod seiner Frau herauszufinden. Eine Entschlossenheit, die darauf hindeutete, dass er bis zu seinem eigenen Tod nicht aufgegeben hatte. Hieß das, er hatte etwas Wesentliches entdeckt? War das der Grund für seine Ermordung? Der Grund für seine Rückkehr nach Bristol? Cross fiel es schwer, die Idee zu akzeptieren, dass er sich die ganze Zeit in der Stadt aufgehalten hatte, ohne dass seine Familie oder irgendjemand sonst ihn erkannt hatte.

Jedoch schien es für Cross durchaus glaubwürdig, dass beide Morde zusammenhingen. Er war schnell zu dem Schluss gekommen, dass die Aufklärung des Mordes an Hilary auch den an Leonard lösen könnte. Die Ermittlungen in ihrem Fall umfassten Hunderte von Polizei-Arbeitsstunden. Die mochten nicht zum Erfolg geführt haben, aber die Ermittlungen waren viel weiter fortgeschritten, als es seine eigenen zu diesem Zeitpunkt waren. Er begann, die Originalfallakten auseinanderzunehmen in der Hoffnung, etwas zu entdecken, das den ursprünglichen Ermittlern entgangen war. Das Puzzle lag direkt vor ihm – er musste es nur zusammensetzen.

Was Cross an dem Foto der Fußabdrücke gleich ins Auge stach, war der Zustand, in dem es sich befand. Es hatte nicht lange in dem Rucksack gelegen. Es konnte erst kürzlich aus der Akte entnommen worden sein. Und das konnte nur eins bedeuten.

17

Jessica Carpenter hatte gerade ihre Tochter aus der Tagesstätte abgeholt, als es an der Tür klingelte. Die vergangenen paar Tage hatte sie als überraschend anstrengend erlebt. Sie hatte ihr Bestes getan, um es ihre dreijährige Tochter Hilly nicht spüren zu lassen, doch das Kind wusste, dass etwas in ihr brodelte. Jessica hatte keine rechte Ahnung, was genau dafür verantwortlich war. Aber sie war ziemlich sicher, dass es nicht so sehr daran lag, dass ihr geliebter und, ja, alles andere als perfekter Vater »ein zweites Mal« gestorben war. Es war vielmehr der Punkt, dass er all diese Jahre am Leben gewesen war – etwas, das sie tief im Herzen immer gewusst hatte. Die Tatsache, dass er hier in Bristol auf der Straße gehaust hatte, stellte sich ihr so entsetzlich bildhaft dar, dass sie gar nicht daran denken mochte. Hätte sie es doch nur gewusst. Was würde sie jetzt darum geben, ihm auf jede ihr mögliche Art zu helfen und ihn einfach noch ein letztes Mal zu sehen. Wann immer sie darüber nachdachte, brach sie in Tränen aus, weinte krampfhaft und unkontrollierbar, ganz gleich, wo sie war oder was sie gerade tat. Folglich würde das, was Cross ihr zu offenbaren gedachte, keine Hilfe für sie sein. Ganz im Gegenteil, er war im Begriff, alles noch viel, viel schlimmer zu machen.

Jessica hatte Cross und Ottey – die ihm gefolgt war, weil Carson sie unerfreulicherweise angewiesen hatte, ihn an der kurzen Leine zu halten – kaum die Tür geöffnet, da zog Cross sie auch schon wieder zu. Jessica stand ein wenig verdattert da, als sie hörte, wie sich ein Schlüssel im Schloss drehte. Dann wurde die Tür erneut geöffnet. Sie wartete auf eine Erklärung, und eine verlegene Ottey fühlte sich verpflichtet, etwas zu sagen.

»Es tut mir so leid«, setzte sie an, sah sich aber dann außerstande, sein Verhalten zu erklären, nicht nur, weil das zu lange gedauert hätte. Cross hielt einen Schlüssel hoch.

»Wo haben Sie den her?«, fragte Jessica.

»Er war unter den Habseligkeiten Ihres Vaters«, antwortete Cross.

»Ich verstehe.«

»Haben Sie eine Alarmanlage?«

»Ja.«

Ottey sah Cross an. »Den Code hätte er doch gekannt«, meinte sie.

»Er wurde geändert. Wir wechseln ihn immer mal wieder«, widersprach Jessica.

»Sehr vernünftig. Hatten Sie in letzter Zeit irgendwelche Probleme?«, fragte Cross.

»Vor ein paar Wochen ist der Alarm losgegangen.«

»Irgendeine Ahnung, warum?«, erkundigte sich Ottey.

»Ausgelöst wurde er an der Vordertür, aber es gab keine Einbruchsspuren. Danach haben sie den Sensor gewechselt.«

»Weil er einen Schlüssel hatte«, folgerte Cross.

»Mein Vater ist hier gewesen? Im Haus?«, fragte Jessica.

»Es sieht so aus, ja.«

Das war endgültig zu viel für die arme junge Frau. Sie sah ihr Kind an, das die Arme um die Knie geschlungen hatte und die Polizisten anstarrte; ihre Tochter hatte ihren Großvater nie kennengelernt, und dabei war er hier gewesen. Im Haus. Und nicht allein das, er hatte offenbar auch nicht gesehen werden wollen. Er wusste doch bestimmt, dass sie immer noch hier wohnte und sich tagtäglich fragte, wo ihr Vater war, ob er noch lebte oder nicht. Heimlich zurückzukommen, ohne jemandem etwas zu verraten, war so unverständlich, beinahe schon grausam.

»Können Sie mir sagen, an welchem Tag genau der Alarm aktiviert wurde?«

Wie sich herausstellte, war Leonard gerade sechs Wochen vorher im Haus gewesen. War er nur gekommen, um das Foto zu holen, oder war er gestört worden und hatte gar nicht bekommen, was ihn hergeführt hatte? Wenn es nicht nur um das Foto ging, welche Bedeutung hatte es dann?

Leonards Identifizierung als Mordopfer war inzwischen öffentlich bekannt. Zunächst hatten die örtlichen Zeitungen die Meldung gebracht, aber sie wurde rasch auch von landesweiten Medien aufgegriffen, als sie herausfanden, dass Hilary etwa zwanzig Jahre zuvor ebenfalls ermordet worden war. Die Boulevardpresse blies lediglich die Tatsache, dass beide Elternteile der Familie umgebracht worden waren, zu einer Sensation auf. Doch zu Cross' Erstaunen warfen ein paar Journalisten von Qualitätsmedien die Frage auf, ob die Ermordung beider Eltern im Abstand von mehreren Jahren nicht ein zu großer Zufall war. Eine von ihnen, Fiona Cooke vom *Guardian*, ging sogar so weit zu sagen, die Polizei habe vielleicht voreilig gehandelt, als sie sich auf Whitby versteift hatte. Sie hatte durchaus Grund für diese Andeutungen, denn als junge Reporterin hatte sie für ein Lokalblatt über Hilarys Fall berichtet. Er notierte ihren Namen. Sie könnte sich noch als nützlich erweisen.

Cross' Büro machte derweil einen chaotischen Eindruck. Wer immer in jener Woche bei der MCU an dem Raum vorbeikam, hatte vermutlich angenommen, Cross zöge um. Und man hätte es niemandem verübeln können, immerhin stapelten sich Pappkartons bis zur Decke hinauf. Die ursprünglichen Akten zu Hilarys Ermordung hatten sich zu Leonards Archivgut gesellt. Als Cross selbst das vollgestopfte Büro erstmals wieder betreten hatte, war ihm bei dem Anblick durch den Kopf gegangen, dass Raymond sich dort vermutlich wie zu Hause gefühlt hätte.

»DCI Stuart MacDonald. Ist das Ihr Ernst?«, wandte sich Ottey an Cross. Er wollte ihr gerade antworten, da nahm sie seine Worte vorweg: »Ich weiß – warum sollte es das nicht sein? Aber sind Sie sicher, dass Sie das durchziehen wollen?«, fragte sie.

»Inwiefern hätte ich denn eine Wahl? Er war der zuständige SIO.«

»Gutes Argument«, räumte sie ein.

MacDonald oder »Big Mac«, wie ihn die Truppe fantasievoll getauft hatte, war Cross' Vorgesetzter gewesen, als er bei der Polizei angefangen hatte. Und MacDonald hatte den in seiner Wahrnehmung unverschämten, rüpelhaften Arsch von einem Nachwuchs-Officer auf Anhieb nicht leiden können. Damals hatte man im Grunde nichts über Asperger gewusst – die erste Diagnose dieser Art war im Vereinigten Königreich erst in den Neunzigern gestellt worden –, weshalb Cross schlicht als eigensinniger Querkopf betrachtet worden war. Oder, wie MacDonald es formulierte, als »unerträglicher Versager, der bei der Polizei nichts zu suchen hatte«. Er hatte sich redlich Mühe gegeben, Cross das Leben zur Hölle zu machen. Er war gemein gewesen, hatte ihm Steine in den Weg gelegt, wo er nur konnte, und ihn in einer Weise gemobbt, die heute nicht mehr toleriert werden würde. Er hatte ihm die idiotischsten Aufgaben zugeteilt – viele davon vollkommen überflüssig; alle unbeliebten Tätigkeiten, jede langweilige oder ermüdende Routinearbeit wurde auf Cross abgewälzt. Ständig demütigte MacDonald ihn vor aller Augen und verunglimpfte ihn gegenüber Vorgesetzten. Was ihn dabei zunehmend wahnsinnig machte, war, dass

Cross schlichtweg nicht auf die Provokationen reagierte. Sein Job war es, Befehle zu befolgen, und das tat er. Buchstabengetreu. Die Tatsache, dass er immer gelassen blieb und sich von MacDonald einfach nicht aus der Ruhe bringen ließ, frustrierte seinen Vorgesetzten mit jedem Tag mehr und führte lediglich dazu, dass MacDonald seine Anstrengungen, dem jungen Detective das Leben schwerzumachen, verdoppelte.

Sie beschlossen, ihn zu Hause aufzusuchen. Nach Cross' Erfahrungen waren derartige Befragungen nie einfach. Nicht, weil sie Unbehagen hervorriefen – das würde er vielleicht gar nicht merken und selbst wenn es ihm auffiele, würde es ihn nicht kümmern –, sondern weil Polizisten im Ruhestand in solchen Situationen ausnahmslos feindselig und abwehrend reagierten. Misstrauisch. Nichts hassten sie mehr, als dass Polizisten einer jüngeren Generation ihre Arbeit hinterfragten. Das kam einer impliziten Kritik gleich und wurde demnach als beleidigend empfunden.

18

»Lieber Gott, PC Seltsam.«

»Mister MacDonald.«

Ottey lächelte, denn Cross' titelfreie Anrede wurmte den Polizisten im Ruhestand unverkennbar. Gut für George, dachte sie. MacDonald war Anfang siebzig und hatte eine Mähne weißer Haare. Der Haaransatz lag so tief in der Stirn, dass man auf den ersten Blick hätte glauben können, er trüge eine Perücke. Er war ein attraktiver Mann. Die Leute sagten, er habe ein natürliches Charisma, wenn auch eines, das von einem gewissen Männlichkeitswahn geprägt war. In jüngeren Jahren musste er ziemlich gut ausgesehen haben. Sein Teint wirkte wie der eines Mannes, der gern im Ausland urlaubte, Whisky trank und Zigarren rauchte, vorzugsweise alles auf einmal. Mit seinen kantigen, klaren Zügen wäre er mühelos als britischer Gangster durchgegangen, der seine Zelte an der Costa del Sol aufgeschlagen hatte oder, was heutzutage wahrscheinlicher wäre, in Dubai. Als er ihnen die Tür geöffnet hatte, waren sie von der Duftwolke eines kostspieligen und zu großzügig aufgetragenen Aftershaves umfangen worden.

»Welchem Umstand verdanke ich dieses Vergnügen?«, fragte MacDonald.

»Wir sind gekommen, um Ihnen ein paar Fragen zum Fall Hilary Carpenter zu stellen«, sagte Ottey.

»Alias Monkton«, stellte Cross klar.

»Hilary Carpenter ... Es tut mir leid, ich erinnere mich nicht«, erwiderte MacDonald.

»Es fällt mir schwer, das zu glauben«, entgegnete Cross.

»Wie bitte? Ich habe zu meiner Zeit Hunderte von Fällen bearbeitet. Man kann nicht von mir erwarten, dass ich mich an jeden einzelnen erinnere.«

»Aber Sie lesen Zeitung?«, fragte Cross, woraufhin MacDonald ihn stumm musterte und nicht so recht zu wissen schien, wie er reagieren sollte, also fügte Cross hinzu: »Das war eine rhetorische Frage.«

»Immer noch ein merkwürdiger kleiner Arsch, was, Cross?«

Ottey beschloss dazwischenzugehen, ehe dieser Besuch in eine wenig hilfreiche Konfrontation ausarten konnte und sie die Fahrt hierher völlig umsonst gemacht hätten. »Wir würden gern mit Ihnen über diesen Fall reden, Sir. Natürlich nur, falls Sie Zeit dafür haben«, sagte sie.

»Das ist jemand mit Manieren, PC Seltsam. Da könnten Sie noch was lernen.«

»Inzwischen müsste es DS Seltsam heißen«, korrigierte Cross.

Ottey lachte lauthals. Das musste doch ein Witz sein, oder nicht? Sie hoffte es, obwohl George üblicherweise wenig Verständnis für Scherze aufbrachte und erst recht keine machte. Dennoch hoffte sie sehr, dass er sich nicht nur vor lauter Nervosität verplappert hatte. Während sie MacDonald ins Haus folgten, erschreckte sie ihren Kollegen, indem sie ihm spielerisch den Ellbogen in die Rippen rammte.

»Au!«

»Guter Spruch«, lobte sie.

»Nett, dass Sie das sagen«, antwortete Cross.

MacDonalds Frau Sheila brachte ihnen Kaffee und Kekse, alles sorgsam auf einem Tablett angeordnet. Rein äußerlich wirkte sie freundlich und liebenswert – gar nicht so, wie Ottey sie sich vorgestellt hätte. Sie hatte angenommen, MacDonald hätte entweder inzwischen die zweite oder dritte jüngere Ehefrau oder immer noch die erste, die sich mithilfe kosmetischer Chirurgie, Personal Shopping und Bräunungsstudio jünger machte, als sie war. Sie ertappte sich dabei, sich zu fragen, wie oft er seine Frau wohl betrogen haben mochte.

»Die Ermittlungen waren schwierig und, um ehrlich zu sein, nicht ganz erfolgreich. Wir sind in einer Sackgasse gelandet. Die Wahrheit ist, wir haben den Fall eigentlich nie aufgeklärt. Er wurde aufgrund des Geständnisses eines Häftlings abgeschlossen«, berichtete MacDonald.

»Damit waren Sie zufrieden?«, fragte Cross.

»Meiner Meinung nach hat alles zusammengepasst.«

»Was hat der Häftling im Gegenzug für seine Aussage erhalten?«

»Nichts, soweit ich weiß. Sehen Sie, wir hatten nicht darum gebeten. Wir sind nicht mal irgendwelchen Gerüchten gefolgt. Es ist uns einfach in den Schoß gefallen. Dafür kann ich keine Lorbeeren beanspruchen.«

»Hat er das Opfer gekannt?«

»Ja. Er war bei einem Bauunternehmen angestellt, das einige Arbeiten an dem Haus ausgeführt hat. Er sagte, die Hausherrin wäre immer nett zu ihm gewesen, aber als er in finanzielle Schwierigkeiten geriet, sei er noch einmal hingegangen, um sie auszurauben. Sie war zu Hause, hat ihm Tee gekocht, und er hat sie umgebracht.«

»Warum?«

»Einen Grund hat er nie genannt.«

»Wofür war er inhaftiert, als er gestanden hatte?«

»Totschlag.«

»Wissen Sie, dass er das Geständnis später widerrufen hat?«

Bei diesen Worten sah MacDonald unbehaglich aus, verlegen sogar. »Ja, das weiß ich.«

»Und warum wurden die Ermittlungen dann nicht wieder aufgenommen?«, hakte Cross nach.

»Ich habe keine Ahnung. Ich war da schon im Ruhestand, und Sie kennen es ja selbst, wie viel Arbeit das Department hat. Außerdem, was ist glaubwürdiger – das Geständnis oder der Widerruf? Sie wissen, dass er inzwischen entlassen wurde?«

»Ja, das wissen wir«, sagte Ottey.

»Vielleicht würden Sie Ihre Zeit besser investieren,

wenn Sie ihn befragen und nicht mich«, bemerkte MacDonald.

»Sie haben sich vorzeitig pensionieren lassen, nicht wahr?«, fragte Cross.

»Ja.«

»Gab es dafür einen speziellen Grund?«

»Ich schätze, das geht Sie nichts an und hat bestimmt nichts mit Ihren Ermittlungen zu tun.«

Cross sagte nichts, doch er starrte den Mann genauso an, wie er es bei Verhören oft zu tun pflegte.

Er versuchte, aus seinem Gegenüber schlau zu werden, aber er hatte es mit einer Person zu tun, die selbst sehr versiert in Verhörtechniken war. Sollte MacDonald etwas verheimlichen, dann machte er das ziemlich geschickt. Doch wie es bei Cross so oft der Fall war, hatte sein Gesprächspartner auch dieses Mal das Bedürfnis, das Schweigen zu brechen.

»Sie haben jemanden in Haft, richtig?«, fragte MacDonald.

»Also sind Sie über den Fall Leonard Carpenter im Bilde?«, wollte Cross wissen.

»Ich habe davon gelesen.«

»Dann haben Sie zweifellos auch von der vorangegangenen Ermordung seiner Frau gelesen? Hilary Carpenter? Warum haben Sie so getan, als würden Sie sich nicht erinnern?«, fragte Cross.

»Ehrlich? Weil mir das peinlich ist. Ich habe versagt, und nun sieht es so aus, als hätte ihren Ehemann das gleiche Schicksal ereilt.«

»Kannten Sie Leonard?«

»Natürlich.«

»Wussten Sie, dass er wieder in Bristol war?«

»Natürlich nicht. Hat das irgendjemand gewusst?«

»Wann haben Sie ihn das letzte Mal gesehen?«

»Da bin ich nicht ganz sicher. Jahre her. Das war alles ein bisschen heikel. Er war mehr und mehr besessen vom Mord an seiner Frau und hat irgendwie herausgefunden, wo ich wohne. Er war ständig hier und ist mir auf die Pelle gerückt. Offen gesagt, hat sich das zu einem Albtraum entwickelt.«

Als sie das Haus verließen, eine bescheidene vorstädtische Doppelhaushälfte in Westbury-on-Trym, fiel beiden ein brandneuer Jaguar XF in der Auffahrt auf.

»Herrje, die Polizeipension fällt besser aus, als ich gedacht habe.«

»Ganz im Gegenteil, ich nehme an, Sie werden feststellen, dass sie gerade reicht, um ein bescheidenes Auskommen zu ermöglichen«, widersprach Cross.

»Ist Ihnen MacDonalds Ausdrucksweise aufgefallen?«, fragte sie.

»›Um ehrlich zu sein …‹, ›die Wahrheit ist …‹«

»Und ihn habe ›das gleiche Schicksal ereilt‹?«

»Ja, das hatte etwas Formelhaftes an sich. Als hätte er die Worte einstudiert. Und er war zu plakativ ›ehrlich‹. Ehrlichkeit war nie eine seiner größten Stärken, wie ich mich zu erinnern meine.«

»Vermutlich ist es einfach so, wie er sagte – es ist ihm peinlich. Er wusste, dass der alte Fall zur

Sprache käme und er dabei nicht besonders gut dastehen würde.«

»Aber warum sollte er das denken? Obwohl er wusste, dass wir wegen Leonards Ermordung bereits jemanden in Gewahrsam haben?«, fragte Cross.

»Gute Frage.«

19

Leonard Carpenters Beerdigung fand einige Wochen später statt, nachdem der Gerichtsmediziner zugestimmt hatte, den Leichnam freizugeben. Sie ging am Cranford Krematorium vonstatten – einem Ort, an dem Cross sich schon bei zu vielen Gelegenheiten aufgehalten hatte. Die Anlage war ordentlich und gepflegt, aber dass sie ihm so vertraut war, konnte die deprimierende, funktionelle Atmosphäre für Cross nicht mildern. Das lag nicht daran, dass er besonders religiös gewesen wäre; tatsächlich war er überhaupt nicht religiös. Es hatte viel mehr mit der routinierten Entsorgung einer Leiche zu tun, die ihm unangemessen oberflächlich erschien.

Natürlich war Cross bei der Beerdigung – das war stets nützlich –, aber seine Gegenwart war nie so ganz willkommen. Die Familie war gewöhnlich nicht erpicht darauf, dass die Polizei zugegen war, erinnerte die sie doch nur daran, dass der Verstorbene ermordet worden war. Hier war der Fall bereits abgeschlossen, weshalb seine Anwesenheit von einigen als aufdringlich empfunden werden mochte. Ottey war von dem Berg an Papierkram, den sie für die Anklage der Staatsanwaltschaft gegen Badger erledigen musste, daran gehindert worden, ihn zu begleiten. Eine Aufgabe, die sie inzwischen genau wie Cross als kolossale Zeitvergeudung betrachtete.

Infolgedessen hatte Cross Mackenzie gebeten mitzugehen, was sie nur zu gern tat. Nicht, weil sie darin irgendetwas Besonderes zu erkennen glaubte – schließlich kannte sie Cross inzwischen ein wenig –, sondern weil sie auf diese Weise aus dem Büro kam, wo es ihr immer schwerer fiel, etwas zu finden, woran sie arbeiten konnte. Sie wusste, warum er sie gebeten hatte. Er brauchte eine Mitfahrgelegenheit. Aber das würde ihr zumindest eine Chance geben, ihn nach ein paar Aspekten des Falles zu fragen.

Als die Trauergäste und die Familie eintrafen, hielten sie sich im Hintergrund. Da kamen eine Menge Leute zusammen. Ganz offensichtlich war Leonard ziemlich beliebt gewesen. Natürlich waren auch die üblichen Ghuls da, die in den Zeitungen und anderen Medien von dem Mord gelesen oder gehört hatten. Außerdem Repräsentanten des örtlichen Rugby-Vereins, alte Patienten aus seiner Praxis, Mitglieder des hiesigen Rotary Clubs, in dem er einige Zeit Schatzmeister gewesen war, und – eine besondere Ironie – Vertreter einer Obdachlosenhilfe-Organisation, deren Vorstand er ein paar Jahre lang angehört hatte. Angesichts der schieren Zahl der Trauergäste war Cross überzeugt, dass er erst kürzlich nach Bristol zurückgekehrt sein konnte, anderenfalls hätte ihn gewiss einer dieser Leute irgendwann erkannt.

Dies war die erste Gelegenheit für Cross, die Familie zusammen zu sehen: Jessica und ihre Partnerin Sarah, Catherine und ihr Ehemann Alan, Gillian mit ihrem Mann Martin, einem Anwalt in einer namhaften Kanzlei. Obwohl die beiden noch einige Jahre jünger waren als er selbst, strahlte das Paar eine altmodische Arroganz aus, wie sie typisch für ältere Generationen war; sie umgaben sich mit der Aura von Menschen, die sich ihres Platzes in der Gesellschaft vollkommen sicher waren. Sie hatten keine Kinder, und Cross überlegte unwillkürlich, wie Gillian wohl dazu stand, dass ihre jüngere Schwester und deren lesbische Partnerin eine Familie gegründet hatten. Gillian und Martin sahen aus wie ein Paar, das seinen Weg durch das Leben ohne nennenswerte Freude an selbigem oder einander meisterte. Sie waren dazu bestimmt, ihr Leben zu leben, ohne besondere Spuren zu hinterlassen. Vielleicht war ihnen das bewusst, das würde die gleichgültige Haltung erklären, mit der sie allem um sich herum begegneten.

Cross hatte kurz mit Alan Gosling, Catherines Ehemann, gesprochen. Obwohl er selbst kein Zahnarzt war, hatte er in geschäftlichen Dingen die Fäden in die Hand genommen, kaum dass Leonard verschwunden war. Catherine leitete die Praxis, aber Alan war der CEO. Gillian hatte, als er diese Stellung beansprucht hatte, bissig gefragt, wer in Gottes Namen wohl je von einer Zahnarztpraxis gehört hätte, die einen CEO beschäftigte. Der Mann verströmte den wohlbekannten Charme eines Opportunisten. Aus der einst kleinen, familiären Zahnarztpraxis, in der man die Geburtstage der Patienten gekannt und bei passender Gelegenheit ein paar Worte dazu verloren hatte, war ein Verbund geworden, dessen einzelne Praxen alle gleich aussahen – laut Alan Bestandteil einer »Corporate Identity«, eine Identität, die ein kleines Vermögen gekostet hatte, wie den Geschäftsbüchern zu entnehmen war. Die Praxengruppe hatte sich bis zur »ersten Stufe der natürlichen Reichweite« ausgedehnt, was die Orte Bath, Chippenham und Gloucester beinhaltete; Swindon war jedoch offenbar einen Schritt zu weit entfernt – »eine harte Nuss«. Die schillernde Website informierte Interessenten, dass die Praxen alle Formen kosmetischer Zahnheilkunde im Programm hatten, von Implantaten über Veneers bis hin zu Kronen, die von eigenen Zahntechnikern vor Ort angefertigt wurden. Es gab zahlreiche »Vorher-Nachher«-Bilder von kieferorthopädisch begradigten und chemisch aufgehellten, perfekt aussehenden Zähnen.

Alans Ankunft in der Familie Carpenter hatte eine Menge Spannungen hervorgerufen, weil er hartnäckig versucht hatte, Leonard und Hilary seine Idee von einer modernen Dental-Gruppe schmackhaft zu machen. Wie es schien, war Hilary damals seine leidenschaftlichste Gegenspielerin gewesen. Ihrer Ansicht nach verstand er rein gar nichts vom Geschäft. Leonard hatte sein Leben damit zugebracht, ein solides und profitables Geschäft aufzubauen – sie waren gut situiert, lebten in einem schönen Haus und hatten alle drei Töchter auf Privatschulen schicken können. Wie es schien, hatte sie nicht unrecht gehabt, denn Cross hatte bei der Durchsicht der Geschäftsbücher festgestellt, dass das Unternehmen alles andere als gesund war. Alan hatte sich schwer verschuldet und Hypotheken aufgenommen, um die Gruppe »am Markt zu platzieren«. Er hatte Praxisräume in erstklassiger Lage zu entsprechend hohen Kosten gemietet. Was sein eigenes Gehalt betraf, so gestand er sich genauso viel zu wie ihrem bestbezahlten Zahnarzt. Alles in allem schafften sie es knapp über die Gewinnschwelle. Eigentlich war der Plan immer gewesen, das Unternehmen aufzubauen und zu veräußern, um für sie alle ein kleines Vermögen zu erwirtschaften. Sie würden an eine größere Gruppe oder eine der Krankenversicherungen, die sich inzwischen auch für diesen Markt interessierten, verkaufen. Aber irgendwie wusste Cross, dass der Marktwert nicht so hoch war, dass sich daraus für irgendjemanden ein attraktives Angebot konstruieren ließe. Bis zu Leonards Verschwinden war der Betrieb gesund und profitabel gewesen, aber Alan hatte ihn in eine finanziell prekäre Lage manövriert. Er musste sich eingehender mit dem Mann unterhalten.

»Man kann die Kälte, mit der sich diese Familie umgibt, bis hierher spüren«, bemerkte Mackenzie.

»Warum sagen Sie das?«

»Keiner von ihnen sieht den anderen an. Ich würde sogar behaupten, sie meiden jeden Blickkontakt. Catherine und Gillian scheint der Tod ihres Vaters völlig kaltzulassen, nur Jessica macht den Eindruck, als würde er sie berühren.«

»Ich verstehe.«

»Alan wirkt allerdings auch mitgenommen, was mir sonderbar vorkommt.«

»Zweifellos denkt er, Leonards Geschichte und seine Ermordung sind nicht gut fürs Geschäft.«

»Das ist wirklich kalt. Werden nicht die meisten Morde von Leuten begangen, die dem Opfer bekannt sind? Familienangehörige oder Freunde?«

»Das ist eine korrekte Aussage, ja.«

»Wenn es nicht Badger war, denken Sie, es war jemand aus der Familie?«

»Es war nicht Badger, und da, wo Sie ›denken‹ sagen, wäre es passender, ›spekulieren‹ zu nutzen, denn mehr als Spekulation wäre das nicht.«

»Nein, ich meinte ›denken‹; ich habe mich direkt auf Sie und darauf, was Sie denken könnten, bezogen. Ich nehme an, die Frage ist, warum sollte einer von denen Leonard tot sehen wollen.«

»Falsche Frage. Die richtige Frage lautet: Warum hätte einer von ihnen Hilary tot sehen wollen?«

Nach dem Gottesdienst versammelten sich die Trauergäste ganz traditionell, um sich die Blumengrüße anzusehen, die draußen arrangiert worden waren – eine Praxis, die Cross nie verstanden hatte. Die Familie, ja, für die war es von Interesse, wer die Blumen geschickt hatte, ganz besonders, wenn es sich um jemanden handelte, der nicht zugegen war. Aber bei allen anderen kam ihm das vor wie ein unangenehmes, verpflichtendes Ritual. Nichts weiter als ein höflicher, doch oberflächlicher Blick, gefolgt von einer Mimik, die zum Ausdruck bringen sollte, wie beliebt der Verstorbene gewesen war. In diesem Moment sah Cross MacDonald. Er sprach mit Jessica, die ein wenig erschrocken über seine Anwesenheit zu sein schien. Sie wich zurück, als er ihre Hand ergreifen wollte. Prompt eilte Alan herbei, um die Situation zu retten, und dirigierte MacDonald mit all der Gewandtheit einer Diplomatengattin in eine andere Richtung. Cross behielt sie im Auge, während sie sich eine ganze Weile unterhielten. Worüber?, fragte er sich. Gerade als ihm dieser Gedanke durch den Kopf ging, tauchte Jessica neben ihm auf.

»Wissen Sie, was der hier macht?«, wollte sie wissen.

»Ich fürchte nein«, antwortete Cross.

»Mein Vater hat den Kerl nicht ausstehen können.«

»Tatsächlich?«

»Er dachte, er täte nicht genug. Er hatte immer das Gefühl, dass er sich nur halbherzig dafür interessierte, den Mörder meiner Mutter zu finden. Dass er zu schnell aufgegeben hätte, als sich die Gelegenheit dazu geboten hat.«

»Es ist nicht ungewöhnlich, dass Opferangehörige so empfinden, wenn ein Fall für eine gewisse Zeit ungelöst bleibt.«

»Trotzdem hätte er wissen müssen, dass er hier nicht willkommen ist.«

»Ihr Schwager macht nicht den Eindruck, als

würde er diese Meinung teilen. Mir scheint, die beiden haben viel zu besprechen.«

»Na ja, wie sollte es auch anders sein?«

»Wie meinen Sie das?«

»Gute Kunden, die MacDonalds, schicken all ihre Streuner und Mündel in die Praxis. Tut mir leid, das war nicht in Ordnung – ich finde das alles nur ein wenig erdrückend.«

»Natürlich tun Sie das«, warf Mackenzie ein. Cross hatte Mühe, nicht zusammenzuzucken. Er hatte völlig vergessen, dass sie da war.

»Ich frage mich immer wieder, ob irgendjemand von diesen Leuten ihm in letzter Zeit auf der Straße begegnet ist. Ohne es zu merken, natürlich, aber die Chancen stehen gut, dass sie ihm über den Weg gelaufen sind. Hätten sie es gewusst, dann wäre es vielleicht ganz anders gekommen«, sagte Jessica.

»Ihr Verlust tut mir leid«, bekundete Mackenzie.

»Sie waren bei uns, um Dads Sachen zu holen.«

»Richtig. Ich bin Alice. Hier ist meine Karte, bitte, nehmen Sie.«

Cross drehte sich zu ihr um.

»Sie haben Karten?«, fragte er.

»Na ja, eigentlich nicht, das ist eine der Bürokarten. Ich habe nur meine Mobilnummer auf die Rückseite geschrieben.«

»Wozu sollte ich die brauchen?«, fragte Jessica.

»Falls Sie irgendwelche Fragen haben. Mich bekommen Sie leichter zu fassen als die Detectives, die den Fall bearbeiten.«

»Aber ich dachte, der Fall wäre abgeschlossen.«

Mackenzie erkannte ihren Fehler und beeilte sich, ihn zu verschleiern.

»Das ist er, doch Sie könnten ja trotzdem Fragen haben.«

»Danke.«

Sie ging davon. Mackenzie wandte sich an Cross.

»Tut mir leid.«

Er antwortete nicht. Sie nahm an, darin käme eine implizite Kritik an ihrem Verhalten zum Ausdruck, aber sie irrte sich. Tatsächlich dachte er, dass sie tat, was sie konnte, um sich nützlich zu machen, ihrer Rolle Geltung zu verschaffen, und der amateurhafte Ansatz mit der Karte gefiel ihm. Und ganz nutzlos war ihr Vorgehen auch nicht. Dass sie sich als leichter zugängliche Kontaktperson für Jessica angeboten hatte, mochte sich am Ende durchaus als hilfreich erweisen. Er hatte sich nur abgewandt, weil eine andere Person, die gerade die Blumen betrachtete, seine Aufmerksamkeit erregt hatte. Der Unterschied war, dass sie dabei eine Absicht verfolgte. Und tatsächlich machte sie sich Notizen.

»Ist das nicht Fiona Cooke?«

»Wer?«

»Vom *Guardian.*«

»Ich weiß es nicht.« Sie griff nach ihrem Telefon. »Soll ich nachsehen?«

Aber er war schon fort. Er näherte sich der Journalistin, die ihr Notizbuch wegsteckte, kaum dass sie ihn sah.

»Ich hätte angenommen, es würde Ihnen weniger Mühe bereiten, wenn Sie einfach mit Ihrem Telefon Fotos von den Karten machen würden, oder etwa nicht?«, fragte Cross.

»Möglich, aber das wäre ein bisschen unverschämt, finden Sie nicht?«, antwortete sie. »Und Sie sind?«

»DS Cross.«

Sie streckte die Hand aus, die er natürlich nicht ergriff.

»Fiona Cooke.«

»Ich weiß.«

»Oh.«

»Sie waren Nachwuchsreporterin bei der *Evening News*, als Hilary Carpenter ermordet wurde«, konstatierte er.

»Stimmt. Mir war nicht bewusst, dass ich so viel Reichweite hatte.«

»Oh, die hatten Sie nicht. Ich habe Ihren Namen erst kürzlich im Zusammenhang mit diesem Fall gelesen.«

Sie war aufmerksam genug, dass ihr Instinkt ihr sagte, sie hatte es nicht mit irgendeinem klassisch unausstehlichen Polizisten zu tun. Hier war irgendetwas anderes im Spiel.

»Darf ich fragen, warum Sie hier sind? Arbeiten Sie nicht inzwischen von London aus?«, fuhr Cross fort.

»Ich kannte Leonard.«

»Natürlich.«

»Warum sind Sie hier? Ich dachte, die Akten in

diesem Fall wären geschlossen und Sie hätten bereits jemanden verhaftet.«

»Haben Sie Zeit für eine Unterhaltung, ehe Sie gehen?«, fragte er.

»Habe ich.«

Sie saßen zu zweit an einem Tisch in einem kleinen Café, während Mackenzie am Tresen auf ihre Bestellung wartete. Sie war wütend auf sich selbst. Auf dem Weg hierher hatte sie Cross angeboten, Notizen zu machen, worauf er brüsk entgegnet hatte: »Das steht Ihnen frei, aber soweit es mich betrifft, ist das nicht notwendig.« Langsam lernte sie, dass es alles in allem besser war, in seiner Gegenwart einfach zu schweigen und nicht von sich aus Hilfe anzubieten. Das schien immer nach hinten loszugehen.

Fiona Cooke war eine gepflegte, bedachtsame, planvolle Frau Anfang vierzig, eine Schlussfolgerung, die Cross anhand der Art traf, wie sie sich verhielt, wie sie stets sorgfältig überlegte, ehe sie eine Frage beantwortete, und wie sorgsam formuliert ihre Antworten ausfielen. Sie schien äußerst sachlich zu sein und wenig für Spekulationen übrigzuhaben, alles Eigenschaften, die Cross sehr schätzte.

»Hilarys Fall hat mich nie losgelassen, einerseits, weil das mein erster Mordfall war, aber auch, weil ich das Gefühl hatte, dass irgendetwas nicht stimmte. Etwas war nicht in Ordnung.«

»Inwiefern?«

»Tja, um offen zu sein, es ging um die polizeilichen Ermittlungen. Aber damals war ich noch sehr jung und hatte im Grunde keine Ahnung, wie so etwas ablaufen sollte. Darum habe ich meinen Argwohn, meine Zweifel, auf meine Unerfahrenheit geschoben.«

Mackenzie kam mit dem Kaffee zurück und setzte sich zu ihnen.

»Die Ermittlungen schienen keiner bestimmten Richtung zu folgen. Die sind damals nach dem Gießkannenprinzip vorgegangen. Jede Spur wurde verfolgt, ganz egal, wie dürftig sie war. Sie haben sogar eine Telefonleitung geschaltet, um die Bevölkerung um Mithilfe zu bitten«, berichtete Cooke.

»Das ist nicht ungewöhnlich.«

»Nur, dass es mehr Arbeit verursacht hat, als sie verkraften konnten, und dass die meisten Anrufe entweder anzüglich oder einfach nur irrelevant waren.«

»Auch das passiert.«

»Ich weiß, aber bei diesem Fall wurden Spuren, die sogar in meiner Wahrnehmung gegenstandslos und hinfällig waren, akribisch untersucht. Ich weiß, das kommt oft vor, doch hier ist es immer wieder passiert. Es hat sich angefühlt, als wäre das entweder Stümperei oder Absicht.«

»Haben Sie sich für eines von beidem entschieden?«

»Kennen Sie den SIO des Falles?«

»MacDonald, ja.«

»Dann kennen Sie auch meine Antwort«, sagte sie.

»Äh, nein, das tue ich nicht. Sie werden es mir sagen müssen.«

»Absicht. Daran habe ich nicht den kleinsten Zweifel. Die Frage war nur – warum?«

»Wer waren Ihre Verdächtigen? Sie hatten doch bestimmt Ihre eigene Liste«, erkundigte sich Mackenzie.

Cross hatte Mühe, die Unterbrechung nicht mit einem Seufzer zu kommentieren.

»Nein, hatte ich nicht. Ich stelle nicht gern Vermutungen an. Eine Liste potenzieller Verdächtiger anzufertigen wäre ein Widerspruch in sich für mich. Das bedeutet, dass man erst Mutmaßungen anstellt, auf die man sich dann verlässt, und versucht, diejenigen, die auf der Liste stehen, eben diesen Mutmaßungen anzugleichen. Das hieße, das Pferd von hinten aufzuzäumen.«

Cross gefiel, was sie sagte. Was wenig überraschend war, spiegelte es doch in jeder Hinsicht seine eigene Vorgehensweise.

»Wie ist die Familie so?«, fragte Cooke.

»Uneins«, sagte Cross.

»Das waren sie immer. Ich fand ihre Entscheidung, Leonard für tot erklären zu lassen, interessant.«

»Warum das?«

»Das haben sie pünktlich nach sieben Jahren getan. Es war, als hätten sie nur darauf gewartet, dass die Frist abläuft, und es nicht schnell genug hinter sich bringen können.«

»Nach dem, was ich erfahren konnte, war es Catherine oder, genauer, ihr Ehemann Alan. Er wollte das Geschäft erweitern«, berichtete Cross.

»Leonard hat ihm nicht getraut. Ich würde sogar so weit gehen zu sagen, er konnte ihn nicht leiden. Er und Hilary.«

»Werden Sie einen Artikel darüber schreiben?«

»Mein Herausgeber ist nicht interessiert, fürchte ich. Ich musste mir einen Tag Urlaub nehmen, um herzukommen, aber ich bin froh, dass ich es getan habe«, sagte sie.

»Und warum das?«, hakte er nach.

»Weil unser Zusammentreffen mich auf den Gedanken gebracht hat, dass ich vielleicht richtiggelegen habe. Sie haben den falschen Mann in Gewahrsam, Detective, und dass Sie hier sind, bedeutet, dass Ihnen das durchaus bewusst ist.«

»In der Tat. Ich kann mich des Gedankens nicht erwehren, dass die beiden Morde zusammenhängen. Zwei Morde in einer Familie ...«

»So viele Jahre voneinander getrennt ...«

»Das ist ein zu großer Zufall. Ich werde die Untersuchung von Hilarys Ermordung überprüfen. All diese Arbeit, wie nutzlos sie auch gewesen sein mag, könnte mir einen Vorsprung verschaffen. Wenn ich Hilarys Mörder finde ...«

»... dann finden Sie auch den von Leonard«, vervollständigte sie seinen Satz.

»Exakt.«

Während der nächsten paar Tage ging Cross die Akten im Fall Hilary Carpenter durch, die er sich aus dem Archiv der MCU in der Nähe von Frenchay beschafft hatte. Bisher gab es nichts, was ins Auge stach, doch er konnte schon jetzt nachvollziehen, was Fiona gemeint hatte, als sie gesagt hatte, dass nutzlosen Spuren ein Übermaß an Zeit gewidmet worden war. Aber er konnte keine Brüche erkennen, keine offensichtlichen Fehler. Bisher. Das bestätigte nur den Eindruck, den MacDonald von jeher auf ihn gemacht hatte – dass er faul und nachlässig war, ein Relikt einer vergangenen Zeit. Ein Mann, der lediglich einen Tag nach dem anderen auf dem Weg zur Rente abgehakt hatte. Manche Leute stießen einzig und allein zur Polizei, weil sie in jungen Jahren nichts anderes gefunden hatten. Vielleicht war MacDonald einer davon.

In Cross' Augen kam Polizeiarbeit jedoch einer Berufung gleich. Wenn dem nicht so wäre, wie sollte man dann erklären, dass so viele Officers sich mit unsozialen Arbeitszeiten abfanden und vielfach auch mit dem Ende dessen, was sie an Familienleben zu haben glaubten? Wer sich aber schon zu Beginn nicht berufen fühlte, legte sich zum Ende hin eine zynische »Augen zu und durch«-Mentalität zu. MacDonald war das klassische Beispiel dafür, was auch der Grund war, warum Cross die Sichtung von Leonards Archiv einstweilen abgebrochen hatte. Er hatte das Gefühl, seine Zeit wäre besser investiert, wenn er nach Mängeln in MacDonalds Ermittlung suchte. Andererseits gab ihm das Foto von den Fußspuren immer noch zu denken. Warum war dieses Bild das einzige Element aus den Unterlagen, das Leonard an sich genommen hatte? Wichtiger noch, was war so bedeutend daran, dass er zum Haus der Familie zurückgekehrt war, um es zu holen? Warum hatte er riskiert, entdeckt zu werden? Barg das Foto die Lösung des Rätsels, oder war es ganz wie die meisten anderen Dinge in seinem Archiv eine falsche Fährte? Eine Sackgasse?

20

Am Sonntagmorgen, als er mit Raymond im Bus Nummer 75 auf dem Weg zu einem ihrer Wochenendausflüge war, dachte Cross immer noch über das Foto nach. An diesem Tag wollten sie zum Luft- und Raumfahrtmuseum Bristol Aerospace in Filton, in dem die Alpha Foxtrot ausgestellt wurde, die Concorde, die den allerletzten Ultraschall-Passagierflug absolviert hatte. Das stand schon lange auf ihrer To-do-Liste, aber wie es so häufig bei Dingen in der direkten Umgebung war, hatten sie die Ausstellung als Selbstverständlichkeit betrachtet, schließlich wäre sie ja auch später noch da. Meilenweit entfernte – und oft schwer erreichbare – Sehenswürdigkeiten hatten irgendwie ständig den Vorzug bekommen.

Für Raymond war die Ausstellung mit gemischten Gefühlen verbunden. Jahrelang hatte er dort gearbeitet, und nun war er im Begriff, sein geliebtes Flugzeug wiederzusehen. Ein Projekt, dem er einen guten Teil seines Arbeitslebens gewidmet hatte und das jetzt zu einem Museumsstück herabgewürdigt war – ganz wie er selbst, so dachte er, obwohl es zweifellos mehr Besuch erhielt. Im Bus jedoch fand er sich in der warmen Umarmung vertrauter Nostalgie wieder. Er sah aus dem Fenster und sagte: »Diese Strecke hätte ich früher mit verbundenen Augen fahren können.«

Sollte Cross zugehört haben, so war davon nichts zu spüren. Raymond störte das nicht. Er war daran gewöhnt. Er sprach oft mit Cross, wohl wissend, dass sein Sohn in Gedanken woanders war und er keine Antwort erhalten würde. Dennoch freute er sich über die Gelegenheit, mit jemandem sprechen zu können, denn die schien sich ihm immer weniger und weniger zu bieten, während die Jahre ins Land zogen und sein kleiner Bekanntenkreis aufgrund von Gebrechlichkeit oder Tod noch kleiner wurde. Irgendwo hatte er gelesen, eine alte Frau in Lincoln hätte so lange mit niemandem mehr geredet, dass sie, als nach Monaten jemand an ihre Tür klopfte, nicht mehr sprechen konnte – sie hatte ihre Stimme mangels Gebrauch verloren.

Je häufiger er über die Geschichte nachdachte, desto mehr zweifelte er allerdings an ihrem Wahrheitsgehalt. Sie hatte doch bestimmt mit den Leuten an der Kasse im Supermarkt gesprochen oder, falls sie nicht einkaufen ging und sich stattdessen beliefern ließ, mit dem Lieferanten. Aber mit dieser Geschichte im Hinterkopf, ob sie nun wahr war oder nicht, hatte er eine Weile in seiner Wohnung Selbstgespräche geführt. Dann war ihm in den Sinn gekommen, dass das womöglich der direkte Weg zu greiser Exzentrik war, also hatte er wieder damit aufgehört. Die Möglichkeit, an Vormittagen wie diesem mit seinem teilnahmslosen Sohn zu sprechen, schien ein guter Kompromiss zu sein.

Cross half seinem Vater beim Aussteigen. Raymond ging an Krücken, sein Fuß steckte noch immer in dem Stützschuh. Paradoxerweise war das einerseits ein akzeptabler Grund, nicht auszugehen, andererseits auch ein passender Anlass, eine hiesige Attraktion von der Liste zu streichen. Raymond blieb am Eingang zum Filton Airfield stehen. Tausende von Malen war er durch diese Tore geschritten. Das Museum war in drei renovierten grünen Flugzeughangars untergebracht.

»Die Leute dachten, wir würden da drin zaubern. Und in gewisser Weise haben wir das auch getan. Weil wir an etwas Mysteriösem gearbeitet haben. An etwas, das der Science Fiction hätte entsprungen sein können. Das kannst du dir nicht vorstellen«, sagte Raymond.

Sie traten in den Hangar, und da stand sie. Raymond grinste von einem Ohr zum anderen. Sie war genauso bewunderungswürdig, wie er sie in Erinnerung behalten hatte. Absolut und unvermindert.

»Hast du je etwas Schöneres gesehen?« Raymond seufzte schwer.

»Bist du mal damit geflogen?«, fragte sein Sohn.

»Nein. Ich wollte immer, hatte aber nie die Chance dazu.«

Zu beiden Seiten des Flugzeugs gab es eine Zugangstreppe. Es dauerte eine Weile, bis Raymond die Stufen bewältigt hatte, aber das schien ihn nicht zu stören, und er brachte das Hindernis geduldig hinter sich. Zwischendurch blickte er immer mal wieder zu dem Flugzeug hinauf und lächelte auf eine besänftigende Art, als wollte er sagen: »Gib uns einfach eine Minute, ich bin gleich bei dir.« Schließlich betraten sie das Innere des schmalen Rumpfs, das gerade vier Sitzen pro Reihe Platz bot, zwei auf jeder Seite des Gangs. Sie waren mit grauem Leder bezogen und sahen nicht sonderlich bequem aus.

»Es ist viel kleiner, als ich es mir vorgestellt hatte«, bemerkte Cross.

»Das sagen die Leute immer«, entgegnete Raymond.

Kurz vor dem Cockpit verkündete ein Schild in gelben Lettern: »MACH 2 55 000«; dieses Schild hatte aufgeleuchtet, wenn das Flugzeug die Schallmauer durchbrochen hatte. Raymond lächelte, als er sich erinnerte, wie er erstmals den lauten Knall gehört hatte. Der war bis zum Boden gehallt, als das Flugzeug Tausende Fuß über ihm die Schallmauer durchbrochen hatte.

»Weißt du, wie außerordentlich das 1969 war?«, fragte Raymond.

»Das weiß ich dank der vielen Tausend Male, die du es mir über die Jahre erzählt hast.«

»Elon Musk würde vor Neid blass. Wir haben das geschafft, ehe du auch nur geboren wurdest, Kollege.«

Sie gingen ins Cockpit, wo sich eine junge Museumsführerin zu ihnen umdrehte.

»Hallo. Ist Ihnen dieses Flugzeug bekannt?«, fragte sie unschuldig.

Cross seufzte, denn ihm war klar, dass das genau die Einladung war, auf die Raymond seit ihrer Ankunft gewartet hatte.

»Das hoffe ich doch, meine Liebe. Ich habe es gebaut«, sagte der alte Mann.

Es dauerte noch eine weitere halbe Stunde, ehe sie das Flugzeug wieder verlassen konnten. Die Lektion, die Raymond der jungen Frau erteilte, lockte rasch eine kleine Truppe Flugzeugnarren an, die ihr Glück, die Geschichte aus erster Hand zu erfahren, kaum fassen konnten. Seinem Bericht waren eine ganze Reihe von Fragen gefolgt, die er beantwortete, bis ein Security Manager der Sache ein Ende machte, weil sich hinter ihnen bereits eine lange Schlange gebildet hatte. Als Raymond zum Schluss kam, spendete sein Publikum spontan Applaus.

Nach diesem unerwarteten Höhepunkt gab sich Raymond ein wenig nachdenklicher, als er hinaus auf das stillgelegte Rollfeld blickte.

»Da draußen sollen jetzt Häuser gebaut werden. Wirklich schade. Sechzehn-Stunden-Tage hatten wir hier, regelmäßig. Ich habe mehr oder weniger hier gelebt. Das war das Wichtigste in meinem ganzen Leben. Doch nun gibt es hier nur noch die Gespenster der alten Tage«, sagte er.

»Wichtiger als deine Familie?«, fragte Cross.

»Auf merkwürdige Art, ja. Aber anders.«

»Meinst du, das hat etwas damit zu tun, dass meine Mutter uns verlassen hat?«

»Ich weiß es nicht. Warum interessiert dich das jetzt plötzlich?«

Aber Cross sah auf seine Uhr.

»In siebzehn Minuten fährt der nächste Bus«, sagte er.

Als sie gingen, sah Cross, dass die Museumsführerin sich mit einem Mann im Anzug unterhielt und auf sie zeigte. Er fragte sich, ob sie irgendwie in Schwierigkeiten waren. Dann fiel ihm auf, dass das seine Standardreaktion in derartigen Situationen war, und er überlegte, wo das wohl herkommen mochte.

Um zum Ausgang zu gelangen, mussten sie jedenfalls den Mann passieren. Der reichte Raymond die Hand, und er schüttelte sie. Als er auch Cross die Hand reichen wollte, ignorierte der diese Geste, wie er es stets tat.

»Machen Sie sich über ihn keine Gedanken – er hat für Handschläge nichts übrig«, erklärte Raymond.

»Mein Name ist Peter Smith, ich bin der diensthabende Manager. Carol hat mir erzählt, dass Sie von Anfang an am Concorde-Projekt mitgearbeitet haben.«

»Das ist richtig«, sagte Raymond und schaute sich zu Cross um, weil er sehen wollte, ob das Interesse des Mannes Eindruck auf ihn machte. Das tat es nicht.

»Darf ich Ihnen meine Karte geben. Ich hatte überlegt, ob Sie wohl mit uns über Ihre Arbeit hier sprechen würden. Wir richten ein Archiv mit Videointerviews ein, und es wäre toll, wenn Sie Zeit dafür hätten.«

»Es wäre mir ein Vergnügen«, entgegnete Raymond und gab dem Mann seine Telefonnummer. Cross freute sich, dass sein Vater sich freute, und dachte, es wäre eine gute Sache, würde er interviewt werden. Es ging so viel Geschichte unnötig verloren, dabei war es in diesem digitalen Zeitalter so einfach, sie mit Berichten aus erster Hand für die Nachwelt zu konservieren. Er hatte sich im Vorfeld Sorgen gemacht, dieser Besuch könnte Raymond traurig machen. Stattdessen hatte er ihm so etwas wie ein Ziel gegeben, dem er entgegenstreben konnte. Ein unerwarteter Bonus.

Während sich Raymond in der Gewissheit sonnte, dass jemand ihn interviewen wollte – um so etwas hatte ihn noch niemand gebeten, und sie würden einen Wagen schicken, um ihn abzuholen –, grübelte Cross wieder über Leonard nach. Der Gedanke daran, dass seine Mutter sie verlassen hatte, bewog ihn, noch einmal über Leonards Verschwinden nachzusinnen. Es hatte keine Vorwarnung gegeben. Keine Hinweise darauf, wohin er gegangen war; ob er noch am Leben war oder nicht. Das war in vielerlei Hinsicht eine grausame und eigennützige Methode, die Familie, die so oder so schon um die gewaltsam zu Tode gekommene Mutter trauerte, in einer Art desolater Vorhölle zurückzulassen. Warum hatte er das getan? Hatte er einfach den Verstand verloren, oder steckte da mehr dahinter?

21

Cross widmete seine Aufmerksamkeit dem Bauarbeiter Wawryniec Wojtchak, der den Mord an Hilary gestanden hatte, als er im Gefängnis gesessen hatte. Der Pole war zu der Zeit fünf Jahre im Land gewesen und bei einem ortsansässigen Bauunternehmen beschäftigt. Fünf Monate hatten sie am Haus der Carpenters gearbeitet, eineinhalb Jahre vor dem Mord. Er war am Tag des Mordes in der Umgebung des Hauses gesehen worden – identifiziert von mehreren Zeugen, darunter dem Besitzer des Cafés, in dem er an eben jenem Nachmittag einen Kaffee getrunken hatte. Denn er hatte einige sehr markante Tätowierungen, die sich über seinen Hals zogen. Cross ging durch den Kopf, dass Tattoos, auch wenn es nur fünfzehn Jahre her war, damals weder so allgegenwärtig noch so allgemein gebilligt waren wie heute. Umso weniger solche, die über den Hals eines Menschen krabbelten.

Als er jung gewesen war, hatten lediglich Ex-Soldaten und eher zwielichtige Charaktere Tätowierungen getragen. Sie galten als Hindernis, wenn es darum ging, einen Job zu ergattern. Heutzutage schienen sie beinahe eine Voraussetzung dafür zu sein. Auch waren die Einzelbilder von früher etwas gewichen, das die Leute als »Sleeve« – Ärmel – bezeichneten, dessen Motive sich über den ganzen Arm zogen. Das war etwas, das sich seinem Verständnis entzog; selbst wenn seine Bekleidungswahl recht eingeschränkt war, konnte er sich nicht vorstellen, den Rest seines Lebens das gleiche Hemd zu tragen und es nie wieder wechseln zu können. (Ja, seine wörtliche Auslegung führte ihn bei dem Gedanken an ein »Ärmel-Tattoo« unweigerlich zu dieser Analogie.) Er ertappte sich bei der Überlegung, ob wohl die neue Generation als Reaktion auf die Körperkunst ihrer Eltern tattoofrei bleiben würde, und ob das, was an einem Sechsundzwanzigjährigen hip und zeitgemäß aussah, noch den gleichen Reiz hätte, wenn der Träger erst einmal siebzig war.

Ihm fiel auch auf, dass Fionas Bemerkung über die Zeugenhotline absolut treffend war. Dabei ging es weniger um die Anzahl der Anrufe auf dem Anschluss – die schien sich im üblichen Rahmen für so eine Situation zu bewegen –, sondern vor allem darum, dass sogar für die Nachverfolgung der unglaubwürdigsten Hinweise enorm viel Zeit aufgewendet worden war. Lag das daran, dass MacDonald grauenvoll ineffizient und faul war, oder ging da noch etwas anderes vor? Cross griff zum Telefon und sprach mit einer Handvoll Detectives im Ruhestand – mit der Handvoll, die bereit war, seinen Anruf entgegenzunehmen, um genau zu sein. Dabei kam heraus, dass MacDonald sich zwar nicht gerade allgemeiner Beliebtheit rühmen konnte, aber als guter, gründlicher und ein wenig berechenbarer Cop angesehen wurde. War dann das, was Cross vor sich hatte, uncharakteristisch? Vielleicht hatten ihn irgendwelche Ereignisse in seinem Leben zu jener Zeit über Gebühr beansprucht, oder womöglich waren politische Aspekte der Arbeit – der Fluch des modernen Detectives – im Weg gewesen. Cross wusste, dass MacDonalds Frau irgendwann an Krebs gelitten hatte, der aber in Remission gegangen war, er wusste nur nicht genau, wann das gewesen war.

Ottey war in sein Büro gekommen. Sie sagte sich, sie würde nur Carsons Anweisung befolgen und ihn im Auge behalten, aber tatsächlich war sie begierig herauszufinden, was er im Sinn hatte. Zwar würde sie das nie zugeben, doch dies waren die Momente, zu denen ihr Kollege sein bestes und interessantestes Selbst präsentierte. Sie hatte längst herausgefunden, dass widrige Umstände seine obsessive, hartnäckige Ader zum Vorschein brachten. Beispielsweise, wenn seine Vorgesetzten ihm sagten, ein Fall sei abgeschlossen und er solle die Arbeit daran einstellen. Oder wenn sich die Fakten zu einem scheinbar unüberwindbaren Berg anhäuften, der jedes auf den ersten Blick mögliche Unrecht zu widerlegen schien.

Außerdem hatte sie gerade erfahren, dass Badger inzwischen von seiner Unschuld überzeugt war und vor Gericht auf »nicht schuldig« plädieren würde. Eine Neuigkeit, von der sie wusste, dass sie Cross so willkommen sein würde, wie sie Carson unwillkommen sein musste. Letzterer war überzeugt, dass Badger sein Bekenntnis nur wegen Cross' fortgesetzter Ermittlungen in dem Fall geändert hätte.

Aber Badger hatte, wie Cross durchaus zu Recht sagen würde, nichts dergleichen getan. Er hatte gewissermaßen die ganze Zeit auf »nicht schuldig« plädiert, wenn auch vor allem, weil er nicht so richtig wusste, was wirklich in der Nacht geschehen war, nicht so sehr, weil er von der eigenen Unschuld überzeugt gewesen wäre.

Cross sagte Ottey, er wolle Catherines Ehemann Alan besuchen, aber nicht in seinem Büro in Broadmead, wo er sich sicher fühlen würde. Gillian zufolge waren die Büroräume für eine Zahnarztpraxis oder »Gruppe«, wie Alan das Unternehmen bezeichnete, reichlich extravagant. Ottey hatte angemerkt, dass der äußere Schein im Geschäftsleben alles wäre, aber Cross wandte völlig korrekt ein, dass die Patienten diese Räumlichkeiten nie zu sehen bekämen – sie suchten nur die Praxen auf. Man musste nicht erst die Bücher durchgehen, um festzustellen, dass er sich geschäftlich verhoben hatte, und die Summen, die in diese Büros geflossen waren, bewiesen das anschaulich. Ottey fragte sich, warum er wohl mit dem Mann sprechen wollte. Verdächtigte er ihn womöglich?

»Ich glaube, wir werden von ihm ein anderes Bild der Familie erhalten«, beantwortete er ihre Frage.

»Denken Sie, er war fähig, beide Eltern umzubringen?«

»Jeder ist dazu fähig.«

»Sie wissen, was ich meine.«

Er dachte einen Moment nach.

»Ich denke, es muss etwas Außergewöhnliches zugrunde liegen, damit jemand die ältesten Mitglieder der Familie tötet, in die er einheiratet. Zudem, wenn dem so wäre, warum hat er dann darauf gewartet, dass Leonard zurückkehrt, ehe er auch ihn umgebracht hat? Bisher habe ich nichts ausreichend Außergewöhnliches in seiner persönlichen oder geschäftlichen Beziehung zu den Eltern gefunden, abgesehen von der Tatsache, dass beide ihn nicht besonders mochten und ihn nicht als passenden Gatten für ihre Tochter eingestuft haben. Andererseits wissen wir ja, dass bei Mord innerhalb der Familie gerade das Gewöhnliche das Außergewöhnliche sein kann.«

»Leonards Rückkehr scheint ihn geärgert zu haben«, bemerkte Ottey.

»Genug, um ihn umzubringen? Und selbst dann bleibt immer noch die wesentliche Frage: warum beide?«

»Und wie hätte er fünfzehn Jahre lang jeden Tag seiner Frau ins Gesicht sehen können, nachdem er ihre Mutter getötet hatte?«

»Oh, ich denke, damit hätte er kein Problem gehabt. Der Mann ist bestenfalls ein Fantast und infolgedessen ein furchtbar schlechter Geschäftsmann, oder er ist ein psychopathischer Hochstapler, der voll und ganz imstande wäre, seine Frau auf so eine schreckliche Art zu täuschen.«

Mackenzie klopfte an die Tür.

»Wawryniec Wojtchak, der Bauarbeiter«, sagte sie.

»Mir ist bekannt, wer er ist«, entgegnete Cross.

»Mir nicht«, ging Ottey dazwischen.

»Er hat den Mord an Hilary gestanden, als er wegen Totschlags in Haft war, nur um das Geständnis kurz darauf zu widerrufen. Er kannte das Paar, denn er hat an ihrem Haus gearbeitet«, erklärte er.

Mackenzie wartete auf einen Hinweis, dass sie sich wieder zu Wort melden durfte. Cross drehte sich zu ihr um. »Er wurde vor vier Monaten entlassen«, sagte sie.

Cross überlegte einen Augenblick, verdaute die Neuigkeit. Das war interessant, nicht nur, weil der Mann zum Zeitpunkt von Leonards Ermordung auf freiem Fuß gewesen war, sondern auch, dass Leonard kurz nach dessen Entlassung wieder aufgetaucht war. Gab es da einen Zusammenhang? Hatte Leonard von der Entlassung des polnischen Bauarbeiters gewusst? Alan würde warten müssen.

»Haben Sie seine Adresse?«, fragte er.

»Nein.«

»Was also erwarten Sie, dass ich mit dieser Information anfange?«

»Sie haben mich nicht gebeten, seine Adresse herauszusuchen.«

»Ich hätte angenommen, das wäre impliziert.«

»Und ich hatte den Eindruck, dass von uns gefordert ist, weder Schlussfolgerungen zu ziehen noch Annahmen zu treffen«, konterte Mackenzie.

Sollte Cross Otteys Grinsen angesichts dieser Reaktion beobachtet haben, so ließ er es sich nicht anmerken.

»Hinsichtlich des Falles, ja. Hinsichtlich des Umfangs der Informationen, die zu beschaffen Sie angewiesen wurden, nein«, sagte er.

Aber insgeheim war er beeindruckt, dass sie sich, vielleicht etwas zu strikt, an seine Verfahrensweise hielt, denn wie stets war ihm auch jetzt völlig entgangen, dass ihre scheinbar so treuherzigen Worte mit Sarkasmus getränkt waren.

22

Früh am nächsten Morgen fuhren Ottey und Cross auf der M5 nach Norden in Richtung Manchester. Wojtchak lebte offenbar bei seiner verheirateten Schwester und ihren Kindern in Withington. Das war, wie Cross dachte, wenig überraschend. Die Aussichten, einen Arbeitsplatz zu finden, konnten bei jemandem, der gerade erst eine Haftstrafe wegen Totschlags abgesessen hatte, nicht sonderlich gut sein. Wojtchak war des Totschlags an einem Kredithai für schuldig befunden worden, der erfolglos versucht hatte, Geld aus ihm herauszuholen. Den daraus resultierenden Kampf hatte er nicht überlebt. Das war der mildernde Umstand, der Wojtchak vor einer Mordanklage bewahrt hatte.

In Withington, gleich südlich der Innenstadt von Manchester, hielten sie vor einem viktorianischen Gebäude, das in ein Mietshaus umfunktioniert worden war. Der Vorort, der vorwiegend für seine Verbindungen zur Universität bekannt war, zeichnete sich durch zwei Hauptstraßen aus: die Palatine Road, in der Wojtchak wohnte, und die Barlow Moor Road, die sie kreuzte. Wojtchak selbst öffnete die Tür zur Wohnung 2b. Er war nicht unbedingt erfreut, sie zu sehen, aber auch nicht überrascht – er hatte die

Berichte über den Mord an Leonard in den Nachrichten verfolgt und sich gedacht, dass es nur eine Frage der Zeit war, bis die Polizei an die Tür klopfte. Er war nicht sicher, ob er ihnen helfen konnte, aber er sah durchaus Sinn darin, dass sie zu ihm gekommen waren. Seine Schwester war unterwegs, um ihre Kinder von der Schule abzuholen, und würde jeden Moment zurück sein. Er fragte, ob sie wohl irgendwo anders hingehen könnten, um sich zu unterhalten, denn er wollte sie und die Kinder nicht unnötig aufregen.

»Meinen Sie, er versucht abzuhauen?«, überlegte Ottey, als er wieder in der Wohnung verschwand, um seinen Mantel zu holen.

»Wenn er hätte verschwinden wollen, dann hätte er das getan, sobald er von Leonards Ermordung gehört hat«, entgegnete Cross.

»Finden Sie es nicht interessant, dass er immer noch hier ist?«

»Vielleicht.«

Sie gingen zu Fuß zu einem nicht weit entfernten kleinen Café an der Hauptstraße. Wojtchak hatte nicht in den Wagen steigen wollen – sie hatten neugierige Nachbarn, und die Neuigkeit von seiner »Festnahme« würde schon die Runde machen, ehe er wieder daheim wäre.

»Aber der Wagen ist nicht gekennzeichnet«, wandte Ottey ein.

»Sorry, Miss – Ihnen ist Polizei auf den Leib geschrieben, und die Leute hier haben einen sechsten Sinn für Bullen.«

»Den Jargon beherrschen Sie meisterhaft, Mister Wojtchak«, bemerkte Cross.

»Bin schon ziemlich lange hier, Sir.«

Die Kellnerin nahm ihre Bestellung auf und ging wieder.

»Also, beginnen wir mit der Frage, die auf der Hand liegt: Warum haben Sie den Mord an Hilary gestanden?«, fragte Cross.

»Ich hab's zurückgenommen.«

»In der Tat, aber wieso haben Sie das Geständnis überhaupt abgelegt?«

»Sie waren nie im Gefängnis. Das ist schwer, hart, beängstigend. Da braucht man einen gewissen Ruf, damit die Leute aufhören, einen herumzuschubsen.«

»Sie haben den Geldeintreiber eines Kredithais zu Tode geprügelt – hat das im Gefängnis nicht auch ein bisschen Gewicht?«

»Mag sein. Aber da drin kann man nicht klar denken. Dreiundzwanzig Stunden am Tag eingesperrt. Da fängt man an, sich Dinge auszudenken. Oder einzubilden, so was wie, dass die Leute hinter einem her sind. Gefängnisse sind voller schlechter Menschen.«

»Was Sie nicht sagen«, kommentierte Ottey, für die das alles arg vertraut klang. Sie glaubte ihm kaum ein Wort und brachte auch kein Mitgefühl für seine Geschichte auf.

»Damals dachte ich, es wäre eine gute Idee, so was zu erzählen.«

»Warum haben Sie es sich anders überlegt?«

»Hören Sie, ich war breit, als ich das getan habe.

Als ich es nicht mehr war, hat es keinen Sinn mehr ergeben, so einen Haufen Mist zu erzählen. Und dann war da der Kaplan. Er hat mich dazu gebracht, alles noch mal zu überdenken.«

»Wie?«

»Ich mochte Mrs. Carpenter; ich mochte sie alle. Sie waren gut zu mir. Ich hatte Probleme mit meinen Weisheitszähnen – Mr Carpenter hat mich behandelt. Was da passiert ist, war schrecklich. Der Kaplan hat gesagt, wenn die Polizei glaubt, ich hätte das getan, dann würden sie aufhören, den echten Mörder zu suchen.«

»Was dann genau so geschehen ist«, sagte Cross.

»Ich weiß. Ich fühle mich schlecht deswegen, besonders jetzt.«

Eine Pause trat ein, als die Kellnerin ihre Getränke brachte und auf dem Tisch verteilte.

»Reden wir über den Mord an Hilary«, griff Ottey den Faden wieder auf.

»Müssen wir?«, fragte Wojtchak.

»Deswegen sind wir hier.«

»Ich dachte, es geht um den Mord an Mister C.«

»Das ist wahr.«

»Aber Sie haben doch schon jemanden verhaftet?«

»Haben wir«, bestätigte Ottey.

»Können wir den Tag von Hilarys Ermordung durchgehen?«, fragte Cross.

»Aber Sie haben doch die Akten gelesen, oder?«, wollte Wojtchak wissen.

»Ausgiebig«, entgegnete Cross.

»Da sind drei Tage Verhör drin«, beharrte Wojtchak.

»Das ist mir durchaus bewusst. Genauso bewusst dürfte Ihnen die Tatsache sein, dass der Mörder nie gefasst wurde«, sagte Cross.

»Vielleicht ist es ja derselbe Kerl gewesen«, mutmaßte Wojtchak.

»Wie kommen Sie darauf?«, erkundigte sich Ottey.

»Ich weiß nicht, scheint Sinn zu machen«, antwortete Wojtchak.

»Warum?«, fragte sie.

»Ich habe keine verdammte Ahnung. Ich habe keine verdammte Ahnung, warum diese Leute ermordet worden sind«, konstatierte Wojtchak.

Er war mit jedem Wort lauter geworden, und die Leute hatten sich zu ihnen umgedreht. Prompt senkte er die Stimme und beugte sich über den Tisch, um sich verständlich zu machen. Cross ertappte sich bei dem Gedanken, dass das Wort »verdammt« aus dem Mund von Leuten, die keine englischen Muttersprachler waren, immer ein wenig merkwürdig klang – beinahe schon unglaubwürdig.

»Ich habe es Ihnen gesagt. Ich habe es damals gesagt, und ich habe es später im Gefängnis gesagt. Ich habe das nicht getan.«

»Aber Sie waren dort.«

»Wo?«

Cross fiel Wojtchaks Reaktion auf die Frage auf. Worauf beruhte die? Was dachte er, dass Cross ihn fragte? Irgendetwas hatte ihn offenbar aus der Fassung gebracht.

»In der Gegend. Sie waren in einem Café, ganz ähnlich wie dieses, an dem Nachmittag des Mordes. Ungefähr zu der Zeit, zu der es passiert ist«, fuhr er fort.

»Sogar ziemlich genau zu der Zeit«, bekräftigte Ottey. »Betrachten Sie es mal aus unserem Blickwinkel. Sie sind jahrelang im Gefängnis, und dann, kurz nach Ihrer Entlassung, wird der Ehemann einer Frau, von der Sie behauptet haben, Sie hätten sie ermordet, ebenfalls umgebracht.«

»Ich habe doch gesagt, ich habe es zurückgenommen.«

Ottey wusste nicht recht, welche Richtung sie nun einschlagen sollte, also sagte sie nichts. Cross beschloss, den Kurs zu ändern.

»Erzählen Sie mir von Hilary«, forderte er den Polen nach einer Weile auf.

»Mrs. Carpenter?«

»Ja.«

»Sie war ein guter Mensch. Es war schlimm, was ihr passiert ist. Warum sollte ihr jemand so etwas antun? So etwas Schreckliches?«

»Wie haben Sie sie kennengelernt?«

»Ich habe für ein Bauunternehmen gearbeitet. Wir haben einen Anbau auf der Rückseite des Hauses gebaut. Und eine Terrasse.«

»Wie lange vor ihrem Tod war das?«

»Ungefähr ein Jahr.«

»Und zwischendrin haben Sie sie nicht mehr gesehen?«

»Zwischendrin?«

»Zwischen dem Abschluss der Arbeiten und ihrem Tod.«

»Ach so! Ich hab meinen Job verloren. Der Bauunternehmer war ein guter Bauarbeiter, aber kein so toller Geschäftsmann. Den haben Sie wegen der Mehrwertsteuer geschnappt.«

»Und …?«

»Einmal habe ich sie im Supermarkt getroffen.«

»Hat sie sich an Sie erinnert?«

»Ja.«

»Warum? Sie müssen doch einer unter vielen Bauarbeitern gewesen sein.«

»Ich war der Holzwurm, der Zimmermann – Sie wissen schon, Bautischler. Jessica hat zum Geburtstag ein paar Meerschweinchen bekommen, und ich habe im Garten ein Freilaufgehege für sie gebaut. Als Überraschung, niemand hat mich darum gebeten. Ich habe Holzreste und anderes Zeug vom Bau benutzt. Sie haben sich gefreut, besonders Mrs. C. Mister Leonard hat immer gearbeitet, der war nicht oft da.«

»Das war sehr aufmerksam von Ihnen. Liebenswürdig.«

»Nette Familie. Gute Menschen. Mrs. C hat immer Tee gekocht.«

»Worüber haben Sie gesprochen? Im Supermarkt?«

»Sie hat sich erkundigt, wie es mir geht. Sie wusste von Ron – dem Bauunternehmer – und hat gefragt, was ich jetzt beruflich mache. Ich hatte keinen Job, keine Arbeit, also hat sie mir was gegeben.

Sie wissen schon, Gelegenheitsarbeiten, wenn was repariert werden musste. Und dann hat sie mir Geld geliehen, damit ich meine Mutter in Polen besuchen konnte. Sie war krank. Sie ist gestorben. Mrs. C hat mir Geld geliehen, damit ich sie vor ihrem Tod noch mal sehen konnte.«

»Ich verstehe. Also, was ist an dem Tag passiert, an dem sie umgebracht wurde?«, fragte Cross.

»Ich verstehe nicht.«

»Warum waren Sie in der Gegend?«, hakte Ottey nach, die zunehmend ungeduldig wurde.

»Um es ihr zurückzuzahlen. Das Geld. Sie wollte es nicht, aber es waren fünfhundert Pfund, und ich bezahle meine Schulden.«

»Wusste sie, dass Sie das vorhatten?«, fragte Ottey.

»Ich hätte eigentlich einen Tag früher hingehen sollen, aber das habe ich nicht geschafft«, sagte Wojtchak.

»Wann genau?«

»Ich weiß nicht mehr, drei, glaube ich.«

»Sie scheinen ein gutes Gedächtnis für Details zu haben«, bemerkte Ottey.

»Wenn man so viel Zeit in einem Verhörraum verbringt und immer wieder die gleichen Fragen beantwortet, ist es schwer, irgendwas davon zu vergessen«, erklärte Wojtchak.

»Also, um welche Zeit sind Sie dann am nächsten Tag hingegangen?«, fragte sie.

»Ich war nicht dort … aber das wissen Sie«, sagte er.

»Warum nicht?«

»Ich bekam einen Anruf wegen Arbeit«, antwortete er.

»Im Café?«

»Ja.«

»Haben Sie Hilary angerufen, um ihr zu sagen, dass Sie nicht kommen werden?«, fragte Ottey.

»Nein.«

»Warum nicht?«

»Ich weiß nicht. Ich musste irgendwohin«, antwortete er vage.

»Wohin?«

»Wie gesagt, ich sollte mich mit jemandem treffen. Wegen Arbeit.« Er schien der Fragen allmählich müde zu werden.

»Mit wem?«

»Weiß ich nicht mehr. Jemand, den ich nicht kannte«, sagte er.

»Haben Sie den Job bekommen?«, wollte Ottey wissen.

»Er ist nicht aufgetaucht.«

»Sie kriegen einen Anruf von jemandem, den Sie nicht kennen und an dessen Namen Sie sich nicht erinnern, der Ihnen aber Arbeit in Aussicht stellt, und dann taucht er nicht auf«, fasste Cross zusammen.

»Ja«, antwortete der Bauarbeiter.

»Und warum sind Sie dann nicht zurück zu Hilarys Haus gegangen?«, fragte Cross.

»Ist das ein Verhör? Wollen Sie mich verhaften?«, begehrte Wojtchak auf.

»Nein. Wir können Sie mitnehmen, wenn Sie wollen, aber was würde Ihre Schwester davon halten?«, sagte Ottey.

»Wo waren Sie am Abend des Dreißigsten des letzten Monats?«, fragte Cross.

»Bei meiner Schwester«, antwortete er.

»Wie können Sie da so sicher sein?«, wollte Cross wissen.

»Weil ich nicht dumm bin. Das ist das Erste, was ich berechnet habe, als ich gehört habe, was Lenny zugestoßen ist«, sagte er.

»Berechnet?«, hakte Cross nach.

»Okay, also, mein Englisch ist nicht so toll. Ich wusste, dass ihr Leute kommen würdet …«, erklärte Wojtchak.

»Also haben Sie schnell die Kühe vom Eis geholt«, folgerte Ottey.

»Nein!«

»Josie …«, sagte Cross. Dass er sie in so einer Situation beim Vornamen anredete, war außergewöhnlich genug, dass sie beschloss, sich zurückzuhalten.

»Ich musste wissen, wo ich war, damit ich es Ihnen sagen konnte«, wandte Wojtchak ein.

»Und Ihre Schwester kann das bestätigen«, platzte Ottey dann doch wieder heraus, unfähig, sich zu zügeln.

»Ja, aber wie ich schon sagte, mir wär lieber, sie erfährt gar nicht, dass Sie hier sind.«

Cross übernahm. »Warum haben Sie Hilary nicht angerufen und ihr gesagt, dass Sie es an dem Tag nicht schaffen würden? Das kommt mir ein wenig widersprüchlich vor bei jemandem, der nicht nur darauf besteht, ihr Geld zurückzuzahlen, obwohl sie längst erklärt hat, das sei nicht nötig, sondern der zudem in einem Café wartet, weil er zu früh dran ist und ihr keine Unannehmlichkeiten bereiten will«, sagte er.

Daraufhin gab der Bauarbeiter keinen Piep von sich.

»Dann kommen wir zu der Tatsache, dass Hilary für den Vortag offenbar eine andere Verabredung in ihrem Kalender eingetragen hatte«, fuhr Cross fort.

»Was?«, fragte Wojtchak.

»Zu der Zeit, zu der Sie sie Ihren Worten zufolge hätten treffen sollen. Sie hat ihn mit einer Initiale gekennzeichnet, aber es ist kein W.«

Für einen Moment sah Wojtchak verwirrt aus. Es schien, als versuchte er, sich einen Reim auf seine Worte zu machen. Hatte seine Erinnerung ihn getrogen? Ottey dachte natürlich, dass er nur nach einer passenden Ausrede suchte. Aber dann lächelte er strahlend und blickte auf.

»›I‹, wenn es eine Initiale ist, und es ist nicht meine, dann muss es ›I‹ sein.«

Cross musterte ihn. Offenbar hatte er ihnen die Wahrheit gesagt. Die Chancen, dass er diesen Buchstaben zufällig ausgewählt hatte, standen fünfundzwanzig zu eins, vielleicht etwas besser, da er mitten im Alphabet war.

»Erklären Sie«, forderte er ihn auf.

»Das war der Spitzname, den Jessica sich für mich

ausgedacht hat. Und dann haben mich alle so genannt. Außer Mr Leonard – der fand das rassistisch. Aber das war es gar nicht. Ich fand es lustig – sie war ja nur ein Kind, und mein Vorname, Wawryniec, ist nicht so einfach auszusprechen.«

»Also?«

»Ach ja, Igor, sie nannte mich Igor, wie diesen Buckligen von Notre Dame. Wie aus dem Film.«

Cross studierte ihn immer noch. Er konnte kein Anzeichen dafür erkennen, dass der Mann log. Ganz offensichtlich hatte er Eindruck auf die Familie Carpenter gemacht. Aber nichts von all dem fand sich in den Mitschriften der Vernehmungen oder irgendwelchen anderen Dokumenten, was seltsam war. Es war, als hätte irgendjemand diese für ihn sprechenden Aussagen nicht in den Akten stehen haben wollen.

»Kann ich zur Toilette gehen?«, fragte der Bauarbeiter.

»Natürlich.«

»Was denken Sie?«, wandte sich Ottey an Cross, als er fort war.

»Worüber?«

»Über das alles.«

»Ich glaube, er sagt nicht die ganze Wahrheit«, entgegnete er.

»Tatsächlich? Das alles klang sehr plausibel.«

Aber Cross dachte nach.

»Sollen wir ihn mitnehmen?«, wollte Ottey nun wissen.

»Oh nein. Ich bin überzeugt, er hat Hilary nicht getötet und folglich auch Leonard nicht. Dessen war ich mir schon ziemlich sicher, ehe wir herkamen. Aber er erzählt uns nicht alles. Er hat Angst«, sagte er.

»Wovor?«

»Davor, wie es aussehen würde, wenn er uns die Wahrheit erzählt. Geben Sie ihm etwas Zeit.«

Du meinst wohl, ich soll dir Zeit geben, dachte Ottey. Sollte Wojtchak ihnen etwas vorenthalten, so bekam Cross es nicht aus ihm heraus. Ottey gelangte mehr und mehr zu der Überzeugung, dass der Mann wirklich nicht dumm war. Er hatte damit gerechnet, dass die Polizei ihn aufsuchen würde, seit er von Leonards Tod erfahren hatte – hätte er etwas mit einem der Morde zu tun, dann würde er sich inzwischen vermutlich längst in Polen verstecken, statt bei seiner Schwester zu bleiben, wo er leicht gefunden werden konnte.

Wojtchak kehrte zum Tisch zurück. Er hatte für alle frischen Kaffee geholt.

»Danke«, sagte Ottey.

»Also, Wawryniec, darf ich Sie so nennen?«, fragte Cross.

»Natürlich. Ihre Aussprache ist beeindruckend.«

»Sie mögen diese Familie. Die Carpenters.«

»Ja.«

»Aber etwas lastet auf Ihrem Gewissen.«

»Was?«

»Wie wäre es, wenn Sie es mir verraten?«

Dazu sagte er nichts, doch Cross fiel auf, dass er die Papierunterlage unter seiner Kaffeetasse hervorzog und anfing, sie immer wieder auf dem Tisch zu drehen.

»Wussten Sie, dass Leonard über Ihr Geständnis informiert war?«

Wojtchak blickte nicht einmal auf, sondern konzentrierte sich darauf, die Unterlage säuberlich über den Rand zu drehen wie ein Rad.

»Ob Sie es wussten oder nicht, Sie müssen es vermutet haben. Sie müssen angenommen haben, dass sie alle Bescheid wussten. Die Polizei hätte es ihnen gesagt. Und ich weiß mit Sicherheit, dass er davon Kenntnis hatte, denn ich habe seine Aufzeichnungen, sein komplettes Archiv. Er hat den Mord an seiner Frau untersucht. Obsessiv. Das hat sein ganzes Leben bestimmt. Ich glaube, am Ende hat es ihn womöglich sogar das Leben gekostet. Und er erwähnt Sie. Er schreibt über Ihr Geständnis. Wissen Sie, was er geschrieben hat?«, bohrte Cross.

»Nein.«

»Er hat geschrieben, dass es für Sie im Gefängnis furchtbar sein muss, wenn Sie so etwas tun. Wenn Sie etwas gestehen, das Sie seiner Überzeugung nach nicht getan hatten. Er schrieb, und ich zitiere: ›Was kann so schrecklich sein, dass es solch einen Mann dazu treibt, so ein Geständnis abzulegen – den Mord an einem Menschen, der ihm am Herzen gelegen hat, dem er dankbar war, der ihm eine Freundin war? Dem armen Wawryniec muss es im Gefängnis unfassbar schlecht gehen.‹«

Wieder sagte Wojtchak nichts. Cross fuhr fort:

»Er hat der Polizei mitgeteilt, sie läge falsch in Hinblick auf Sie. Er wusste, warum Sie im Gefängnis waren. Und auch da war seine Reaktion, dass er sich wünschte, er hätte gewusst, wie schlecht es für Sie gelaufen ist, dass Sie in so eine Situation geraten konnten. Er wünschte sich, er hätte Ihnen helfen können, dann wäre es vielleicht nicht so weit gekommen und Sie wären gar nicht erst im Gefängnis gelandet. Hier – ich habe die Eintragung für Sie kopiert.«

Er reichte ihm eine A4-Seite. Wojtchak las sie aufmerksam. Tränen traten ihm in die Augen. Er runzelte die Stirn und las sie noch einmal. Cross dachte darüber nach, dass alle Polen, die ihm in seinem Leben – nun ja, im Zuge der Arbeit – begegnet waren, ihren Gefühlen näher zu sein schienen als die Engländer. Er beschloss, behutsam weiterzumachen, denn er spürte, wie verletzlich Wojtchak war.

»Und natürlich hatten Sie recht, oder genauer, der Kaplan im Gefängnis hatte recht. Nachdem Sie Ihr Geständnis abgelegt haben, war DCI MacDonald überzeugt, er hätte den richtigen Mann. Auch dann noch, als Sie es widerrufen haben, und die Ermittlungen wurden mehr oder weniger eingestellt. Nicht überraschend, die Polizei hat mehr als genug zu tun. Es gibt immer noch ein anderes Verbrechen, das ihre Aufmerksamkeit fordert. Die Erfahrung sagt einem, dass man nicht jeden Fall vollständig klären kann, also waren Sie trotz des widerrufenen Geständnis der Schuldige. Einem Schuldspruch so nahe zu sein, auch wenn sie die Schuld nicht nachweisen können, ist für viele Polizisten alles, was sie in manchen Fällen zu erreichen hoffen können. Sie haben den Fall gelöst. Es ist nicht ihr Fehler, dass das Justizsystem nicht die passenden Werkzeuge hat, um seinen Teil zu tun und den Schuldigen zu verurteilen. Wer kann es ihnen verdenken?«

Natürlich glaubte Cross kein Wort von dem, was er gerade gesagt hatte. Nicht, dass dergleichen nicht vorkäme; er glaubte nur nicht, dass die Polizei so arbeiten sollte. Dass er hier in diesem Café in Manchester diesem Mann gegenübersaß, war der Beweis.

»Aber ich habe es nicht getan. Ich habe sie nicht getötet.«

»Ich weiß. Ich bin vollkommen sicher, dass Sie es nicht getan haben. Doch dass die Ermittlungen schleichend zum Ende kamen, hat Leonard in den Wahnsinn getrieben. Darum ist er Jahre später auf der Straße geendet. Ein Mann, wie er einer war, war mit einem Mal obdachlos, trunksüchtig und dann tot. Der Gedanke ist kaum zu ertragen. Aber davon konnten Sie nichts wissen. Sie haben sich um sich selbst gekümmert. Verständlicherweise. Sogar Leonard hat das gedacht.«

Er sah Wojtchak an, der die Papierunterlage in kleine Fetzen gerissen hatte und die Tischplatte fixierte. Cross hatte den Eindruck, er käme langsam ein wenig näher an ihn heran. Er glaubte, dass dieser Mann nicht alles durchdacht hatte. Beispielsweise, dass er tatsächlich ein Teil dieser ganzen Geschichte war, auch wenn er keine Verantwortung dafür trug. Nun wog er ab, was er im Licht all dessen tun sollte. Das zumindest hoffte Cross.

»Aber jetzt ist es nicht mehr so verständlich, meinen Sie nicht? Jetzt, wo beide tot sind und der Mörder immer noch auf freiem Fuß ist«, sagte er.

»Sie haben doch jemanden verhaftet.«

»Meine Kollegin hat, ich nicht.«

»Na, vielen Dank auch«, warf Ottey ein.

»Aber unter uns, Wawryniec, der Mann, den wir in Gewahrsam haben ... meiner Meinung nach hat er Leonard nicht umgebracht, und er hat aller Wahrscheinlichkeit nach auch Hilary nicht getötet. Er wusste nicht einmal, wer Leonard wirklich war, als er ihn auf der Straße kennengelernt hat. Aber darin zeigt sich die ganze Fehlbarkeit des Justizsystems – die Last der Beweise spricht gegen ihn, und ich denke, alles zusammengenommen, würde eine Jury ihn verurteilen.«

»Aber Sie glauben, dass er das nicht getan hat.«

»Oh nein, Wawryniec, ich glaube nicht nur, dass er es nicht getan hat, ich weiß es«, erwiderte Cross.

Cross hatte das Gefühl, nichts mehr sagen zu müssen. Er ließ den Bauarbeiter einfach in Ruhe über das nachdenken, was bereits gesagt wurde. Wenn Cross alles korrekt berechnet hatte, dann würde Wojtchak offenbaren, was immer er zurückhielt. Cross setzte auf die Schuldgefühle des Mannes wegen ... nun, im Grunde der ganzen Geschichte. Und darauf, dass Wojtchak wusste, dass er, Cross, überzeugt war, der festgenommene Mann wäre unschuldig, würde aber deswegen den Bach runtergehen.

»Sie haben es nie zurückgezahlt.«

»Was?«

»Die fünfhundert Pfund, die Sie Hilary schuldig waren.«

»Nein.«

»Dann ist das vielleicht Ihre Chance, alles zurückzuzahlen. Allen dreien, Hilary, Leonard und Jessica. Sie ist jetzt selbst Mutter.«

»Ich verstehe nicht.«

»Sagen Sie es mir. Sagen Sie mir, was Sie MacDonald nicht gesagt haben. Welche Konsequenzen das für Sie auch haben mag.«

Eine lange Pause trat ein, während Wojtchak über alles nachdachte. Er trank seinen Kaffee in einem Zug. Ottey versuchte herauszufinden, wonach Cross fischte. Was sie nicht wusste, war, dass er selbst im Dunkeln tappte. Seine Logik, seine Analyse von Wojtchaks widersprüchlichem Verhalten an jenem Tag und die Lücken, die darin klafften, sagten ihm, dass etwas nicht stimmte. Dass es da etwas gab, von dem Wojtchak damals vermutlich angenommen hatte, es würde ihn in Schwierigkeiten bringen. Etwas, das wesentlich sein mochte oder eben nicht – doch wie dem auch sei, Cross musste es wissen, um das Bild zu vervollständigen. Endlich blickte Wojtchak auf.

»Ich war dort. Danach. Ich habe sie gefunden.«

Cross sagte nichts. Seine Mimik veränderte sich nicht. Er dachte darüber nach, was er als Nächstes sagen sollte. Ein einziges fehlinterpretiertes Wort mochte reichen, um Wojtchak daran zu hindern, das auszusprechen, was er ihnen mitzuteilen hatte. Ebenso bestand die Möglichkeit, dass er glaubte, Cross wisse bereits Bescheid, auch wenn er keine Ahnung hatte, wie der Detective es hätte herausfinden sollen. Cross wusste nicht Bescheid, aber er hatte nicht vor, seine Unwissenheit Wojtchak gegenüber auch nur andeutungsweise kundzutun. Hier ging es um etwas, das der Mann bisher noch nie jemandem anvertraut hatte, erst recht nicht der Polizei. Und da Wojtchak keine Reaktion erzielte, entschloss er sich, zwangsläufig fortzufahren.

»Ich habe es niemandem erzählt, weil ich dachte, niemand würde mir glauben«, sagte er.

»Dann erzählen Sie mir, was passiert ist. Was haben Sie vorgefunden?«, fragte Cross.

»Ich wusste, dass etwas nicht in Ordnung war, als ich hingekommen bin. Die Vordertür war einen Spalt weit offen. Ich bin reingegangen und habe gerufen. Keine Antwort. Dann bin ich durch die Küche gegangen – da war sie sonst immer, Mrs. C. Sie hat sie ihr Büro genannt. Sie hat ständig gekocht oder gebacken und die ganze Familie von da aus im Griff gehabt.«

»Und?«

Eine Pause trat ein, als er in Gedanken ein genaues Bild davon zeichnete, was er an jenem Tag gesehen hatte, bestrebt, jedes Detail korrekt zu erfassen.

»Sie war nicht da. Aber ich war pünktlich. Sie

hätte da sein müssen. Da habe ich den Gartentisch gesehen – Teesachen standen da drauf. Ich bin rausgegangen. Da waren ein Kuchen und ein paar Teller mit einem Stück auf jedem. Eine Tasse war auf den Boden gefallen und zerbrochen. Als ich die Scherben aufheben wollte, habe ich sie gefunden.«

»Auf dem Boden.«

»Zuerst habe ich nur ihren Fuß gesehen. Ich habe gleich kapiert, dass sie tot war, aber ich hab auch gewusst, dass sie nicht gestürzt war. Sie hat auf dem Rücken gelegen. So fällt man einfach nicht, und ...«

Er stockte, als er sich die Szene ins Gedächtnis rief.

»... da war kein Blut.«

»Was haben Sie dann getan?«

»Ich bin abgehauen.«

»Sie haben sie einfach dort liegen lassen?«, ging Ottey dazwischen. Cross seufzte. Sie hatte ihm den Eindruck von Missbilligung vermittelt, was vollkommen nutzlos und in dieser Situation gewiss nicht hilfreich war.

»Ich war in Panik, aber ich habe die Polizei gerufen.«

»Sie waren das. Warum?«, fragte Cross.

»Ich wollte nicht, dass die Mädchen heimkommen – oder Mr Leonard – und sie so finden.«

»Sie hätten schon früher etwas sagen können. Sie waren als Zeuge vor Ort. Womöglich haben Sie etwas gesehen, was für die Ermittlungen von Bedeutung gewesen wäre«, kommentierte Ottey.

Wieder musste Cross den instinktiven Drang zügeln, sie zu bitten, sie möge still sein.

»Konzentrieren wir uns darauf. Woran erinnern Sie sich?«, fragte er.

»Das ist einfach. Ich bin es im Kopf immer wieder durchgegangen. Ich bin abgehauen, aber nicht durch das Haus, sondern durch die Seitenpforte.«

»Wo sind Sie hingegangen?«

»Ich bin eine Ewigkeit nur gerannt. Dann habe ich nach einer Telefonzelle gesucht.«

»Warum haben Sie nicht Ihr Mobiltelefon benutzt?«, wollte Ottey wissen. Noch eine Minute, und Cross würde mit ihr sprechen müssen.

»Weil ich nicht wollte, dass die meine Nummer bekommen, schätze ich.«

»Ist Ihnen in der unmittelbaren Umgebung des Hauses etwas aufgefallen?«, fragte Cross.

Wojtchak wirkte verlegen, ganz so, als wüsste er, dass er das, was er nun sagen würde, bereits früher hätte erwähnen sollen. Aber nun war er schon so weit gekommen.

»Da war ein Wagen. Er ist weggefahren.«

»Aus ihrer Straße? Der, in der die Carpenters wohnen?«

»Ja. Und er war schnell. Er hat in einer knappen Parklücke gestanden und den Wagen vor ihm angefahren, ehe er verschwunden ist. Hat eine Menge Lärm gemacht.«

Ottey sah Cross an – das war eine bemerkenswerte Entwicklung. Ein schnell fahrendes Auto war in der

Gegend gesehen worden, aber niemand hatte es mit der Straße selbst in Verbindung gebracht, und MacDonald hatte diese Spur wie so viele andere einfach verworfen, als sich nichts von selbst materialisiert hatte.

»Fällt Ihnen sonst noch etwas ein?«

»Ja, er hatte eines von diesen besonderen Nummernschildern, Sie wissen schon, die mit der roten Schrift.«

»Händlerkennzeichen«, sagte Ottey.

»Haben Sie den Fahrer gesehen?«

»Nein, die Sonne hat sich in der Scheibe gespiegelt. Alles war weiß, nur die Schatten der Bäume nicht.«

»Aber Sie sind sicher, dass der Wagen Händlerkennzeichen hatte?«, hakte Cross nach.

»Ich glaube schon.«

»Vielleicht haben ja nur ein paar Papiere auf dem Armaturenbrett gelegen.«

Wojtchak überlegte kurz. »Nein, es war definitiv, was Sie gesagt haben.«

»Händlerkennzeichen«, wiederholte Cross.

»Ja.«

Auf dem Rückweg nach Bristol sah Ottey Cross an, dass er nicht in Stimmung war zu reden. Aber das war nicht seine übliche, alltägliche Verschlossenheit, sein Desinteresse an Gesprächen im Allgemeinen. Etwas, das, wie sie ihm erklärt hatte, von anderen oft als unhöflich empfunden wurde, wenn man zu zweit und ganz unter sich war wie beispielsweise bei einer Zugreise oder einer Autofahrt. Doch dies war anders. Ihm war deutlich anzusehen, dass sein Geist sich durch die diversen Verästelungen dessen arbeitete, was er gerade gehört hatte, und dass er die Informationen mit dem verknüpfte, was er in den Akten der Polizei und in Leonards Aufzeichnungen gelesen hatte. Genau das tat er.

Händlerkennzeichen – das musste einfach wichtig sein. Diese Kennzeichen wurden üblicherweise gebraucht, damit die Leute im Kraftfahrzeuggewerbe nicht jedes Auto, das vorübergehend in ihrem Besitz war, anmelden und versteuern mussten. Vom Autohandel abgesehen war die Palette derer, die sie nutzen könnten, recht klein. Werkstätten gehörten dazu, doch das hielt Cross für unwahrscheinlich – den Wagen eines anderen zu benutzen, um einen Mord zu begehen, kam ihm zu riskant vor. Firmen, die Anhänger herstellten, schloss er aus naheliegenden Gründen gleich aus. Fahrzeugdienstleister, davon hatte es damals praktisch keine gegeben in dieser Gegend, und selbst heute war da nur einer, der die Abholung und Auslieferung von Fahrzeugen anbot und dazu vielleicht so ein Kennzeichen benötigte. Er hatte in den Polizeiakten von dem Wagen gelesen – er war einige Male gesehen worden. Mal hieß es, es sei ein Mercedes, dann ein Audi oder ein Jaguar gewesen, also war es auf jeden Fall eine Limousine der gehobenen Preisklasse. Kennzeichen waren nicht erfasst worden, aber andererseits, überlegte Cross, wozu auch, wenn doch niemand Zeuge des Verbrechens gewesen war. Für die meisten Zeugen war der Fahrer nur ein nerviger Angeber in einem protzigen Wagen, der viel zu schnell durch die Nachbarschaft raste. Auch der Person am Steuer hatte niemand besondere Beachtung geschenkt, auch wenn Konsens zu sein schien, dass es sich um einen Mann mit Sonnenbrille gehandelt hatte. Auch hier, warum hätten sie ihn genauer ansehen sollen? Aber Händlerkennzeichen? Dieses Detail musste er erhärten, denn sollte Wojtchak sich korrekt erinnert haben, könnte es sich als wichtig erweisen. Dazu musste er einige der ursprünglichen Zeugen ausfindig machen und versuchen, ihrem Gedächtnis auf die Sprünge zu helfen.

Der andere interessante Punkt war der Schaden an dem geparkten Wagen. Der wurde im Polizeibericht nicht erwähnt, aber Leonard hatte herausgefunden, dass der Wagen eines Nachbarn tatsächlich beschädigt worden war. Es war ihm gelungen, das Zeitfenster auf den Abschnitt des Nachmittags zu begrenzen, in dem der Mord geschehen war. Die Nanny der Nachbarn hatte die Kinder von der Schule abgeholt und den Schaden bei ihrer Rückkehr entdeckt. Eine andere Nachbarin hatte etwa zu der Zeit einen lauten Knall wahrgenommen, aber als sie aus dem Fenster geschaut hatte, war nichts zu sehen gewesen. Leonard war überzeugt, dass das Auto dem Mörder gehört hatte, und das hatte er MacDonald bei diversen Gelegenheiten gesagt, doch es hatte nichts genützt. MacDonald war der Ansicht, es lohnte sich nicht, diesen Aspekt weiterzuverfolgen, da niemand sagen konnte, wann genau sich der Unfall ereignet hatte – es hätte Stunden früher passiert sein können. Cross jedoch sah darin ein seltsames Versäumnis. Es schien ihm, als wäre dies gerade in einem Fall, in dem es so wenige Spuren gab, eine besonders wichtige, die hätte verfolgt werden müssen. Er würde MacDonald danach fragen. Er war allerdings überzeugt, hätte Wojtchak von den Händlerkennzeichen erzählt, so hätte dies einen erheblichen Einfluss auf MacDonalds Haltung gehabt.

Was Wojtchak betraf, so ergab seine Geschichte für Cross durchaus Sinn. Sogar das Geständnis in der Haft. Der dahinter stehende Gedankengang war so banal, dass es schon wieder glaubwürdig klang. Die Art, wie er Hilary immer als »Mrs. C« bezeichnete, deutete auf echte Vertrautheit über einen längeren Zeitraum hin. Das wiederum ließ die Möglichkeit, er hätte ihr ein Leid zufügen können, unwahrscheinlich aussehen. Sie hatte Arbeit für ihn beschafft. Ihm Geld geliehen, das er gerade hatte zurückgeben wollen, als er die Leiche gefunden hatte. Er hatte ihr und der Familie nahegestanden, aber nicht nahe genug, um einen emotionalen Hintergrund für einen möglichen Mord zu schaffen. Aus Wojtchaks Verhalten im Café las Cross ehrliche Reue darüber, dass er seine Anwesenheit an jenem Nachmittag während seiner früheren Befragung nicht offenbart hatte. Gott sei Dank hatte er die zerbrochene Tasse nicht mehr aufgesammelt, nachdem er Hilarys Leichnam entdeckt hatte. Seine Fingerabdrücke hätten bewiesen, dass er am Tatort gewesen war. Der Mangel an anderen Verdächtigen und die Tatsache, dass er zum Zeitpunkt des Mordes in der Nähe des Hauses gesehen wurde und das Opfer gekannt hatte, hätte nach Cross' Einschätzung gereicht, um ihn für ein Verbrechen zu verurteilen, das er nicht begangen hatte. Ihm ging durch den Kopf, dass der Unterschied zwischen Gerechtigkeit und grobem Unrecht von solch kleinen Details abhing. Wenn sich Wojtchak schuldig gemacht hatte, dann der Tatsache, dass er sich nicht eher gemeldet hatte. Vielleicht hätten sie dann den Mörder gefasst und Leonard wäre noch am Leben. Er hielt sich zumindest teilweise für Leonards Tod für verantwortlich, und das machte ihm offensichtlich zu schaffen. Kummer bereitete Cross der eklatante Mangel an Vertrauen in das Rechtssystem, der es Wojtchak unmöglich gemacht hatte, den Mord zu melden und bei der Leiche zu bleiben, bis die Polizei eintraf.

23

Wojtchaks Aufrichtigkeit hatte Cross als erfrischend hilfreich empfunden. Dergleichen konnte er über Catherines Ehemann Alan nicht sagen. Cross und Ottey hatten sich im Wohnzimmer mit ihnen zusammengesetzt, denn er wollte sie zu Hause befragen, um Catherines Reaktion zu beobachten. Was Alan betraf, so war sich Cross ziemlich sicher, dass er bereits wusste, wie dieser reagieren würde – nach allem, was er schon von ihm gesehen hatte. Der Mann war absolut charmant, aber sein Charme wirkte brüchig, ganz so, als würde er nahe der Oberfläche irgendetwas verbergen. Als fürchtete er ständig, in Bedrängnis zu geraten. Er war auf der Hut, abwehrbereit.

»Wie würden Sie Ihre Beziehung zu Leonard beschreiben?«, fragte Cross.

»Na ja, ich habe ihn jahrelang nicht gesehen«, sagte Alan.

»Ich meinte, bevor er verschwunden ist.«

»Familiär.«

»Das ist eine recht formelle Wortwahl, um die Beziehung zu Ihrem Schwiegervater zu beschreiben.«

Alan lachte. »Schwiegerväter sind gegenüber den Ehemännern ihrer Töchter immer ein wenig zurückhaltend, finden Sie nicht? Der Schwiegersohn ist gewissermaßen der Kuckuck im Nest.«

»Donnerwetter, so haben Sie sich selbst wahrgenommen – als unwillkommenen Eindringling?«, fragte Cross.

»Sie haben sich jedenfalls gut verstanden«, schaltete Catherine sich ein. »Es war nicht schwer, mit ihm auszukommen. Er war ein netter Mensch – zu nett, würden manche wohl sagen.«

»Das kann ich mir vorstellen. Sind Sie mit ihm besser zurechtgekommen als mit Hilary?«

»Wie meinen Sie das?«

»War es mit ihr weniger ›familiär‹?«

»Nein, das würde ich nicht sagen.«

Cross zog einige Fotokopien hervor.

»Das sind Seiten aus Hilarys Tagebüchern.«

Cross fiel auf, dass Alan sich plötzlich offenbar recht unbehaglich fühlte.

»Ist das nicht ein Eingriff in ihre Privatsphäre?«, fragte Catherine.

»Wenn jemand ermordet wurde, Mrs. Gosling, verblassen solche Feinheiten bis zur Bedeutungslosigkeit, finden Sie nicht? Sie erinnert sich an Ihre erste Begegnung: ›Er hat es zu sehr versucht, der Gute. Ich glaube, er ist ziemlich angetan von C.‹«, las Cross vor.

Alan lachte und drehte sich zu Catherine um, die verbissen lächelte, ganz so, als fürchtete sie sich vor dem, was als Nächstes kommen würde.

»Aber dann kam es zum Krach. Worum genau ging es dabei?«, fragte Cross.

»Ich bin nicht sicher, ob ›Krach‹ der passende Begriff ist«, sagte Alan.

»Wie würden Sie es beschreiben?«

»Na ja, es war eine Meinungsverschiedenheit. Wie das halt so ist.«

Ottey hatte über Alans Schulter hinweg einige der Fotos auf dem Flügel betrachtet.

»Ernst genug, dass sie nicht zu Ihrer Hochzeit gekommen sind?«, fragte sie.

Cross musterte sie neugierig.

»Hilary und Leonard sind nicht auf den Hochzeitsfotos«, erklärte sie. »Nur Ihre Eltern, nehme ich an. Richtig, Mister Gosling?«

»Das muss ein wenig traurig für Sie gewesen sein, Catherine – dass Ihr Vater Sie nicht zum Altar geführt hat«, bemerkte Cross.

»Das hat sich später geklärt«, sagte Alan.

»Dennoch ist das schon eine Aussage«, entgegnete Ottey.

»Vielleicht, Mister Gosling, können Sie mir das Problem aus Ihrer Sicht erläutern«, bat Cross.

»Es war nur eine Meinungsverschiedenheit darüber, wie das Familiengeschäft geführt werden sollte.«

»Haben Sie es damals so genannt? Aus welchem Grund? Es war kein Familiengeschäft. Es war Leonards Zahnarztpraxis, um deren geschäftliche Belange sich Hilary gekümmert hat, bis sie Vollzeit-Autorin geworden ist.«

»Ich glaube, Sie sehen das zu eng«, sagte Alan.

»Das sagen die Leute oft. Sie verzeihen vielleicht, aber ich bin der Ansicht, Exaktheit macht grundsätzlich alles viel klarer. Sie waren mit Hilarys Art, die Praxis zu führen, nicht einverstanden, ist das eine angemessene Formulierung?«

»Sie hat als Zahnarzthelferin angefangen«, entgegnete Alan. Instinktiv sah Catherine ihren Gatten an, möglicherweise um ihrer verstorbenen Mutter willen gekränkt.

»Warum sagen Sie das?«, fragte Cross.

»Weil es die Wahrheit ist.«

»Leonard dürfte als Student gestartet sein, genauso, wie es Ihre Frau getan hat. Ich habe als Anwärter bei der Polizei angefangen. Wir alle haben irgendwo angefangen«, betonte Cross.

»Es war nicht ihr Fach.«

»Das verstehe ich ja, aber das muss sie doch nicht gleich disqualifizieren, oder?«, konterte Cross.

»Catherine hat dort gearbeitet. Wenn das kein Familiengeschäft ist, dann weiß ich nicht, was eines ist«, rechtfertigte sich Alan.

»Sie hat erst in der Praxis angefangen, lange nachdem Sie beide sich kennengelernt haben. Dann musste sie wieder gehen, weil die Beziehungen so belastet waren, und sie ist erst einige Zeit nach Hilarys Tod zurückgekehrt, als Sie zum Geschäftsführer der Praxis geworden sind«, stellte Cross klar.

»Der Praxengruppe«, entgegnete Alan.

»Damals ging es noch um eine Praxis.« Dieses Mal war Catherine diejenige, die ihn korrigierte.

»Sie waren nicht ganz überzeugt, nicht wahr, Catherine?«, fragte Cross sie daraufhin.

»Anfangs nicht. Es hat sich irgendwie wie Verrat angefühlt. An meiner Mutter.«

»Das ist vollkommen verständlich.«

»Waren Sie mit den Plänen Ihres Mannes für die Praxis einverstanden?«

»Es kam mir sinnvoll vor. Die Praxis lief gut, und ich war immer interessiert an Zahnmedizin, also war es aus meiner Sicht eine Win-win-Perspektive, unser zahnärztliches Angebot weiter zu verbreitern«, sagte sie.

»Aber das war nicht das, was Sie im Sinn hatten, Alan. Was ich meine, ist, dass Sie darin lediglich eine Geschäftsmöglichkeit gesehen haben«, konstatierte Cross.

»Zahnmedizin ist ein Geschäft. Es anders zu bezeichnen wäre trügerisch.«

»Würden Sie sich selbst als ehrgeizig beschreiben?«

»Ist das ein Verbrechen?«

Cross lächelte. »Es ist sonderbar, wie häufig wir diese Worte als Antwort auf eine einfache Frage zu hören bekommen. Ich nehme an, das liegt daran, dass wir die Polizei sind und diese Wendung den Leuten schnell in den Sinn kommt. Aber Sie sind es, nicht wahr? Ehrgeizig?«, fragte er erneut.

»Ja.«

»Und Sie hatten den Eindruck, Hilary hätte hinsichtlich der Praxis keinen Ehrgeiz gehegt, ehe sie ausgestiegen ist.«

»Wie ich schon sagte, sie hat keinen kaufmännischen Hintergrund. Sie konnte das Potenzial nicht sehen. Dafür konnte sie nichts.«

»Im Gegensatz zu Ihnen.«

»Allerdings. Ich war an mehreren kleinen Geschäften beteiligt, ein Portfolio meiner beruflichen Laufbahn, wenn Sie so wollen. Aber mein Hauptgeschäft ist inzwischen im Wesentlichen die Dentalkette der Familie.«

»Wir haben ziemlich umfangreich expandiert«, warf Catherine ein.

»Erfolgreich?«, fragte Cross.

»Ich glaube, die Ergebnisse sprechen für sich«, antwortete Alan.

»Wie würden Sie geschäftlichen Erfolg beschreiben, Ottey? Ich weiß, das ist nicht Ihr Fach, aber dennoch, was verstehen Sie unter geschäftlichem Erfolg?«, fragte Cross.

»Gesunde Profite, zufriedene Mitarbeiter, guter Umsatz«, sagte sie.

»Würden Sie dem zustimmen, Mister Gosling?«, wandte Cross sich wieder an Alan.

»Auf jeden Fall.«

»Und wie genau definieren Sie ›gesunde Profite‹?«

»Worauf wollen Sie hinaus?«

»Ich will darauf hinaus, dass Sie bestimmt einen gesunden Profit mit Ihren Geschäften gemacht haben, ehe Sie Catherine kennengelernt haben, richtig?«

Alan antwortete nicht.

»Dienstwagen, Spesenkonto, attraktives Gehalt – alles auf Kosten Ihrer Investoren; auf deren Kosten, weil die Geschäfte selbst sonderbarerweise nie Profit abgeworfen haben. Die Investoren sind dahintergekommen, und als sie das getan haben, haben Sie sich eben woanders umgesehen, jedenfalls, bis Ihnen Ihr Ruf vorausgeeilt ist und Sie keine potenziellen Investoren mehr auftreiben konnten. Da haben Sie dann einfach Konkurs angemeldet.«

»Zweimal«, warf Ottey ein.

»Die Zuflucht der Skrupellosen«, kommentierte Cross.

»Es waren schwierige Zeiten«, erklärte Alan.

»Für Ihre Investoren zweifellos. Und in diesem Punkt haben Sie Hilary unterschätzt, die ehemalige Zahnarzthelferin ohne kaufmännischen Hintergrund. Denn sie hat nachgeforscht und herausgefunden, dass Sie nicht ganz so erfolgreich waren, wie Sie sich dargestellt haben. Darum wollte sie Ihrem Vorschlag nicht zustimmen. Nicht wegen der Pläne an sich, obwohl ich überzeugt bin, dass sie auch daran ihre Zweifel hatte, sondern wegen Ihnen – einem zweifachen Bankrotteur.«

Alan sagte nichts, und Cross starrte ihn, wie es seine Art war, einfach nur lange und durchdringend an und versuchte, die Zeichen zu lesen.

»Das hat es Ihrer Verlobten sehr schwergemacht. Sie war gezwungen, sich zwischen ihrer Mutter und ihrem künftigen Gatten zu entscheiden. Darum war Hilary nicht bei der Hochzeit – es lag nicht an Ihrem

Geschäftsplan, sondern weil sie mit Ihnen per se nicht einverstanden war.«

Cross fiel auf, dass Catherine plötzlich mit einem imaginären Fussel auf ihrem Rock beschäftigt war.

»Also, wie läuft es im Moment für Ihre Gruppe?«, hakte Ottey nach.

»Sehr gut. Sie müssen sich nur die Website ansehen, um zu erkennen, wie gut es läuft«, sagte Alan.

»Ich selbst ziehe es vor, Companies House zu konsultieren, um mir ein etwas genaueres Bild zu machen. Ein bisschen trockener und weniger effekthascherisch als eine Website. Hier habe ich die Zahlen von vor achtzehn Monaten. Fantastische Umsätze, das muss gesagt werden, aber auch gewaltige Betriebsausgaben.«

»Zahnmedizin ist ein kostspieliges Gewerbe.«

»So scheint es, vor allem, wenn der Geschäftsführer so großzügig entlohnt wird. Ist das die Norm in dieser Branche?« Er ließ Alan keine Gelegenheit, etwas dazu zu sagen. »Aber ich nehme an, gerade da ist Ihr kaufmännischer Hintergrund besonders nützlich – wenn es darum geht, das Geld zu finden, das nötig ist, um Sie so fürstlich zu bezahlen.«

Vorübergehend trat peinliche Stille ein, doch Alan schien den Köder nicht zu schlucken.

»Sie verdienen sogar mehr als die Mehrheit der Zahnärzte in Ihrer Gruppe. Und auch da frage ich mich, ob das normal ist«, bemerkte Cross unaufrichtig.

»Ich trage eine Menge Verantwortung für die Gruppe im Ganzen«, entgegnete Alan.

»Sie haben während der letzten drei Jahre einen operativen Verlust eingefahren, trotzdem haben Sie sich selbst mit beträchtlichen jährlichen Boni und Gehaltserhöhungen belohnt.«

»Alles abgesegnet vom Vorstand.«

»Oh, ich gehe davon aus, dass das alles legal ist.«

»Das ist nicht das, was ich gesagt habe.«

»Mir ist bewusst, was Sie gesagt haben, Mister Gosling«, erwiderte Cross.

»Und was die Verluste betrifft, die sind während einer Übergangsphase angefallen. Wir expandieren, daher auch die Boni.«

»Dann erklären Sie mir Folgendes – wofür werden Sie belohnt, wenn Sie das Geschäft nicht so führen, dass es Profit abwirft?«, fragte Cross, als würde er wirklich nicht verstehen, wie dergleichen funktionierte.

»Das ist kompliziert; nichts, was man verstehen kann, indem man sich einfach die Zahlen von Companies House ansieht.«

»Das glauben Sie wirklich, richtig? Sie glauben tatsächlich, Sie würden tolle Arbeit leisten, obwohl jeder mit einem mittelmäßigen kaufmännischen Verständnis sich eben diese Zahlen ansehen und die Situation genauso einschätzen würde, wie sie tatsächlich ist: ein Geschäftsführer, der aus der Geschäftstätigkeit zu seinem eigenen Vorteil rausholt, was er nur kann. Was denken Sie darüber, Mrs. Gosling?«

Sie sagte nichts. Und da war er, der Knackpunkt der ganzen Geschichte. Ihr gefiel das alles nicht. Sie hatte echtes Interesse an Zahnmedizin – dazu war sie ausgebildet, und ihr Vater hatte ihr in jungen Jahren seine Hingabe an den Beruf vermittelt. Zahnheilkunde, nicht Botox, Lippen aufspritzen und all die anderen Prozeduren, die ihr Mann eingeführt hatte. Vielleicht stimmte sie mehr mit ihrer Schwester Gillian überein, als sie bei ihrem letzten Zusammentreffen hatte erkennen lassen. Aber sie saß in der Falle. Ehe und Geschäft zu vermischen war vielleicht keine so gute Idee. Cross kam zu dem Schluss, dass dieser Punkt nun allmählich erschöpft war und er die Dinge vorantreiben sollte. Er widmete sich wieder den Seiten aus Hilarys Tagebuch.

»›Walter Mitty mit einem gewissen Extra. Erschreckend, dass er anscheinend kompetent über Geschäftsfragen reden kann, ohne dabei auf sein Scheitern einzugehen. Stets waren und sind andere Leute für seine Fehler verantwortlich. Und dabei klingt er so glaubwürdig. Er hat es geschafft, Catherine gegen uns einzunehmen. Unsere eigene Tochter glaubt ihm mehr als uns. Ich hätte nie gedacht, dass irgendjemand das fertigbringen würde. Er ist eine Schlange. Eine Viper. Ein Schwindler‹«, las Cross vor.

Catherine stand auf und verließ den Raum. Ottey sah Cross fragend an – er nickte, und sie ging hinterher.

»Starke Worte einer Schwiegermutter.«

»Und wie sehr sie sich doch geirrt hat.« Alan lächelte verständnisvoll, wie um anzudeuten, in seiner Großmut sei er bereit, ihr zu verzeihen. »Ich sollte vielleicht auch darauf hinweisen, dass sie dadurch, dass ich die Gruppe übernommen habe, die Möglichkeit bekam, zu gehen und zu schreiben. Etwas, das sie immer tun wollte.«

»›Verblendet. Kein Realitätssinn. Völlig abgehoben. Kann sich der Wahrheit nicht mal stellen, wenn sie ihm mitten ins Gesicht schlägt.‹ So hätte ihre Reaktion darauf ausfallen können, wäre sie immer noch unter uns.« Alan lächelte schwach in Anbetracht der Tatsache, dass sie das nicht war. Ein kaum wahrnehmbarer Hauch von Triumphgefühl spiegelte sich in seiner Mimik. Wie so viele Menschen war auch er zu dem Schluss gekommen, dass dieser sonderbare Mann vor ihm nur ein wirrer Exzentriker war, der sich so durchwurstelte. Ein großer Fehler.

»Charles Morgan.« Cross sah zu, wie Alans Gesichtsausdruck sich schneller veränderte, als ihm lieb sein konnte. Er erbleichte.

»Sagt Ihnen der Name etwas?«, fragte Cross. Wenn er solche Fragen stellte, klang er oft aufrichtig neugierig, was nicht zuletzt daran lag, dass das in vielerlei Hinsicht zutraf. Er *war* neugierig.

»Sie würden nicht fragen, wenn Sie es nicht längst wüssten«, sagte Alan.

»Einer Ihrer früheren Investoren, der nun wegen Rentenbetrug eine zwölfjährige Haftstrafe verbüßt. Die Gerichte haben wirklich nichts für Rentenbetrug übrig. Darauf reagieren sie äußerst gereizt.«

»Ja, das war er – ein ehemaliger Investor.«

»Und am Ende ein ziemlich unzufriedener.«

»Er war sich der Risiken sehr wohl bewusst.«

»Ganz so sieht er das nicht.«

Alan sagte nichts, sondern wartete ab, worauf Cross hinauswollte.

»Er ist uns wohlbekannt, weshalb wir, um es milde zu sagen, überrascht waren herauszufinden, dass er ein Geschäftspartner von Ihnen war. Jemand von seiner Reputation, der sich solcher ... Methoden bedient. Er verliert nicht gern, nicht wahr? Er verliert überhaupt nicht gern.«

Catherine und Ottey kamen wieder herein. Catherine umfasste mit beiden Händen eine Tasse Tee, so wie es die Leute oft tun, wenn sie der Wärme – oder, in diesem Fall, des Trosts – bedurften. Statt wieder zu ihrem Mann auf das Sofa zurückzukehren, setzte sie sich in einen Lehnsessel. Distanzierte sich, wie Cross dachte.

»Ganz besonders Geld verliert er sehr ungern. Und durch seine Reaktionen, wenn es doch geschieht, ist er einige Male in Teufels Küche gekommen«, fuhr Cross fort.

»Reden Sie von Charlie Morgan?«, fragte Ottey, die genau wusste, dass sie Alan mit diesem Namen hatten überfallen wollen.

»In der Tat, das tun wir«, antwortete Cross.

»Ich hörte, er sei in den letzten Jahren viel besser darin geworden, Distanz zu den eigenen Gewalttaten zu halten«, bemerkte Ottey.

»Jedenfalls, bis er verhaftet wurde«, erinnerte Cross sie.

»Das ist wahr, aber diese Leute haben immer Möglichkeiten, etwas aus der Zelle heraus erledigen zu lassen. Besonders, wenn sie glauben, sie wurden abgezockt«, sagte sie.

»Was genau er glaubt, dass Sie getan haben.«

»Das kann ich entkräften«, entgegnete Alan.

»Bitte.«

»Wir hatten in dem Jahr einen miesen Sommer.«

»Noch eine ›Übergangsphase‹?«, fragte Ottey. Für einen Moment war Cross verwirrt, doch dann ging ihm auf, dass sie das ironisch gemeint haben musste. »Immobilienzertifikate, nicht wahr?«

»Korrekt.«

»Ich dachte immer, Immobilienzertifikate wären eine sichere Sache«, konstatierte Cross.

»Kommt darauf an, wie ehrgeizig man ist, oder wie ›ahnungslos‹, wie Morgan es formuliert hat«, sagte Ottey.

»DS Ottey hat sich mit Morgan unterhalten. Er war sehr kooperativ, nachdem es ihr gelungen ist, diverse Privilegien wieder einzusetzen, die ihm wegen gewalttätigen Verhaltens entzogen worden waren. Muss ich Sie daran erinnern, welchen Vorschlag Sie ihm unterbreitet haben?«

»Das war eine absolut legale Möglichkeit, um sein Defizit auszugleichen.«

»Dieses ›Defizit‹ hat vermutlich aus den 259 771 Pfund bestanden, die Sie ihm schuldig waren.«

Catherine keuchte hörbar auf. »Was?«

»Ich kann das erklären, Catherine. Ich bin ihm bestimmt nicht so viel Geld schuldig.«

»Nicht ganz die Art, wie er das sieht«, bemerkte Cross.

»Das war ein operativer Verlust.«

»Ah, noch einer. Die scheinen Sie zu verfolgen. Aber bei diesem haben Sie sich aus der Verantwortung geschlichen, indem Sie Konkurs erklärt haben. Zum zweiten Mal.«

»Doch dann hat Ihr Freund Morgan Sie bedroht, und Sie mussten schnell eine Lösung finden, um sich Ihre Gehfähigkeit zu erhalten«, fügte Ottey hilfsbereit hinzu. »Vielleicht könnte Ihre Frau uns den Plan erklären.«

»Ich habe keine Ahnung, wovon Sie sprechen«, sagte Catherine.

»Überlass das mir, Catherine«, forderte Alan gereizt.

»Oh, bitte, gern – ich bin ganz Ohr«, gab sie zurück.

»Ich glaube, es könnte uns ein wenig Zeit ersparen, wenn ich das anstelle Ihres Gatten übernehme. Seine Version der Ereignisse könnte von der Wirklichkeit abweichen. Er hat Morgan einen beträchtlichen Anteil am Geschäft Ihrer Eltern zur Abgeltung seiner Schulden angeboten. Zusammen mit seinen ehrgeizigen Plänen hat Ihr Mann damit unseren Freund Morgan geködert und sich so aus seiner misslichen Lage befreit«, erklärte Cross.

»Morgan konnte sein Glück gar nicht fassen – endlich ein ehrbares Gewerbe. Womöglich sogar eine Gelegenheit, um Geld zu waschen. Ich bin nicht ganz sicher, Betrug und Schwindel sind nicht mein Metier«, fügte Ottey hinzu.

»Der Haken war, dass Hilary dabei nicht mitspielen wollte, und daraus ergab sich ein Problem. Was sollten Sie mit Hilary machen?«

»Was wollen Sie sagen?«, fragte Alan.

»Genau das. Sie haben Morgan einen Vorschlag unterbreitet, einem Mann, dem Sie eine hohe Summe schuldeten, aber Hilary stand Ihren Plänen im Weg.«

Ganz allmählich dämmerte Catherine, worum es ging. Sie erhob sich. »Alan?«

Nun, da er ihnen die Granate vor die Füße geworfen hatte, griff Cross zu einer Taktik, die er unter ähnlichen Umständen häufig anwandte: Plötzlich erinnerte er sich, dass er dringend woanders sein sollte. Er entschuldigte sich und stand zusammen mit Ottey auf. An der Tür drehte er sich noch einmal um.

»Oh, eines noch. Was für einen Wagen haben Sie zum Zeitpunkt von Hilarys Tod gefahren?«, fragte er.

»Das war ein Jaguar XJ6«, antwortete Catherine anstelle ihres Ehemanns.

»Erinnern Sie sich, welche Farbe er hatte?«

Alan schüttelte den Kopf. »Das ist lange her.«

»Rot«, antwortete Catherine entschieden.

»Danke«, sagte Cross, und dann gingen sie.

»Was für ein Schleimbeutel«, meinte Ottey, als sie am Wagen waren. »Was denken Sie?«

»Ich habe gedacht, er würde eine überzeugende Möglichkeit darstellen, aber dann fielen mir die Händlerkennzeichen ein. Warum sollte er Händlerkennzeichen an seinem Wagen haben?«

»Ersatzwagen?«, schlug sie vor.

»Die sind normalerweise angemeldet.«

»Richtig.«

»Beauftragen Sie Mackenzie herauszufinden, wo er seinen Wagen warten lassen hat. Ich nehme an, er ist der Typ, der das in einem Autohaus machen lässt. Können Sie bei seiner Frau nachfassen und sehen, ob sie ihm für Hilarys Ermordung ein Alibi liefern kann?«

»Warum bei seiner Frau?«

»Bei ihr ist die Wahrscheinlichkeit größer, dass sie uns die Wahrheit erzählt.«

»Und was ist mit Leonards Ermordung?«

»Guter Punkt. Für die auch. Hat sie in der Küche irgendetwas gesagt?«

»Im Grunde nicht. Ich glaube, sie war mehr überrascht als schockiert.«

»Interessante Beobachtung.«

»Das dachte ich auch, aber es kam mir vor, als wäre ihr eine Last von den Schultern gefallen. Als wäre es ein Vorwand, nach dem sie lange gesucht hat, um mit etwas abzuschließen, mit dem sie vielleicht schon Jahre früher hätte brechen sollen.«

»Womit? Dem Tod ihrer Mutter?«

»Oh, nein, sie hat keinen Moment geglaubt, dass er ihre Mutter getötet hat. Mit ihrer Ehe.«

So wie er es sah, hatte Cross nun zwei Optionen. Mit MacDonald und den Zeugen über den Raser zu reden und den Händlerkennzeichen nachzuspüren. Die Kennzeichen mussten einfach nützlich sein, um die Ermittlungsmöglichkeiten etwas einzuschränken. Er würde sich ansehen, wie viele Autohäuser, Werkstätten und Zwischenhändler in der Umgebung zu jener Zeit Zugriff auf Händlerkennzeichen gehabt hatten. Wojtchaks Hinweis auf das Geschirr deutete darauf hin, dass sie mit dem Besuch einer Person gerechnet hatte, die sie kannte. Bei der ursprünglichen Untersuchung war man fälschlicherweise davon ausgegangen, dass der Tisch wegen Wojtchak gedeckt gewesen war. Aber es war der falsche Tag. Auch war weder in den Polizeiberichten noch in Leonards Akten erwähnt worden, dass die Vordertür offen gelassen worden war. Wojtchak musste sie bei seiner Ankunft geschlossen haben.

24

Mackenzie hatte sich inzwischen ein wenig eingewöhnt, und die Leute schienen zu wissen, dass es sie gab. Carson hatte ihr sogar selbst eine Aufgabe zugeteilt, wenn es auch nur darum ging, die Anrufe bei einer Hotline für einen anderen Mord in einem Dorf in Somerset zu protokollieren. Sie hatten jemanden ermittelt, aber Carson sagte, sie müssten alle Details sorgfältig erfassen. Ihr kam das albern vor, und es war gewiss nicht der Grund, weswegen sie sich der Polizei angeschlossen hatte. Doch je mehr sie darüber nachdachte, desto weniger überzeugt war sie, dass sie je tatsächlich gewusst hatte, warum sie zur Polizei gestoßen war. Deshalb war auch ihre Reaktion auf Cross' Bitte, sie möge die Zeugen aufspüren, die zum Zeitpunkt von Hilarys Ermordung vor fünfzehn Jahren einen mysteriösen Wagen gesehen hatten, von widerstreitenden Gefühlen geprägt. Sie wollte Carson nicht verärgern, aber was Cross von ihr wollte, passte, auch wenn es sich um einen uralten Fall handelte, besser zu ihrer Vorstellung von Polizeiarbeit. Dummerweise beging sie den Fehler, Cross von ihren Bedenken zu erzählen.

»Ihre Bedenken sind berechtigt. Carson hat Ihnen eine direkte Anweisung erteilt, die ausgeführt werden muss. Er steht über mir – und ich arbeite an einem Fall, den er mich ausdrücklich angewiesen hat, ruhen zu lassen. Darum agiere ich ›unter dem Radar‹, auch wenn es sich um einen ungelösten Fall handelt, dessen Aufklärung einem großen Justizirrtum vorbeugen könnte. Also lassen Sie es«, sagte Cross.

»Was? Nein!«, protestierte sie.

Cross erwiderte nichts.

»Ich bin sicher, ich schaffe beides«, fuhr sie fort.

»Das bin ich ebenfalls. Was Sie auch mühelos an der Tatsache ablesen können, dass ich Sie in dem Wissen um die Aufgabe, die Ihnen bereits von DCI Carson zugeteilt worden ist, trotzdem um Ihre Mithilfe gebeten habe.«

»Ich erledige das«, sagte sie.

»Dann ist es Ihnen vielleicht auch möglich, beim nächsten Mal, wenn Sie etwas so oder so zu tun gedenken, auf Ausreden zu verzichten und einfach ›Ja‹ zu sagen.«

»Äh, ja, klar.«

»Es sei denn, natürlich, Sie wollen versuchen, mir den Eindruck zu vermitteln, Sie würden mir einen Gefallen tun.«

»Nein, ich …«

»Was nicht der Fall ist.«

Er sah sie nur an, was sie als Aufforderung zum Gehen verstand, der sie nachkam. Er griff sich ein Stück Papier vom Schreibtisch und sagte: »Die Liste.«

Mackenzie machte kehrt und nahm sie an sich.

Carson wollte, dass Ottey die Anklage von Whitby in die Wege leitete. »Die Staatsanwaltschaft ist überzeugt, dass wir eine Verurteilung erreichen«, sagte er.

»Und wenn er der Falsche ist?«, fragte Ottey.

»Ach, nun fangen Sie nicht so an. Hören Sie, unter uns, ich bin ganz zufrieden, wenn Cross sich einstweilen den Mordfall Hilary Carpenter ansieht. Das ist schließlich ein unaufgeklärter Fall, also kann ich das gut vor den oberen Etagen rechtfertigen. Aber halte ich das auch für die beste Verwendung unserer Ressourcen? Nein. Kaufe ich Cross die Theorie ab, dass beide von der gleichen Person umgebracht wurden? Nein. Warum sollte der Mörder von damals Leonard Carpenter umbringen? Wie hat er ihn gefunden? Niemand aus der Familie wusste, wo er war. Er hat nicht einmal mehr ausgesehen wie er selbst. Er war ein bedauernswerter Trinker, der auf der Straße lebte, weil er unter psychischen Problemen gelitten hat, ausgelöst durch einen Verlust, den Mord an seiner Frau. Wer würde da nicht leiden? Aber wer sollte ihn dann noch umbringen wollen?«

»Das sind alles Fragen, die zu seinem Mörder führen könnten, wenn sie beantwortet werden«, sagte sie.

»Wir haben seinen Mörder bereits, wissen Sie noch? Sie haben den Fall zur Anklageerhebung vorgelegt«, betonte er.

»Ja, schon, aber ich bin da nicht mehr so sicher.«

»Oh Himmel.« Einen Moment lang starrte er sie schweigend an.

»Warten Sie mal«, sagte er dann. »Jetzt weiß ich, was Sie vorhaben. Sie versuchen, mich dazu zu bringen, Sie als seine Partnerin abzuziehen, indem Sie sich ihm bei dieser Doppelmordtheorie anschließen. Aber das wird nicht funktionieren.«

»Zwei Dinge sollte ich betonen. Erstens: Ich bin nicht so machiavellistisch, wie Sie entweder glauben oder es selber sind. Zweitens: Sie haben mir gesagt, der Fall Leonard Carpenter sei der Letzte, den ich mit Cross bearbeiten muss. Demzufolge bin ich gar nicht mehr seine Partnerin, richtig?«, fragte Ottey.

»Wegtreten!«

Cross hatte sich rausgeschlichen, während Ottey bei Carson war, und fuhr mit dem Fahrrad zu MacDonalds Haus in Westbury-on-Trym. Er freute sich nicht auf die Begegnung, denn sie würde ihn zwingen, zu sämtlichen Selbstschutzmaßnahmen zu greifen, die er gegenüber MacDonald und anderen angewandt hatte, als er neu bei der Polizei gewesen war. Es war besser geworden, als im Lauf der Jahre sein Ruf wuchs, ein guter Detective zu sein, einer, der trotz und manchmal gerade wegen seiner sonderbaren Art Ergebnisse lieferte. Aber am Anfang war es ihm ergangen wie in einem Internat für ungezogene Knaben – nahm er zumindest an, nicht, dass er solch eine Schule besucht hätte. Oder als würde er für eine Rugbymannschaft aufgestellt werden, ohne die Statur oder die sportlichen Fähigkeiten dafür zu haben, ganz einfach, weil sonst niemand frei war. Ein Rest dieser unerfreulichen Gefühle war ihm trotz seines Rangs, seines Alters und seiner Erfahrung sehr zu seinem Missfallen über all die Jahre erhalten geblieben.

Er hatte MacDonald nicht angerufen, um einen Termin zu vereinbaren, sondern es vorgezogen, ihn nicht im Vorfeld über den Besuch zu informieren. Als er eintraf, stellte er fest, dass MacDonalds Wagen nicht da war, nur ein kleiner Nissan Micra stand vor dem Haus, von dem er annahm, dass er seiner Frau gehörte. Er würde dennoch anklopfen. Der Grund dafür war, wie er sich eingestehen musste, dass MacDonald sich zweifellos über den Besuch ärgern würde, und Cross wollte herausfinden, ob sich mit diesem Ärger etwas würde anfangen lassen.

Er klingelte, und nach kurzer Zeit konnte er durch die Milchglasscheibe eine Frau erkennen, die sich der Haustür näherte. Sie redete, entweder telefonierte sie oder sie sprach mit jemandem im Haus.

Nach dem üblichen Austausch von Höflichkeiten war schnell klar, dass MacDonald nicht zu Hause war. Doch sie lud ihn mit den Worten, ihr Mann sei sicher nicht lange fort, zum Eintreten ein.

»Aber Sie haben Gesellschaft«, wandte er ein, da er kein Telefon in ihrer Hand sah.

»Unsinn. Kommen Sie rein. Das ist nur einer der Jungs; kommen Sie, dann können Sie ihm guten Tag sagen.«

Cross folgte ihr in die Küche. Am Tisch saß ein junger Schwarzer Anfang zwanzig.

»Das ist Duncan. Er studiert Wirtschaftswissenschaften an der UWE. Das ist DC Cross, ein Polizist, vermutlich ein ehemaliger Kollege von Stuart?«

»In der Tat.«

Der junge Mann stand auf und streckte die Hand aus.

»Wie geht es Ihnen, Sir?«

Cross antwortete mit einem Nicken – eigentlich war es eher ein Zucken –, von dem er dachte, es würde auf höfliche Art vermitteln, dass er Händeschütteln grundsätzlich ablehnte.

»Wie geht es Ihnen?«, gab Cross zurück und dachte, wie wohlerzogen dieser junge Mann doch war, dass er ihn mit »Sir« anredete.

Mrs. MacDonald ging zum Küchenschrank, holte eine Tasse heraus und drehte sich dabei zu ihm um.

»Ich glaube, mich zu erinnern, dass Sie Tasse und Untertasse einem Becher vorziehen.«

»Richtig, Madam.«

»Sheila, bitte. Dann also Porzellan.«

Sie schenkte Tee ein. Sie war eine freundlich aussehende Frau Anfang siebzig und alles andere als glamourös; »häuslich« wäre der Begriff, mit dem Cross sie beschreiben würde. Die Falten in ihrem Gesicht verrieten ein Leben voller Lachen, und tatsächlich schien es, als hätte sich ein dauerhaftes leichtes Lächeln in ihre Miene geprägt.

»Duncan ist einer meiner Jungs. Er ist vor zwei Jahren ausgezogen, aber er kommt immer noch zu Besuch vorbei, was ich ganz reizend finde.«

In diesem Moment fiel Cross ein Orden am Band

in einer Präsentschatulle neben einem Teller mit hausgebackenen Plätzchen auf, den sie dem jungen Mann offenbar gerade gezeigt hatte. Sie folgte seinem Blick und sagte: »Oh Verzeihung, lassen Sie mich das schnell wegpacken.«

»Ist das ein MBE?«, fragte Cross.

»Ja.«

»Ich kenne sie aus der Zeitung. Der OBE ist fast identisch, nur dass er, glaube ich, aus Gold ist«, sagte er.

»Meine Güte, das war mir vollkommen neu«, antwortete sie.

»Sie hat ihn letzten Monat von Prinz William bekommen. Darum bin ich hier. Ich wollte ihn mir ansehen und gratulieren«, berichtete Duncan.

»Er war wirklich liebenswürdig. Wir sind rauf zum Palast – es war so ein schöner Tag. Und eine gute Ausrede, um mich herauszuputzen«, sagte Sheila.

»Zeig ihm die Fotos«, forderte Duncan sie auf.

»Ach nein, sei nicht albern.«

Aber Duncan stand auf, ging zu der französischen Kommode und ergriff einen Umschlag. Dann zeigte er Cross die Fotos von ihr, als sie den Orden erhielt, von ihr und ihrem Mann vor dem Palast, wo sie ihn hochhielt. Cross wusste nicht recht, wie er reagieren sollte, also brachte er ein »Schön, Glückwunsch« hervor.

»Den hat sie wirklich verdient«, sagte Duncan, als er zu dem Foto griff, das sie allein zeigte. In Hut und Kleid, extra für diese Gelegenheit gekauft, hielt sie den Orden im Innenhof des Palasts vor sich erhoben.

»Davon bin ich überzeugt.«

Die meisten Leute hätten nun gefragt, wofür sie die Auszeichnung erhalten hatte, aber deswegen war Cross nicht hier, also kam ihm diese Frage auch nicht in den Sinn. Duncan deutete auf ein schwarzes Brett an der Wand, an dem haufenweise Fotos von Sheila mit Dutzenden Kindern, von Sheila allein und ein paar wenige von ihr und ihrem Mann hingen. Eines zeigte ihn in Uniform mit einem jungen Mädchen, das seine Mütze trug. Auf beinahe jedem Foto sah man jemanden lachen. Es gab noch andere, formellere Bilder, aufgenommen in Schulen mit dem allgegenwärtigen Rahmen aus Karton, auf denen die Kinder weniger fröhlich, vielleicht sogar unglücklich aussahen. Es waren Kinder jeden Alters, von Babys über Kleinkinder und Teenager bis hin zu jungen Erwachsenen in den unterschiedlichsten Hautfarben.

»Sie ist Pflegemutter«, erklärte Duncan.

»Ich verstehe.«

»Sie hat all diese Kinder großgezogen.«

»Mit Stuart«, warf sie ein.

»Ja, Stuart war auch dabei. Ein bisschen«, sagte Duncan lachend, und sie stimmte mit ein. Doch Stuarts Rolle rief keinen Groll hervor, wie Cross dachte.

»Sie müssen das etliche Jahre gemacht haben, um so viele anzusammeln«, bemerkte er.

»Jahrzehnte. Wir hatten keine eigenen Kinder, und als wir endlich akzeptiert haben, dass es nun einmal so ist, schien es nur natürlich zu sein, stattdessen Pflegekinder aufzunehmen«, erzählte sie.

»Und Sie wollten nie adoptieren?«, fragte Cross.

»Stuart schon, aber was mich betrifft, na ja, ich dachte, diese Möglichkeit wäre weniger egoistisch, und es gab so viel Bedarf.«

»Haben Sie immer noch Pflegekinder?«

»Nein, eigentlich nicht, wir werden langsam zu alt. Dann und wann bekommen wir einen Anruf wegen eines Notfalls, und man bittet uns, ein Baby für ein paar Nächte aufzunehmen, doch das ist alles.«

»Zeit, dass ihr euch um euch selbst kümmert«, sagte Duncan.

»Aber sie kommen alle von Zeit zu Zeit zurück wie Duncan. Ein paar von ihnen besuchen uns mit ihren Ehepartnern und Kindern – das ist wirklich etwas ganz Besonderes«, sagte sie.

»Und Sie erinnern sich noch an alle?«, fragte Cross.

»Natürlich. Für eine Weile waren sie doch meine Kinder, und für manche von ihnen waren Stuart und ich die einzige Familie, die sie kannten. Eigentlich sehr traurig.«

»Ach, hör auf, Mum. Wir hatten alle Glück, ihr vielleicht nicht ganz so sehr.« Wieder lachte Duncan. »Ein paar falsche Fuffziger waren schon dabei, nicht wahr?«

»Duncan …«

»Wie viele Kinder hatten Sie insgesamt in Pflege?«, erkundigte sich Cross.

»Siebenundachtzig in über dreißig Jahren.«

»Das ist bemerkenswert.«

»Ich habe es geliebt. Es hat mir etwas zu tun gegeben, während Stuart gearbeitet hat. Er hat ununterbrochen gearbeitet, aber das wissen Sie ja. Haben Sie Familie, DS Cross?«

»Nur meinen Vater«, sagte er.

»Nicht verheiratet?«

»Nein.«

Eine halbe Stunde später war MacDonald immer noch nicht aufgetaucht, also entschuldigte sich Cross und fuhr zurück zum Revier. Unterwegs dachte er über Sheila MacDonald und ihren Mann nach; er konnte sich absolut nicht vorstellen, sein Leben der Pflegschaft so vieler Kinder zu widmen, Kinder, die nicht die eigenen waren. In seinen Augen war Sheila eine ziemlich außergewöhnliche Frau. Er war nicht sicher, wie sich diese Neuigkeiten auf das auswirken sollten, was er über MacDonald dachte, und ob sie seinen Eindruck von ihm überhaupt veränderten. Aber vielleicht war das ein Rezept für eine erfolgreiche Ehe, er war mit seiner Arbeit beschäftigt, und sie blieb daheim mit einem so großen Haufen Kinder. Laut Sheila hatten sie einmal neun Kinder zugleich im Haus gehabt, zwar nur für ein paar Monate, aber Cross schauderte bei dem Gedanken an all das Chaos und die Unordnung.

25

Das Wochenende nutzte Cross, um in Gedanken Hilarys Fall durchzugehen. Normalerweise hätte er eine Anschlagtafel im Großraumbüro des Reviers, an der Fotos der Verdächtigen und des Tatorts samt Umgebung, Querverbindungen und alle für die Ermittlungen relevanten Fakten jederzeit greifbar wären. Die stand ihm in diesem Fall logischerweise nicht zur Verfügung, denn er sollte gar nicht an dieser Sache arbeiten und folglich auch niemand sonst. Aber die Wahrheit war, dass er diese Anschlagtafeln so oder so nur zur Unterstützung der anderen nutzte – sodass er potenzielle Maßnahmen mit ihnen besprechen konnte, während sie sichtbar vor Augen hatten, worauf er sich bezog. Er selbst benötigte sie nicht, denn er hatte sämtliche Fakten im Kopf. Derzeit änderte er bei einigen Dingen seine Meinung, modifizierte sie und überlegte vor allem, wie er verfahren sollte, um den Fall zu lösen.

Zunächst hatte er angenommen, er würde vielleicht Hinweise oder womöglich sogar die Antwort auf alle Fragen in den ursprünglichen Ermittlungsakten finden. Doch je intensiver er sie studierte, desto mehr verstärkte sich sein Eindruck, dass die allgemeine Ineffizienz jede Chance zunichtemachte, irgendetwas Beweiskräftiges zu entdecken. Also von vorn. Wojtchaks Eingeständnis, kurz nach dem Mord dort gewesen zu sein, hatte einige neue Hinweise erbracht. Vor allem den Wagen. Bei der ursprünglichen Untersuchung des Falles hatte die Vorstellung vorgeherrscht, dass Hilary den Mörder gekannt haben musste, da sie ihn bewirtet hatte – »ihn«, weil sich alle einig waren, dass die Brutalität, mit der sie erdrosselt worden war, auf einen Mann deutete: Sie hatte, genau wie Leonard, eine gerissene Luftröhre – und es gab keinen Hinweis auf einen Einbruch. Die Sichtung des Wagens war im Zuge der Ermittlungen vermerkt worden, seltsamerweise aber nicht weiter verfolgt. Doch nun hatten sie zwei neue Faktoren: die Händlerkennzeichen und einen Punkt, der dem Team seinerzeit zweifellos hatte bekannt sein müssen – der beschädigte geparkte Wagen, den Leonard gegenüber MacDonald bei mehr als nur einer Gelegenheit zur Sprache gebracht hatte. Aber vorerst würde er sich auf die Kennzeichen konzentrieren. Er musste Mackenzie ein bisschen Druck machen, also rief er sie an.

»Alice, DS Cross hier.«

»Hi. Ist alles in Ordnung?« Er ignorierte, was, wie er wusste, nur eine weitere dieser Fragen war, die keine Antwort erforderten.

»Wie kommen Sie mit den Kennzeichen voran?«

»Ich stelle eine Liste zusammen, wie Sie es wollten.«

»Wann kann ich sie haben?«

»Na ja, ich werde am Montag damit weitermachen.«

»Montag?«

»Äh, nein. Ich könnte natürlich … ich könnte heute daran arbeiten.«

»Rufen Sie mich an, wenn sie vollständig ist.«

Ottey hatte Cross von ihrem Gespräch mit Carson erzählt und angemerkt, dass er vor lauter Frust darüber, dass Cross weiter ermittelte, unbeabsichtigt etwas gesagt hatte, das im Fall Leonard womöglich tatsächlich nützlich sein könnte. Als er damit beschäftigt war, Cross' Theorie herabzuwürdigen, der zufolge es sich um denselben Täter handeln könnte, hatte Carson sie gefragt, wie es dieser Täter geschafft hatte, Leonard auf der Straße zu finden. Und nun, da er darüber nachdachte, fragte sich auch Cross, wie der Mörder hatte wissen können, dass Leonard wieder in Bristol war. Niemand sonst hatte Kenntnis davon gehabt, nicht einmal seine direkten Angehörigen. Und wenn der Täter das gewusst hatte, wie hatte er Leonard auf der Straße erkannt, obwohl er völlig anders aussah als der Mann, der er vor fünfzehn Jahren gewesen war, als Hilary starb? Cross dachte einen Moment darüber nach. Zwar hatte er keine Ahnung, wie er das hätte anstellen können, aber der Gedanke war faszinierend, wenn nicht sogar entscheidend. Wenn es wirklich derselbe Mörder war, wovon er überzeugt war, wie hatte er dann wissen können, dass Leonard zurück und er dieser schmutzige, ungepflegte Trunkenbold war? Wenn sie das herausfanden, dann spürten sie vielleicht auch ihren Täter auf. Aber, und das war Cross bewusst, das hieße, das Pferd von hinten aufzuzäumen. Wie sollten sie herausfinden, woher er sein Wissen hatte, wenn sie keinen Schimmer hatten, wer er war? Das war eine dieser Zwickmühlen, die bei Ermittlungen offenbar ständig auftauchten.

Existierte »danke schön« ganz einfach nicht im Vokabular dieses Mannes? Es war Wochenende, und diese Frau war seit über fünfzehn Jahren tot – wozu also die Eile? Mackenzie sank auf ihrem Bett zurück. Aber in dem Augenblick ging ihr auf, dass sie den Brunch mit ihren Schulfreundinnen besser absagen sollte, wenn sie keine ganze Reihe weiterer Anrufe über das Wochenende und einen schlechten Start in die nächste Arbeitswoche haben wollte. Aber Moment, sie selbst war die Gastgeberin. Sie würde beides schaffen müssen, Punkt! Sie hob ihren Laptop vom Boden auf und fing an zu tippen.

Cross war weit davon entfernt, religiös zu sein. Seine von Asperger geprägte strikte Logik führte ihn unausweichlich zu der Schlussfolgerung, dass Gott aller Wahrscheinlichkeit nach nicht existierte. Nun ja, eigentlich sogar mit absoluter Gewissheit, auch wenn er es nicht beweisen konnte. Religion in all ihren diversen Formen war nur ein Erzeugnis von Menschenhand, das die Aussicht auf etwas liefern sollte, was über den Tod hinausging. Außerdem schien es eine Möglichkeit zu sein, um privilegierte und finanziell profitable Institutionen und einen fantastischen Lebensstil für einige wenige aufzubauen. Doch eines seiner Hobbys war die Kirchenorgel, eine Liebe, die auf seiner Bewunderung für den Aufbau des Instruments fußte und auf der Fingerfertigkeit und der Koordination zwischen Händen und Füßen, die notwendig war, um die Orgel zu spielen. Er hatte sich die meisten der großen Orgeln auf den Britischen Inseln angesehen, oftmals mit einem wenig begeisterten Raymond im Schlepptau, und noch ein oder zwei andere Exemplare in Europa. Er besaß profunde Kenntnisse über das Instrument und dessen Geschichte, daher war es nur logisch und eine natürliche Entwicklung zu lernen, wie dieses Instrument gespielt wurde. Nun war er auf autodidaktischem Wege zu einem mehr als nur bewanderten Organisten geworden. Man konnte sogar so weit gehen zu sagen, er sei nahezu vollendet in seinem Können, so tief war seine Hingabe an dieses Instrument.

Seine Gabe hatte jedoch ihren Preis gefordert. Viele Jahre war er zu Orgelkonzerten gegangen, hatte sich in den Saal oder die Kirche gesetzt und die Akustik des Raums ebenso genossen wie die Klänge des Instruments. Inzwischen war er jedoch außerstande, einem Konzert zu folgen, ohne die Technik des Orgelspielers oder die Interpretation des Stücks, das gerade gespielt wurde, zu kritisieren. Außerdem war er auch so etwas wie ein Experte für Orgelliteratur, weltliche und kirchliche, und hatte schon vor Jahren damit begonnen, Orgelpartituren zu sammeln. Als er alle wichtigen Stücke beisammenhatte, die ein Orgel-Aficionado, der etwas auf sich hielt, besitzen sollte, hatte er angefangen, die selteneren Stücke aufzustöbern – Erstausgaben, gewissermaßen. An Wochenenden wühlte er sich bei der Suche nach schwer zu findenden Kostbarkeiten oft durch eBay und auf Musik spezialisierte Seiten im Internet. Einmal hatte ihn ein Händler für antiquarische Bücher und Noten, mit dem er dann und wann zu tun hatte, sogar gebeten, vor dem örtlichen Musikverein zu sprechen. Natürlich war das weit jenseits seines Wohlfühlbereichs, weshalb er abgelehnt hatte; höflich, wie er glaubte, doch der gekränkte Musikalienhändler würde das wohl anders sehen.

Sein Interesse an Orgeln war der Grund dafür, dass er an jenem Tag mit dem Fahrrad unterwegs zu einer kleinen Pfarrkirche im St.-Pauls-Viertel war. Jahre zuvor hatte er mit dem früheren Priester – den er durch die Arbeit zwangsläufig kennengelernt hatte – eine Vereinbarung getroffen, die es ihm gestattete, auf der Kirchenorgel zu üben, wenn er sie im Gegenzug regelmäßig wartete und falls notwendig reparierte. Sein Wissen über Orgeln hatte sich über die Zeit exponentiell weiterentwickelt und ihn mit tiefgreifenden Kenntnissen über die Funktionsweise und die Konstruktion des Instruments ausgestattet. Mit Raymonds Hilfe wäre er vermutlich sogar imstande, eine Orgel von Grund auf neu zu bauen. Für heute war verabredet, dass er die Orgel für den neuen und erheblich jüngeren Priester Stephen stimmte, der enorm dankbar für seine Hilfe war und ihm gern Gelegenheit zum Üben gab – er hatte sogar einen eigenen Schlüssel für die Kirche. Allerdings war Stephen für Cross' Geschmack ein wenig zu erpicht darauf, ihn in langatmige philosophische Diskussionen über Glauben und Atheismus zu verwickeln.

Die fragliche Orgel wurde durch die Anpassung der kleinen Öffnungen an jeder Orgelpfeife gestimmt, wozu er durch sachtes Klopfen den Schieber je nach Bedarf öffnen oder schließen musste. Stephen spielte die Noten, sobald Cross sie aufrief, und dann stimmte er die Pfeife nach Gehör. Er rief nach einem A, und nichts geschah. Er rief noch einmal nach dem A.

»Ah, Brian hat erwähnt, dass eine der Tasten nicht funktioniert. Tut mir leid, das hatte ich völlig vergessen«, sagte Stephen. Cross seufzte, nicht wegen Stephens Vergesslichkeit, sondern wegen Brian, dem langjährigen und seiner Meinung nach untauglichen Organisten. Nicht nur, dass er ziemlich untalentiert war, er war zudem äußerst grob im Umgang mit dem Instrument, sowohl mit Händen als auch mit Füßen. Cross hatte erheblich mehr Tasten und Registerzüge repariert, als er als normal eingestuft hätte, selbst wenn die Orgel nicht gerade besonders gut gepflegt gewesen war, ehe er in Erscheinung getreten war. Cross hatte eine Menge Zeit und eine ziemliche Menge seines eigenen Geldes (nicht, dass Stephen davon wüsste) investiert, um sie wieder in einen halbwegs funktionstüchtigen Zustand zu versetzen. Trotzdem war sie immer noch empfindlich und verlangte nach pfleglicher Behandlung. Er hatte die Absicht, seinen nächsten Jahresurlaub dazu zu nutzen, die Orgel komplett auseinanderzunehmen und ihr eine gründliche und lange überfällige Wartung zu gönnen.

Als sie mit dem Stimmen fertig waren, packte Cross seine Werkzeuge in eine altmodische Segeltuchtasche, wie Klempner sie einst benutzt hatten. Die Werkzeuge waren um die fünfzig Jahre alt. Sie waren ein Schnäppchen, das er bei eBay entdeckt hatte, als eine Familie die Werkzeuge des Großvaters angeboten hatte, der früher als Orgelbauer gearbeitet hatte. Cross brachte dem Mann instinktiv Bewunderung entgegen und war zu dem Schluss gekommen, dass er, nach dem Zustand der Werkzeuge zu urteilen, sehr gut in seiner Arbeit gewesen sein musste. Als Cross durch den Mittelgang zu seinem Fahrrad ging, das gleich neben der Tür lehnte, beendete Stephen rasch ein Telefongespräch und lief hinter ihm her. Als er ihn eingeholt hatte, begann die übliche Pantomime, die sich regelmäßig zwischen ihnen abspielte. Stephen versuchte dann, Cross für seine Zeit zu bezahlen, während Cross auf die Quid-pro-quo-Grundlage ihrer Vereinbarung verwies. »Sie lassen mich spielen – ich warte das Instrument.« Das war stets ein Vorspiel dazu, dass Stephen sich über Brians mangelndes Talent und seine Einstellung zum Orgelspiel während des Gottesdiensts beklagte. Er fürchtete, für Brian war das nach all den Jahren zu sehr zur Routine geworden, sah aber keine Möglichkeit, eine Veränderung anzuregen, ohne das Risiko einzugehen, seine Gefühle zu verletzen. Cross entging diese neueste Ausschmückung der Lage nicht, und er fragte sich, wohin das alles führen sollte.

»Wenn Sie nur eine Möglichkeit fänden, vielleicht bei ein paar Hochzeiten zu spielen, würde ihm das bestimmt nichts ausmachen. Womöglich käme er mit der Zeit auf den Gedanken, sich zur Ruhe zu setzen«, sagte Stephen.

Cross schwieg.

»Wie wäre es, wagen Sie den Sprung ins kalte Wasser und spielen vor Publikum?«

»Warum sollte ich in kaltes Wasser springen?«

»Das ist eine Redewendung, George.«

Cross hatte ihm etliche Male erklärt, er könne nicht während des Gottesdiensts spielen, weil er Atheist sei. Stephen hatte versucht, ihm nahezubringen, dass der Glaube an Gott keine zwingende Voraussetzung für das Orgelspiel während des Gottesdiensts war.

»Der Gottesdienst ist ein Akt der Hingabe, und die Orgel bei einem Gottesdienst zu spielen heißt, an diesem Akt teilzuhaben, womit ich mich nicht wohlfühle«, hatte Cross dann stets gesagt.

»Es kommt mir nur so schade vor, dass Sie Ihre Begabung für sich behalten. Manche Leute könnten das sogar für egoistisch halten«, sagte Stephen.

Cross konzentrierte sich darauf, seine Tasche am Gepäckträger des Fahrrads zu befestigen, und hoffte,

Stephens Redefluss würde von selbst zum Ende kommen.

»Sie sollten Ihre Kunst mit anderen teilen. Sie könnten so viel Freude schenken.«

»Ich dachte, bei Gottesdiensten ginge es um Andacht, nicht um Freude«, argumentierte Cross.

»Zufällig bin ich der Ansicht, dass beides Hand in Hand gehen kann.«

»Ich kann nicht. Das ist der Punkt. Auf Wiedersehen«, sagte Cross, schob das Fahrrad zur Tür hinaus und schloss sie achtsam hinter sich. Stephen war ausreichend an seine kurz angebundene, entschiedene Art gewöhnt, um nicht gekränkt zu sein, doch dann fiel ihm etwas ein. Stephen öffnete die Tür und traf Cross an, als der gerade seinen Helm aufsetzte.

»Ich habe mit Peter in St. Mary Redcliffe gesprochen. Er wäre entzückt, wenn Sie irgendwann deren Orgel spielen möchten. Ich glaube, sie ist großartig«, sagte er und sicherte sich damit Cross' volle Aufmerksamkeit. Dieser drehte sich um und sah den Geistlichen an.

»Harrison and Harrison, erbaut 1912. Vier Manuale, einundsiebzig Register, über viertausenddreihundert Pfeifen. Restauriert im Jahr 2010. Die ursprüngliche Orgel der Kirche wurde 1726 von John Harris und John Byfield gebaut«, informierte ihn Cross.

»Richtig. Wie dem auch sei, hier ist seine Nummer.«

Stephen hegte den aufrichtigen Wunsch, er könnte

George überreden, für seine Gemeinde zu spielen. George wusste nicht, dass Stephen, wann immer er nebenan im Pfarrhaus war und George üben hörte, alles stehen und liegen ließ und in die Kirche eilte, um ihm zuzuhören. In dieser allgemein so fieberhaften Zeit empfand er diese Augenblicke als wunderbar kontemplativ. Und tatsächlich nahm er bisweilen sogar, wenn er nebenan in einer Besprechung war und George spielen hörte, die anderen Beteiligten mit in die Kirche, um ihm zu lauschen. Beim letzten Mal, als das passiert war, hatte er gescherzt, welch ein Privileg es für ihn sei, regelmäßig und ganz umsonst solche Konzerte erleben zu dürfen, und das hatte ihn veranlasst, einen neuen Plan zu schmieden, um George zu einer Darbietung zu überreden.

26

Der Geräuschpegel in Mackenzies kleiner Mietwohnung war niedriger als sonst. Der Grund war, dass ihre fünf Gäste alle konzentriert auf ihre Laptops starrten. Mackenzie hatte ihre Besucherinnen gebeten, die Geräte mitzubringen, kurz nachdem sie mit Cross gesprochen hatte. Die fünf Gläser Prosecco auf dem Tisch waren auch noch unüblich voll – ungewöhnlich, wenn nicht gar einmalig. Was wiederum daran lag, dass sie die brillante Idee gehabt hatte, den Brunch und die Zuarbeit für Cross gleichzeitig zu machen, indem sie ihre Freundinnen einspannte. Innerhalb der Gruppe, die hauptsächlich aus Studienkolleginnen bestand, hatten sie von jeher stark miteinander konkurriert. Also hatte sie ihnen die Aufgabe gegeben, so viele örtliche Geschäfte wie möglich aufzuspüren, die Zugriff auf Händlerkennzeichen haben könnten.

»Wer zuerst zehn beisammen hat, bekommt … na ja, der hat gewonnen«, kündigte sie an.

Das, zusammen mit dem Gedanken, dass man nicht allzu häufig die Chance bekommen dürfte, an der Aufklärung eines Mordes mitzuarbeiten, reichte vollkommen. Sie waren immer noch in einem Alter, in dem sie jede Gelegenheit zu außergewöhnlichen Erfahrungen wahrnahmen, sobald sie sich bot. Ein paar waren angehende Rechtsanwältinnen, eine machte ein Praktikum in einer Bank, eine arbeitete als Rechercheurin beim Fernsehen und hatte ihre Ambitionen, Schauspielerin zu werden, inzwischen aufgegeben. Dann war da noch eine Assistenzärztin, die sie selten zu sehen bekamen, weil sie anscheinend an jedem Wochenende und jedem gesetzlichen Feiertag arbeiten musste. Hier waren sie nun und hackten wild auf die Tasten ein, erpicht darauf, den Sieg davonzutragen.

Am Nachmittag, nachdem alle wieder fort waren, rief Mackenzie Cross an, ein wenig besorgt, da sie fürchtete, sie könnte ein Glas zu viel gehabt haben – nach dem Brunch hatte sie die Welt wieder ins Lot gebracht. Ehe sie anrief, übte sie sich testweise im Reden, um ihre Aussprache zu kontrollieren. Sie konnte nichts Verräterisches hören, was jedoch, wie sie feststellte, auch kein Trost war, denn ihr Urteilsvermögen mochte in diesem Punkt durchaus beeinträchtigt sein. Sie erwartete keinen Dank von Cross, weil sie – oder besser, ihre Freundinnen – diese Informationen im Internet zusammengetragen hatten, aber sie hätte sich am liebsten getreten, weil sie sich nicht im Vorfeld überlegt hatte, was er sagen könnte. Hätte sie keinen Alkohol getrunken und nicht mit ihren Freundinnen herumgealbert, dann hätte sie seine nächste unvermeidliche Frage vorausahnen können.

»Ich gehe davon aus, dass Sie die Betriebe ausgeschlossen haben, die vor fünfzehn Jahren nicht im Geschäft waren?«

Sie war wütend auf sich selbst. Ein Anfängerfehler und noch dazu einer, den sie, obwohl sie Anfängerin war, leicht hätte vermeiden können. Inzwischen war sie längst zu dem Schluss gekommen, dass sie Cross niemals durch irgendeine einzelne Großtat würde beeindrucken können und ihr das nur in einem langwierigen, sukzessiven Prozess gelingen würde. Die nun so himmelschreiend offensichtliche Notwendigkeit herauszufinden, welche Geschäfte bereits zum Zeitpunkt von Hilarys Ermordung existiert hatten, hätte ihr ein kleines Häkchen im »GC beeindrucken«-Diagramm einbringen können.

Derweil tätigte Cross einen Anruf, den er umgehend bedauerte. Er galt Fiona Cooke. Er wollte in Erfahrung bringen, ob sie von dem mysteriösen Wagen gewusst hatte. Wie sich herausstellte, hatte sie, und sie war auch über den beschädigten geparkten Wagen im Bilde. Leonard hatte ihr davon erzählt. Mehrmals, um genau zu sein. Cross hatte sie angerufen, weil sein Instinkt ihm sagte, dass sie eher eine investigative Reporterin war und nicht nur irgendeine Lokalreporterin, die darüber berichtet hatte, was sie damals gesehen hatte. Fiona war offensichtlich immer schon der Ansicht gewesen, dass die Sichtung des Wagens die einzig greifbare Komponente, wenn nicht sogar eine echte Spur war, die die Polizei hatte, und doch war sie der Sache nicht ernsthaft nachgegangen. Es schien so einleuchtend zu sein, trotzdem hatten sie, soweit sie wusste, nicht einmal die Aufnahmen der örtlichen Überwachungskameras kontrolliert, um nachzusehen, ob der Wagen dort irgendwo auftauchte. Cross würde das überprüfen.

Am vorangegangenen Wochenende war er mit dem Fahrrad zu der Straße gefahren, in der die Carpenters lebten, und hatte in der Umgebung Überwachungskameras gesehen. Ein kurzer Anruf bei der Stadtverwaltung und einigen Geschäften verriet ihm, dass es zu der fraglichen Zeit in der Gegend mindestens drei Kameras gegeben haben musste, die das Fahrzeug alle aufgezeichnet hätten, und dass sie in Betrieb gewesen waren. Anschließend sah er die Polizeiberichte durch, aber er fand keinen Hinweis darauf, dass man seinerzeit irgendwelche verfügbaren Aufnahmen gesichtet hatte. Ein eklatantes Versäumnis, seiner Meinung nach. Das gehörte zu den ersten Dingen, die bei Ermittlungsarbeiten geprüft werden mussten.

Aber der Grund, warum er bedauerte, angerufen zu haben, war das, was Fiona am Ende des Gesprächs gesagt hatte – immerhin hatte er von ihr lediglich eine Bestätigung erhalten, dass sie von dem Wagen wusste, doch nichts Verwertbares. Sie hatte ihn gefragt, ob er die Ermittlungen wieder aufgenommen hätte. Als er antwortete, ja, wenn auch eingeschränkt, meinte sie, das könnte ihren Herausgeber interessieren, ganz besonders, weil sie im zeitübergreifenden Kontext selbst eine Rolle gespielt hatte. Cross jedoch hatte das dumpfe Gefühl, solch ein Artikel wäre eher hinderlich als förderlich.

Cross beschloss, MacDonald am Montagvormittag einen weiteren Besuch abzustatten. Die Tatsache, dass er keinen Anruf von ihm erhalten hatte, in dem er sich beklagte, dass Cross mit seiner Frau gesprochen hatte, brachte ihn auf den Gedanken, dass sie ihm gar nicht von seinem letzten Besuch erzählt hatte. Ottey, die ihre Kinder zur Schule gebracht hatte, traf Cross gerade noch an, als er sein Fahrrad losschloss. Er hatte keine Ahnung, warum sie sagte, sie hätte ihn dabei erwischt, als er »versuchte, sich davonzuschleichen«. Er tat nichts dergleichen und war ziemlich perplex angesichts dieser Worte. Doch nun saßen sie einander in MacDonalds Küche gegenüber, während seine Frau Tee für sie kochte. Sie hatte bereits zwei Becher und eine Tasse mit Untertasse auf den Tisch gestellt.

»George zieht eine Tasse vor, nicht wahr, mein Lieber?«, sagte sie.

»Das tue ich, danke.« Während er sprach, würdigte er sie keines Blickes, denn er war damit beschäftigt, sich MacDonalds Reaktion auf ihre Vertrautheit mit Cross anzusehen. Er hatte recht; sie hatte ihrem Mann nicht von seinem vorangegangenen Besuch erzählt. Nicht weltbewegend, aber vorteilhaft, denn dadurch geriet MacDonald ins Hintertreffen. Cross beschloss, sein Unbehagen noch ein bisschen weiter anzustacheln.

»Sie haben nicht zufällig noch welche von diesen köstlichen hausgemachten Plätzchen, oder?«, fragte er so bedächtig, als wollte er sich vergewissern, dass MacDonald nichts verpasste.

»Zufällig habe ich die. Ich habe am Wochenende neue gebacken«, sagte sie, erfreut über das Kompliment, genau, wie Cross es beabsichtigt hatte. Sie brachte ihnen einen Teller und ließ sie »in Frieden«.

»Also, Detectives, was kann ich für Sie tun?«, erkundigte sich MacDonald in dem Bemühen, das Gespräch an sich zu reißen.

»Der Wagen«, sagte Cross.

»Verzeihung?«, wandte MacDonald ein.

»Wofür?«, fragte Cross.

»Der Wagen?«, versetzte MacDonald, ohne auf ihn einzugehen.

»Der gesehen wurde, als er sich vom Tatort entfernte«, fuhr Cross fort.

»Er ist nicht gesehen worden, als er sich vom Tatort entfernte«, korrigierte MacDonald.

»Korrekt. Er wurde zum Zeitpunkt des Verbrechens in unmittelbarer Nähe zum Tatort gesehen.«

»Was ist mit ihm?«

»Er scheint so ziemlich der einzig greifbare Anhaltspunkt zu sein, den Sie hatten.«

»Anhaltspunkt?«, fragte MacDonald.

»Gut, die einzige Spur. Sonst gab es nichts, abgesehen von einigen nicht beweiskräftigen Fußabdrücken bei der Leiche.«

»Ja, die Abdrücke wiesen bedauerlicherweise kein markantes Muster auf. Es waren Schuhe mit glatten Sohlen, also haben sie uns, von der Größe abgesehen, keine weiteren Informationen geliefert. Ich meine, das waren wahrscheinlich Brogues oder ganz normale Herrenschuhe.«

»Und warum haben Sie die Spur dieses Wagens nicht verfolgt, wenn ich fragen darf?«

»Das haben wir.«

»Nur kurz.«

»Es gab keinen Hinweis darauf, dass der Fahrer der Mörder war«, sagte MacDonald.

»Vielleicht nicht, aber er könnte zumindest ein Zeuge gewesen sein.« MacDonald antwortete nicht. »Der Wagen hatte es ziemlich eilig«, fuhr Cross fort.

»Er war sehr schnell«, räumte MacDonald ein.

»Er hatte es sogar so eilig, dass er einen geparkten Wagen gerammt hat.«

»Wir hatten keine Beweise dafür, dass das dasselbe Fahrzeug war.«

»Das ist nicht ganz korrekt. Leonard ...«

»Leonard ...« MacDonald seufzte.

»Ja?«, fragte Cross in der Hoffnung, irgendwelche Details zu erfahren.

»Tut mir leid, es ist nichts«, sagte MacDonald stattdessen.

»Ich verstehe ... Leonard hat tatsächlich herausgefunden, dass ein Nachbar den Unfall etwa zurzeit des Mordes gehört hat.«

»Das war mir nicht bekannt.«

»Ein anderer Nachbar hat bestätigt, dass der schnell fahrende Wagen zuvor in der Parklücke hinter dem beschädigten Auto gestanden hat.«

»Dieses Auto könnte zu irgendeiner Zeit beschädigt worden sein.«

»Das glaube ich nicht. Die Nanny der Familie hat am selben Morgen um acht einen Kinderwagen aus dem Kofferraum geholt, und da war der Wagen noch nicht beschädigt. Der Unfall ist ihr aufgefallen, als sie die Kinder aus dem Kindergarten abgeholt und nach Hause gebracht hat. Daraufhin hat sie ihren Arbeitgeber informiert.«

»Das war mir nicht bekannt«, sagte MacDonald erneut.

»Tatsächlich?« Diese Aussage schien Cross zu verwirren, und er fing an, in seiner Akte zu stöbern. Er vermittelte den Eindruck chaotischer Desorganisation, was natürlich beabsichtigt war. Schließlich fand er die Kopie eines Briefes und nahm sie aus der Akte. »Leonard hat Ihnen das in einem Brief vom siebzehnten April des betreffenden Jahres mitgeteilt.«

»Den Brief habe ich nicht zu sehen bekommen.«

»Das kommt mir äußerst sonderbar vor«, sagte Cross.

»Warum?«

»Ein Brief vom Ehemann des Opfers? Ich hätte angenommen, dass Sie dem eine Menge Aufmerksamkeit gewidmet hätten.«

»Es war einer von Dutzenden, wenn nicht gar

Hunderten, die dieser Mann geschickt hat. Sie kamen beinahe täglich rein. Manchmal sogar mehrere an einem einzigen Tag – immer, wenn ihm vor lauter Verzweiflung eine neue Idee oder Theorie in den Sinn gekommen ist«, erklärte MacDonald.

»Wenn es so viele gab, wie können Sie dann sicher sein, dass Sie diesen nie gesehen haben?«

MacDonald antwortete nicht.

»Haben Sie ihm gegenüber Mitleid empfunden?«, fragte Cross.

»Natürlich.«

»Aber vielleicht auch Ärger.«

»Sie wissen doch, wie das ist, Leute wie Leonard grämen sich zutiefst. Gott allein weiß, wie das sein muss, wenn die Ehefrau oder ein anderer geliebter Mensch auf so eine Weise ermordet wird. Die Schuldgefühle. Was, wenn man dort gewesen wäre? Das ständige Durchspielen der letzten Augenblicke in der eigenen Vorstellung, die Frage, ob derjenige gelitten hat. Das muss furchtbar sein. Leonard hat es alles gekostet. Er war früher mal Sheilas Zahnarzt, um Himmels willen«, sagte MacDonald.

»Wirklich?«

»Vielleicht habe ich einen Fehler begangen, weil ich der Sache mit dem Wagen nicht weiter nachgegangen bin. Vielleicht.«

»Es kommt mir etwas eigenartig vor.«

»Ich hatte einfach so ein Gefühl bei diesem Fall.«

»Was für ein Gefühl?«, fragte Ottey.

»Ich weiß nicht, ein seltsames – ich war nie ganz

überzeugt, dass wir den Fall lösen würden.« MacDonald senkte den Blick und starrte die Tischplatte an, als würde er versuchen, sich wieder in die Situation zu versetzen, in der er vor all diesen Jahren gewesen war.

»Sie hat die Person, wer immer sie war, erwartet. Hat sie in ihr Haus eingeladen. Sie müssen sich unterhalten haben, ehe sie ermordet wurde. Sie hat den Kuchen angeschnitten, Tee eingeschenkt, also wer war es? Ich habe mit der Familie gesprochen. Dieser Schwiegersohn hat mir nicht gefallen«, berichtete MacDonald.

»Alan«, sagte Cross.

»Den meine ich; er kam mir ein bisschen zwielichtig vor. Ein Opportunist. Ich glaube nicht, dass Hilary oder Leonard besonders viel für ihn übrighatten. Sie haben ihm nicht getraut. Aber er hatte ein Alibi, und ich konnte offen gesagt auch nicht nachvollziehen, warum er es hätte tun sollen, selbst wenn er ein Motiv gehabt hätte. Ich hatte nicht den Eindruck gewonnen, dass er das in sich hatte.«

»Er hätte jemanden beauftragen können«, wandte Ottey ein.

»Aber warum? Was hatte er durch ihre Ermordung zu gewinnen?«, fragte MacDonald.

»Und Sie hatten das Gefühl, dass Sie nie herausfinden würden, was wirklich passiert ist?«, hakte sie nach.

»Ja.«

»Ist das der Grund, warum die Ermittlungen, wenn

man die Akten liest, so halbherzig wirken?«, fragte Cross.

»Wie bitte?«

»Gründlich kann man sie kaum nennen«, sagte Cross und drückte damit offenbar die richtigen Knöpfe.

»Das ist ungeheuerlich!«, protestierte MacDonald.

Cross reagierte nicht. MacDonald lehnte sich auf seinem Stuhl zurück und fuhr sich mit der Hand durch das dichte weiße Haar. So etwas bekam Cross im Verhörraum ständig zu sehen, wenn ein Verdächtiger erkannte, dass seine Version der Ereignisse nicht so gut einschlug, wie er gehofft hatte. Das war stets der Moment, in dem sie den Kurs änderten, es mit einer anderen Herangehensweise versuchten.

»Ich dachte, der Pole wäre unser Mann«, sagte MacDonald.

»Wojtchak?«, fragte Cross.

»Bitte?«

»Sein Name.«

»Ja, dachte ich mir beinahe. Ich habe ihn im Gefängnis besucht. Zu dem Zeitpunkt hatte er bereits widerrufen. Aber Sie wissen ja, wie das ist, wenn jemand etwas zu verbergen hat. Wenn man diesen Job lange genug macht, bekommt man so etwas wie einen sechsten Sinn dafür.«

»Allerdings«, sagte Cross, der anfing, genau das in Bezug auf den pensionierten Detective zu denken.

»Sein Alibi war eine Lüge. Er hat gesagt, er hätte ein Vorstellungsgespräch gehabt. Aber aus irgendeinem Grund hatte er sämtliche Einzelheiten vergessen. Und er hat etwas verheimlicht. Ich hatte keine Zweifel daran, dass er der Täter war. Er kannte sie. Er hätte am Tag zuvor zu ihr kommen sollen, war jedoch nicht aufgetaucht. Also kommt er einen Tag später. Sie bittet ihn hinein, kocht Tee, und dann nimmt alles seinen Lauf.«

»Aber zum Zeitpunkt der Ermittlungen wussten Sie das nicht«, wandte Cross ein.

»Nein.«

»Und das verwirrt mich. Zu der Zeit hatten Sie ihn noch nicht«, sagte Cross.

»Nein.«

»Alles, was Sie hatten, war der Wagen, und trotzdem wurde diese Spur bei den Ermittlungen nicht weiter verfolgt.«

»Das ist nicht ganz richtig.«

Cross versuchte gar nicht, ihm zu widersprechen. Das würde nirgendwohin führen. MacDonald blickte zu ihm auf, als wollte er ihn taxieren. Es schien, als träfe er eine weitere Entscheidung, oder war das nur Kalkül?

»Also gut, vielleicht habe ich da nicht meine beste Leistung abgeliefert. Vielleicht habe ich vorübergehend etwas aus den Augen verloren«, räumte er ein. Cross wartete darauf, dass er weitersprach. »Sheila, meine Frau, war zu der Zeit krank. Brustkrebs. Sie hatte eine Mastektomie. Die Lymphdrüsen in der rechten Achselhöhle wurden entfernt. Chemo, Bestrahlung. Das war eine schlimme Zeit.«

»Tut mir leid, das zu hören«, sagte Ottey.

»Ich dachte, ich würde sie verlieren.«

»Natürlich.«

»Also, ja, vielleicht habe ich Hilary Carpenter einen schlechten Dienst erwiesen, was mir ehrlich leidtut. Ich habe sehr oft über diesen Fall nachgedacht«, sagte er leise.

Wieder im Wagen wandte Ottey sich an Cross, ehe sie den Zündschlüssel umdrehte.

»Ist schon komisch mit pensionierten Detectives, oder?«, fragte sie.

Cross sagte nichts. Er hasste diese Art Fragen, denn im Grunde waren das keine Fragen. Nicht einmal rhetorische, nicht bei genauer Auslegung. Es waren nur Behauptungen, die eine Reaktion im Sinne von »wie meinen Sie das« hervorlocken sollten. Überflüssig. Sogar ärgerlich.

»Solange sie im Beruf sind, kommen sie alle irgendwie autoritär rüber. Sie haben Präsenz, strahlen in allem, was sie tun oder sagen, Selbstvertrauen aus. Sie sitzen sogar anders. Und plötzlich ist das alles weg. Das ist eigentlich ein bisschen traurig. Mitleiderregend«, sagte sie. Cross brachte kein besonderes Mitgefühl für MacDonald auf. »Aber sein Eingeständnis war interessant«, fuhr sie fort. »Verständlich, unter diesen Umständen. Nicht ganz bei der Sache wegen alldem, was zu Hause los war, und zu stolz, um irgendjemanden bei der Arbeit ins Vertrauen zu ziehen.«

»Es war interessant«, stimmte Cross zu.

»Ich hatte den Eindruck, es war aufrichtig, ernst gemeint. Das war offensichtlich etwas, das ihn nicht mehr losgelassen hat.«

Das war auch Cross' Eindruck. Aber zugleich dachte er, dass es völlig uncharakteristisch war. Das war es, was er interessant fand. Dass es uncharakteristisch war. Das waren die Dinge, die er aufzugreifen pflegte, Dinge, die anderen irrelevant erscheinen mochten. Wenn etwas uncharakteristisch ist, dann gibt es dafür einen Grund. MacDonald hatte sich entschieden, den Kurs zu wechseln und an ihr Mitgefühl zu appellieren. Warum? Um sie von ihren Fragen abzulenken? Er hatte sie mit einem Eingeständnis ins Vertrauen gezogen, zu dem sich kein älterer, erfahrener Officer mit Selbstachtung je freiwillig hinreißen lassen würde: dass er seinen Job nicht ordnungsgemäß erledigt hatte, als er die Ermittlungen in einem wichtigen Mordfall geleitet hatte. Doch er hatte sich verkalkuliert, denn er hatte vergessen, dass Cross keine mitfühlende Ader hatte.

Also warum hatte MacDonald das getan? Und warum hatte er, als er sie zur Haustür gebracht hatte, gefragt, ob Leonard erdrosselt worden war?

27

Fionas Artikel erschien in dieser Woche und erwies sich, wie Cross erwartet hatte, eher als belastend denn als nützlich. Er wurde zu Carson befehligt, der sich offenbar von oben einiges hatte anhören müssen, was er nun weitergab. Der Artikel beschränkte sich nicht auf die Meldung, dass die Ermittlungen in Hilarys Fall wieder aufgenommen worden waren.

»Was übrigens nicht zutrifft«, beharrte Carson.

»Offiziell nicht, aber er ist immer noch ungeklärt«, entgegnete Cross.

»Dann fährt sie mit der Andeutung fort, wir könnten den falschen Mann in Gewahrsam haben.«

»Tut sie.«

»Und wie kommt sie auf diese Idee?«

Wieder eine dieser nutzlosen Fragen, die keine Antwort erforderten – warum beharrten die Leute nur so darauf, solche Fragen zu stellen, überlegte Cross, als Carson schon weitersprach.

»Haben Sie mit dieser Frau gesprochen?«

»Habe ich«, antwortete Cross.

»Und ihr mitgeteilt, dass wir den falschen Mann beschuldigen?«

»Ich habe nichts dergleichen gesagt.«

»Aber Sie haben sie auf den Gedanken gebracht.«

»Ich kann nicht für das verantwortlich gemacht werden, was sie denkt, genauso wenig wie dafür, was sie schreibt.«

»Der Chief ist jedenfalls in Aufruhr. Das wirft kein gutes Licht auf das Department, so viel steht wohl fest.«

»Was genau? Dass wir den ersten Mord nicht aufgeklärt haben oder dass wir beim zweiten den falschen Mann in Gewahrsam haben?«

»Werden Sie nicht pampig, George.«

»Ich habe keine Ahnung, was das bedeutet«, sagte Cross.

»Tja, ich bin überzeugt, das können Sie selbst herausfinden.«

Cross sah ihn mit diesem Gesichtsausdruck an, der rein gar nichts preisgab, aber im Kontext derartiger Gespräche oft den Eindruck von Arroganz vermittelte – der natürlich falsch war.

»Und als wäre mein Tag nicht schon voll genug mit belanglosem Mist, hatte ich gerade Stuart MacDonald am Telefon«, fuhr Carson fort.

Cross sagte nichts. Dies war eine dieser Situationen, die für ihn schwer lesbar war.

Er konnte nicht herausfinden, ob eine Antwort erforderlich war. Außerdem war er nicht sicher, ob Carson sagen wollte, MacDonalds Anruf sei belanglos gewesen. Wenn er das war, dann verstand Cross nicht, warum er ihn überhaupt erwähnt hatte.

»Er ist nur allzu gern bereit, Ihnen bei den Ermittlungen zu helfen. Wie Sie wissen, empfindet er tiefes Bedauern wegen dem Fall Hilary Carpenter. Er schlägt vor, dass Sie auf den polnischen Bauarbeiter zurückkommen, denn er ist überzeugt, dass da noch mehr rauszuholen ist. Außerdem würde er es vorziehen, selbst aufs Revier zu kommen, statt dass Sie unangekündigt vor seiner Haustür stehen.«

»Ich habe ihn lediglich besucht, weil ich der Ansicht war, es wäre bequemer für ihn, und ihn herzuholen war einerseits unnötig und hätte andererseits vermutlich nur noch mehr Ärger heraufbeschworen«, sagte Cross.

»Sie wissen, dass er mit dem Chief in den Urlaub fährt?«, fragte Carson.

»Woher hätte ich das wissen sollen? Aber sie sind Altersgenossen, insofern ergibt das Sinn.«

»Sie sind so ein verdammter Pedant. Also Folgendes: Wenn Sie noch einmal mit ihm reden wollen, auch wenn ich nicht wüsste, warum Sie das tun sollten, werden Sie sich erst mein Einverständnis einholen.«

Die Familie Carpenter hatte den Artikel auch gelesen. Davon erfuhr Cross erstmals, als er einen Anruf von Alan entgegennahm. Der war besorgt über die geschäftlichen Auswirkungen, die solch eine negative Publicity haben könnte. Er war entrüstet, als Cross von ihm wissen wollte, aus welchem Grund genau er angerufen habe – hatte er irgendwelche relevanten Informationen zu bieten? Hatte er natürlich nicht. Also fragte Cross ihn, was er im Lichte der

Tatsache, dass der Mord an seiner Schwiegermutter immer noch nicht aufgeklärt war, von ihm wollte – die Sache ruhen lassen? Darauf hatte er keine Antwort zu bieten. Cross überlegte, ob der Zweck dieses Anrufs war, ihn von dem Gedanken abzubringen, dass Alan im Zusammenhang mit dem Mord von Interesse sein könnte – wovon Cross, um der Wahrheit Genüge zu tun, nicht überzeugt war. Verschlagen genug war der Mann ganz sicher.

Von Jessica konnte man das nicht sagen. Sie hatte ihn am selben Tag angerufen, und er hatte sich erboten vorbeizukommen. Er musste raus aus dem Revier und sich von all dem unnötigen »Lärm« aus Carsons Büro freimachen, um einen klaren Kopf zu bekommen. Außerdem wollte er mit ihr auch ein bisschen über ihre Mutter reden. Es schien Konsens zu sein, dass Hilary ihren Mörder gekannt hatte, daher konnte es sich als wertvoll erweisen, mit Jessica über den Freundes- und Bekanntenkreis ihrer Mutter zu sprechen. Zumindest war es ein naheliegender Punkt, um anzufangen. Hilary hatte zusammen mit Leonard auch eine Menge gemeinnütziger Arbeit getan – ironischerweise hatte sich eine der hiesigen Wohltätigkeitsorganisationen der Obdachlosenhilfe verschrieben –, konnte es da einen Zusammenhang geben? Es kam ihm unwahrscheinlich vor, aber in diesem Stadium musste einfach alles erneut überprüft werden.

Jessica war mit ihren beiden Kindern und ihrer Partnerin Sarah, einer jungen Sozialarbeiterin mit gemischter Abstammung, zu Hause. Sarah nahm die Kinder mit nach oben, damit sie sich zu dritt in Ruhe unterhalten konnten (zu dritt, weil Ottey ihn schon wieder dabei erwischt hatte, wie er sich »rausgeschlichen« hatte, und mitgekommen war).

»Ich habe den Artikel gelesen. Er stammt von derselben Journalistin, nicht wahr?«

»Ja. Damals hat sie als junge Reporterin für die *Evening News* gearbeitet.«

»Wie geht es Ihnen damit?«, fragte Ottey.

»Ich habe da wohl gemischte Gefühle. Aber im Großen und Ganzen geht es mir damit recht gut. Sie scheint wirklich an der Wahrheit interessiert zu sein.«

»Alan hat mich angerufen«, sagte Cross.

»Tja, das überrascht mich nicht. Er ist ziemlich in Aufruhr, andererseits ist er das eigentlich immer wegen allem Möglichen. Das ist sein Normalzustand.«

»Er denkt, es sei schlecht für das Geschäft«, sagte Cross, dem durch den Kopf ging, dass er den Ausdruck »in Aufruhr« nun schon das zweite Mal an diesem Tag zu hören bekommen hatte.

»Er nimmt, was er kriegen kann, um geschäftliche Misserfolge zu rechtfertigen.«

»Das wissen Sie?«, hakte Cross nach.

»Gillian hält mich auf dem Laufenden, nicht so sehr, weil sie es als ihre Pflicht ansieht, sondern vielmehr, weil ihr das Gelegenheit gibt, Dampf abzulassen.«

»Sie ist nicht unbedingt unvoreingenommen.«

»Nein, aber die Zahlen sprechen für sich. Meine Eltern hatten recht in Bezug auf ihn. Mum fand immer, dass ihn an dieser Ehe vor allem interessierte, was sie ihm einbringen würde, weniger, was sie Catherine einbringen könnte.«

»Worüber wollten Sie mit mir reden?«

»Es ist nur eine Kleinigkeit, wir hätten das auch am Telefon erörtern können.«

»Ich habe selbst noch ein paar Fragen«, versicherte Cross.

»Oh gut. Na ja, es ist Folgendes: Was, wenn es einen Zusammenhang zwischen den zwei Morden gibt? Ich weiß, Sie haben jemanden verhaftet, aber der war in der Army, als Mum getötet wurde. Ich meine, ist das nicht ein seltsamer Zufall, dass beide umgebracht wurden?«

»Es wirkt in der Tat sonderbar.«

»Dad war richtig besessen von Mums Tod. Was, wenn er nach all der Zeit zurückgekommen ist, weil er doch noch etwas herausgefunden hat? Was, wenn er wusste, wer der Mörder war, und ihn zur Rede gestellt hat?«, fragte sie.

Cross sagte nichts. Er wollte ihr nicht erzählen, dass er schon eine Weile den gleichen Gedanken hegte. Die Erfahrung hatte ihn gelehrt, dass er Angehörigen der Verstorbenen oftmals eine trügerische Hoffnung vermittelte, wenn er mit ihnen über seine Theorien sprach. Wenn sie selbst eine übereinstimmende Theorie entwickelt hatten, dann musste sie doch zutreffend sein. Aber eine Theorie war eben nur eine Theorie. Er selbst legte keinen großen Wert auf Theorien, nutzte sie nur dann und wann als groben Wegweiser, um zu entscheiden, welcher Richtung er im Zuge einer Ermittlung folgen sollte.

»Manchmal glaube ich, es wäre so viel leichter, damit fertigzuwerden, wenn sie einfach irgendwo außer Haus von einem unbekannten Irren umgebracht worden wäre. Die Tatsache, dass es jemand gewesen sein muss, den sie gekannt hat und mit dem sie sich verabredet hatte, das ist … ich weiß nicht, einfach furchtbar. Ich meine, was, wenn diese Person auch zu unserem aktuellen Bekanntenkreis gehört? Halten Sie das für möglich?«, fragte Jessica.

»Ich weiß es nicht«, antwortete Cross.

Jessica hatte ein Album mit alten Familienfotos hervorgeholt und ging die Bilder durch, auf denen ihre Mutter zu sehen war.

»Bis zu ihrem Tod haben die alle in Kartons gelegen. Danach habe ich beschlossen, sie zu ordnen. Es ist wirklich schrecklich. Mein Dad, er hat sie nie angeschaut. Nicht ein einziges Mal.«

Für die beiden Detectives waren die Fotos interessant, da sie Hilary bisher vorwiegend auf Tatortfotos und im Autopsiebericht zu sehen bekommen hatten. Cross hatte auch ein paar Bilder von ihr in den Zeitungsausschnitten gesehen, die Leonard gesammelt hatte. Aber für ihn war das eine Art Aufmerksamkeitsübung für die Suche nach Hinweisen, nach irgendetwas, das ungewöhnlich erschien, und die Bilder von Hilary hatten etwas Gleichbleibendes an sich. Allerdings konnte er nicht genau sagen, was das war. Für Ottey war die Betrachtung der Fotos hingegen eine emotionale Angelegenheit. Auf ihnen war die Tote nicht nur ein Opfer – sie war Mutter, Ehefrau, ein Mensch, der lachte und den Clown spielte. Zusammen mit Jessicas Angaben zu Ort und Anlass der Aufnahmen, Geburtstagspartys und andere Gelegenheiten, und zu dem Alter, in dem die Kinder jeweils gewesen waren, stärkte die Betrachtung ihre Entschlossenheit, Hilarys Mörder aufzuspüren, und, wenn Cross richtiglag, zugleich den von Leonard.

Cross fiel auf, dass sie immer ein seidenes Designertuch um den Hals trug, ganz egal, wo sie sich befand, ganz egal, wie das Wetter war. Aber das taten viele Frauen ihrer Generation. Dann, plötzlich, hatte er es: Sie präsentierte der Kamera stets die rechte Seite. Auf jedem Foto hatte sie die rechte Seite der Kamera zugewandt, das Kinn gesenkt, den Blick erhoben.

»Ihre Mutter hat eine Seite bevorzugt«, stellte er fest.

»Wie meinen Sie das?«, fragte Jessica.

»Sie hat es vorgezogen, von rechts fotografiert zu werden. Sie hat es immer geschafft, sich mit der rechten Seite zu präsentieren.«

»Wirklich? Lassen Sie mich mal sehen.« Jessica lachte. »Sie haben recht. Das war mir gar nicht aufgefallen; witzig. Sie hatte einen Autounfall, als ich noch klein war. Ist durch die Windschutzscheibe geflogen. Seitdem hatte sie ein paar Narben auf der linken Seite des Gesichts und am Hals. Eigentlich konnte man sie gar nicht sehen, besonders dann nicht, wenn sie Concealer und Make-up benutzt hat. Wenn sie es nicht erzählt hat, ist es überhaupt nicht aufgefallen.«

Nun erinnerte sich Cross, dass ein paar alte Narben im Gesicht im Autopsiebericht erwähnt worden waren.

»Ich weiß, das ist eine blöde Frage«, sagte Ottey, »aber hatte Ihre Mum irgendwelche Feinde?«

»Nein, jedenfalls keine, die sie hätten umbringen wollen. Gibt es so was überhaupt?«

»Ja«, sagte Cross.

»Wie haben sie sich kennengelernt, Ihre Eltern?«, erkundigte sich Ottey.

»Eigentlich auf eine sehr vorhersehbare Weise, sie war seine Arzthelferin. Eineinhalb Jahre lang hat er gewartet, ehe er sie gebeten hat, mit ihm auszugehen, obwohl er immer behauptet hat, er sei schon während des Vorstellungsgesprächs hingerissen gewesen. Typisch Dad. Und dann, als alles gut lief, hat sie die Praxisleitung übernommen.«

»Was macht eigentlich Gillians Ehemann?«

»Martin? Anwalt. Körperschaftsrecht. Ich weiß selbst nicht genau, was das ist.«

»Und Sie?«

»Furchtbar langweilig. Ich bin Akademikerin und arbeite an der Universität im Fachbereich Englisch.«

Einige Augenblicke saßen sie schweigend beisammen.

»Ich habe seit Mums Tod und erst recht seit Dads so oft darüber nachgedacht. Ich weiß einfach nicht, wer das getan haben kann. Es ergibt keinen Sinn.«

»Das tut es selten«, sagte Ottey.

Und damit gingen sie und waren im Grunde keinen Schritt weiter. Es schien, als hätten Hilary und das Leben, das sie geführt hatte, keine Hinweise zu bieten. Aber in einem Punkt lag Jessica mit ihrem Instinkt richtig – es musste sich um ein- und denselben Täter handeln.

28

Weihnachten kam und ging. Für Cross war das nur eine ungebetene Störung, die er so kurz wie nur möglich zu halten pflegte. Er und sein Vater nahmen ihr übliches stilles Weihnachtsessen in einem örtlichen Hotel ein. Cross bestand stets auf Knallbonbons und Papphüte, und Raymond spielte einfach mit. Am zweiten Weihnachtstag war er wieder am Arbeitsplatz und widmete sich in dem verlassenen, ruhigen Büro den Händlerkennzeichen, die nach wie vor ihre einzige echte Spur waren. Er hielt es für wahrscheinlich, dass sie zu einem Autohandel mit einem hohen Durchsatz an Fahrzeugen gehörten, nicht zu einem kleinen Dienstleister. Und es musste einer sein, der mit hochwertigen Autos handelte. Dass ein Wagen mit Händlerkennzeichen im Spiel war, stützte Cross' Idee, dass das Verbrechen mit Vorsatz begangen worden war, denn durch das Kennzeichen war der Wagen schwerer aufzuspüren. Obwohl die Polizei die Parameter ihrer Suche ironischerweise äußerst sinnvoll hätte eingrenzen können, hätte sie diese Information gleich nach dem Mord an Hilary gehabt. (Nicht, dass die ursprüngliche Untersuchung überhaupt auf irgendwelche speziellen

Parameter zurückgegriffen hätte, was ihm immer noch Kopfzerbrechen bereitete.)

Mackenzie hatte die Liste der Kraftfahrzeugbetriebe auf die zusammengestrichen, die zum Zeitpunkt von Hilarys Tod aktiv gewesen waren. Die große Anzahl der Geschäfte, die aufgetaucht und einfach wieder verschwunden waren, hatte sie überrascht. Außerdem fragte sie sich, welchem Zweck die Übung eigentlich genau diente. Bei einem weiteren einsilbigen Zusammentreffen mit Cross hatte er ihre Liste noch weiter gekürzt und nur die Geschäfte stehen lassen, die mit Luxuskarossen handelten. Damit blieben immer noch fünfzehn. Während sie still dasaß und sich bemühte, die langen Pausen nicht mit irrelevantem Geschwätz auszufüllen (oder auch mit Themen, die sie für interessant hielt und über die sie im Zuge ihrer Nachforschungen gestolpert war), nur damit irgendjemand etwas sagte, fiel ihr auf, wie einschüchternd dieses Schweigen war. Zumindest war es so gewesen, bis sie erkannt hatte, dass das einfach seine Art war. Zugleich dachte sie, dass diese Stille auch ein nützliches Werkzeug sein konnte, weil die Leute sie instinktiv brechen wollten und dabei vielleicht etwas ausplauderten. Das Problem war, dass sie, wie ihre Mutter ihr das ganze Leben lang vorgehalten hatte, von Natur aus eine Quasselstrippe war, was ihr im Zusammenhang mit der Schweigetaktik noch Probleme bereiten könnte. Sie beschloss, mit ihren Freundinnen zu üben, wenn sie sich das nächste Mal sahen. Nun aber hatte sie die Aufgabe, die Personalakten aller Beschäftigten zu beschaffen, die zur relevanten Zeit in einem der Autohäuser gearbeitet hatten, um herauszufinden, ob es eine Verbindung zwischen einem von ihnen und den Carpenters gab.

»Sie meinen, ob sie bei einer dieser Personen einen Wagen gekauft haben?«, fragte sie.

»Nein, das meine ich nicht«, antwortete Cross.

»In Ordnung«, sagte sie und wartete einen Moment, um zu sehen, ob er ihr genauer auseinandersetzen würde, wonach sie suchen sollte – was er natürlich nicht tat.

Diese Aufgabe erforderte Zeit. Eine weitere Woche zog dahin, ehe sie abschließend sagen konnte, dass es keine derartigen Verbindungen gab. Außerdem behielt Cross recht mit der Annahme, dass kein Protokoll darüber existierte, wann und von wem die Kennzeichen benutzt worden waren. Er studierte ihre Ergebnisse wie ein Schulleiter, bis er schließlich zustimmte, es gäbe keine Verbindungen. Kein Dank, keine Aufmunterung, wie zu erwarten war. Was auch an seiner Überzeugung lag, dass sie nach wie vor in beiden Fällen keine verwertbaren Spuren hatten.

Die Tatsache, dass Cross sein Büro tagelang nicht verlassen hatte, machte es Carson nicht leichter, die fortgesetzten Ermittlungen vor dem Chief zu rechtfertigen. Cross war umgeben von Leonards Archivkästen und den Akten der ursprünglichen Untersuchung. Das hatte auch der Chief bemerkt und erklärt, das sähe für ihn nicht nach Polizeiarbeit aus. Außerdem hatte er wissen wollen, warum Cross nicht mit den Ermittlungen zu dem Mord beauftragt worden war, der sich diese Woche in Avonmouth ereignet hatte. Carson erklärte ihm, Cross habe in der Tat an der ersten Besprechung zu diesem Fall teilgenommen und sogleich eine Ungereimtheit in einer Zeugenaussage entdeckt, die zu einer Festnahme geführt hatte, doch das schien den Chief nur noch mehr zu erzürnen.

Die Wahrheit lautete, dass Cross sämtliche Akten einmal gründlich durchgearbeitet hatte und sich nun auf die konzentrierte, die er für die relevantesten hielt. Aber er ertappte sich dabei, mehr auf den Verlauf der Ermittlungen fixiert zu sein als auf ihre Ergebnisse. Allmählich bildete sich ein Muster heraus. Ein Muster der Behinderung, wie es schien. Alles ging zurück auf MacDonald. Er hatte noch nie einen Fall gesehen, bei dem der zuständige SIO so detaillierte Vorgaben gemacht hatte und das auf eine dermaßen nachteilige Art. Der Großteil seiner Anweisungen bestand daraus, diverse Ermittlungswege zu beenden. Dem Fall haftete zugegebenermaßen ein Hauch von Aussichtslosigkeit an. Aber es gab einen Ermittlungszweig, in den er dem Anschein nach übermäßig involviert gewesen war. Der mysteriöse Wagen. Immer, wenn er zur Sprache kam, schien er das Thema kurzerhand zu verwerfen. In E-Mails, in protokollierten Besprechungen. Und das war besonders merkwürdig, weil Cross wusste, dass dieses Auto die einzige fassbare Spur war, die sie gehabt hatten. Natürlich war es dennoch möglich, dass sie am Ende zu nichts geführt hätte. Bei einer Besprechung hatte MacDonald angedeutet, jemand hätte Streit gehabt und sei rasch verschwunden. Also, warum war das nicht näher untersucht worden? Wenn es in einem der Nachbarhäuser Streit gegeben hätte, dann hätte eine einfache Tür-zu-Tür-Befragung gereicht, um Einzelheiten in Erfahrung zu bringen. Aber auch diesen Vorschlag hatte MacDonald mir nichts, dir nichts verworfen. Das verwirrte Cross, denn was in einer bestimmten Situation *nicht* vorgefallen war, war nach seinem Verständnis ebenso wichtig – manchmal sogar unverzichtbar –, wie das, was passiert war, denn das erlaubte es den Ermittlern, gewisse Punkte zweifelsfrei auszuschließen.

Er sah sich das Protokoll der eingehenden Anrufe des Reviers vom Tag des Mordes und einige Tage danach an, um herauszufinden, ob der Schaden am Fahrzeug des Nachbarn gemeldet worden war. Das war nicht der Fall. Ein rascher Anruf bei Jessica bestätigte, dass der Eigentümer des Wagens immer noch unter derselben Adresse zu finden war, also schnappte er sich sein Fahrrad und fuhr hin. Ein Mann in den Fünfzigern öffnete die Tür, Jeremy Baker. Im Großen und Ganzen bestätigte er, was Cross bereits wusste: dass die Nanny den Schaden entdeckt hatte, dass er am Vormittag noch nicht da gewesen war und daher nur am frühen Nachmittag entstanden sein konnte. Baker hatte den Schaden an jenem

Tag nicht gemeldet, weil, nun ja, als er von Hilarys Ermordung erfahren hatte, war ihm dieses Problem plötzlich arg trivial vorgekommen. Als er dann aber Leute über einen zu schnell fahrenden Wagen reden gehört hatte, hatte er den Vorfall gemeldet. Als Cross ging, sagte Baker noch, es habe ihn stets verwundert, dass die Polizei die Geschichte nach seinem Anruf nicht weiter verfolgt hätte.

»Wahrscheinlich hatten sie alles, was sie wollten«, sagte Cross.

»Aber man hat mir versichert, sie würden mich zurückrufen«, beharrte Baker.

»Haben sie auch gesagt, warum?«

»Na, wegen der Farbe und dem Scheinwerfer.«

»Bitte, sprechen Sie weiter«, forderte ihn Cross nun sehr interessiert auf.

»Na ja, der Wagen, der meinen angefahren hat, hat einen langen Lackstreifen hinten auf der Fahrerseite an meinem hinterlassen. Er war rot. Grellrot, und es war ein Jaguar.«

»Woher wissen Sie das?«, fragte Cross.

»Auf dem Glas, das auf der Straße lag, war ein Jaguar-Symbol. Er muss seinen Scheinwerfer kaputtgefahren haben.«

Zurück im Büro nahm sich Cross das Protokoll noch einmal vor und kontrollierte die folgende Woche, in der Jeremy Baker sich gemeldet haben wollte, und tatsächlich war der Anruf da verzeichnet. Ein Anruf, der ihnen einige wichtige Informationen geliefert hatte: Marke und Farbe des Wagens. Warum war das nicht verfolgt worden? Er würde MacDonald einen weiteren Besuch abstatten und ihm wegen des Wagens härter zusetzen müssen als bisher. Er wollte ihn nicht, wie Carson es verlangt hatte, herbeordern, denn er hegte den Verdacht, das würde nur unnötigen Ärger heraufbeschwören. Außerdem war er entschlossen, das allein zu erledigen, daher tat er am Feierabend so, als wollte er nach Hause gehen, und achtete darauf, sich sowohl von Mackenzie als auch von Ottey zu verabschieden. Ottey sah auf ihre Uhr. Mackenzie sah Ottey an.

»Viel zu früh, um nach Hause zu gehen«, konstatierte Ottey.

»Und er hat sich verabschiedet wie ein normaler Mensch«, stellte Mackenzie fest.

»Exakt. Schauspielerei. Schlechte noch dazu«, sagte Ottey, griff nach ihrer Handtasche und den Autoschlüsseln und ging. Zunächst marschierte sie zum Fahrradunterstand und sah, dass Cross' Fahrrad immer noch da war. Sie erkannte es auf Anhieb, immerhin hatte sie es öfter im Kofferraum ihres Wagens herumgefahren, als ihr lieb war. Sie sah sich um, dachte sich, er könnte vielleicht den Waschraum aufgesucht haben, und beschloss zu warten. Nach fünf Minuten kam sie zu dem Schluss, dass er entweder etwas im Büro vergessen hatte oder von jemandem aufgehalten worden war. Sie ging zurück in das Gebäude, um ihn zu suchen, woraufhin er aus seiner Deckung herauskam, rasch das Fahrradschloss öffnete und davonfuhr. Die meisten Leute hätten sich angesichts dieses kleinen Siegs ein Lächeln gegönnt, aber nicht Cross. Für ihn waren solche Augenblicke kein Genuss, sondern weiter nichts als Mittel zum Zweck. Er wollte MacDonald allein sprechen; er wusste, Ottey würde ihm nach seiner, wie er sich eingestehen musste, erbärmlich übertriebenen Show folgen, also hatte er sich versteckt. Dass der Trick funktioniert hatte, war natürlich vorteilhaft, aber keineswegs befriedigend.

»Sie sind nicht da«, sagte ein Mann, als Cross vor MacDonalds Haus abstieg. Nur ein Wagen stand in der Einfahrt. »Dienstag ist ihr Bridge-Abend bei den Simpsons. Das weiß ich nur, weil sie meine Frau Mary mitgenommen haben.«

»Ich verstehe.«

»Kann ich Ihnen vielleicht irgendwie helfen?«, erkundigte sich der Mann.

»Nein.«

»Sind Sie ein Freund der Familie?«

»Ein ehemaliger Kollege«, sagte Cross.

»Ah, Polizei. Komisch, Sie sehen gar nicht aus wie ein Polizist.«

»Ich bin Zivilfahnder«, erklärte Cross.

»Sie sehen trotzdem nicht aus wie ein Polizist.«

Cross stieg wieder auf sein Fahrrad. Er hatte absolut kein Interesse an einer Fortsetzung dieses Gesprächs.

»Sind Sie wegen diesem Obdachlosen hier?«

»Wegen welchem Obdachlosen?«, fragte Cross und hielt inne.

»Ich habe Stuart gesagt, er soll das melden.«

»Wegen welchem Obdachlosen?«, wiederholte Cross.

»Wegen dem, der hier auf der Straße herumgelungert hat.«

»Gab es da ein Problem?«, fragte Cross.

»Sind Sie nicht deswegen hier?«

»Es hat damit zu tun, ja«, antwortete Cross, was im Wesentlichen der Wahrheit entsprach.

»Er kommt ständig her und klopft an die Tür der MacDonalds. Die ersten paar Male hat Stuart mit ihm geredet, aber er kommt immer wieder. Dann, beim letzten Mal, als er hier war, haben sie sich fürchterlich gestritten. Der Alte hat gebrüllt und den armen alten Stuart angespuckt. Er hat versucht, ihm Geld zu geben, doch der Kerl hat ihn nur damit beworfen. Ich habe ihm gesagt, er soll die Polizei rufen, aber dann ist der alte Mann nicht mehr wiedergekommen.«

»Wann war das? Der Streit?«

»Irgendwann im Oktober.«

»Haben Sie Stuart danach gefragt?«

»Natürlich. Er hat gesagt, er weiß nicht, wer das war, aber ich hab mir gedacht, dass er ihn bestimmt irgendwann mal verhaftet hatte. Schätze, das ist so was wie Berufsrisiko.«

Cross bat ihn um eine Beschreibung des Obdachlosen, obwohl er wusste, dass er die nicht brauchte. Dennoch wollte er sich vergewissern. Seiner Ansicht nach konnte es sich nur um Leonard handeln, und die Beschreibung passte. Also hatte MacDonald Leonard gesehen, wenngleich er behauptet hatte, er habe ihn seit seinem Verschwinden nicht mehr zu Gesicht bekommen. Cross beschloss, MacDonalds Bitte nun doch zu entsprechen und ihn aufs Revier zu bestellen.

29

Die Idee mit der Einladung zum Mittagessen stammte von Otteys jüngerer Tochter Debbie. Sie war eine süße, unschuldige und wissbegierige Siebenjährige, die über einen soliden, gut geeichten, wenn auch naiven, moralischen Kompass verfügte. Diese Naivität, die sich so häufig als unverdorbener, gesunder Menschenverstand ausdrückte, ließ ihre Mutter oftmals sprachlos zurück. Sie war einfach so verdammt vernünftig.

Debbie hatte ihre Mum etliche Male über ihren Freund bei der Arbeit reden gehört, aber es fiel ihr schwer zu erkennen, ob ihre Mum ihn tatsächlich mochte oder nicht. Als Debbie sie danach fragte, war Ottey ziemlich verdattert. Sie erklärte ihrer Tochter, dass er ein bisschen anders war. Debbie antwortete, anders wäre manchmal ganz gut, und ihre Mutter konnte ihr nur zustimmen. Das Problem war, dass sein Anderssein es den Leuten oft schwermachte, mit ihm zurechtzukommen.

Tatsächlich hatte Leonards Fall Ottey zum Nachdenken gebracht, nicht nur über den Fall selbst, sondern über die Tragik seiner Situation und auf eine merkwürdige Art auch über Cross. Leonard hatte sein Leben auf der Straße ausgehaucht, obdachlos, obwohl er ein Zuhause und eine liebende Familie hatte. Die Schwere seines Verlusts, die tiefe Trauer, hatte sich auf seine geistige Gesundheit ausgewirkt. Das hätte zweifellos verhindert werden können. Es waren genug Leute um ihn herum gewesen, ehe er verschwunden war, Leute, die genau wussten, was los war. Sie wussten, dass er übermäßig trank. Sie wussten, dass er seine Arbeit hatte aufgeben müssen, obwohl Zahnmedizin sein Leben war, wie Catherine gesagt hatte. Er hatte seine Arbeit geliebt.

Ottey ertappte sich bei dem Gedanken, wie einfach es doch war, vor aller Augen durchs Raster zu fallen. Natürlich kam sie keine Minute lang auf die Idee, Cross und Leonard in Bezug auf geistige Gesundheit miteinander zu vergleichen, aber so, wie Leonards Freunde und Angehörige »armer Leonard, die Trauer um Hilary hat ihm den Verstand geraubt« sagten, so gingen sie und ihre Kollegen auch mit Cross um: »Armer alter George. Er ist ein komischer Kauz, doch so ist er eben.« Niemand hatte sich allerdings je bemüht, hinter die Fassade zu blicken und sich zu vergewissern, dass es ihm gut ging, und herauszufinden, ob es irgendetwas gab, das sie tun könnten.

Von älteren Kollegen wusste sie, dass Cross in seiner Anfangszeit bei der Polizei eine fürchterliche Phase hatte durchmachen müssen. Gemobbt und verhöhnt auf eine Weise, mit der die Leute heutzutage nicht mehr so einfach davonkämen. Nicht nur, dass Asperger inzwischen weitaus bekannter war, auch die allgemeine Haltung der Leute gegenüber Behinderungen hatte sich verändert. (War das überhaupt eine Behinderung?, überlegte sie. Sie hatte schon von einer Person mit Asperger gelesen, die darin eine Gabe erkannte.) Die Gesellschaft im Ganzen war verständnisvoller und toleranter geworden. Aber sie kam nicht gegen den Gedanken an, dass die Behandlung, die Cross bei der Arbeit hatte erdulden müssen – noch dazu in so prägenden jungen Jahren –, sich auf seine individuelle Entwicklung ausgewirkt und die Person geformt haben musste, die er heute war. War sein Verhalten, sein Bedürfnis, sich die Leute auf Armeslänge vom Leib zu halten, ein Produkt der schlimmen Erlebnisse bei der Arbeit und, wenn sie es recht bedachte, seines ganzen Lebensalltags? Ihr war auch bewusst, dass einer der schlimmsten Peiniger vor all diesen Jahren kein anderer als DCI MacDonald gewesen war.

Wenn sie ihn allein in seinem Büro sitzen sah, beobachtete, wie er am Abend ging und aussah wie eine Neonwerbung für ein kommunales Fahrradsicherheitstraining, hatte sie ihm gegenüber ein furchtbar schlechtes Gewissen. Nachdem sie den Fehler gemacht hatte, vor Debbie ihr Mitgefühl für Cross zu erwähnen, wusste sie nicht, was sie antworten sollte, als ihre Tochter vorschlug, ihn am Sonntag zum Mittagessen einzuladen. Sie fand keinen guten Grund, um nein zu sagen. Stattdessen ertappte sie sich bei der Frage, warum um alles in der Welt sie selbst nicht auf diese Idee gekommen war; eine Wirkung, die dieses Kind viel zu häufig auf sie erzielte.

»Ich kann nicht«, hatte Cross wie aus der Pistole geschossen geantwortet.

»Warum nicht? Es muss ja nicht diesen Sonntag sein.«

»Ich treffe mich an Sonntagen mit meinem Vater Raymond.«

»Ich weiß, wer Raymond ist. Bringen Sie ihn doch einfach mit.«

»Er geht nicht gern aus.«

»Sie gehen ständig mit ihm aus. Meine Kinder würden Sie beide gern kennenlernen.«

»Er ist nicht gut im Umgang mit Kindern.«

»Ach, nun hören Sie aber auf.«

»Womit?«

»Das ist Blödsinn, und das wissen Sie genau.«

»Es ist kein Blödsinn.«

»Ich glaube Ihnen nicht.«

»Warum sollte ich lügen?«

»Weil Sie derjenige sind, der nicht kommen will.«

In derartigen persönlichen Gesprächen war er nie schnell genug, um eine Täuschung lange aufrechtzuhalten. Das Tempo solcher Unterhaltungen war so hoch, dass er die einzelnen Aussagen schlicht nicht verarbeiten konnte. Also tat er, was er immer tat, und machte einfach zu. Natürlich erkannte Ottey seinen verschlossenen Gesichtsausdruck auf Anhieb; sie hatte ihn schon so viele Male gesehen. Darum drang sie weiter auf ihn ein.

»Was ich ein bisschen unhöflich finde.«

»Ich habe nicht die Absicht, unhöflich zu sein«, sagte er.

»Tja, dann ist das eine dieser Situationen, in denen Sie denken, Sie wären nicht unhöflich, es tatsächlich aber doch sind.«

»Sollte ich um Entschuldigung bitten?«, erkundigte er sich.

»Nicht nötig. Nehmen Sie einfach die Einladung an.«

»Nein.«

Er ging davon. Und dann fragte er sich, ob das unhöflich war. Er hatte keine Ahnung, aber er wusste, dass dies eine der Gelegenheiten war, bei denen es nicht daran lag, *wie* er etwas sagte, sondern vor allem daran, was er gesagt hatte. Es fiel ihm schwer, das eine vom anderen zu unterscheiden, aber er wollte Ottey nicht verärgern. Um sich zu vergewissern, dass er sie nicht gekränkt hatte, machte er folglich auf dem Absatz kehrt, ging zu ihr zurück und sagte: »Danke.«

Prompt fragte sie sich für einen Moment, ob er es sich anders überlegt hatte und die Einladung doch annehmen wollte, aber ihr wurde schnell klar, dass das nicht der Fall war. Und wenn sie eines über ihren Kollegen wusste, dann, dass er, wenn er einmal einen Entschluss gefasst hatte, nicht mehr davon abzubringen war.

Cross wiederum erinnerte dieser unangenehme Moment daran, dass er seinen Vorsatz, sich um ein besseres Sozialverhalten am Arbeitsplatz zu bemühen, vergessen hatte. In letzter Zeit hatten ihn andere Dinge beschäftigt. Ihm war bewusst, dass er für Leonards Fall nur begrenzt Zeit hatte, weil Carson ihn irgendwann zurückpfeifen würde. Wegen des Drucks, der dadurch entstand, konzentrierte er sich einfach darauf, der Sache auf den Grund zu gehen, statt sich große Sorgen darüber zu machen, wie sein Verhalten am Arbeitsplatz wahrgenommen wurde.

Ihm fiel auf, dass Mackenzie emsig an ihrem Computer arbeitete. Bisher hatte er sich noch keine Meinung über sie gebildet. Er hatte nicht genug Informationen, um ein fundiertes Urteil zu fällen, doch er glaubte, sie war gewissenhaft und fleißig. Tugenden, die er schätzte. Da fiel ihm wieder ein, was Ottey ihm gesagt hatte: dass er sich gegenüber neuen Mitarbeitern mehr bemühen sollte, dass er mehr Interesse zeigen und sie ermutigen sollte. Ihm schien, dass dies der passende Moment für die geplante Geste war. Und dass sie inzwischen lange genug dabei war, um sie nicht in irgendeiner Weise als unangemessen oder zu vertraut wahrzunehmen.

Also ging er in die Büroküche und kochte zwei Tassen Kaffee. Während der letzten paar Wochen hatte er zugesehen und zugehört, wenn Mackenzie sich selbst Kaffee zubereitet hatte, um sich auf diesen Moment vorzubereiten, daher wusste er, wie sie ihn gern trank, und er glaubte auch zu wissen, welchen Becher sie bevorzugte. Bei den achtzehn Gelegenheiten, zu denen er sie diese Handlung vollziehen gesehen hatte, hatte sie den »I am the office«-Becher dreimal, den blau gemusterten siebenmal und den »Somerset and Avon Police« achtmal benutzt, folglich wählte er Letzteren, obwohl er den zuerst abspülen musste. Als er fertig war, ging er durch das Großraumbüro und stellte den Becher auf ihren Schreibtisch.

»Alice?«, sagte er.

Sie arbeitete weiter. Dann fielen ihm die Ohrhörer auf. Warum mussten junge Leute bei der Arbeit unbedingt Musik hören? Nie konnte man von der anderen Seite des Büros ihre Aufmerksamkeit erregen, und wie um alles in der Welt gelang es ihnen, sich dabei noch zu konzentrieren?

»Alice?«, sagte er noch einmal, und dieses Mal blickte sie auf.

»Ja«, antwortete sie.

Er zeigte auf den Becher, den er auf den Schreibtisch gestellt hatte. »Kaffee. Recht stark, wie Sie ihn mögen, lieber Süßstoff als Zucker und Shortbread anstelle von Vollkornkeksen.«

Sie starrte den Becher an und wusste absolut nicht, wie sie reagieren sollte.

»Äh ... danke«, sagte sie.

Sogleich spulte er eine Reihe von Fragen ab, beinahe wie ein Roboter oder ein Callcenter-Mitarbeiter, der eine vorgegebene Liste abarbeitete, ohne sich sonderlich für die Antworten zu interessieren.

»Also, wie gefällt es Ihnen hier?«, fragte er.

»Gut, äh ...«

»Sind Sie ortsansässig?«

»St. Pauls.«

»Kommen Sie aus Bristol?«

»Nein, aus Camberley, Surrey.«

»Magister?«

»Ja.«

»Alma Mater?«

»UCL.«

»Wollten Sie immer schon zur Polizei?«

»Äh …«

»Ihre Interessen außerhalb der Arbeit?«

Doch ehe sie antworten konnte, rief Ottey, die das alles mitangesehen hatte, ihn zu sich.

»Cross?«, sagte sie.

»Würden Sie mich entschuldigen? Ich muss los«, meinte er zu Mackenzie, erleichtert, dass die Qual ein Ende hatte, aber auch ziemlich zufrieden damit, wie es gelaufen war. Er ging, ließ eine reichlich verdutzte Mackenzie zurück, die sich fragte, was da gerade passiert war, und marschierte geradewegs an Ottey vorbei. Ottey folgte ihm in sein Büro.

»Nicht übertrieben?«, wollte er wissen.

»Nein, nein, gar nicht, vielleicht ein bisschen zu viele Fragen, aber der Kaffee war eine nette Geste.«

»Gut. Sie wollten mich sprechen?«

»Nein, nein, Rettungsmission abgeschlossen. Ich gehe dann mal wieder.«

Er sah ihr nach und stellte fest, dass es Zeiten gab, zu denen er nicht die geringste Ahnung hatte, wovon sie eigentlich sprach.

Vielleicht war die milde Selbstzufriedenheit, die

er hinsichtlich seiner Managementübung mit Mackenzie empfand, dafür verantwortlich, dass er sie an diesem Nachmittag bat, ihn zu drei großen Jaguarhändlern in Bristol und Bath zu begleiten. Ein Grund war natürlich, dass er gefahren werden wollte, aber wichtiger war, dass sie, da sie die ganze Arbeit erledigt hatte, im Besitz sämtlicher relevanter Informationen über die Autohäuser sein sollte. Während der Fahrt herrschte Schweigen. Mackenzie übte sich in ihrer neuen Disziplin, die verlangte, dass sie nicht mit ihm sprach, wenn er nicht von sich aus etwas sagte, sodass sie zumindest ein Minimum an Würde bewahren konnte.

Der Geschäftsführer des ersten Autohauses erklärte ihnen, sie würden Schäden an den Fahrzeugen nicht protokollieren, weil sie so selten vorkamen. Das zweite hatte vor zehn Jahren den Besitzer gewechselt, und keiner der Angestellten hatte zum Zeitpunkt des Mordes dort gearbeitet. Hier wurden Schäden zwar protokolliert, wenngleich das, als es vorgeschlagen worden war, eine gute Idee zu sein schien, war das Protokoll doch nahezu leer – Neufahrzeuge mit Händlerkennzeichen wurden niemals über weite Strecken gefahren, was eine Erklärung dafür sein mochte.

»Das war entmutigend«, konstatierte sie.

»Im Gegenteil, wenn es so selten passiert, dann wird sich bestimmt jemand an das Ausmaß des Schadens an diesem Wagen erinnern. Und man wird Fragen gestellt haben«, entgegnete Cross.

»Es sei denn, wer immer der Fahrer war, war auch der Boss.«

»Guter Einwand. Trotzdem halte ich das nach wie vor für hilfreich.«

Das dritte Autohaus war zugleich das größte und lag am Stadtrand von Bath. Dort wurde ebenfalls kein Protokoll geführt, auch nicht darüber, wann und von wem Fahrzeuge mit Händlerkennzeichen gefahren oder abgeholt wurden. Als sie sich erkundigten, warum das nicht geschah, fragte der Abteilungsleiter, welchen Zweck das haben sollte. Sie führten keine Aufzeichnungen über Testfahrten, wozu sollten sie dann Abholungen festhalten? Dennoch, mutmaßte Cross, musste es doch irgendwelche Unterlagen darüber geben, von wo Fahrzeuge abgeholt wurden. Und damit lag er richtig. Sie hatten Unterlagen darüber, und diese Unterlagen reichten zurück bis zum Zeitpunkt des Mordes. Aber er selbst war erst seit sechs Jahren hier. Wenn sie mit dem Eigentümer sprechen wollten, dann würden sie bis zur nächsten Woche warten müssen, wenn er aus dem Urlaub zurückkäme. Eines wusste er jedoch sicher: Hätte jemand ein Neufahrzeug demoliert, dann hätte Brendan, der Boss, denjenigen umgehend gefeuert. Er hatte einen extrem kurzen Geduldsfaden.

»Dann ist es unangenehm, für ihn zu arbeiten?«, fragte Cross.

»Oh nein, natürlich nicht. Anderenfalls wäre ich nicht hier. Aber er ist ein Selfmademan, der all das durch harte Arbeit erreicht hat, nicht, weil er eine besondere Bildung genossen hätte. Sie wissen doch, wie diese Leute sind – und er erinnert jeden, der zuhört, nur zu gern daran«, sagte der Abteilungsleiter hastig.

»Haben Sie eine hohe Fluktuation?«, wollte Cross wissen.

»Nicht besonders, das ist ein guter Arbeitsplatz. Für gute Arbeit wird man belohnt, für schlechte zur Rechenschaft gezogen.«

Er deutete auf ein Foto mit billigem Rahmen an der Wand, das eine der Angestellten zeigte, eine elegant gekleidete junge Frau. Die Bildunterschrift kennzeichnete sie als die »Topverkäuferin im 1. Quartal 2018«. »Sehen Sie – sei fleißig, dann wird dein Foto aufgehängt, du bekommst einen Bonus in Höhe von zweihundertfünfzig Pfund und darfst Brendans Rolls an einem Wochenende deiner Wahl benutzen. Schaffst du es, Verkäufer des Jahres zu werden, steht dir für eine Woche seine Villa auf Korfu zur Verfügung. In der Nebensaison, natürlich«, verkündete der Abteilungsleiter.

»Hat er gute Leistung immer schon belohnt, indem er Mitarbeitern seinen Wagen überlassen hat?«, fragte Mackenzie.

»Ich glaube ja.«

Als Alice anschließend rückwärts ausparkte, sah er sie an und wollte wissen, ob sie ihre Frage für relevant hielt.

»Wer weiß«, antwortete sie.

Was in seinen Augen genau die richtige Antwort

war. Oftmals musste man seinem Instinkt gehorchen, und er war froh, dass sie sich keine falsche Begründung zurechtlegte.

»Ich hatte die gleiche Frage im Kopf«, sagte er. »Vorübergehend. Dann sind mir die Händlerkennzeichen wieder eingefallen.«

»Natürlich, die dürften diese Möglichkeit wohl ausschließen, wenn ich es recht bedenke.«

30

Was Ottey an Cross' Zustand nicht verstand oder schlicht nicht wahrnahm, war, dass er mehr tat als nur dafür zu sorgen, dass Cross sich in Gesellschaft ungeschickt verhielt und außerhalb der Arbeit nur ungern Kontakt zu anderen unterhielt. Tatsächlich ängstigten ihn derlei Situationen zutiefst, nicht nur, weil er keinen Alkohol trank – die Wirkung fand er verwirrend und erschreckend zugleich –, sondern weil er den Lärm nicht ertragen konnte, der unvermeidbar war, wenn viele Leute sich unterhielten und womöglich noch brüllend Musik übertönen mussten. Außerdem kam er in solch einer Umgebung nicht mit den vielen schnellen Interaktionen zurecht, die alle gleichzeitig stattfanden. Seine Entscheidung, sich fernzuhalten, war Teil seiner Überlebensstrategie. Nicht nur, um dem Stress zu entgehen, den solche Anlässe zwangsläufig hervorriefen, sondern auch, um den Unmut zu vermeiden, von dem er wusste, dass er ihn mit seinem Benehmen bei anderen provozieren würde, wenn ihm alles zu viel wurde. Und das wurde es immer.

Die Aussicht auf ein Essen mit Josie und ihren Kindern beunruhigte ihn zutiefst. Er wusste, dass Kinder ihn bestenfalls merkwürdig fanden und auf der Hut vor ihm waren. Die Leute dachten, er würde Kinder nicht mögen, was ganz und gar falsch war. Sie legten sich Ausreden für ihn zurecht, sagten, er würde Kinder schlichtweg nicht verstehen. Doch er fand sie im Gegenteil einfacher zu verstehen als Erwachsene. Er mochte ihre Ehrlichkeit, ihre unkomplizierte Lebensart. Ihre Fähigkeit, ihre Meinung frei zu äußern. Zu sagen, was sie dachten. Das hatte etwas gemeinsam mit seiner hin und wieder einsetzenden Unfähigkeit, irgendetwas anderes zu tun, als genau das zu sagen, was er dachte, wie unpassend es auch sein mochte.

Die Vorstellung, gemeinsam zu essen, ein Mahl zu teilen, mit anderen Leuten an einem Tisch zu sitzen, erschreckte ihn. Er wusste, dass er sich beim Essen merkwürdig verhielt. Man hatte ihm gesagt, es wäre eine Form der Zwangsstörung, die durch sein Asperger-Syndrom ausgelöst oder zumindest verstärkt wurde. Raymond bezeichnete seine Essgewohnheiten als »Kavaliersdelikte«. Aber es war mehr als nur das.

Nicht nur, dass sich die verschiedenen Speisen auf seinem Teller nicht berühren durften oder dass starke Farbkontraste ihn abstießen – Erbsen und Möhren waren absolut tabu. Was ihm am meisten zu schaffen machte, das war die Art, wie andere aßen. Besonders die Geräusche, die sie beim Essen fabrizierten. Für ihn waren sie unerträglich.

Bisweilen fiel es ihm schwer, selbst etwas zu essen, was zwangsläufig Geräusche hervorbrachte, es sei denn, er war ganz allein und folglich nicht in Gefahr, bei irgendwelchen anderen Leuten anzuecken. Kinder waren natürlich die schlimmsten Übeltäter. Das war nicht ihre Schuld, das wusste er, aber dadurch fiel es ihm auch nicht leichter, sie zu ertragen.

In der Vergangenheit hatte er bisweilen unvermittelt den Tisch verlassen müssen, weil ihm sonst keine andere Möglichkeit geblieben wäre, als alle am Tisch anzuflehen, nicht mehr so viele Geräusche beim Essen zu machen, was unweigerlich als unangemessenes Benehmen eingestuft worden wäre.

Nichts von all dem mochte er Ottey oder irgendjemandem sonst offenbaren. Für ihn war es schlicht einfacher, alle Einladungen zum Abend- oder Mittagessen auszuschlagen und so der Gefahr von Unstimmigkeiten aus dem Weg zu gehen, weshalb er auch nicht die Absicht hatte, ihre Einladung anzunehmen.

Wie üblich traf er an diesem Donnerstagabend mit dem chinesischen Essen im Haus seines Vaters ein. Aber Raymond war nicht im Wohnzimmer. Er rief nach ihm und hörte einen gedämpften Gruß von oben. Er ging in die Küche, stellte die Speisen ab und begann mit dem wöchentlichen Ritual, das beinhaltete, all den neu angehäuften Schutt vom Tisch zu räumen. Anschließend holte er Teller und Besteck, kontrollierte, ob alles sauber war, und packte das Essen auf dem Tisch aus. Dann rief er erneut nach seinem Vater. Keine Antwort. Er ging in den Korridor.

»Dad?«

»Kannst du raufkommen und mir kurz helfen?«, rief Raymond von oben.

Er bahnte sich einen Weg die Stufen hinauf, sorgsam darauf bedacht, nicht mit den Magazinen und Büchern zu kollidieren, die sich an der Seite der Treppe stapelten. Er wich auch all den anderen nutzlosen Gegenständen aus, die Raymond aufbewahrte, weil sie »sich eines Tages vielleicht als nützlich erweisen« würden. Raymond befand sich irgendwo in der Mitte des Gästezimmers, verborgen hinter einem Riesenhaufen Gerümpel.

»Dad?«

Raymonds Kopf tauchte auf.

»Hallo, Sohn«, sagte er.

»Was tust du da?«, fragte Cross.

»Hier, kannst du das nehmen? Das bedarf dringend der liebevollen Zuwendung.«

Er reichte ihm ein grabsteinförmiges Objekt aus Holz. George nahm es und drehte es hin und her. Es war ein altes Bagatellspiel in einem schrecklichen Zustand, staubig und verrostet und etliche der Nägel fehlten.

»Das Essen wird kalt«, beklagte sich Cross.

»Nur eine Minute – ich suche nur gerade nach einer Büchse, oh, oh, da ist sie.«

Mit einer alten Büchse in der Hand kam er heraus und schüttelte sie, als wollte er demonstrieren, dass sie etwas Unverzichtbares enthielt. Sein Gesicht war schmutzig und verschwitzt. Offensichtlich hatte er schon eine ganze Weile nach dem Spiel gesucht.

Sie speisten in gewohntem Schweigen. Cross dachte über den Fall nach und hoffte, dass Brendan Davies ihnen in der kommenden Woche etwas Nützliches zu erzählen haben würde. Er hatte Mackenzie noch einmal zu den ersten beiden Autohäusern geschickt, um dort nach Dokumenten über die Auslieferung und Übernahme brandneuer roter Jaguar-Limousinen vor fünfzehn Jahren zu fragen. Falls sie nichts erreichte und auch Brendan sich als Fehlschlag erwies, würde er die Suche im Süden bis Somerset ausdehnen, im Norden bis nach Cheltenham, im Westen bis Cardiff und im Osten bis Swindon. Er war überzeugt, dass der Wagen die vielversprechendste Spur darstellte, die sie hatten; die einzige, um genau zu sein.

Außerdem musste er MacDonald einbestellen, aber damit würde er warten, bis er mehr Informationen hatte, um sich dem Beschuss, dem er sich unweigerlich ausgesetzt sehen würde, nicht unbewaffnet stellen zu müssen. Warum hatte MacDonald geleugnet, Leonard gesehen zu haben? Er dachte an Badger und fragte sich, wie sich das anfühlte, eingesperrt zu sein für etwas, von dem man wusste, man hatte es nicht getan. (Badger erinnerte sich inzwischen deutlich umfassender an die Geschehnisse in der fraglichen Nacht und war nun so überzeugt wie Cross, dass er seinen Freund nicht umgebracht hatte.) Es bereitete ihm Verdruss, dass Badger all das über sich ergehen lassen musste, obwohl es einfach falsch war. Aber noch mehr Verdruss bereitete ihm die Tatsache, dass der Mann für ein Verbrechen verurteilt werden könnte, das er nicht begangen hatte – insofern es ihm nicht gelang, Hilarys Fall vor Badgers Verhandlung zu lösen.

Als sie mit dem Essen fertig waren, räumte Cross auf. Raymond nutzte die Gelegenheit und legte das Bagatellespiel auf den leeren Tisch. Cross erinnerte sich, dass sein Vater vor Jahren, als Pub-Spiele aus der Mode gekommen waren – »die Invasion der Space Invaders« hatte Raymond das genannt –, durch das halbe Land gereist war, um Kegel, Push-ha'penny-Boards und kleine Billardtische einzusammeln. Er hatte erfolglos versucht, sie zu verkaufen, bis eBay auftauchte und ihm einen recht anständigen Profit einbrachte. Die Teile, die etwas mehr Arbeit erfordert hatten, gingen jedoch Stück für Stück in dem später gesammelten Unrat unter.

»Warum das plötzliche Interesse an Bagatelle?«, fragte Cross.

»Das ist sogar ein Parlour-Bagatelle, kleiner als die Standardversion. Ich werde es restaurieren«, sagte Raymond.

»Wozu?«

»Das würde doch ein schönes Geschenk abgeben, findest du nicht?«

»Für wen?«

»Ich werde es auseinanderbauen, abschleifen, neu lackieren, die Stifte austauschen, und dann ist es so gut wie neu. Mit ein bisschen Mühe schaffe ich das bis Sonntag in einer Woche.«

»Warum Sonntag in einer Woche?«

»Zum Mittagessen. Ich will es Carla und Debbie schenken.«

»Carla und Debbie?«

»Josies Kindern.«

»Mir ist durchaus bekannt, wer sie sind.«

»Ich glaube, sie werden es lieben, meinst du nicht?«

Cross dachte einen Moment nach. Wie war sie an Raymonds Nummer gekommen? Natürlich durch seine Personalakte – nächster Verwandter. Doch ihm war unvorstellbar, dass sie hinter seinem Rücken seinen Vater angerufen hatte, um sie beide zum Mittagessen einzuladen.

»Wir werden ein Taxi brauchen«, sagte Raymond.

»Wir werden gar nichts brauchen, weil wir nicht hingehen«, entgegnete Cross.

31

»Kann ich Sie kurz sprechen?«, fragte Cross, so höflich er nur konnte.

»Sicher, nur zu«, antwortete Ottey.

Aber Cross war schon auf dem Weg in sein Büro. Sie stand auf und folgte ihm. Unterwegs konnte sie sich ein kleines, verschmitztes Lächeln angesichts seiner profunden Entrüstung nicht verkneifen.

»Sie haben meinen Vater zum Essen eingeladen«, sagte er.

»Eigentlich habe ich Sie beide eingeladen«, gab sie zurück.

»Aber ich hatte schon Nein gesagt.«

»Richtig.«

»Also, warum haben Sie das getan?«

»Weil ich denke, es wäre nett.«

»Ich nicht.«

»Schönen Dank auch.«

»Ich habe ihm gesagt, wir werden nicht kommen.«

»Ich weiß, er hat mir bereits eine Textnachricht geschickt.«

»Gut.«

»Er kommt trotzdem.«

»Was?«, fragte Cross erschüttert.

»Er möchte die Mädchen und mich kennenlernen. Er ist so nett.«

»Warum sollte er das wollen?«

»Was denken Sie, warum?«

»Ich würde nicht fragen, wenn ich es wüsste«, sagte er.

»Ich bin Ihre Partnerin bei der Arbeit. Er ist neugierig.«

»Auf was?«, fragte er.

»Na ja, auf mich, schätze ich, und auf Sie auch. Er scheint eine Menge Fragen über Sie zu haben.«

Damit ging sie, ohne eine Reaktion abzuwarten. Und er brütete über der Vorstellung, sie und sein Vater – mutmaßlich die beiden Menschen, die ihn am besten kannten – würden in seiner Abwesenheit über ihn reden, ohne dass er Grenzen setzen und moderieren konnte, wenn sie einen Bereich berührten, den er als privat und vertraulich betrachtete. Eine wirklich schöne Vorstellung war das nicht.

Später an diesem Vormittag rief Carson sie in sein Büro, um sich über die neuesten Fortschritte im Fall Hilary Carpenter ins Bild setzen zu lassen. Er hatte auch Mackenzie dazugebeten – »gehört zur Lernkurve«, hatte er Cross erklärt.

»George, vielleicht könnten Sie kurz umreißen, wo wir stehen«, forderte Carson ihn auf.

»Ich konzentriere mich auf den Wagen, der gesehen wurde, als er sich zum Zeitpunkt des Mordes schnell aus der Gegend entfernt hat.«

Mackenzie sah Ottey an, die Augenbrauen hochgezogen angesichts seiner Formulierung, die weder sie noch Ottey einbezog. Ottey lächelte nur; der Mann war aufgebracht.

»Ungefähr zum Zeitpunkt des Mordes«, wollte Carson ihn korrigieren.

»Zum Zeitpunkt des Mordes. Wir haben neue Informationen, die den Zeitpunkt bestätigen.«

»Woher?«, fragte Carson.

»Von einem der ursprünglichen Verdächtigen«, sagte Ottey. »Dem polnischen Bauarbeiter.«

Cross starrte sie an, in einem ungewohnten Ausmaß verärgert über ihre Einmischung.

Eine Pause trat ein. Ottey war klug genug, nicht mehr zu sagen.

»Er hat die Leiche entdeckt. Er war die Person, die den Mord gemeldet hat«, sagte Cross.

»Er war dort?«, fragte Carson skeptisch.

»Ja.«

Carson setzte sich auf, während er sich bemühte, die Implikationen dieser neuen Entwicklung zu erfassen.

»Das ändert alles. Warum haben Sie ihn nicht festgenommen?«, fragte er.

»Warum sollten wir das tun? Er war es nicht«, entgegnete Cross.

»Bei der ursprünglichen Ermittlung konnte man seine Anwesenheit am Tatort nicht nachweisen«, hob Carson hervor.

»Richtig.«

»Aber jetzt sagt er, er wäre dort gewesen?«

»Er hat es nicht getan«, erwiderte Cross.

»Damals war er der einzige Verdächtige, und nun gibt er zu, dass er dort war.«

»Korrekt.«

»Dann holen Sie ihn in Gottes Namen her.«

»Nein. Er hat uns das erzählt, weil er ein schlechtes Gewissen hatte. Er glaubt, hätte er damals geredet, wäre Leonard vielleicht noch am Leben«, sagte Cross.

»Und was genau hat ihn zu dieser Erkenntnis geführt?«, hakte Carson nach.

»Dass aller Wahrscheinlichkeit nach dieselbe Person für beide Morde verantwortlich ist.«

Diese Theorie bereitete Carson instinktiv Unbehagen, denn sie besagte auch, dass sie definitiv auf sein Betreiben hin den falschen Mann für den Mord an Leonard verhaftet hatten.

»Weiter«, sagte er.

»Der Wagen war ein roter Jaguar mit Händlerkennzeichen.«

Carson dachte eine Minute über diese Information nach. In den ursprünglichen Zeugenaussagen wurden weder die Automarke noch die Händlerkennzeichen erwähnt. Nur, dass es sich um eine Limousine handelte, Farbe unbestimmt, vermutlich aber rot, violett oder mauve.

»Woher kommt diese Information?«, erkundigte er sich.

»Wojtchak hat die Kennzeichen gesehen; die genaue Farbe stammt von dem beschädigten Wagen des Nachbarn, die Marke von einer Scheinwerferscherbe.«

»Wir wissen nicht, ob dieser Schaden vom Wagen des Täters verursacht wurde«, beharrte Carson.

»Doch. Die Aussage der Nanny, der Nachbar, der den Unfall gehört hat und Wojtchaks Aussage erhärten sich gegenseitig.«

»Warum wurden Marke und Farbe damals nicht festgehalten? Die Informationen müssten doch auch da schon verfügbar gewesen sein.«

Er erhielt keine Antwort. Cross wollte an diesem Punkt keine Auseinandersetzung provozieren, und er war nicht sicher, was genau bei den ursprünglichen Ermittlungen passiert war.

»Hat MacDonald davon gewusst?«, fragte Carson.

»Ja«, sagte Cross.

»Sind Sie sicher?«

»Unbedingt.«

»Scheiße! Also, wie wollen Sie vorgehen?«

»Wir warten darauf, mit dem Eigentümer von Meadway Motors sprechen zu können, und ob er nun etwas Relevantes beizutragen hat oder nicht, ich muss noch einmal mit MacDonald reden.«

»Scheiße!«

Einen Augenblick saßen sie nur schweigend da. Cross nutzte den Moment, stand auf und ging. Carson sah Ottey an, ehe er sich an Mackenzie wandte: »Sie können gehen.«

Also erhob sie sich ebenfalls und ging.

»Der reitet uns tief in die Scheiße«, warf Carson ein.

Ottey antwortete nicht, denn ihr Bauch sagte ihr, dass Cross kurz davor stand, etwas aufzudecken, was kein gutes Licht auf das Department und sein Vorgehen während der ursprünglichen Untersuchung werfen würde. Und sie sah Carson an, dass er gerade zu dem gleichen Schluss kam.

Während der nächsten paar Tage war Mackenzie voll und ganz damit beschäftigt, die Suche nach Autohändlern in der Umgebung auszuweiten, wie Cross sie angewiesen hatte. Für einen Moment flackerte Hoffnung auf, als sie einen Neuwagen entdeckte, der vor einigen Jahren in Taunton beschädigt worden war. Sie beging allerdings den Fehler, diese Neuigkeit gleich, nachdem sie darauf gestoßen war, weiterzugeben. Cross zeigte sich unbeeindruckt und erklärte ihr, sie müsse erst alle Fakten beisammen haben, ehe sie Informationen weiterleitete, und tatsächlich stellte sich heraus, dass dieser Fall gerade mal neun Jahre zurücklag. Und dann ergab sich auch gleich die nächste Sache, die ihr den schmerzhaften Lernprozess hinsichtlich der Arbeit mit Cross noch ein bisschen unangenehmer machte.

Er hatte ihr aufgetragen, nach Querverbindungen zwischen der Familie und den Autohäusern zu suchen – Geschäftsverbindungen, wie Kauf-, Leasing- oder Wartungsverträge. Sie fand nichts.

»Nicht einmal bei den Schwiegersöhnen?«, fragte er.

»Entschuldigung?« Das hatte sie in den letzten

Wochen oft genug gesagt. Inzwischen wusste Cross, dass das kein Ausdruck der Abbitte war.

»Alan oder Martin«, sagte er.

»Ich, äh …«

Aber nun widmete er seine Aufmerksamkeit bereits wieder Ottey.

»Sie hat lediglich den Namen Carpenter überprüft«, sagte er.

»Das ist das, was ich Ihnen zufolge tun sollte«, protestierte Mackenzie.

Ungerührt setzte er das Gespräch mit Ottey fort, als wäre es ihm wichtiger, ihr gegenüber seinen Standpunkt deutlich zu machen, als Mackenzie gegenüber wenigstens einen schwachen Anschein von Höflichkeit zu zeigen.

»Was ich ihr tatsächlich gesagt habe, war, dass sie die Verbindungen der Familie überprüfen soll, und Sie werden mir sicher zustimmen, dass das bei den meisten Familien auch die Schwiegerkinder umfasst«, sagte Cross.

Ottey sagte nichts, zog aber auf resignierte Art die Brauen hoch.

»Sämtlichen Verunglimpfungen in diesem Büro zum Trotz ist das nämlich der Grund dafür, dass ich es für wichtig halte, bei der Erteilung von Anweisungen sehr genau zu sein. Dies ist ein Beispiel dafür, was passiert, wenn ich es nicht bin«, erklärte er und wandte sich wieder Mackenzie zu, nachdem er seine Sichtweise erfolgreich deutlich gemacht hatte.

»Überprüfen Sie die beiden Schwiegersöhne«, sagte er zu ihr.

Ottey verließ sein Büro und dachte, wie traurig es doch war, dass solche kleinen Triumphe am Arbeitsplatz ihm so viel zu bedeuten schienen. Er hatte recht, alle machten sich über ihn lustig, wenn er so analfixiert spezifisch vorging. Allzu häufig fühlten sie sich durch seine expliziten Anweisungen bevormundet. Einer hatte sich mal beklagt, dass es so wäre, als würde man angewiesen, einen Wagen vom Fuhrpark zu holen. Und dann müsste man sich anhören, dass man erst die Tür öffnen und einsteigen solle, ehe man die Tür wieder schließen und den Motor starten dürfe. Es war schlicht überflüssig. Ottey hatte Cross erklärt, dass er oft zu weit ging. Sie fragte sich, ob es einfach die Folge einer gewissen Unsicherheit hinsichtlich seiner kommunikativen Fähigkeiten war – eine Kritik, die ihm stets sehr zu schaffen machte –, dass er nicht darauf vertrauen konnte, verstanden zu werden. Jedenfalls hatte er sich widerstrebend zurückgehalten, aber dieser kleine Vorfall vermittelte ihm den Eindruck, er habe die ganze Zeit recht gehabt – hätte er gesagt »Familie, wozu auch die Schwiegersöhne zählen«, wäre seine Anweisung korrekt ausgeführt worden. Nun würde sie sämtliche Anrufe wiederholen müssen, erklärte er Ottey ohne den kleinsten Hauch von Selbstgefälligkeit, auch wenn er bei anderen bisweilen gänzlich unbeabsichtigt den Eindruck erweckte, er *wäre* selbstgefällig.

Mackenzie tätigte die Anrufe und fand heraus, dass beide Schwiegersöhne bei zwei Händlern Autos gekauft hatten, aber erst einige Jahre nach dem Mord.

»Also war es am Ende doch nicht wichtig«, murmelte sie unhörbar – glaubte sie zumindest.

»Es war wichtig. Ideen oder potenzielle Spuren zu eliminieren ist ebenso wichtig, wie sie zu finden. Eliminierung befreit vom Irrelevanten und spart dadurch Zeit«, dozierte Cross.

Anschließend wurde sie nach Taunton und Cardiff geschickt. Gloucester und Swindon würden bis zur folgenden Woche warten müssen. Für Cross war es eine Erleichterung, sie nicht um sich zu haben, denn wenn sie im Büro war, ertappte er sich oft bei dem Versuch, irgendwelche Aufgaben zu ersinnen, um sie zu beschäftigen, und so kostbare Zeit zu vergeuden. Noch traute er ihr nicht, er kannte sie auch nicht gut genug, um ihr wichtige Aufgaben anzuvertrauen. Er wusste, wenn er es doch täte, würde ihm der Gedanke, dass sie sie vermutlich nicht ordnungsgemäß erledigte, ständig zu schaffen machen.

32

Cross war in der Kirche und übte eines seiner Lieblingsorgelstücke, Bachs Toccata und Fuge in F-Dur, BWV 540. Er mochte die Pedalsoli, sah in ihnen nützliche Zwischenspiele, während derer er über den jeweils aktuellen Fall nachdenken konnte. Derzeit zerbrach er sich den Kopf über Hilarys Ermordung und das mögliche Motiv. Dies war nicht sein üblicher Modus Operandi, denn derzeit stellte er nur sehr theoretische, ja, hypothetische Mutmaßungen ohne Faktengrundlage an. Er spekulierte, doch manchmal fand er diese Art zu denken befreiend. Er beging nur nie den Fehler, sich einzubilden, die Ergebnisse entsprächen der Wahrheit.

Aber er wusste, es musste ein Motiv für den Mord geben, womöglich ein ganz banales, und der Mord an Leonard war vermutlich die logische Folge davon. Hilary schien nichts Auffälliges an sich gehabt zu haben. Was nicht heißen sollte, dass sie eine langweilige Frau gewesen wäre. Nur normal. Nachdem sie aufgehört hatte zu arbeiten, war sie Autorin gewesen und eine liebende Mutter, die ihrem Mann so innig zugetan war wie er ihr.

Er wusste, dass die Leute so etwas oft sagten, um die Wahrheit zu übertünchen, aber er glaubte Jessica, wenn sie erzählte, sie hätten nie ein böses Wort zwischen ihren Eltern erlebt. Hilary hatte sich für ortsansässige Wohltätigkeitsorganisationen engagiert, hatte Zahnärzte in Bristol überzeugt, die Obdachlosenzentren zu besuchen, um die Leute dort zu behandeln. Das führte unglücklicherweise zu so einigen gezogenen Zähnen, so schlimm war der Zustand vieler Gebisse. Das wiederum bedeutete, dass die Ärzte eine kleine Werbekampagne in der Gemeinde der Obdachlosen aufziehen mussten, nachdem sie erfahren hatten, dass die Betroffenen die Zahnarztbesuche als »Dawn of the Toothpullers« bezeichneten. In Hilarys Vorgeschichte hatte es keine Depressionen gegeben. Sie hatte keine Schulden. Aber irgendwann war irgendetwas geschehen, das zu ihrem Tod geführt hatte. Es ärgerte ihn regelmäßig, dass dieser schwer fassbare Teil, der so wichtig für die Ermittlungen war, im Rückblick, wenn der Fall schließlich gelöst war, so offensichtlich erschien. Aber im Moment war das Motiv noch ein Rätsel.

Brendan Davies war gern bereit, sich mit den Detectives zu unterhalten. Sogar sehr gern, was Cross neugierig machte. Warum sollte irgendjemand so erpicht darauf sein zu helfen – versuchte er, etwas zu verbergen, oder war es, wie er sagte, »mal etwas anderes, was das tägliche Einerlei ein wenig interessanter machte«?

Davies war Enthusiast mit Leib und Seele. Er schien wirklich allem mit Enthusiasmus zu begegnen. Ständig sah er den Vorteil in allem. Seine Mitarbeiter bezeichnete er gern als seine »Familie«. Er kannte jeden ihrer Geburtstage; dann gab es Kuchen und Prosecco – trotz der Tatsache, dass seine Begeisterung für Alkohol dazu geführt hatte, dass er vor einigen Jahren mit dem Trinken hatte aufhören müssen. Seine Mitarbeiter erhielten alle geschmackvolle Anstecknadeln, auf denen die Jahre ihrer Betriebszugehörigkeit verzeichnet waren. Cross dachte, dieser gewohnheitsmäßige Enthusiasmus müsse anstrengend sein. Und er fragte sich, ob der nur eine ganz andere Persönlichkeit überdecken sollte, so wie bei einem überschäumenden Comedian, der privat zurückhaltend und still war. Auf jeden Fall war er froh, dass Davies' Aufzeichnungen und Ein- und Ausgangsprotokolle zu den einzelnen Fahrzeugen erheblich sorgfältiger geführt worden waren als in den anderen Autohäusern, die sie besucht hatten.

»Wir führen Buch über alle Auslieferungen: angefangen damit, von welchem Umschlagplatz oder welcher Fabrik sie gekommen sind bis hin zu dem Fahrer, der sie ausgeliefert hat. Wir protokollieren täglich, was auf dem Hof steht. Aber ich habe keine Aufzeichnungen über irgendeinen Neuwagen, der mit einem Schaden ausgeliefert wurde oder in dem Zeitraum beschädigt worden ist. Tut mir sehr leid«, sagte der Händler.

Etwas an dem Ton, in dem er die Entschuldigung vorbrachte, kam Cross aufrichtig vor. Dieser Mann schien ihnen wirklich helfen zu wollen. Davies hatte langes Haar, vielleicht ein bisschen zu lang für sein Alter und die Tatsache, dass er zugleich allmählich kahl wurde. Es wirkte, als würde er sich an die Überreste einer längst verlorenen Jugend klammern. Er hatte auch dreieckige Koteletten, die in den unvermeidlichen Dreitagebart übergingen. Alles, was fehlte, war eine Goldkette, aber die verbarg sich vermutlich irgendwo unter dem frischen weißen Hemd und der zugehörigen Krawatte. Auf seinem Schreibtisch lagen zwei Management-Ratgeber in Buchform – kommerzielle Selbsthilfe, sozusagen –, beide verfasst von dem Autohändler, der vor ihnen saß. Einer behandelte die Frage, wie man ein erfolgreiches Franchise-Unternehmen aufbaut, der andere handelte davon, wie man Anreize für seine Mitarbeiter schaffen konnte.

»Eine zufriedene Belegschaft ist die Voraussetzung für einen gesunden Profit«, besagte ein Zitat auf dem Einband des Buches, das Cross zur Hand genommen hatte.

»Ein veröffentlichter Autor«, bemerkte Cross.

»So weit würde ich nicht gehen«, erwiderte Davies lachend.

»Haben Sie es denn nicht geschrieben?«

»Doch, jedes einzelne Wort.«

»Und veröffentlicht wurde es offensichtlich auch, womit Sie ein veröffentlichter Autor sind«, konstatierte Cross.

»Das klingt viel größer, als es ist.«

»Ich habe in der örtlichen Zeitung gelesen, dass Sie

Ihren Wagen immer für ein Wochenende dem jeweiligen Verkäufer des Monats überlassen«, schaltete Ottey sich ins Gespräch ein.

»Das ist richtig. Zumindest war es so, aber inzwischen haben wir den Zeitraum auf eine Woche ausgeweitet, in der sich derjenige einen Wagen seiner Wahl aus dem Ausstellungsraum nehmen kann«, antwortete er.

»Haben Sie das immer schon so gemacht?«, fragte sie.

»Ja, von Anfang an.«

»Dann haben Sie also in dem betreffenden Zeitraum noch Ihr eigenes Fahrzeug verliehen«, fuhr sie fort.

»Ja.«

»Erinnern Sie sich noch, welches Modell Sie damals hatten?«

Er überlegte kurz.

»Das müsste ein Jaguar XJR Sport gewesen sein. Davon hatte ich einige. Toller Wagen.«

»Farbe?«

»Da müsste ich nachsehen.«

»Würden Sie das tun?«

»Natürlich.«

»Nicht nötig«, sagte Cross und wandte sich dann an Ottey. »Er hätte keine Händlerkennzeichen gehabt.«

»Könnte ein Wagen bei der Anlieferung beschädigt werden?«

»Unwahrscheinlich«, sagte Davies. »Die meisten Lieferungen kommen per Transporter – das hält die Kosten niedrig.«

»Also könnte ein Schaden an den Fahrzeugen erst entstehen, wenn das Autohaus die Lieferung angenommen hat«, folgerte sie.

»Ja, doch auch das ist unwahrscheinlich – sehr unwahrscheinlich«, sagte Davies.

»Würde es aber theoretisch leichter machen, den Wagen zu finden.«

»Nur, dass das schon sehr lange her ist.«

»Nur wenn es so unwahrscheinlich ist, wie Sie sagen, dann müsste es doch auch sehr einprägsam sein.«

Mackenzie hatte die Händlersuche ausgedehnt, aber ohne Erfolg. Alle Händler waren wie Davies überzeugt, ein beschädigter Vorführwagen wäre in Erinnerung geblieben. Anschließend hatte sie sich die Karosseriewerkstätten vorgenommen, aber die besaßen keinerlei Aufzeichnungen und erledigten vieles schwarz. Wie Cross gesagt hatte, wer immer den Wagen beschädigt hatte, hätte ihn wohl nicht in eine angesehene Werkstatt gebracht – er hätte eine Reparatur gewollt, die keine verräterische Spur zu ihm legen würde. Vermutlich hätte er eine illegale Werkstatt aufgesucht, eine, in der gestohlene Fahrzeuge ausgeschlachtet werden, und von denen konnten sie ganz gewiss keine Hilfe erwarten. Was bedeutete, dass ihre beste, ihre einzige Spur sie nirgendwohin brachte. Zeit, sich auf Hilary selbst zu konzentrieren, beschloss Cross.

Doch zunächst stand ihm das Martyrium des Mittagessens in Otteys Haus am Sonntag bevor. Er war zu dem Schluss gekommen, dass er Raymond auf keinen Fall allein hingehen lassen konnte, aber die Aussicht erfüllte ihn mit Grauen. Für Cross waren Sonntage zumeist nur ein weiterer Arbeitstag, es sei denn, er und Raymond machten einen Ausflug. Manchmal nahm er sein Fahrrad und fuhr zu Pfarrer Stephen, um die Orgel zu spielen – einer der Vorzüge einer Bevölkerung mit schwindendem Glauben war, dass die sonntäglichen Gottesdienste nicht mehr so zahlreich waren wie früher, wodurch er mehr Zeit zum Üben bekam. Die MCU war natürlich rund um die Uhr und an sieben Tagen pro Woche zugänglich, also nutzte er häufig den Frieden und die Stille, die Sonntage stets hervorbrachten, und widmete einen Teil des Tages der Arbeit. So etwas wie einen Bekanntenkreis hatte er nicht, was wenig überraschen konnte, folglich standen an den Wochenenden auch keine Verabredungen in seinem Kalender – mit Ausnahme derer, zu der Ottey und Raymond ihn mit einer wirkungsvollen Zangenbewegung genötigt hatten, was er wirklich nicht hatte kommen sehen.

Raymond hatte irgendwo gehamstertes Geschenkpapier gefunden, das er nun »recycelte«, wie er Cross erklärte, als der mit einem Taxi eintraf, um ihn abzuholen. Er benutzte es dazu, das Bagatellespiel einzuwickeln, das aufzumöbeln ihm, wie Cross zugeben musste, hervorragend gelungen war. Die Tatsache, dass das Geschenkpapier mit Weihnachtsbäumen bedruckt und es inzwischen Mitte Januar war, konnte Raymond nicht abschrecken.

Er bestand darauf, dass sie unterwegs an einer

Tankstelle Halt machten, damit Cross einen Blumenstrauß kaufen konnte. Was natürlich nicht so leicht war, wie es sich anhörte, wenn sein eigentümlicher Sohn beteiligt war.

Cross verstand einfach nicht, warum das notwendig sein sollte. Ottey war nicht krank, es gab, soweit er wusste, nichts zu feiern, und was, wenn sie Heuschnupfen hatte oder, schlimmer, eines der Kinder unter allergischem Asthma litt? Außerdem, wenn sie Blumen haben wollte, dann konnte sie sich die doch sicher selbst kaufen. Weitere Komplikationen ergaben sich, als es ihm unmöglich war, einen Strauß mit Blumen gemischter Farbe zu kaufen. Irgendwann fanden sie dann eine Tankstelle, die einfarbige Tulpensträuße im Angebot hatte. Damit war Cross schon ein wenig glücklicher, auch wenn ihm die Angelegenheit an sich immer noch zu schaffen machte.

Als Ottey die Tür öffnete, sah sie sich Cross gegenüber, flankiert von seinem Vater und einem Uber-Fahrer mit einem großen Weihnachtsgeschenk auf den Armen. Raymond stupste seinen Sohn an.

»Was?«, rief Cross. Raymond signalisierte ihm, er solle Ottey die Blumen überreichen. Als er das verstanden hatte, hielt er Ottey kurzerhand die Blumen hin. Sie brach in Gelächter aus.

»Oh George, das hätten Sie nicht tun sollen«, sagte sie.

»Oh nein, haben Sie Heuschnupfen?«, fragte er und drehte sich besorgt zu seinem Vater um. »Ich habe dir doch gesagt, das ist eine dumme Idee.«

»George, sie will nur höflich sein«, versicherte ihm sein Vater.

»Sie sagte, wir hätten keine Blumen mitbringen sollen«, wandte Cross ein.

»Das bedeutet, sie freut sich darüber«, erklärte Raymond.

»Wie kann sie genau das Gegenteil von dem meinen, was sie sagt?«

»Können wir reingehen? Ich muss mich setzen, und dieser freundliche Herr möchte sicher das Geschenk loswerden«, wandte Raymond ein.

Als sie hineingingen, schnupperte Raymond mit anerkennender Miene.

»Sonntagsessen – kein anderer Duft ist damit vergleichbar«, konstatierte er.

»Na, dann hoffe ich, es wird den Erwartungen gerecht«, sagte Ottey.

Die Mädchen hatten das Geschenkpapier rasch entfernt, nachdem Debbie sich hatte erklären lassen, dass sie nicht warten müsse, bis wieder Weihnachten war, ehe sie es öffnen durfte. Sie waren begeistert von dem Bagatellespiel. So etwas hatten sie noch nie gesehen. Ein Spiel, das man ohne iPad spielen konnte – ein echtes Novum. Sie waren regelrecht hingerissen von den tastbaren Eigenschaften des Spiels und den Geräuschen, die entstanden, als Raymond ihnen zeigte, wie es funktionierte.

»George hat gar nicht erwähnt, dass Sie schwarz sind«, sagte er zu Ottey.

»Warum sollte ich?«, fragte Cross erschrocken.

»Na ja, normalerweise nimmst du es immer so genau bei deinen Beschreibungen von Menschen oder Dingen, da überrascht es mich, dass du das ausgelassen hast«, konterte Raymond.

Sollte Ottey die Bemerkung befremdlich finden, so ließ sie es sich nicht anmerken. Vielleicht, weil sie von Cross regelmäßig unpassende Äußerungen zu hören bekam und es sie folglich nicht überraschte, wenn sein Vater sich ähnlich verhielt.

»Ich weiß nicht so recht, was ich sagen soll. Ja, ich bin schwarz«, sagte sie.

»Nichts für ungut«, meinte Raymond.

»Kein Problem«, entgegnete sie.

»Eigentlich weiß ich überhaupt nicht, warum ich das gesagt habe. Vielleicht, weil ich so viel Zeit allein verbringe, dass ich tatsächlich schon laut denke«, fuhr er fort.

»Das klingt logisch«, sagte Cross.

»Alt und dumm, das bin ich.«

»Ich bin nicht überzeugt, dass das stimmt«, entgegnete Ottey.

»Ich bin aus der Übung. Ist Ihr Mann bei der Arbeit?«, erkundigte sich Raymond.

»Ich bin geschieden.«

»Und schon bin ich in das nächste Fettnäpfchen getreten. Wenn das etwas Gutes wäre, könnte ich es beinahe schon als Gabe bezeichnen. Bitte nehmen Sie meine Entschuldigung an. George wird mich gleich zurechtweisen, auch wenn das aus seinem Mund ein bisschen absurd klingen dürfte.«

Nach einem Glas Wein – und Tee für Cross – war das Essen fertig, und Ottey bereitete es in der Küche zum Servieren vor.

»Raymond hat mir gesagt, dass Sie es vorziehen, sich selbst zu bedienen.«

»Hat er?«, fragte Cross.

»Das ist kein Problem«, sagte sie.

»Danke«, antwortete er.

»Nur ein Teller, Sohn«, mahnte Raymond leise.

»Ich weiß.«

Vorsichtig belud er seinen Teller, sorgsam darauf bedacht, dass keine der Komponenten eine andere berührte. Als sie zum Tisch gingen, fiel Ottey auf, dass er weder Erbsen noch Möhren genommen hatte.

»Er mischt ungern Farben«, klärte Raymond sie auf.

Natürlich, dachte Ottey. Sie setzten sich zum Essen, aber es dauerte nur Minuten, bis Cross enorme Mühe hatte, sich zu beherrschen. Es lag ganz einfach daran, dass sich die Kinder verhielten wie Kinder, mit ihrem Besteck auf den Tisch schlugen, wenn sie etwas betonen wollten, sofern sie nicht gerade mit der Gabel an ihren Zähnen kratzten. Das jüngere Kind teilte sein Essen ebenfalls auf dem Teller auf und benutzte die Finger, um nach dem Brokkoli zu greifen. Cross verspannte sich und hörte hastig auf zu essen.

»Ich glaube, das ist tatsächlich das erste Mal, dass wir zusammen essen, George«, warf Ottey ein.

»Das ist es. Ich vermeide es, mit anderen Leuten zu speisen«, sagte Cross.

»Warum?«, fragte eine Kinderstimme.

»George ...«, meinte Raymond auf besänftigende und zugleich warnende Art.

»Ja«, antwortete Cross. Zu wissen, dass sein Vater sich seiner Probleme bewusst war und Ottey an sein Verhalten gewöhnt, war ihm kein Trost. Er versuchte es mit einer Übung, die beinhaltete, seine Umgebung auszusperren und sich allein auf das zu konzentrieren, was vor ihm lag. Aber wie sehr er sich auch bemühte, es schien einfach nicht zu funktionieren.

»Was können wir tun, George?«, fragte Ottey. Er antwortete nicht, vielleicht, weil er Angst davor hatte, was er sagen würde. Was ihm an Möglichkeiten gegeben war, um nicht ungefiltert mitzuteilen, was ihm durch den Kopf ging, war bereits erschöpft.

»Mädchen, würdet ihr George entschuldigen?«, sagte Raymond. »Es geht ihm nicht besonders gut. George, vielleicht möchtest du ein wenig frische Luft schnappen? Der Garten sieht ganz entzückend aus.«

Cross wollte seinem Vater widersprechen, denn es ging ihm gut, wenn ihm auch entsetzlich unbehaglich zumute war, aber die Gelegenheit, vom Tisch zu flüchten, war einfach zu verlockend.

»Ja, ich glaube, ein bisschen frische Luft wäre zuträglich«, stimmte er zu.

Er ging durch die Hintertür hinaus in den kleinen Garten, atmete tief durch und erfuhr ein wenig Linderung durch die winterlichen Gerüche um ihn herum, ganz ähnlich wie damals am Tatort des Mordes an Leonard. Vertraute Gerüche schienen ihm zu helfen, wieder ins Gleichgewicht zu kommen, sie erdeten ihn gewissermaßen. Er wusste, dass es für ihn in dieser Lage das Beste war, im Garten zu bleiben. Sein Verhalten mochte sonderbar sein, es war ihm aber gelungen, einen Ausbruch abzuwenden, der die Kinder womöglich erschreckt hätte.

Im Großen und Ganzen, so hatte er festgestellt, reagierten kleine Kinder ziemlich unbekümmert auf seine Andersartigkeit, wenn er im Zuge der Arbeit mit ihnen zu tun bekam. Sie urteilten nicht, sie nahmen ihn, wie er war, und in vielen Fällen schätzten sie sogar seine allzu nüchterne Art, die Dinge zu sehen. Sie verstanden ihn. Es war, als wäre er für sie in einer Weise erfassbar, die er nicht begreifen konnte. Erst wenn sie etwas älter und gehemmter wurden und sich an die »Normen« üblichen Verhaltens gewöhnt hatten, sagten sie etwas dazu und machten sich bisweilen auch über ihn lustig.

Andere Kinder – wie Otteys – neigten dazu, sich den Gegebenheiten anzupassen. Es war, als erkannten sie die Verletzlichkeit dieses erwachsenen Mannes und fühlten mit ihm. Es hatte nur ein paar wenige Gelegenheiten gegeben, zu denen er seine Reaktion auf seine unmittelbare Umgebung nicht hatte kontrollieren können, aber wenn das geschah, reagierten gerade diese Kinder erschrocken auf sein Verhalten.

Jedenfalls war er nicht sonderlich überrascht, als Debbie, die Siebenjährige, plötzlich mit einem Glas Wasser vor ihm stand. Er ging davon aus, dass das ihre eigene Idee gewesen war, denn ihrer Mutter hätte der Instinkt geraten, ihn in Ruhe zu lassen. Er nahm das Glas dankbar an. Debbie hatte diesen Gesichtsausdruck, den man bei Kindern in einschneidenden Momenten manchmal sehen konnte. Einen Ausdruck, der den Anschein erweckte, als begriffen sie, dass sie in einer schwierigen Lage etwas Gutes taten, in einer Situation, die sie nicht ganz verstehen konnten, von der sie aber wussten, dass sie problematisch war. Das zu tun hatte nicht gerade wenig Mut erfordert, dachte Cross. Es erinnerte ihn an ihre Mutter. Das Mädchen lächelte ernst, als wollte es versuchen, ihn zu trösten, und ging wieder hinein.

Ottey stellte Cross' Teller in den Ofen, um das Essen warmzuhalten, als die dreizehnjährige Carla sich an Raymond wandte: »Was ist denn los mit ihm?«

»Ach, eigentlich nichts; George findet das Leben einfach viel komplizierter als wir anderen, und das kann manchmal ein bisschen erdrückend sein.«

»So habe ich das bisher noch nie betrachtet«, sagte Ottey.

»Ich finde, diese Sichtweise macht es leichter, damit umzugehen«, entgegnete Raymond.

»Das verstehe ich«, sagte sie.

»Wie kommen Sie bei der Arbeit mit ihm zurecht?«, fragte er.

»Ich versuche immer noch, einen guten Weg zu finden. Er kann so ... schwierig sein, so unbegreiflich, wenn Sie verstehen, was ich meine. Und dann wieder tut er in irgendeinem Fall etwas so Bemerkenswertes, so Unkonventionelles. Etwas, das völlig daneben zu sein scheint und worauf außer ihm niemand käme, das aber geradezu perfekt ist, und schon sieht man ihm alles andere nach«, sagte sie.

»Ist er gut in seinem Job? Er spricht eigentlich nie über seine Arbeit.«

»Oh, er ist viel besser als nur ›gut‹.«

»Er ist heißer Scheiß«, bekundete Debbie.

»Er ist heißer Scheiß!«, stimmte Ottey zu.

»Ich nehme an, wir sind uns alle einig, dass das ein Ausdruck ist, mit dem er zweifellos seine Probleme hätte«, kommentierte Raymond, und Ottey lachte.

Cross beendete sein Mittagessen allein am Tisch. Als er alles andere verspeist hatte, bat er um einen Teller Erbsen. »Das ist wirklich ein Kompliment«, bemerkte Raymond.

»Ich bin ziemlich sicher, das Geschehen erfordert Abbitte meinerseits«, sagte Cross an der Tür, als sie sich auf den Weg machten.

»Nein, gar nicht. Es war schön, Sie zu sehen«, versicherte Ottey.

»Ich hoffe, ich habe die Kinder nicht erschreckt«, entgegnete Cross.

In dem Moment schlang Debbie ihre Arme um seinen Leib, was ihm einen Ausdruck der Panik ins Gesicht trieb. Ottey konnte nicht anders, sie musste lachen. »Sieht nicht so aus«, meinte sie.

33

Zu den ersten Dingen, die Ottey am nächsten Tag bei der Arbeit an Cross auffielen, gehörte, dass er sich anscheinend deutlich wohler fühlte als beim Mittagessen am Vortag. Bei der MCU war er zu Hause. Er äußerte sich nicht zu dem Essen, das sie am Sonntag genossen hatten – wenn auch nicht gemeinsam. Die meisten Leute hätten wohl erneut ihren Dank für die Einladung zum Ausdruck gebracht und höfliche, wenn auch nicht zwingend aufrichtige Bemerkungen darüber gemacht, wie großartig Otteys Kinder seien, wie artig, hübsch und wohlerzogen. Aber nicht Cross. Er widmete sich schnurstracks wieder dem aktuellen Fall – den Morden an Leonard und Hilary. Er hatte eine Besprechung anberaumt, um den Stand der Ermittlungen zu rekapitulieren. Normalerweise würden Carson und der Rest des Teams daran teilnehmen, aber seit Badgers Verhaftung gab es kein Team mehr, nur Mackenzie und Ottey, die sich der unerledigten Dinge annahm.

»Also, das ist der Stand der Dinge«, begann Cross. »Badger glaubt nun, er hätte jemanden gesehen, der sich über Leonard gebeugt hatte. Aber er war betrunken und nur halb bei Bewusstsein, also ist fraglich, wie glaubwürdig er ist. Wie dem auch sei, Mackenzie, ich möchte, dass Sie alle Überwachungskameras in der unmittelbaren Umgebung ausfindig machen und nachsehen, ob Sie irgendjemanden entdecken, der sich zu der Zeit in dem Gebiet aufgehalten hat – entweder direkt vor oder direkt nach dem Zeitpunkt des Mordes. Wir haben einen roten Jaguar unbekannten Modells in dem Gebiet, in dem sich der Mord an Hilary ereignet hat. Von diesem Wagen wissen wir, dass er beschädigt wurde, als er sich vom Tatort entfernt hat, aber das scheint nirgendwohin zu führen. Also sollten wir uns wieder Hilary selbst zuwenden – wir übersehen da etwas. Sie kannte ihren Mörder, sie hat ihn ins Haus gelassen – aufgrund der enormen Brutalität, die bei der Strangulierung der Opfer angewandt wurde, gehen wir von einem Mann aus. Und offenbar hatte er einen Grund, sie zu töten.«

»Was ist mit MacDonald?«, fragte Ottey.

»Was ist mit MacDonald … Etwas stimmt nicht mit den Ermittlungen. Es könnte sich um untypische Stümperei handeln, was allmählich immer wahrscheinlicher wird, oder jemand hat sie sabotiert. Warum genau, weiß ich nicht.«

»Da wäre noch die Tatsache, dass er es versäumt hat, sein kürzliches Zusammentreffen mit Leonard zu erwähnen«, fügte sie an.

»In der Tat«, stimmte er zu.

»Haben Sie vor, ihn einzubestellen?«

»Nicht, solange wir nicht mehr Informationen über Hilary haben. Das würde zu viel Ärger von zu weit oben provozieren.«

»Okay, also schön, machen Sie eben weiter. Aber verlassen Sie die Dienststelle nicht ohne mich. Verstanden?«

»Gehört, nur nicht unbedingt verstanden«, sagte er.

Er beschloss, wie er es bei obskuren oder komplizierten Fällen oft tat, sich zunächst ein genaueres Bild vom Opfer zu machen.

Er würde noch einmal mit Jessica über ihre Mutter reden und sämtliche Polizeiakten durchgehen in der Hoffnung, dass die Ermittler von damals etwas Ähnliches getan hatten. Als er sich ein paar der in der Akte enthaltenen Fotos von Hilary ansah, fiel ihm wieder ein, dass sie einen Autounfall gehabt hatte, von dem sie einige Narben auf einer Seite des Gesichts davongetragen hatte.

Er suchte im Internet nach dem Unfall, wurde aber weder in den lokalen noch in den überregionalen Zeitungen fündig, andererseits war ihm durchaus bewusst, dass das weniger an mangelnder Berichterstattung als vielmehr an seinen unzureichenden Kenntnissen über Internetrecherche lag. Manche Leute hatten ja wirklich ein Händchen dafür. Cross nicht. Er hatte schon lange vor, sich darin zu üben, doch er kam nicht dazu. Er wusste nämlich sehr genau, dass er eine ganze Menge Zeit würde investieren müssen, wenn er es richtig machen wollte. Er sehnte sich zurück zu den Tagen der Microfiches. Damals brauchte man nur ein Datum und gute Augen, das schlug niemals fehl. Er rief Jessica an.

»Jessica, DS Cross hier. Wir haben uns kürzlich gesprochen. Ich arbeite an …«

»Ich weiß, wer Sie sind, Inspector.«

Cross setzte stets voraus, dass er keinerlei Erinnerungswert hatte, nur ein Polizist unter vielen war. Darum war er der Ansicht, es würde Zeit sparen, wenn er zu Beginn eines Telefongesprächs oder einer E-Mail den Rezipienten zunächst daran erinnerte, wer er genau war.

»Tatsächlich nur Sergeant. Haben Sie gerade Zeit, sich mit mir zu unterhalten?«, fragte er.

»Ja, sicher. Ist irgendwas passiert?«, antwortete Jessica.

»Nein, ich ermittle noch.«

Etwas an seiner geschraubten Ausdrucksweise kam ihr sonderbar passend vor, und sie ertappte sich bei einem Lächeln.

»Ich wollte Sie nach dem Autounfall Ihrer Mutter fragen. Könnten Sie mir das genaue Datum nennen?«

»Das Jahr kann ich Ihnen sagen. 1991.«

»Das ist schon hilfreich. Wissen Sie, was damals passiert ist?«

»Nur, was meine Schwestern mir erzählt haben, wenn ich ehrlich bin. Es war ein Frontalzusammenstoß auf einer Landstraße außerhalb von Old Sodbury. Sie konnte nichts tun. Der andere Wagen kam in hohem Tempo um eine Kurve, nicht ganz auf der falschen Seite, aber diese Fahrbahnen sind so schmal, dass er den Großteil der Straße belegt hatte. Mum hatte offenbar keinen Platz, um auszuweichen.«

»Und sie wurde durch die Windschutzscheibe geschleudert?«

»Ja.«

»Und der Fahrer des anderen Wagens?«

»Schwer verletzt; er ist eine Woche später im Krankenhaus gestorben.«

»Ich verstehe, also war es ein Unfall mit Todesfolge.«

»Es gab sogar zwei Todesfälle. Die Beifahrerin ist beim Aufprall gestorben. Sie war die Frau des Fahrers.«

»Dann muss es also auch eine Untersuchung gegeben haben.«

»Ja, Mummy wurde von jeder Schuld freigesprochen. Der andere Fahrer war leichtsinnig, und es gab mehrere Leute im Dorf, die seine Fahrweise bezeugen konnten. Ich nehme an, das steht alles im Polizeibericht.«

»Natürlich. Hat Ihr Vater irgendwelche Aufzeichnungen zu diesem Unfall gehabt?«

»Von Versicherungsformularen abgesehen, kann ich mir das nicht vorstellen.«

»Haben Sie darüber gesprochen?«

»Ich glaube nicht, aber wie gesagt, ich war noch sehr klein.«

»Das ist verständlich. Zwei Tote, äußerst traumatisch. Hat Ihre Mutter sich in irgendeiner Weise schuldig gefühlt?«

»Nein, ich sagte ja schon, sie wurde von jeglicher Schuld freigesprochen.«

»Ich weiß, aber manchmal reagieren Menschen in solchen Situationen nicht logisch.«

»Sie denken an die Schuld der Überlebenden.«

»Exakt.«

»Ja, ich glaube, die hat sie auch empfunden. Ich schätze, Sie haben recht. Das ist etwas, das sie nicht mehr losgelassen hat. Sie hat sich danach nie wieder ans Steuer gesetzt.«

»Tatsächlich? Aber auch das ist absolut verständlich.«

»Dabei hatte sie keinen Grund, sich schuldig zu fühlen. Alle, die Polizei, die Sanitäter, die Feuerwehr, sie haben alle ihre Tapferkeit bewundert.«

»Tapferkeit in welcher Hinsicht?«

»Wegen des Jungen. Sie hat ihm das Leben gerettet.«

»Ein Junge?«

»Sie sollten lieber mit Gilly reden. Sie weiß mehr über die Einzelheiten als ich.«

»Ach, das war furchtbar«, sagte Gillian, nachdem sie ihre anfänglichen Vorbehalte gegen ein erneutes Gespräch mit Cross abgelegt hatte. »Der arme kleine Kerl. Ein Bein ist vom Vordersitz zerquetscht worden, das andere ganz abgetrennt. Mummy hat ihn auf dem Rücksitz wimmern gehört und sich, obwohl sie selbst große Schmerzen hatte und gerade erst wieder zu sich gekommen war, über die Straße geschleppt und ihn gefunden. Sie muss selbst schlimm ausgesehen haben mit dem ganzen Blut im Gesicht. Aber sie konnte die arterielle Blutung an dem abgetrennten Bein des Jungen mit ihrem Schal und ihrem Mantel stillen. Und sie hat ihn wachgehalten, indem sie ihn zum Reden gebracht hat, bis Hilfe gekommen ist. Und dann ist sie anscheinend selbst vor lauter Erschöpfung wieder ohnmächtig geworden. Wirklich ziemlich beachtlich. Aber sie hat nie darüber gesprochen. Dad hat mir all die schmutzigen Details erzählt. Das ist nicht das passende Wort, doch ich bin sicher, Sie wissen, was ich meine. Er war unglaublich stolz auf sie und gleichzeitig wahnsinnig erleichtert.«

Diese Frau war gar nicht so verschlossen, dachte Cross, es kam nur auf die richtige Herangehensweise an. »Wissen Sie, was aus dem Jungen geworden ist?«, fragte er.

»Nein, wir kannten nicht einmal seinen Nachnamen. Es hieß immer nur Mister und Mrs. B, Kind B und Mummy war Mrs. A«, sagte Gillian.

»Das passiert bei solchen Fällen oft.«

»Ich weiß nur, dass sie eines der Beine des Kinds retten konnten, aber das andere war natürlich verloren. Darüber denke ich oft nach.«

»Worüber?«

»Über das andere Bein. Ob es wohl einfach im Fußraum gelegen hat und alle es sehen konnten? Wie grausig ist das?«

»Aber Sie haben nie mit ihr darüber gesprochen, weder damals noch in den folgenden Jahren?«

»Na ja, wir waren alle noch so jung. Um ehrlich

zu sein, ich schätze, wir haben einfach unser Leben weitergelebt und gar nicht so viel darüber nachgedacht. Sie wissen doch, wie Kinder sind. Man wollte ihr auch irgendeine Art Tapferkeitsorden verleihen, aber sie mochte nichts davon hören.«

»Es klingt, als wäre sie sehr bescheiden gewesen.«

»Bescheiden und, wie Sie Jess gegenüber gesagt haben, vermutlich gepeinigt von der Schuld der Überlebenden.«

»Ihre Worte, nicht meine«, sagte Cross hastig.

»Heutzutage würde man wahrscheinlich sagen, sie hat an PTBS gelitten, meinen Sie nicht?«

»Ich kann dazu keine in irgendeiner Weise maßgebliche Meinung äußern, denn erstens habe ich keine medizinische Ausbildung und zweitens bin ich Ihrer Mutter nie begegnet«, sagte er und beendete das Gespräch.

Was Cross' Neugier weckte, war die Tatsache, dass der Unfall in Hilarys Fallakte kaum erwähnt wurde. Nur beiläufig. Vermutlich war er irrelevant, da er so viele Jahre früher passiert war, aber in Anbetracht all der anderen Versäumnisse und Beschränkungen im Zuge der ursprünglichen Untersuchung kam dieser Umstand Cross mehr als nur ein bisschen seltsam vor. Er würde sich den Unfallbericht ansehen müssen – bei einem Unfall mit Todesfolge musste es einen geben – und die Untersuchungsergebnisse der Unfallermittler ebenso.

Als er feststellte, dass der Unfallbericht schon vor Jahren entnommen und nie zurückgebracht worden war, fand er das eher ermutigend als enttäuschend. Zusammen mit all den anderen Fehlleistungen bei der Untersuchung des Mordes an Hilary stützte das seine Annahme, dass der Schlüssel zur Aufklärung ihres Falles – und folglich auch des Mordes an Leonard – in der Art zu finden war, wie die ursprünglichen Ermittlungen geführt worden waren. Und als er sah, dass der Unfallbericht schon drei Wochen vor Hilarys Ermordung entnommen worden war, ungefähr dreizehn Jahre nach dem Unfall, *wusste* er, dass er eine heiße Spur gefunden hatte. Das war genau die Art von Unregelmäßigkeit im Alltäglichen, in der üblichen Routine, die andere gewöhnlich übersahen, die ihm jedoch auffiel und seiner Erfahrung nach stets das Potenzial hatte, ihn bei der Lösung eines Falles einen großen Schritt weiterzubringen.

Da sich der Unfall 1991 ereignet hatte und Unfallberichte damals noch nicht in Datenbanken erfasst worden waren, gab es keine digitale Kopie des Berichts. Der Erhalt der Akte war von einem DC Wilson quittiert worden, den Cross schnell aufgespürt hatte. Inzwischen war er DI in einer anderen Abteilung. Am Telefon gab er sich offen und bedacht, erinnerte sich jedoch nicht an die Akte.

»Ich kann mir gar nicht vorstellen, wozu diese Akte hätte sachdienlich sein sollen. Wer war in den Unfall verwickelt?«, fragte Wilson.

»Hilary Monkton«, antwortete Cross.

»Sie wurde ermordet.«

»Sie haben ein gutes Gedächtnis«, sagte Cross beeindruckt.

»Ich habe eine Weile an dem Fall gearbeitet.«

»Das Interessante an der Sache ist, dass sie drei Wochen, nachdem Sie sich die Akte geben lassen haben, ermordet wurde.«

Lange herrschte Schweigen.

»DI Wilson?«, fragte Cross, um sich zu vergewissern, dass er noch am Apparat war.

»Tut mir leid, ich habe nachgedacht. Mein Boss war damals MacDonald. Wenn jemand mich angewiesen hat, diesen Bericht zu beschaffen, dann war es aller Wahrscheinlichkeit nach er.«

»Aber sicher sind Sie nicht«, hakte Cross nach.

»Nein. Ist das Datum vielleicht falsch?«

»Welches Datum.«

»Das der Aktenanforderung«, sagte Wilson.

»Unwahrscheinlich.«

»Aber warum hat MacDonald …?«

»Wenn er es wirklich war«, erinnerte ihn Cross.

»Hören Sie, ich bin da ziemlich sicher, und bei dem Fall war einiges irgendwie komisch. Und jetzt sagen Sie, dass MacDonald nach einem dreizehn Jahre alten Unfallbericht gefragt hat, der direkt mit einer Person zu tun hatte, die drei Wochen später ermordet wurde«, sagte Wilson, beinahe, als würde er laut denken.

»Was war ›komisch‹?«, hakte Cross nach.

»Wie gesagt, ich habe eine Weile an dem Fall Carpenter gearbeitet, ehe ich versetzt wurde. Und eigentlich habe ich immer gedacht, das hätte etwas mit meiner Versetzung zu tun gehabt.«

»Inwiefern genau?«, wollte Cross wissen.

»Ich fand die Art, wie MacDonald die Untersuchung geleitet hat, wirklich seltsam. Ständig hat er irgendwelche Spuren verworfen. Haben Sie sich die Akten angesehen?«

»Ja, und ich bin mehr oder weniger zu dem gleichen Schluss gekommen. Haben Sie eine Idee, was dahintergesteckt haben könnte?«

»Er hat sich richtig auf den Fall gestürzt. Das reinste Mikromanagement. Aber er war von Anfang an nicht er selbst.«

»In welcher Hinsicht?«

»Nervös – er hat ziemlich schockiert gewirkt, als wir am Tatort angekommen sind. Irgendetwas schien ihm zu schaffen zu machen. Wer ihn nicht kannte, hätte annehmen können, er sähe zum ersten Mal eine Leiche. Der Fall war ihm offensichtlich sehr wichtig, denn ich erinnere mich noch, dass MacDonald total übertrieben reagiert hat, als dieser Pole gestanden hat. Siegestrunken, triumphierend – beinahe, als hätte er den Fall seiner eigenen Mutter aufgeklärt. Das war *das* Thema auf dem Revier. So habe ich davon erfahren«, berichtete Wilson.

»Kannte er sie?«, fragte Cross.

»Nein, das glaube ich nicht, aber ich weiß, worauf Sie hinauswollen.«

»Haben Sie damals Aufzeichnungen angefertigt?«

»Natürlich. Ich glaube, das ist eingelagert, zusammen mit meinem übrigen Zeug. Ich wurde kürzlich geschieden.«

»Ich verstehe. Aber könnten Sie vielleicht trotzdem überprüfen, ob es wirklich MacDonald war? Das wäre sehr hilfreich.«

»DS Cross, ich weiß, dass Sie es immer ganz genau nehmen, aber wenn ich nicht herausfinden kann, ob er es wirklich war, dann sollten Sie sich davon nicht aufhalten lassen. Ich würde das Leben meiner Frau darauf verwetten, dass er es gewesen ist. Wer hätte es sonst sein sollen?«, fragte Wilson.

Cross kam in den Sinn, dass es ihm leichtfallen dürfte, dass Leben seiner Frau zu verwetten, nun, da sie eine »Ex« war, aber er sagte nichts dazu.

34

Während Cross über den nächsten Zug nachdachte, klopfte ein uniformierter Polizist an seine Tür. Er hielt eine Fotokopie des ausgerissenen Einkaufscoupons in der Hand, der in Leonards Rucksack gefunden worden war. Der Constable stammte aus einer polnischen Familie und hatte sich bereit erklärt, die Kopie mit nach Hause zu nehmen, damit sein Vater den Coupon für Cross übersetzen konnte. Wie sich herausstellte, war der Coupon, wie sie vermutet hatten, ein Rabattgutschein für eine Reihe von »Skleps«, polnische Läden, in North London.

»Dann stammt das vermutlich aus einer Londoner Lokalzeitung?«

»Eher aus einer für die polnische Gemeinde in London.«

»Richtig, das hatte ich gemeint, aber danke, dass Sie noch einmal darauf hingewiesen haben.«

Der Constable wusste nicht recht, ob die Worte des Detectives als Sarkasmus gedacht waren oder nicht – was sie natürlich nicht waren –, und ging.

Ein polnischer Einkaufsgutschein und ein Foto von einem Satz Fußabdrücke vom ursprünglichen Tatort. Was um alles in der Welt hatte das zu bedeuten? Gab es da einen Zusammenhang, oder hatten diese beiden Dinge nichts miteinander zu tun? Auf diese Frage würde er später wieder zurückkommen.

Derzeit galt sein Augenmerk vor allem dem Umstand, wie er in Hinblick auf MacDonald weitermachen sollte. Der gerissene alte Inspector hatte darauf bestanden, zum Revier zu kommen, sollte Cross noch einmal mit ihm sprechen wollen. Warum?, fragte er sich. Wollte er sich ein Publikum verschaffen? Fühlte er sich in einem Verhörzimmer sicherer?

Nun ja, in der Voluntary Assistance Suite, einer Sitzecke zur Befragung freiwilliger Helfer, wenn man es genau nahm, in der sie mit Leuten zu sprechen pflegten, die nicht unter Verdacht standen und denen keine Rechte verlesen worden waren. Das galt als gemütlicher als die Verhörzimmer. Inwiefern, war Cross nicht so ganz klar; vielleicht wirkte der Raum durch die Anwesenheit einer Topfpflanze weniger einschüchternd.

Oder war es MacDonald peinlich, wenn Cross vor den Augen seiner Nachbarn bei ihm auftauchte? Vermutlich nicht. Hatte er zu Hause etwas zu verstecken? Wollte er nicht, dass seine Frau irgendetwas erfuhr, oder war das einfach nur Ausdruck seiner Verschlagenheit? MacDonald war darüber im Bilde, dass wegen des Mordes an Leonard jemand verhaftet worden war. Er kannte außerdem genug hohe Tiere bei der Polizei, um zu wissen, dass Cross angewiesen worden war, die Sache ruhen zu lassen. Käme er also ins Revier, stünde Cross mitten im Fadenkreuz.

Nicht, dass ihm das etwas ausmachen würde – Druckmittel dieser Art ließ er ungerührt über sich ergehen, wenn er sich erst einmal auf eine Vorgehensweise festgelegt hatte.

Er hatte die Angelegenheit nicht mit Ottey besprochen. In seinen Augen war es unnütze Zeitverschwendung, sich ihre unausweichlichen Warnungen anzuhören und sich für das rechtfertigen zu müssen, was er zu tun gedachte – was er so oder so täte, ganz gleich, was sie sagte.

»Ernsthaft?«, rief Carson und marschierte mit Ottey im Schlepptau unangekündigt in Cross' Büro. Cross antwortete nicht. Er wusste zwar, worauf sein Boss anspielte, aber dies war eine rein rhetorische Frage. Bevor Cross sich selbst beigebracht hatte, solche Fragen zu erkennen, hatte er sie stets wörtlich genommen und beantwortet, sehr zum Amüsement seiner Kollegen. Nun, da er sie mühelos herauspicken konnte, stellten sie für ihn ein Ärgernis dar, weil er ihren Sinn und Zweck nicht sehen konnte. Carson, der genau wusste, dass er von diesem sonderbaren Geschöpf keine Antwort zu erwarten hatte, drehte sich zu Ottey um.

»Ich dachte, ich hätte Sie gebeten, ihn an der kurzen Leine zu halten«, sagte er.

»Ich glaube nicht, aber worum geht es überhaupt?«, fragte sie.

»Er hat MacDonald für eine weitere Befragung, über deren Inhalt mir nichts bekannt ist, herbestellt.«

»Oh«, machte Cross ganz unschuldig. »Hat er

sich damit einverstanden erklärt? Ich habe noch gar nichts gehört.«

»Ja, hat er.«

»Und was ist dann das Problem?«, wollte Ottey wissen. »Ist er unzufrieden?«

»Nein, gar nicht. Er hat einfach nur den Chief Constable über seinen bevorstehenden Besuch informiert, und der hat es dem Deputy Chief erzählt, der daraufhin den Super angerufen hat, der mich dann in meinem Büro aufgesucht und mir sehr freundlich die Eier abgerissen hat!«, sagte Carson.

»Er hat klar und deutlich gesagt, dass ich ihn nicht mehr zu Hause aufsuchen soll. Er kommt auf eigenes Betreiben aufs Revier«, betonte Cross.

»Nein, tut er nicht, er kommt auf Ihr Betreiben«, widersprach Carson.

»Es ist nicht sinnvoll, alles wörtlich zu nehmen; Sie wissen genau, was ich meine.«

»Sie erzählen mir, ich soll nicht alles wörtlich nehmen? Das sagt der Richtige. Finden Sie das nicht auch ein bisschen skurril?«

»Nein. Warum?«, fragte Cross.

»Sie haben hoffentlich einen verdammt guten Grund oder besser zwanzig, dass Sie ihn herbestellt haben.«

»Ich habe ein paar, ich hoffe, das reicht aus. Um welche Zeit kann ich mit ihm rechnen?«

»Er ist offenbar schon auf dem Weg.«

»Hervorragend. Vielleicht könnten Sie Mackenzie bitten, die VA Suite für uns zu reservieren.«

Carson starrte ihn an, als hätte er den Verstand verloren – wollte der Kerl jetzt schon seinen Vorgesetzten Anweisungen erteilen?

»Sie kommen an ihrem Schreibtisch vorbei, wenn Sie wieder gehen, oder nicht?«, erklärte Cross. Ottey grinste, als Carson sich an ihr vorbeidrängelte.

»Was führen Sie im Schilde, George?«, fragte sie dann.

Er erzählte ihr von dem fehlenden Unfallbericht und DI Wilsons Eindruck von der ganzen damaligen Ermittlungsarbeit. Und dann war da natürlich auch noch die Frage, warum MacDonald Leonards Besuch bei ihm zu Hause nicht erwähnt hatte. Als er sich erkundigte, ob sie sich auch zu ihm und MacDonald gesellen wolle, bemerkte er ein leichtes Zögern.

»Sieht vor den hohen Tieren nicht gut aus?«

»Tut mir leid«, sagte sie verlegen.

»Nicht nötig. Als schwarze Frau und obendrein alleinerziehende Mutter haben Sie es hier auch so schon schwer genug, andererseits sollte man hoffen, dass die neue Vielfalt all das gerade ändert«, sagte Cross.

Sie starrte ihn an und konnte kaum glauben, dass immer noch Dinge aus seinem Mund kamen, die sie förmlich erstarren ließen.

Als er zum Eingangsbereich der MCU ging, unterhielten sich der Deputy Chief Constable und der Chief Superintendent dort bereits mit MacDonald. Carson stand dümmlich grienend daneben wie ein Oberkellner, der darauf wartete, den Leuten ihren

Tisch zuweisen zu dürfen. Als Cross sich näherte, unterbrach MacDonald demonstrativ das Gespräch mit den beiden hochrangigen Kollegen, um Cross einen Dämpfer zu versetzen, was natürlich wirkungslos verpuffte. Cross wartete einfach, ohne sich im Mindesten dafür zu interessieren, was da geredet wurde, und er bemühte sich auch nicht darum, sich an dem kollegialen, vertrauten Beisammensein zu beteiligen. Nicht einmal ein höfliches Lächeln rang er sich ab, um zu vermitteln, dass die fortgesetzte Unterhaltung ihn nicht störte, denn solche sozialen Feinheiten waren ihm vollkommen fremd. Er war sich ganz einfach seines Platzes in der Hackordnung bewusst und wartete folglich geduldig ab, bis der Deputy Chief es endlich für angebracht hielt, die Unterhaltung zu beenden.

»Ihr Vernehmungsbeamter ist hier, Stuart«, sagte er.

»Ja, tatsächlich«, antwortete MacDonald.

»DI MacDonald und ich haben seinerzeit viele Fälle gemeinsam bearbeitet, Cross«, teilte der Deputy Chief mit.

»Das ist mir vollkommen bewusst, Sir, genauso wie die stillschweigende Missbilligung der Tatsache, dass ich Mister MacDonald in die MCU eingeladen habe«, entgegnete Cross.

Auch dieses Mal hatte das »Mister« keine besondere Bedeutung. Cross benutzte lediglich die in seinen Augen korrekte Anrede. Schließlich war MacDonald kein Polizist mehr.

»Ich habe keine Ahnung, was Sie auf diese Idee gebracht hat, Sergeant«, sagte der Deputy.

»Das war der Umstand, dass die Mehrzahl der Leute, die herkommen, um uns zu unterstützen, nicht von einem Empfangskomitee von so erhabener Stellung erwartet wird.«

»Wir sind Freunde, und wie ich glaube, habe ich das gerade dargelegt.«

»Das mag sein, Sir, aber ich bin ziemlich sicher, dass weder der Superintendent noch DCI Carson je mit Mister MacDonald zusammengearbeitet haben, und doch sind sie hier«, beharrte Cross.

Der Deputy Chief hatte nicht oft mit Cross zu tun, wusste aber genug über ihn, um sich darüber klar zu sein, dass eine Fortsetzung dieses Gesprächs keinerlei Sinn hatte.

»Es war schön, Sie zu sehen, Stuart. Liebe Grüße an Sheila. Carson, seien Sie so nett und halten Sie mich auf dem Laufenden. DS Cross, ich möchte Sie daran erinnern, dass DI MacDonald freiwillig hier ist. Sie werden ihn mit dem Respekt behandeln, den ein pensionierter Officer dieser Truppe verdient.«

»Ich kann Ihnen versichern, dass ich ihn mit dem Respekt behandeln werde, den ich jedem Bürger erweise, der sich die Zeit nimmt, zu uns zu kommen und uns zu unterstützen. Diesbezüglich müssen Sie sich keine Sorgen machen«, verkündete Cross.

Als er dann mit MacDonald zur VA Suite ging, drehte sich der pensionierte Polizist zu ihm um. »Wie ich sehe, hinterlassen Sie immer noch einen guten Eindruck. Sie können einfach nicht anders, was?«

Cross antwortete nicht. Er hatte nicht vor, sich gerade jetzt auf so etwas einzulassen. Er würde sich seines Opponenten zu seinen Bedingungen annehmen, wenn er dazu bereit war und keinen Moment früher.

»Danke, dass Sie gekommen sind«, sagte er stattdessen.

»Gern geschehen. Freut mich, wenn ich helfen kann«, antwortete MacDonald.

»Das ist nett von Ihnen. Wie möchten Sie angesprochen werden?«

»Stuart ist völlig in Ordnung. Und Sie?«

»DS Cross wird genügen.«

MacDonald versuchte, dem Austausch einen Hauch von Ungezwungenheit zu verpassen, aber wie immer in seinem Leben, nicht nur in dieser speziellen Konstellation, fühlte Cross sich in einem formellen, distanzierten Rahmen deutlich wohler.

»Also, wir haben bereits festgestellt, dass Sie während der Ermittlungen im Mordfall Hilary Carpenter, wie Sie selbst gesagt haben, wegen der gesundheitlichen Probleme Ihrer Frau ein bisschen angeschlagen waren«, sagte Cross.

»Ist das ein Verhör, DS Cross?«, fragte MacDonald.

»Nein.«

»›Wir haben bereits festgestellt‹ klingt, als würde ich unter Verdacht stehen.«

»Nein, das ist nicht der Fall, aber danke, dass Sie mich darauf hingewiesen haben. Ich werde mich bemühen, mich präziser auszudrücken. Also, wir haben über den roten Jaguar gesprochen.«

»War es ein Jaguar?«

»Allerdings, und das ist weitgehend alles, was wir darüber wissen. Die Spur hat uns nicht weitergebracht.«

»Das überrascht mich nicht.«

»Tatsächlich? Warum nicht?«

»Das dürfte wohl der Grund sein, warum wir der Sache nicht weiter nachgegangen sind.«

»Äh, nein, nicht ganz.« Cross zog seine Akte zurate. »Sie haben diese Sache als unwesentlich verworfen, aber wie dem auch sei, es hat keinen Sinn, über Dinge zu spekulieren, die wir, zumindest in diesem Moment, nicht wirklich greifen können.« Er blickte auf.

»Was vermutlich genau das ist, was ich damals gedacht habe«, kommentierte MacDonald.

Cross beschloss, nicht weiter auf diesen Punkt einzugehen. Das würde nichts bringen.

»Hilarys Autounfall, ein paar Jahre zuvor«, sagte Cross.

»Ja.«

»Der wurde auch nicht in die Ermittlungen einbezogen.«

»Relevanz?«, fragte MacDonald.

»Nun, das hätte sich zweifellos erwiesen, hätte man ihn einbezogen. Aber das ist nicht geschehen.«

MacDonald antwortete nicht.

»War das eine durchdachte Entscheidung oder nur

ein weiteres Resultat davon, dass Sie ›angeschlagen‹ waren?«

»Ihr Ton gefällt mir nicht, Cross.«

»Dem liegt keine Absicht zugrunde, Stuart, das kann ich Ihnen versichern. Ich versuche nur zu verstehen, warum Hilarys Unfall nicht einbezogen wurde. Sind Sie kein Befürworter der Viktimologie?«

»Natürlich bin ich das.«

»Ein Unfall mit Todesfolge«, betonte Cross.

»An dem sie keine Schuld getragen hat.«

»Was ihn nicht weniger traumatisch gemacht haben dürfte und folglich auch einer näheren Betrachtung wert gewesen wäre.«

MacDonald war nicht bereit mitzuspielen.

»Andererseits haben Sie das ja getan, oder etwa nicht?«

»Haben Sie mir nicht gerade erklärt, ich hätte es nicht getan?«

»Sie haben die Akte angefordert.«

»Habe ich?«

»DC Wilson hat sie für Sie beschafft, erinnern Sie sich?«

»Nein.«

»Ich verstehe«, sagte Cross.

»Habe ich den Erhalt quittiert?«, fragte MacDonald.

»Wie ich bereits erwähnte, hat DC Wilson die Akte für Sie beschafft.«

»Und er behauptet, ich hätte ihn geschickt, um sie zu holen?«

»Tatsächlich ist er nicht vollkommen sicher. Aber es ergibt zweifellos Sinn, da Sie damals sein Vorgesetzter waren.«

»Tja, wie schon gesagt, ich erinnere mich nicht, sie angefordert zu haben, und er ist nicht völlig sicher. Nicht besonders stichhaltig, oder?«, fragte MacDonald.

Cross fand das interessant. Wozu leugnen?

»Was jedoch seltsam ist, das ist das Datum. Wilson hat sich die Akte drei Wochen vor Hilarys Ermordung geben lassen«, berichtete Cross.

»Das ergibt doch gar keinen Sinn. Sind Sie sicher?« MacDonald schien verwirrt zu sein.

»Ja, das wurde protokolliert.«

»Vielleicht hat da jemand einen Fehler gemacht.«

»Das war auch die Reaktion von DI Wilson.«

»Wie auch immer, ich kann es jedenfalls nicht gewesen sein. Warum sollte ich aus heiterem Himmel eine dreizehn Jahre alte Unfallakte anfordern?«

»Das ist eine gute Frage. Ich hatte gehofft, Sie könnten sie beantworten«, entgegnete Cross.

»Kann ich nicht. Es ergibt keinen Sinn.«

»Es ist verwirrend. Ein sehr sonderbarer Zufall, meinen Sie nicht? Die Akte wird angefordert, und drei Wochen später ist sie tot. Ermordet.«

Stille. Die beiden Männer taxierten einander. Cross' Mimik gab wie üblich rein gar nichts preis, während MacDonald wachsam und neugierig zugleich aussah – wie so viele Befragte, die abzuschätzen versuchten, was der Polizist auf der anderen Seite des Tisches wusste oder beweisen konnte, ohne die Karten auf den Tisch zu legen. Aber warum sollte MacDonald das tun? Fürchtete er, Cross könnte seine sonst so makellose Akte beflecken? Glaubte er, Cross sähe eine Gelegenheit, sich für die Art, wie er ihn Jahre zuvor behandelt hatte, zu rächen? Hatte er vergessen, dass Cross so nicht funktionierte?

Aus der langen Pause leitete MacDonald ab, dass Cross fertig war.

»Gibt es sonst noch etwas?«, fragte MacDonald.

»Nein. Nein, das war es schon«, sagte Cross.

»Sie haben mich hergebeten, um mich nach dem Unfallbericht zu fragen?«

»Ich habe Sie hergebeten, weil Sie mir erklärten, dass ich das tun solle, wenn ich noch einmal mit Ihnen über Leonard Carpenters Ermordung reden will.«

»Berechtigter Einwand«, gab MacDonald zu. Er stand auf und wollte Cross die Hand reichen. Der stand ebenfalls auf und nickte nur unbeholfen in Anerkennung der Geste. Nie zuvor hatte MacDonald ihm in all der Zeit, die sie einander kannten, die Hand schütteln wollen. Tat er das jetzt, weil er wusste, dass Cross das nicht wünschte und jeder Art von physischem Kontakt aus dem Weg ging?, überlegte Cross. Nein, schloss er dann rasch. MacDonald war nicht der Typ, dem soziale Schwächen anderer Menschen auffielen, ganz besonders nicht die von Cross. Feinfühligkeit gehörte nicht zu seinen sozialen Kompetenzen, was in diesem Fall erleichternd war. Es war nicht so schlecht gelaufen, wie er befürchtet hatte. Aber warum? Was verbarg er, was fürchtete er, könnte Cross aufdecken?

»Bitte rufen Sie mich einfach an, wenn Sie noch weitere Fragen haben. Sie müssen mich nicht extra herbitten«, sagte MacDonald.

»Das ist sehr freundlich«, antwortete Cross.

MacDonald wollte sich gerade auf den Weg machen, als Cross anscheinend etwas in Sinn kam, das ihm zuvor scheinbar völlig entfallen war und das er nun ziemlich verlegen zur Sprache brachte.

»Oh Stuart, ehe Sie gehen, warum haben Sie mir nicht erzählt, dass Sie Leonard kürzlich gesehen haben?«

»Wovon sprechen Sie?«

»Als ich Sie zu Hause aufgesucht habe, sagten Sie, Sie hätten Leonard in jüngster Zeit nicht gesehen.«

»Das ist richtig.«

»Aber das haben Sie. Ihr Nachbar, Mister …« Er zog sein Notizbuch hervor, obwohl er den Namen im Kopf hatte. »… Griffiths, sagte, er habe mindestens zweimal im vergangenen Oktober gesehen, wie Sie sich ein Wortgefecht mit einem Obdachlosen geliefert haben, der zu der Beschreibung von Leonard passte.« Cross setzte eine überraschte Miene auf, als könnte er nicht fassen, dass MacDonald das vergessen hatte.

»Ich schätze, ich wusste einfach nicht, inwiefern das relevant sein könnte.«

»Sie hielten es für irrelevant, dass Sie dem Opfer

in dem Mordfall, in dem wir ermittelt haben, begegnet sind, gerade ein paar Wochen vor seinem Tod? Dass Sie beobachtet wurden, wie Sie mit ihm gestritten haben? Wie sind Sie auf die Idee gekommen, das wäre nicht relevant?«

»Sie sind nicht wegen dieses Mordes zu mir gekommen. Soweit ich mich erinnere, haben Sie mich nach Hilarys Ermordung gefragt. Außerdem hatten Sie bereits einen Mann in Gewahrsam.«

»Ich verstehe. Aber diese Information hätte doch auch bei einem Prozess gegen den Verdächtigen sicherlich nützlich sein können, oder? Was hat er gewollt?«

»Es war nur wieder der altbekannte Unsinn, den er sich wegen des Todes seiner Frau zurechtgelegt hatte. Der arme Mann hat sich davon nie erholt. Wer könnte es ihm auch verübeln?«, erklärte MacDonald.

»Das klingt sehr teilnahmsvoll«, bemerkte Cross.

»Er hat mir leidgetan. Aber seine geistige Gesundheit ist an ihre Grenzen geraten. Sie hätten ihn sehen sollen.«

»Habe ich. Am Schauplatz seiner Ermordung.«

»Dann wissen Sie ja, dass er nicht mehr ganz richtig im Kopf war. Ich war erschrocken, als ich ihn wiedergesehen habe; mir war zuerst gar nicht klar, dass er es war. Er war nicht mehr wiederzuerkennen.«

»Absolut verständlich«, versicherte Cross.

Eine Pause trat ein, die MacDonald als Fingerzeig nahm, sich zu verabschieden. Da legte Cross erneut los.

»Aber warum wollten Sie uns nicht erzählen, dass Sie ihn gesehen hatten? Das ist es, was mir Probleme bereitet. Warum haben Sie nicht einfach gesagt, er war hier, hat all die alten Theorien wieder ausgebreitet, verrückt wie eh und je, und danach ist er nicht mehr wiedergekommen.«

»Ich weiß es nicht. Ich weiß es wirklich nicht«, sagte MacDonald.

»Okay. Gut, danke.«

Cross vermittelte den Eindruck, er würde in diesen Worten eine angemessene Antwort erkennen, was er natürlich nicht tat. Nicht nur das, er wusste auch, dass sich MacDonald darüber ebenfalls im Klaren war. Cross versuchte mit voller Absicht, den pensionierten Detective aus der Ruhe zu bringen. Er sah zu, wie Carson MacDonald zu seinem Wagen begleitete, einem brandneuen Range Rover Autobiography, ein Spitzenmodell. Einige Minuten lang umrundeten sie bewundernd das Fahrzeug; Carson war sichtlich beeindruckt. Cross schaute häufig zu, wenn Befragte das Revier verließen. Er wollte wissen, wie sie sich verhielten, besonders, wenn die Polizei sie gezwungenermaßen gehen ließ, weil das Zeitfenster, in dem sie jemanden ohne Anklage festhalten konnten, sich geschlossen hatte. Ihre Reaktionen waren oftmals ziemlich informativ. Nicht immer, aber doch häufig genug, dass sich die Mühe lohnte.

Ein Verdächtiger, der einen Verteidiger umarmte, dem er am Tag zuvor erstmals begegnet war, vermittelte den Eindruck, dass er glaubte, mit irgendetwas davongekommen zu sein. Ging der Verdächtige allein, stieg in seinen Wagen und fuhr davon, hatte das eine ganz andere Wirkung – als wäre eine unnötige Tortur einfach vorbei und er könnte seinen Alltag wieder aufnehmen. Ob sie von Freunden oder Angehörigen abgeholt wurden oder hektisch telefonierten, sobald sie auf dem Parkplatz waren, alles deutete auf unterschiedliche Möglichkeiten hin. MacDonald demonstrierte eine mit aufgesetzter Freundlichkeit garnierte Ausgelassenheit, die nach Cross' Empfinden auf Erleichterung beruhte. Aber er hatte keine Ahnung, was diese Erleichterung in gerade diesem Moment zu bedeuten hatte.

35

Carson hasste Konfrontationen, und das hatte etwas mit der Art zu tun, wie er eifrig die Karriereleiter emporstieg. Wenn unangenehme Personalangelegenheiten im Revier anstanden, schob er die gewöhnlich an jemanden ab, der »dafür viel qualifizierter ist als ich«. Womit er tatsächlich jemanden aus der Personalabteilung meinte. Die Auslagerung derartiger Dinge an die Personalabteilung war in Carsons Augen eine der erfreulicheren Entwicklungen innerhalb der Behörde, obwohl sie auf Kosten der Anzahl seiner Mitarbeiter ging. Es gab Tage, da konnte man den Leuten, die für ihn arbeiteten, nicht verdenken, dass sie der Ansicht waren, er verbringe mehr Zeit mit der Personalabteilung als mit offenen Fällen. Aber das war nicht allein seine Schuld oder seine Entscheidung, bedachte man die zunehmende Zahl der Kündigungen.

Und was Cross betraf, war Carson weitgehend auf sich gestellt. Innerhalb der Abteilung galt Cross als sein Lieblingsprojekt, sein persönliches Hobby. Die Führungsebene hatte auf den Rat der Personalabteilung hin etliche Male versucht, Cross' Beschäftigungsverhältnis aufzulösen, aber Carson hatte sich jedes Mal durchgesetzt. Sooft er sich auch über ihn aufregte, er mochte Cross, insbesondere weil er Ergebnisse lieferte.

Er hatte sich sogar die Zeit genommen, einiges über Asperger zu lesen, und ein lückenhaftes Verständnis für das Syndrom entwickelt, auch wenn davon niemand etwas wusste. Aber das war der Grund, warum er anders auf Cross' Verhalten reagierte als andere. Man hatte ihm vorgeworfen, er würde Cross eine Sonderbehandlung zugestehen. Zur Antwort hatte er auf die Zahlen verwiesen und erklärt, es liege daran, dass er in der Tat ein Sonderfall sei. Irgendwo hatte er gelesen, für einige Menschen mit Asperger sei es enorm wichtig, dass alles richtig ist, korrekt, genau, wie es sein sollte – und richtig im Sinne von gerecht begründet; ein Bedürfnis und eine Leidenschaft für Justitia, die umso mehr Sinn ergaben, wenn man Cross kannte.

Dieser Korrektheitsanspruch konnte sich melden, wenn ein online bestellter Gegenstand bei der Auslieferung nicht genau der Beschreibung oder der Abbildung auf der zugehörigen Website entsprach. Schon die kleinste Abweichung reichte, und der Artikel wurde zurückgeschickt. Tatsächlich war das der Grund, weshalb so viele Menschen mit Asperger schlicht nichts aus dem Internet bestellten. Sie mussten das Objekt der Begierde physisch vor sich haben. Es war auch der Grund, warum viele von ihnen ihr Wechselgeld im Laden mit beinahe religiöser Hingabe zählten. Der Betrag musste stimmen. Nicht, weil sie fürchteten, sie könnten betrogen werden, sondern weil sie sich vergewissern mussten, dass alles so war, wie es sein sollte. Dass die Transaktion ordnungsgemäß abgelaufen war.

Was nun Cross betraf, verlangte dieses Bedürfnis die Ausübung der Rechtsprechung im Wortsinne. Der Gerechtigkeit musste Genüge getan werden. Das richtige Resultat war zu erzielen und musste zu der vorgesehenen Folge führen, damit das System wirkungsvoll arbeiten konnte. Es ging gar nicht darum, die Bösen wegzusperren; es ging darum sicherzustellen, dass dem Recht unter allen Umständen gedient wurde. Das erklärte auch seine extreme Reaktion in der Handvoll Fälle, die er aufgeklärt hatte und die vor Gericht nicht zu einer Verurteilung geführt hatten.

Dergleichen stürzte ihn in einen Kreislauf totaler Verwirrung. Er konnte einfach nicht verstehen, wie eine Jury, der er Beweise geliefert hatte, die eindeutig die Schuld einer Partei belegten, anders entscheiden konnte. Wie es möglich war, dass die Geschworenen die Angelegenheit so unterschiedlich wahrnehmen konnten. Wie der Verteidiger es schaffen konnte, die Beweise auf eine Art darzustellen, die ihnen keine andere Wahl ließ, als den Beschuldigten nicht zu verurteilen. In einem Fall, in dem eine deutliche Anweisung des Richters selbst eine Verurteilung verhindert hatte, hatte Carson Cross gerade noch davon abhalten können, ins Richterzimmer zu gehen und den Richter auf seinen Fehler hinzuweisen. Genau wie Cross waren natürlich auch viele andere Detectives manchmal frustriert von den Gerichten, ihrer Auslegung des Gesetzes und all der Formalitäten. Der Unterschied zwischen den Kollegen und ihm lag darin, dass er von Natur aus unfähig war, so etwas einfach hinter sich zu lassen.

An diesem speziellen Nachmittag war Carson beauftragt worden, Cross zuzureden, damit er MacDonald in Ruhe ließ. Carson wandte vergebens ein, dass Cross in solchen Fällen meist recht behielt. Seine sonderbaren Methoden führten stets zu Ergebnissen. Er folgte einer strengen Logik, wenn er sich einen Fall vornahm, und er konnte nicht loslassen, wenn er in dieser Logik ein Loch entdeckte, für das sich keine plausible Erklärung fand. Andere Officers hatten schlicht nicht genug Geduld, um so hartnäckig an etwas festzuhalten.

Cross hatte keine Ahnung, dass er Thema diverser Diskussionen war; für ihn war Carson einfach der Mittelsmann, der die irrationalen und undurchdachten Instruktionen aus den höheren Etagen weiterleitete. Und so fand sich Carson ständig in dieser unmöglichen, beinahe schizophrenen Situation wieder, in der er versuchen musste, Cross zu etwas zu bewegen, wogegen er sich gerade ein paar Augenblicke zuvor weiter oben selbst ausgesprochen hatte.

Ottey folgte ihm in Cross' Büro, wie sie es immer tat. Carson wusste nie so recht, wem sie den Rücken freihalten wollte, ihm oder Cross. Letzteres, vermutete er.

»Alles, was der Super sagt, ist, dass Sie MacDonald in Ruhe lassen sollen, wenn Sie keine weiteren Fragen an ihn haben«, erklärte Carson.

»Sollte ich keine weiteren Fragen an ihn haben, würde ich ihn selbstverständlich nicht länger behelligen. Warum sollte ich dann auch noch Kontakt zu ihm aufnehmen?«, gab Cross zurück.

»Ich denke, Sie wissen, was ich meine ...«

»Wie ich meiner Ansicht nach gerade schon erklärt habe, ergibt das keinen Sinn. Aber was, wenn doch?«

»Wenn was doch?«

»Wenn ich weitere Fragen an MacDonald hätte?«, fragte Cross.

Carson überlegte kurz, versuchte, sich eine Taktik zurechtzulegen, die ihm helfen würde, das Beste aus der Situation herauszuholen. »Was macht Ihnen eigentlich an der ganzen Sache so zu schaffen, George?«

Nun klärte Cross ihn über den fehlenden Unfallbericht auf und darüber, dass MacDonald ihm und Ottey gegenüber verschwiegen hatte, dass Leonard ihn – ihren Informationen zufolge – mindestens zweimal aufgesucht hatte in den Wochen vor seinem Tod. An Carsons besorgter Miene, die er umgehend zu verbergen suchte, erkannte Cross, dass er diese Auseinandersetzung für sich entscheiden würde.

»Wegen der Zeiten sind Sie sicher?«, fragte Carson.

»Der Unfallbericht wurde von MacDonald drei

Wochen vor Hilarys Tod angefordert«, bekräftigte Cross.

»Wir *nehmen an*, er wurde von MacDonald angefordert«, erwiderte Carson.

»Das wäre eine exaktere Formulierung, ja«, stimmte Cross zu.

»Zufall?« Das gefürchtete Z-Wort. Und Carson bedauerte beinahe umgehend, es ausgesprochen zu haben. »Ich weiß, ich weiß, Zufälle gibt es nicht.«

»Was mich interessiert«, meldete Ottey sich zu Wort, »ist, warum Leonard nach Bristol zurückgekehrt ist und warum er MacDonald aufgesucht hat.«

»Das ist in der Tat eine gute Frage, deren Antwort der Schlüssel zur Lösung dieses ganzen Durcheinanders sein könnte. Es muss etwas mit dem Foto zu tun haben«, sagte Cross.

»Foto?«, fragte Carson, verärgert, dass er davon nichts wusste – ungeachtet der Tatsache, dass er selbst die beiden angewiesen hatte, die Ermittlungen zu Leonards Ermordung einzustellen. Wie also hätte er davon erfahren sollen? Cross zeigte ihm das Foto von den Fußabdrücken, das am Tatort des Mordes an Hilary aufgenommen und in Leonards Rucksack gefunden worden war. Carson überlegte einen Moment. Für Cross' Geschmack mochte er sich zu sehr dem Management verschrieben haben, doch er hatte immer noch die Instinkte eines guten Ermittlers.

»Okay, also stimmt da irgendetwas nicht. Gehen Sie der Sache weiter nach. Aber bitte, bitte, machen Sie es diskret. Ich hatte für einen Vormittag genug Ärger, wenn Sie also noch einmal mit MacDonald sprechen müssen, dann warnen Sie mich vorher«, sagte er.

»Natürlich«, antwortete Cross. »Teure Autos haben es ihm ziemlich angetan, nicht wahr?«

»Genau das habe ich auch gedacht, aber das war nicht seiner. Er hat einen Jaguar, doch der wird gerade repariert – irgendwas mit der Elektronik, wie es scheint.«

»Dann ist das ein Ersatzwagen«, sagte Ottey.

»Er hat einen Freund in der Branche.«

»Ergibt Sinn.«

Cross studierte immer noch das Foto von den Fußabdrücken, während alle anderen sich aufmachten, um nach Hause zu gehen, als Mackenzie hereinkam.

»Clay Motors«, sagte sie.

»Danke.«

Er hatte sie am Nachmittag zu MacDonalds Haus geschickt, wo sie nachsehen sollte, ob auf der Heckscheibe des Wagens ein Aufkleber des Autohauses zu finden war. So banal diese Aufgabe auch war, sie hatte regelrecht begeistert reagiert. Ihr war alles recht, was sie aus der Monotonie befreite, stundenlang diverse Überwachungsaufnahmen aus der Umgebung von Shaftesbury House zu sichten. Cross rief die Website des Händlers auf seinem Computer auf. Es handelte sich um ein ziemlich vornehmes Autohaus mit Glasfassade mitten in einer ganzen Reihe von Kraftfahrzeughändlern anderer Marken am Stadtrand von Swindon. Die Art, wie solche Geschäfte sich in Gruppen zu scharen schienen, kam ihm komisch vor. Man sollte doch annehmen, dass sie direkte Konkurrenz eher meiden würden, aber Cross nahm an, die Bequemlichkeit potenzieller Kunden war bedeutsamer und führte zu einer Art von Fremdbefruchtung.

Nach dem Foto auf der Website zu schließen, hatte Clay Motors einen sehr vollen Vorplatz und einen ähnlich gut gefüllten Ausstellungsraum, Kennzeichen eines erfolgreichen Unternehmens. Auf einer Seite des Gebäudes gab es einen verglasten Autoaufzug, um die Fahrzeuge auf die drei verschiedenen Stockwerke zu bringen. Der Hydraulikmechanismus des Lifts war deutlich erkennbar. Er erinnerte Cross an ein Spielzeugparkhaus aus zweiter Hand, das sein Vater ihm einmal zum Geburtstag gekauft hatte – einer seiner »Funde« –, das einen Aufzug mit einem Seilzugsystem hatte. Mit einer kleinen Metallkurbel mit rotem Griffstück konnte man die Kabine vom Boden zum oberen Stockwerk und zurück befördern. Sein Lieblingsauto war ein himmelblauer Triumph Herald von Dinky Toys gewesen, dessen Vorderräder sich mit einem kleinen Drehknopf auf dem Dach steuern ließen. Ebenfalls aus zweiter Hand; seine Spielzeuge waren immer aus zweiter Hand gewesen. Raymond war stolz darauf, nie irgendetwas neu zu kaufen, und eines seiner liebsten Hobbys bestand darin, sich auszurechnen, wie viel Geld er theoretisch im Lauf der Jahre gespart haben musste.

Cross beschloss, Clay Motors am folgenden Tag

aufzusuchen. Er war nicht wirklich sicher, aber sein Instinkt sagte ihm, dass er dort vielleicht etwas über den Wagen erfahren konnte, der vor all diesen Jahren gesehen worden war, als er sich vom Haus der Carpenters entfernt hatte.

36

Ausstellungsräume von Autohäusern gehörten nicht zu den Orten, die Cross üblicherweise frequentierte, weil er ganz einfach nicht fuhr. Er könnte, wenn er wollte. Er hatte einen Führerschein, aber er hatte sich dagegen entschieden. Während der Jahre bei der Polizei hatte er zu ein paar wenigen Gelegenheiten Grund gehabt, einen Fahrzeughändler aufzusuchen, und das war es auch schon. Seit dem letzten Mal hatten sich die Dinge eindeutig verändert.

Dieser spezielle Händler hatte sogar eine Kaffeebar mit einem hingebungsvollen Barista. Der ganze Laden war ein Tempel der Unaufrichtigkeit; alles, von den bequemen Ledersesseln bis hin zu den makellosen Anzügen des Personals, war nur darauf ausgerichtet, den heiligen Gral – einen Verkauf – zu ergattern. Der Boden war so sauber wie in einem Operationssaal. Die Fahrzeuge waren poliert und glänzten so sehr, dass einem schwindelig werden konnte, ein Zustand, in dem sie sich nie wieder befinden würden, hatten sie das Autohaus erst einmal verlassen. Aber Cross mochte den Geruch; diese Mischung aus brandneuem Gummi und Leder war einzigartig. Irgendwo hatte er gelesen, dass sich der Geruch im Innenraum eines neuen Wagens, der nach einigen

Monaten verschwunden war, solcher Beliebtheit erfreute, dass irgendjemand versucht hatte, seine Essenz in einem Spray einzufangen. Mit dessen Hilfe konnten die Eigentümer den magischen Duft eines Neuwagens nach dessen Abklingen wieder aufleben lassen.

Cross verließ den Ausstellungsraum, kaum dass er ihn betreten hatte. Ottey blieb nichts anderes übrig, als der Empfangsmitarbeiterin, die er mitten im Satz hatte stehen lassen, zu erklären, er sei nur rausgegangen, um einen Anruf entgegenzunehmen. Tatsächlich fand er nur das Quietschen nagelneuen Gummis, wann immer Fahrzeuge auf dem tadellos sauberen Boden manövriert wurden, unerträglich.

Der Eigentümer war Malcolm Clay, Ende dreißig, geschniegelt und gebügelt und den beiden Detectives gegenüber so entgegenkommend, als hätte er es mit einem Paar auf der Suche nach seinem Traumwagen zu tun. Er konnte sich nicht an den Mord erinnern, von dem sie sprachen, und was den roten Jaguar betraf, so hatte sein Geschäft damals noch gar nicht existiert. Ottey fand das seltsam. Warum hatte Cross das nicht überprüft? Er jedoch wirkte völlig unbeeindruckt.

»Waren Sie immer schon im Kraftfahrzeuggewerbe tätig?«, fragte er.

»Ja. Autos sind seit der Kindheit meine große Leidenschaft«, entgegnete Clay.

»Wo haben Sie früher gearbeitet?«

»Überall und nirgends. Ich glaube nicht, dass Sie

im Südwesten irgendein großes Autohaus finden, in dem ich nicht irgendwann gearbeitet habe.«

»Also sind Ihre früheren Arbeitgeber heute Ihre Konkurrenten?«

»In gewisser Weise, ja. Ich denke schon. Aber wir kommen gut miteinander aus. Jedenfalls die meisten von uns; natürlich gibt es auch unter den Kollegen den einen oder andern Wichser, wie überall. Wir haben unseren eigenen Gewerbeverein, dessen aktueller Präsident ich bin.«

»Herzlichen Glückwunsch.«

»Das ist nicht so wichtig, aber durchaus nützlich.«

Wichtig genug, dass er es ganz ohne passenden Kontext erwähnt hatte, dachte Cross, als Clay jedem von ihnen eine Visitenkarte überreichte und ihnen sagte, sie sollten sich melden, falls er ihnen doch irgendwie behilflich sein könnte.

»Wie kommen Sie darauf?«, fragte Cross.

»Worauf?«

»Dass Sie uns doch irgendwie behilflich sein könnten.« Eine unbehagliche Stille trat ein, während derer Clay Ottey anblickte, als erhoffte er sich von ihr irgendeine Art der Unterstützung. Die sie ihm nicht gewährte.

»Es tut mir leid, Sie haben recht. Ich bin überzeugt, ich kann nicht. Das war nur so eine automatische Antwort, schätze ich. Eine höfliche Floskel.«

»DS Cross kann mit höflichen Floskeln nicht sonderlich viel anfangen, nicht wahr, George?«

»Wie man mir sagte, gehört das, in der Tat nicht zu

meinen Stärken.« Aber er hatte Clay nicht aus den Augen gelassen. Der beschloss, dem Treffen ein Ende zu machen, indem er sich erhob. Anschließend begleitete er sie wie jeder gute Gastgeber aus dem Ausstellungsraum hinaus.

»Sagen Sie, Mister MacDonald, unser ehemaliger Kollege, woher kennen Sie beide sich?«

»Er ist ein guter Kunde.«

»Ich verstehe.«

Als sie wieder im Wagen saßen, sah Ottey Cross an und sagte: »So, und nun erklären Sie mir bitte, inwiefern das keine Zeitverschwendung war.« Er antwortete nicht. »Warum haben Sie nicht vorher überprüft, ob es den Laden schon zurzeit des Mordes gegeben hat?«

»Ich habe es geprüft«, entgegnete Cross. Ottey beschloss, ihm nicht die Befriedigung zu geben, weitere Fragen zu stellen, startete den Wagen und überlegte, ob er solchen Augenblicken etwas abgewinnen konnte. Doch er war damit beschäftigt, die Rückseite von Clays Visitenkarte zu betrachten. Sie enthielt eine ganze Liste von Aufsichtsratsposten von diversen Unternehmen, aber auch Vorstandsposten in regionalen und überregionalen Wohltätigkeitsorganisationen.

»Was halten Sie davon?« Er zeigte Ottey die Karte.

»Wow, dann ist Bescheidenheit wohl keine seiner hervorstechendsten Eigenschaften«, kommentierte sie.

»Ist es ein Mangel an Bescheidenheit oder nur ein Zeichen von Unsicherheit? Ich vermute eher Letzteres. Er will die Leute wissen lassen, wie viel Gutes er tut. Er will sich in der Wahrnehmung anderer

Leute vom archetypischen Autoverkäufer absetzen. Seinen Anspruch an sich, ein respektables Mitglied der Gesellschaft zu sein, das auch etwas zurückgibt, unterstreichen. Das hat etwas von einem Selfmademan, der lauthals verkündet: ›Seht her, was ich geschafft habe.‹ Das hier ist interessant – er gehört zum Vorstand von Shaftesbury House.«

Mackenzie wurde beauftragt, sämtliche Autohändler der Umgebung abzutelefonieren, um herauszufinden, ob Malcom Clay zu irgendeiner Zeit bei ihnen angestellt gewesen war. Sie war verwegen genug, sich nach dem Grund zu erkundigen. Ottey wartete auf eine Zurechtweisung von Cross, doch es kam keine. Aus dem Tonfall, in dem Mackenzie gefragt hatte, schloss er, dass sie lediglich Interesse zeigte, jedoch nicht die Absicht hatte, die Anweisung zu hinterfragen.

»Es mag wichtig sein oder auch nicht. Aber wir müssen in jedem Fall herausfinden, bei welchen er gewesen ist«, sagte er.

Wie sich herausstellte, hatte Clay mit seiner Behauptung übertrieben, er habe für die meisten großen Händler gearbeitet, was Cross an sich schon interessant fand. Aber erst, als Mackenzie ihm ihr Mobiltelefon reichte, erfuhren die Dinge eine Wendung. Er schaltete das Telefon auf Lautsprecher, nicht, weil er wollte, dass sie beide Seiten des Gesprächs verfolgen konnte – schließlich wusste sie bereits, was besprochen würde –, sondern weil er das Gerät nicht an sein Ohr halten konnte. Nicht, nachdem es gerade erst an ihrem gelegen hatte. Und hätte er es abgewischt, dann, das wusste er aus Erfahrung, hätte die Gefahr bestanden, den Anruf zu unterbrechen oder, schlimmer, Anstoß zu erregen.

»DS Cross«, sagte der Autohändler.

»Mister Davies.«

»Ihr Officer hat mich gerade nach Malcolm Gray gefragt.«

»Sie ist eigentlich kein Officer, sie ist Sachbearbeiterin«, korrigierte Cross.

»Ach so, ich verstehe. Und das ist ein Unterschied?«

»Allerdings, sogar ein recht erheblicher ...«

In diesem Moment betrat Ottey den Raum. Er blickte auf und las aus ihrem Gesichtsausdruck, dass es derzeit vielleicht andere Prioritäten gab, denen er sich bei diesem Telefongespräch widmen sollte, statt Davies über die Einzelheiten der Polizeihierarchie aufzuklären.

»Aber statt dass ich Ihnen das erkläre, können Sie mir vielleicht erzählen, was meine Kollegin als so interessant eingestuft haben könnte«, fuhr Cross fort.

Am anderen Ende der Leitung erinnerte sich Davies prompt, wie sonderbar ihm dieser Polizist vorgekommen war, als er ihn früher in dieser Woche in seinem Ausstellungsraum aufgesucht hatte.

»Sie hat sich nach Malcolm Clay erkundigt«, sagte Davies.

»Allerdings.«

»Tja, er hat vor einigen Jahren für mich gearbeitet, aber ich habe ihn gefeuert.«

»Ich verstehe, und warum?«

»Das ist das, was für Sie von Interesse sein könnte. Vorher ist mir das nicht in den Sinn gekommen, weil Sie nur nach einem beschädigten Wagen gefragt hatten.«

»Das ist korrekt.«

»Na ja, er hat den Wagen nicht beschädigt, soweit ich es beurteilen kann, aber er hat sich ohne Erlaubnis einen ausgeliehen, um seine Freundin zu beeindrucken«, fuhr Davies fort.

»Und inwiefern ist das relevant?«, fragte Cross.

»Er hatte ihn an einem Wochenende über zweiundsiebzig Stunden lang, und als er am Montag nicht zur Arbeit erschienen ist, habe ich ihn rausgeschmissen.«

»Und ...«

»Es war ein Jaguar XJR. Ein roter.«

»Und das war etwa zurzeit des Mordes, über den wir mit Ihnen gesprochen haben?«

»Richtig.«

»Dann nehme ich an, Sie wollen die Möglichkeit andeuten, dass er ihn beschädigt und dann reparieren lassen hat, ehe er ihn zurückgebracht hat.«

»Das ist auf jeden Fall vorstellbar, Detective«, sagte Davies.

Cross dachte darüber nach, beendete das Gespräch und ließ Davies reichlich verdattert in seinem Büro zurück.

»Das ist enorm interessant, Mister Davies. Vielen Dank und auf Wiederhören – Oh, gern geschehen, Sergeant«, murmelte Davies vor sich hin.

»Ich habe keine Ahnung, was ich davon halten soll«, sagte Carson, als sie ihm diese neue Information vorlegten.

»Das ist natürlich ein äußerst schwaches Indiz, doch ich denke, es könnte Clay zum Zeitpunkt von Hilarys Ableben in der Umgebung ihres Hauses platzieren«, sagte Cross.

»Aber warum? Wie hängt das zusammen?«, fragte Ottey.

»Eine gute Frage«, wandte Cross ein.

Carson hatte aufmerksam zugehört und nicht nur darüber nachgedacht, wie sie in dem Fall fortfahren sollten, sondern auch darüber, welche Taktik er weiter oben anwenden sollte.

»Wir können ihn also bei dem Mord platzieren«, fasste er zusammen.

»Noch nicht. Aber er muss den Wagen an dem Tag gefahren haben«, sagte Cross.

»Das wissen wir auch noch nicht. Es ist nur eine Möglichkeit«, wandte Carson ein.

»Ohne Frage, aber es ist eine Möglichkeit, der wir nachgehen sollten«, entgegnete Cross.

»Wir wissen auch nicht, ob er den Wagen überhaupt beschädigt hatte. Wie viele rote Jaguare gibt es in Bristol, was meinen Sie?«, fragte Carson.

»Ich weiß es nicht, aber das könnte ich herausfinden«, sagte Ottey.

»Es müssen Dutzende sein. Die Annahme, dass es dieser war, ist natürlich verlockend, doch nicht gerade überzeugend.«

»Ich stimme Ihnen vollkommen zu, nur denke ich, wir sollten da weitergraben. Seine Behauptung, er hätte bei mehreren Händlern in der Umgebung gearbeitet, hat sich als falsch erwiesen. Tatsächlich war dies sein erster Job. Über das Gewerbe kann er nicht viel gewusst haben. Also ist die Wahrscheinlichkeit groß, dass er jemanden beauftragt hat, den Davies auch kennt, sofern er eine Reparatur benötigt hat, die ordentlich, aber schwarz ausgeführt werden muss, damit niemand davon erfährt«, sagte Cross.

»Okay, dann sollten wir zuerst versuchen, diesen Punkt zu klären – ob der Wagen beschädigt und repariert worden ist«, schlug Ottey vor.

»Da ist auch noch MacDonald«, sagte Cross.

»Ernsthaft?« Es klang wie ein Seufzer.

»Da gibt es eine Verbindung.«

»Er ist nur ein Kunde. Ein guter Kunde«, protestierte Carson.

»Nur, dass Clay zu der Zeit noch gar nicht im Geschäft war, also ist es unwahrscheinlich, dass MacDonald damals schon sein Kunde war«, wandte Cross ein.

»Er hätte ein Kunde von Davies sein können, und Clay hat ihn übernommen«, mutmaßte Carson.

»Das war er nicht. Wir haben es überprüft«, sagte Ottey.

»Okay …«, gab er nach. »Also, was war er? Was waren sie füreinander, falls es da überhaupt etwas gab?«

Cross wusste, mit wem er als Nächstes reden musste: Sheila MacDonald. MacDonald selbst würde sich bedeckt halten und, falls er tatsächlich etwas zu verheimlichen hatte, auf Zeit spielen. Er war sicher, dass da etwas war zwischen Clay und MacDonald, das der ganzen Geschichte zugrunde lag.

Normalerweise stand Cross der Vorstellung von Instinkten und Bauchgefühlen als Teil der Ermittlungsarbeit ablehnend gegenüber. Ottey hielt diese Zurückweisung für unaufrichtig, denn in ihren Augen waren das unentbehrliche Bestandteile im Werkzeugkoffer jedes guten Ermittlers. Die Wahrheit allerdings war, dass er den Instinkten anderer Menschen nicht traute. Seine eigenen hingegen? Das war eine ganz andere Geschichte. Sie erkannte gewöhnlich, wenn seine Instinkte sich meldeten, wenn er »Witterung aufgenommen« hatte, weil er dann noch fokussierter war, noch weniger sprach als sonst und stets tief in Gedanken zu sein schien. Genau wie jetzt.

Sie saßen in ihrem Wagen, nur wenige hundert Meter weiter unten an der Straße, in der das Haus der MacDonalds lag. Sie hatten sich einen Platz ganz am Ende der Straße gesucht – dort, wo sie mit einem Metallgitter gesperrt worden war, um die Einheimischen davon abzuhalten, sie als Schleichweg zu benutzen. So hatte er keine Chance, ungesehen an ihnen vorbeizukommen. MacDonald sollte heute beim hiesigen Police Golf Day spielen. Davon hatte Carson ihnen vor ein paar Tagen erzählt. Es machte Cross zu schaffen, dass sie in dem Fall kaum weiterkamen, aber er wusste auch, dass Geduld gerade in solchen

Zeiten oft zu einer ganzen Reihe neuer und rasch aufeinanderfolgender Entwicklungen führte.

Endlich fuhr MacDonald mit seinem Jaguar davon, der offenbar aus der Werkstatt zurück war, und sie warteten noch fünf weitere Minuten, ehe sie an die Tür klopften.

»Oh, Sie haben ihn gerade verpasst.«

Sie hatten beschlossen, Sheila nicht zu verraten, dass sie eigentlich so oder so mit ihr sprechen wollten, denn das würde MacDonald, wenn er davon erfuhr, nur alarmieren. Sie bat die Ermittler auf eine Tasse Tee herein.

»Ich weiß nicht, warum er überhaupt golfen geht. Er scheint gar keinen Gefallen daran zu finden. Es ist jedes Mal das Gleiche, wenn er von einem Spiel zurückkommt. Er hat furchtbar gespielt, er hat keinen Spaß daran gehabt, und dann droht er, seine Schläger bei eBay einzustellen – was er gar nicht könnte, weil er bei einem Computer vorn und hinten nicht auseinanderhalten kann. Aber dann, siehe da, eine Woche später ist der ganze Kummer vergessen, und er geht wieder zum Golfclub, als wäre gar nichts gewesen.«

»Klingt ein bisschen wie eine Geburt«, bemerkte Ottey.

»Tja, da muss ich mich wohl auf Ihr Wort verlassen, meine Liebe.«

»Oh, das tut mir leid.«

»Ach bitte, machen Sie sich keine Gedanken; das ist nur falsch rausgekommen.«

»Und Mrs. MacDonald hat das mehr als ausgeglichen«, sagte Cross. »All diese Fotos da drüben zeigen Kinder, die über die Jahre bei ihr in Pflege waren.«

»Bei mir und Stuart«, korrigierte sie, was sie, wie Cross auffiel, auch schon beim letzten Mal getan hatte.

»Gütiger Himmel!«, rief Ottey und stand auf, um sich die Bilder genauer anzusehen.

»Mrs. MacDonald wurde mit einem MBE ausgezeichnet«, sagte Cross ein wenig übereifrig, um ihr Honig um den Bart zu schmieren.

»Das überrascht mich nicht. Sehen Sie sich das nur an. Das ist beeindruckend! Was haben Sie da Wundervolles geleistet! Halten sie Kontakt?«, fragte Ottey.

»Die meisten tun das. Nicht alle. Ein paar hatten Probleme, die sie noch mitgeschleppt haben, lange, nachdem sie uns verlassen haben. Trotzdem ist das für uns etwas Wunderbares, so etwas wie eine erweiterte Familie«, sagte Sheila.

Und da hatte er es. Es war völlig einleuchtend. Natürlich, das war es. Es konnte gar nicht anders sein.

»Wie lange hat Malcolm Clay bei Ihnen gelebt, Mrs. MacDonald?«, fragte Cross.

»Malcolm? Woher kennen Sie Malcolm?« Sie wartete die Antwort nicht ab. »Oh, er war eines der Kinder, die lange bei uns geblieben sind. ›Lebenslängliche‹ hat Stuart sie genannt. Er war ungefähr acht Jahre bei uns.«

»Das ist eine lange Zeit.«

Ottey sagte nichts – sie war immer noch dabei, Cross' genialen Gedankensprung zu verarbeiten.

»Er ist etwas ganz Besonderes, unser Malcolm, und er hat sich so gut gemacht, trotz allem, was er durchmachen musste.«

»Hat er«, sagte Cross und hoffte, Ottey würde sich ins Gespräch einklinken. Sie tat ihm den Gefallen.

»Wie meinen Sie das?«, fragte sie.

»Na ja, er ist so ein erfolgreicher Geschäftsmann und gibt so viel zurück. Wir sind sehr stolz auf ihn.«

»Ich glaube, was DS Ottey meinte, war – was meinen Sie mit ›allem, was er durchmachen musste‹?«, sagte Cross.

»Darauf kann ich wirklich nicht eingehen, Detective. Ich spreche nie über das Leben oder die Probleme, die unsere Kinder hatten, ehe wir sie aufgenommen haben. Ich erzähle gern von allem, was hier bei uns war. Aber viele dieser Kinder sind zu uns gekommen, um einen neuen Anfang zu machen, und das ist hoffentlich das, was wir ihnen im Großen und Ganzen ermöglichen konnten.«

»Natürlich, das ist bewundernswert und angemessen zugleich.«

»Und sehen Sie ihn nur heute an – so ein angesehenes Mitglied der Gesellschaft.«

»Hat es in seiner Vergangenheit irgendetwas gegeben, das Ihnen Anlass zur Sorge gegeben hat, er könnte sich anders entwickeln?«

Cross seufzte gerade laut genug, dass Ottey seinen Verdruss erkannte. Nicht absichtlich – er konnte einfach nicht anders. Aber die Frage würde unbeantwortet bleiben und sie so oder so nicht weiterbringen.

»Detective, ich bin über vierzig Jahre mit einem Polizisten verheiratet. Mich führen Sie nicht so leicht hinters Licht.«

»Natürlich nicht. Es tut mir leid.«

»Sie müssen Malcolm sehr nahegestanden haben. Ich meine, Sie haben ihn mehr oder weniger großgezogen.«

»Oh, auf jeden Fall, und wir stehen ihm nach wie vor nahe. Für Stuart ist er wie ein Sohn. Die beiden haben alles Mögliche zusammen gemacht, wann immer die Zeit es erlaubt hat, vor allem Fußball. Sie sind verrückt nach Bristol City und haben kein einziges Spiel verpasst. Tun sie immer noch nicht. Ich sage ihnen immer wieder, das sei wie eine Religion – nichts darf sich dem Spiel in den Weg stellen. Malcolm hat jetzt eine eigene Loge. Stuart ist so stolz, und Malcolm verwöhnt ihn nach Kräften.«

»Sehen Sie ihn oft?«

»Oh ja, er ruft oft an und er kommt häufig zu Besuch.«

»Und dann ist da auch noch Stuarts Wagen«, mutmaßte Cross.

»Ja, Malcolm gibt uns die Wagen mit Händlerrabatt. Wenn ich ehrlich bin, glaube ich, er tut noch viel mehr als das, aber er verrät es Stuart nicht, der gute Junge.«

»Warum haben Sie wegen Malcolms Vorleben nicht nachgehakt?«, fragte Ottey.

»Sie ist ein guter Mensch, und ich hatte nicht die Absicht, sie aufzuregen.«

»Warum haben Sie ihr nicht einfach gesagt, dass Sie die Antworten auch den Jugendamtsakten entnehmen können und sie es uns deshalb ebenso gut gleich erzählen kann?«

»Weil sie sich dann gezwungen gefühlt hätte, gegen Prinzipien zu handeln, die ihr wichtig sind. Wozu hätte das gut sein sollen?«

»Um Zeit zu sparen?«, hörte sie sich halbherzig sagen. Was sie jedoch tatsächlich dachte, war, dass Cross dann und wann eine feinfühlige Seite offenbarte, die man nur als teilnahmsvoll beschreiben konnte. Dabei war Einfühlungsvermögen etwas, das er gar nicht besitzen dürfte. Und sie hatte recht, er besaß es nicht. Er empfand keine Empathie – er hatte nur über die Jahre gelernt, Anzeichen zu erkennen, die ihm verrieten, wann es angebracht sein könnte, wenn nicht sogar nützlich, ein bisschen Empfindsamkeit zu demonstrieren.

»Das werde ich nach oben weiterreichen müssen«, lautete Carsons erste Reaktion. Cross war verärgert. Das war das Ergebnis guter Arbeit, nicht nur eine Art politischer Unannehmlichkeit, die Carson gegenüber seinen Vorgesetzten in eine ungünstige Position brachte.

»Warum? Damit sie mich von der Sache abziehen oder, was wahrscheinlicher ist, ihren alten Kollegen vorwarnen können?«, fragte er.

»Cross, diese Leute, von denen wir hier reden, sind hochrangige Polizisten. Sie denken vielleicht, da gäbe es eine Art Freimaurerkodex, der sie alle eint, doch ich kann Ihnen versichern, dass sie gute

Menschen sind, die dem Gesetz ebenso leidenschaftlich verbunden sind wie Sie.«

»Ja, Sir.«

»Ich muss das eine Etage höher vorlegen, weil die Auswirkungen auf die ganze Truppe gewaltig sein können. Sie verdienen es, vorgewarnt zu werden, sollte MacDonald tatsächlich irgendwie in die Geschichte verwickelt sein. Und danach sieht es nun auch mehr und mehr aus – ob er nun die ursprünglichen Ermittlungen behindert oder sogar das Recht gebeugt hat.«

Cross gestand ihm zu, dass er nicht ganz unrecht hatte, wichtiger aber war die erfreuliche Tatsache, dass sie, seit er vor einigen Monaten von dem Fall abgezogen worden war, eine Menge erreicht hatten.

»Und Badger?«, fragte Cross.

»Eins nach dem anderen, George«, antwortete Carson bestimmt.

Cross verspeiste gerade sein Frühstück im *Tony's*, als Stephen, der Priester, hereinkam und sich ihm gegenüber setzte.

»George. Ich dachte mir doch, dass ich Sie hier finden würde.«

»Ich bin jeden Morgen hier.«

»Ja, darum ...«

»Eigentlich ist das nicht korrekt. Am Wochenende komme ich nicht her.«

»Interessant.« Stephen beschloss, nicht nachzuhaken, denn er hatte es an diesem Morgen etwas eilig, und er erinnerte sich gut, dass solche Fragen bei Cross leicht eine lange und detaillierte Antwort provozieren konnten.

»Mir ist da eine Idee gekommen.«

Cross wartete darauf, dass er genauer darlegte, worum es ging.

»Ein monatlicher Konzertvortrag zur Unterstützung der Kirche. Sie spielen. Die Leute zahlen. Niemand betet. Friede, Freude, Eierkuchen.«

»Was hat das mit Eierkuchen zu tun?«

»Nur eine Sprachfigur«, erklärte der Priester.

»Ich vermute, Sie meinen eine Redensart«, korrigierte Cross.

»Ja, in der Tat. Danke für die Klarstellung«, sagte Stephen und fragte dann: »Werden Sie wenigstens darüber nachdenken?«

»Ich bin nicht sicher«, erwiderte Cross.

Stephen nahm sich ein Beispiel an Cross und sagte: »Wunderbar. Ich muss los. Wir sehen uns«, und war verschwunden, ehe Cross Gelegenheit zu einer Antwort bekam. Aber das kümmerte Cross nicht im Mindesten. Immerhin hatte er keine Vereinbarung mit dem Geistlichen getroffen, auf die man ihn festnageln könnte. Es war nicht seine Schuld, wenn Stephen ihm keine Chance ließ, klar und deutlich »Nein« zu sagen.

37

Ins Hauptquartier in Portishead gerufen zu werden war für Cross nicht gerade an der Tagesordnung. Die kleine Stadt an der Mündung des Severn hatte eine lange Geschichte als Fischereihafen. Er jedoch hatte sie immer als etwas grau und deprimierend empfunden, was er auf die beiden in der Nähe gelegenen Kraftwerke zurückführte, die eine Atmosphäre industrieller Schwermut erzeugten. Seit ihrem Abriss in den frühen Neunzigern hatte sich jedoch viel verbessert. Ihm selbst war die Stadt noch aus der Kindheit vertraut.

Zu behaupten, er würde sich dem Ort nostalgisch verbunden fühlen, wäre übertrieben, da er mit Nostalgie nichts am Hut hatte. Eine gewisse »Vertrautheit« war das höchste der Gefühle. Als er jung gewesen war, hatte sein Vater regelmäßig an einem Sommersonntag seine Großeltern abgeholt und sie und Cross mit auf eine Tour genommen. Eine »Tour« war damals in den Siebzigern eine Fahrt im Wagen eines Verwandten gewesen. Raymonds Eltern hatten nie einen eigenen Wagen besessen, weshalb diese Ausflüge immer noch eine kleine Besonderheit darstellten.

Für Raymond war das nicht ganz so vergnüglich

gewesen, weil er sich schämte angesichts der Art, wie seine Mutter unter der Last ihres sperrigen und monströsen Sonntagshuts voller Stolz zum Wagen schritt. Aus den Augenwinkeln hielt sie dabei Ausschau nach ihren Nachbarn, die alle ein, wenn nicht zwei Autos besaßen. Sie wollte sich vergewissern, dass sie sahen, wie ihr Sohn, der Filton-Concorde-Ingenieur, sie zu seinem Motorwagen eskortierte. Raymonds Vater, der ebenfalls Raymond hieß, pflegte stets einen marineblauen Anzug zu tragen, dessen Material an diversen Stellen – Knie, Ellbogen und Kehrseite in erster Linie – durch den langjährigen und häufigen Gebrauch speckig glänzte.

Sie fuhren stets nach Portishead Beach, immer nur Portishead, und sahen sich Kricket auf dem Dorfplatz an. Nun, sein Großvater zumindest. Er saß dann auf einem von Raymonds gebrauchten Klappstühlen, einen Feldstecher ins Gesicht gepappt, und kommentierte das Spiel in allen Einzelheiten für Frau und Sohn, die beide bald neben ihm eingeschlafen waren. Derweil schlenderte Cross den Strand entlang und sah sich dann und wann zum Vergnügungspark um.

Als sein Interesse daran erlahmte, fing er an, Spielstände in einem Scorebook festzuhalten, das sein Vater in einem Antiquariat gefunden hatte. Es war nur halb ausgefüllt, und die beschrifteten Seiten waren, wie Raymond betont hatte, eine nützliche Anleitung für George, wie man es auszufüllen hatte – ein »eingebautes Tutorium« hatte er das genannt.

Die Leute waren auf den jungen Burschen aufmerksam geworden, der am Rand des Spielfelds den Spielstand notierte; ein paar Outfielder hatten sogar mit ihm gesprochen. Dann, eines Sonntags, war der Club-Scorer krank, und Cross wurde rekrutiert, um die Spieldaten für den Club festzuhalten. Raymond war begeistert, nicht nur, weil er fand, das war gut für den Jungen, sondern auch, weil die Einladung, die Spieldaten aufzunehmen, eine weitere zum Tee für die ganze Familie beinhaltete. Die Teeverteilung, die in jener Zeit vorwiegend den Ehefrauen oblag, war ein Spektakel für sich und möglicherweise konkurrenzbetonter als das eigentliche Spiel. Alle wollten eine möglichst große Show abziehen, alle waren auf der Jagd nach dem ultimativen Kompliment, das lautete, die Kricketmannschaft sei »nichts Besonderes, aber der Tee allein die Reise wert«. Die Freunde und Nachbarn von Cross' Großeltern hatten sich die Geschichte unendlich oft anhören müssen.

Wie bei allen Sportarten beschränkte sich Cross' Interesse auch hier auf die Statistik, und das war alles. Das aber war nützlich, denn er fertigte eine Analyse der Durchschnittswerte für Batter und Bowler an. Dazu gehörten ebenso die Schwächen der Schlagmänner, welche Art Bälle sie am ehesten ins Aus beförderten, und die Stärken der Bowler. Der Trainer war ziemlich verdutzt, als dieser seltsame Junge ihm ein Dossier über seine Mannschaft vorlegte, das er im Lauf der Saison zusammengestellt hatte. Anfangs war er skeptisch, doch als er es genauer betrachtete, erkannte er seinen Nutzen und machte eifrig Gebrauch davon. In der nächsten Saison spielten sie deutlich besser, was nicht zuletzt an diesen Informationen lag. Aber Cross sahen sie nie wieder, weil seine Großmutter im nächsten Winter dahinschied, bald gefolgt von ihrem Ehemann. »An gebrochenem Herzen gestorben«, hatte Raymonds Urteil gelautet, und darum hatten auch die Exkursionen geendet.

Als Cross' Wagen das Kricketfeld passierte, rührte sich nicht die kleinste Emotion in ihm. Kein Gefühl der Verbundenheit, keine liebevoll gehegten Erinnerungen, nur eine faktenbasierte Rückbesinnung an die vielen Sonntagnachmittage, die er dort verbracht hatte.

Das Polizeihauptquartier unterschied sich eklatant von der MCU. Viel moderner und einladender. Es sah aus, als hätte es eine hübsche Summe Geld verschlungen. Es beherbergte mehrere Einheiten und Detectives, aber auch die Führungsebene der Truppe, an deren Spitze Chief Constable Simon Pringle stand. Eben dieser Vorgesetzte war es, mit dem Cross sich treffen sollte, zusammen mit dem Super der MCU. Die Vorzimmer erinnerten Cross an die Chefetagen einiger der Unternehmen, die er im Lauf der Jahre im Zuge der Arbeit besucht hatte. Die meisten Leute waren nervös, wenn sie zum Chief bestellt wurden – der Super, der neben Cross ging, war ein klassisches Beispiel dafür. Selbst wenn der Grund für so ein Zusammentreffen positiv war – beispielsweise eine Belobigung oder Gratulation aufgrund besonderer Leistungen (der Chief legte Wert auf Nähe zum »Fußvolk«) –, waren die Leute zappelig. Cross kannte keine derartigen Gefühle. Er wusste, wenn die Dinge erst einmal auf dieser »Flughöhe«, wie Ottey es genannt hatte, angekommen waren, dann musste er in Hinblick auf den Fall Carpenter und MacDonalds Ermittlungen auf dem richtigen Weg sein. Cross hatte in ein Wespennest gestochen, und der Chief war der Schädlingsbekämpfer. Das war eine ernste Angelegenheit, und Cross war insgeheim zufrieden. Zum einen wegen der impliziten Zustimmung zu seiner Herangehensweise – die er oft brauchte, auch wenn das für Außenstehende nicht so leicht erkennbar war. Zum anderen mussten seine Untersuchung und sein Ermittlungsansatz überzeugend und besorgniserregend genug gewesen sein, dass der Chief persönlich mit Cross sprechen wollte.

Die einzige Schattenseite war seine Bitte um einen Zwischenbericht von Cross, die dazu geführt hatte, dass er bis drei Uhr morgens in seinem Büro gesessen hatte. Das lag nicht allein daran, dass Cross darauf bestand, alles handschriftlich festzuhalten – immer in einem Leuchtturm1917-Notizblock im Format A4, immer mit demselben Pelikan-M800-Füllhalter –, weil er der Ansicht war, dass die Verbindung zwischen Kopf und Hand zu mehr Klarheit führte. Es lag vor allem an seinem Bedürfnis sicherzustellen, dass jeder Aspekt des jeweiligen Falles in allen erschöpfenden und chronologisch korrekten Einzelheiten festgehalten wurde. Für jeden anderen hätte eine E-Mail vom Umfang einer A4-Seite gereicht, jeder andere wäre zum Abendessen zu Hause gewesen. Bei Cross jedoch artete der Bericht zu einem detaillierten Kompendium aus, das sich über eine Länge von etlichen Seiten zog.

Die Einbestellung beim Chief gab ihm auch eine Gelegenheit, Carson zu erklären, dass die Ermittlungen im Fall Hilary Carpenter nun offiziell wieder aufgenommen worden sein mussten, denn wären sie das nicht, würde der Chief sich kaum damit belasten. Jeder andere Detective hätte diese Information, eingebettet in eine gehörige Portion triumphaler Ironie auf Carsons Kosten, überbracht. Aber nicht Cross. Er wollte lediglich zu Protokoll geben, dass der Fall wieder aufgerollt wurde.

Er war an diesem Tag die einzige Person ohne Uniform im Raum. (Bei einer früheren Besprechung hatte jemand bemerkt, es sei genug Lametta im Raum, um einen Weihnachtsbaum zu schmücken, was Cross völlig konfus gemacht hatte, bis Ottey für ihn übersetzt hatte.) Die Tatsache, dass nur sie drei anwesend waren und keine zehn Officers an dem langen Tisch im Konferenzzimmer nebenan warteten, stützte Cross' Überzeugung: Sie waren der Ansicht, MacDonald habe einige ernste Fragen zu beantworten, und wollten die Angelegenheit mit höchster Diskretion behandelt sehen.

Alles, was Carson umgetrieben hatte, war, dass sich die Einladung des Chiefs nicht auch auf ihn erstreckte. Und das wusste er genau, denn er war sogar so weit gegangen, seine Sekretärin anzuweisen, im Büro des Chiefs nachzufragen. Dabei ging es ihm nicht darum, dass er über die nächsten Schritte informiert sein wollte – diese Information konnte er ebenso gut aus Cross herausholen, sobald er zurück war –, sondern darum, dass er darin eine verpasste Gelegenheit sah, den Chief an seinen Namen und seine Existenz zu erinnern. Er glaubte, so ein direkter Kontakt zum Chief wäre seiner Karriere förderlich und dass man jede sich bietende Gelegenheit für eine Begegnung von Angesicht zu Angesicht wahrnehmen sollte.

»Danke für den Bericht, George. Er war äußerst umfassend«, sagte der Chief, als Cross vor seinem Schreibtisch Platz genommen hatte.

»Ja, das war er«, stimmte Cross zu.

Der Super, Ellis, klappte vor Verlegenheit die Augen zu.

»Wie möchten Sie fortfahren?«, erkundigte sich der Chief.

»Ich denke, es gibt mehrere Alternativen«, mischte sich der Super ein.

»George?«, fragte der Chief, ohne auf ihn einzugehen.

»An diesem Punkt bin ich da nicht ganz sicher. Natürlich muss ich MacDonald und Clay noch einmal befragen. Detaillierter. Die Frage ist, in welcher Reihenfolge«, führte Cross aus.

»In der Tat. Was sagt Ihr Bauch?«, fragte der Chief.

»Mein Bauch sagt gar nichts«, entgegnete Cross.

Der Super ging erneut dazwischen: »George arbeitet nicht gern mit Bauchgefühl, Sir. Er zieht es vor, das, was er vor sich sieht, nach logischen Gesichtspunkten zu analysieren.«

»Aha. Ich selbst habe das immer als ein nützliches Werkzeug betrachtet«, sagte der Chief.

»Ich bin überzeugt, ich würde es nutzen, wenn ich es hätte. Aber ich habe es nicht. Tatsächlich kann man wohl sagen, dass ich das auch außerhalb der Arbeit in meinem Alltagsleben nicht kenne, falls das hilft. Ich stütze mich auf Logik, auf Muster und Indikatoren, relevante Faktoren und Lücken, die auf Fehler in dieser Logik oder diesen Mustern hindeuten«, erklärte Cross.

»Natürlich, jetzt erinnere ich mich«, sagte Chief Pringle lächelnd. »Also, verraten Sie mir, welche Vorgehensweise Sie an diesem Punkt der Ermittlungen für die sinnvollste halten.«

»Da sind die zwei Versäumnisse. Erstens MacDonald, der darauf verzichtet hat, mir zu erzählen, dass Leonard ihn kürzlich aufgesucht hat. Wie es scheint, war er unter den Leuten, die Leonard vor seinem Verschwinden gekannt haben, der Einzige, der wusste, dass er wieder in Bristol war. Zweitens Clay, der uns nicht über seine wahre Beziehung zu MacDonald informiert hat. Warum?«

»Ich muss wohl nicht betonen, dass diese Angelegenheit größte Diskretion erfordert«, sagte der Chief.

»Selbstverständlich«, antwortete der Super. Cross sah keinen Grund, selbst etwas dazu zu sagen, denn schließlich war keine Frage gestellt worden.

»Nach der Lektüre Ihres bemerkenswert detaillierten Berichts scheint es mir, als hätte MacDonald im Zuge der ursprünglichen Ermittlungen tatsächlich einige höchst sonderbare und hinderliche Entscheidungen getroffen.« Er wandte sich an Ellis, den Super. »Was immer auch geschieht, ich möchte, dass die Handhabung dieses Falles innerhalb der Abteilung umfassend untersucht wird. Es ist erschreckend, dass diese Vorgehensweise damals keine Fragen aufgeworfen hat.«

»Es wurden Bedenken geäußert«, warf der Super hastig ein.

»Ja, und zwar gegenüber dem SIO, der für diese Sache verantwortlich und folglich in der Lage war, jeglichen Argwohn im Keim zu ersticken«, gab der Chief zu bedenken.

»Ja, Sir«, räumte der Super ein.

»George, ich möchte, dass der Deputy Chief von jetzt an über alle Entwicklungen in Kenntnis gesetzt wird«, forderte der Chief.

Ellis zappelte auf seinem Stuhl, sichtlich betroffen, dass es dem Chief nicht reichte, wenn er auf dem Laufenden gehalten wurde.

»Wenn Sie in irgendeiner Weise Unterstützung durch mein Büro benötigen, rufen Sie einfach an, und ich werde Ihnen helfen, so gut ich kann.«

Cross sagte nichts.

»Wie das alles zusammenhängt, entzieht sich mir«, fuhr der Chief fort.

Auch jetzt kam Cross ihm nicht zu Hilfe.

»Mir scheint, es gibt eine Frage, die Sie MacDonald nicht gestellt haben. Wenn er geglaubt hat, dass der polnische Bauarbeiter schuldig ist, warum hat er ihn dann nicht vor Gericht gebracht?«, fragte Pringle.

»Das hätte vor Gericht nicht standgehalten. Außerdem hat sein Geständnis den Zweck erfüllt, es hat MacDonald die perfekte Ausrede geliefert, um Druck aus den Ermittlungen zu nehmen und den Fall am Ende einfach zu schließen«, erklärte Cross.

»Es besteht natürlich auch die Möglichkeit, dass er gewusst hat, dass der Pole nicht der Täter war …«, sinnierte der Chief.

»… weil er wusste, wer es getan hat«, griff Cross den Faden auf.

»Richtig.«

Als sie sich zum Gehen wandten, bat Pringle Ellis, noch einen Moment zu bleiben.

»Mit Medienarbeit hat Cross doch nichts zu tun, oder?«, fragte der Chief.

»Gott, nein.«

»Gut. Ich wollte mich nur vergewissern.«

38

»Sie müssen ihn freilassen«, sagte Cross.

»Der CPS ist der Ansicht, Sie haben genug für eine Anklage, George«, antwortete Carson.

»Es war nicht Badger«, erklärte Cross nachdrücklich.

»Die Beweise legen nahe, dass Sie falschliegen.« Doch Carson wusste längst, dass dies eine Auseinandersetzung war, in der er den Kürzeren ziehen würde. Die beste Alternative bestand vermutlich darin einzuräumen, dass er sich geirrt hatte. Sie hätten Badger nicht beschuldigen sollen. Und Carson würde zweifellos sagen, Ottey hätte ihn dazu gedrängt. Er würde die Schuld nicht auf sich nehmen. Das tat er nie. Das war seine Gabe.

»Wäre es einfacher, wenn ich mich damit an den Chief wende?« Aus Cross' Mund war das keine Drohung, sondern lediglich eine simple Frage, basierend auf der Erkenntnis, dass er auf diesem Weg vielleicht am schnellsten zu einem Ergebnis käme.

»Schon gut, schon gut.« Cross hatte gelernt, dass Carson gewohnheitsmäßig diese Formulierung benutzte, wenn er im Unrecht und im Begriff war, etwas dazu zu sagen, was ihm nur schwer über die Lippen kam. Infolgedessen sah Cross keinen Grund für eine weitere Debatte. »Ich teile dem CPS mit, dass es in dem Fall eine neue Entwicklung gibt«, meinte Carson dann.

»Wir sollten auch die Sozialfürsorge einbeziehen. Er ist ein Veteran. Er braucht Hilfe, damit er nicht wieder auf der Straße landet.«

»Sonst noch etwas?«, fragte Carson gereizt.

Cross nahm sich einen Moment Zeit und dachte ernsthaft über die Frage nach.

»Nein, das ist alles«, sagte er dann und verließ Carsons Büro.

Dass der Chief dem Fall Bedeutung beimaß und die Ermittlungen unterstützte, war zweifellos nützlich. Es lieferte Cross einen gewissen Spielraum, der allerdings auch seine eigenen Probleme mit sich brachte. Plötzlich interessierte sich jeder für den Fall, und alle hatten eine Meinung dazu. All jene, die im Rang direkt über Cross standen, waren der Ansicht, der Fall – oder, wie sie einräumen mussten, die Fälle – sollte so schnell wie möglich abgeschlossen werden. Willkürlich aufgestellte Fristen erschienen aus dem Nirgendwo, festgelegt, ohne ihn zu konsultieren. Diese Leute wollten von denen gesehen werden, die über *ihnen* standen – vor allem vom Chief selbst, nun, da der Fall in sein Blickfeld geraten war –, und sich als effiziente Polizisten darstellen, die ihre Arbeit gut erledigten. Ihre Beteiligung machte die ganze Sache für Cross jedoch nur noch schwieriger und zeitaufwendiger, denn nun wurde von ihm verlangt, auch diese Leute »über alles unmittelbar auf dem Laufenden zu halten«. Dementsprechend steigerte sich ihr Unmut beträchtlich angesichts dessen, was sie am folgenden Tag als Untätigkeit seinerseits einstuften – er saß in seinem Büro und dachte nach.

Er rief Ottey zu sich. Mackenzie folgte ihr in der Annahme, dass sie bei diesem Fall nun zum inneren Kreis gehörte, aber da irrte sie sich.

»Sie werden nicht benötigt, Mackenzie«, sagte Cross.

Und damit schloss sich die Tür, und ihr blieb nur, zu ihrem Schreibtisch zurückzukehren und zu hoffen, dass niemand diese jüngste Demütigung mitbekommen hatte. Durch die Glasscheibe beobachtete sie Ottey und Cross und überlegte, worüber sie wohl sprechen mochten. Sie war enttäuscht, denn sie war der Ansicht, dass sie eine Menge zu dem Fall beigetragen hatte und eindeutig zum Team gehörte.

Ottey war klug genug, Cross wegen der brüsken Abfuhr nicht zu kritisieren, denn sie wusste instinktiv, was er wollte. So vehement er Annahmen und Spekulationen im Lauf von Ermittlungen auch ablehnte, kam er doch oft an einen Punkt, an dem er wissen wollte, was sie dachte. Das half ihm, die bisher noch losen Fäden miteinander zu verknüpfen. Außerdem war ihm klar, dass sie über die sozialen Fähigkeiten und Gefühlsregungen verfügte, die ihm fehlten, und durch ihr Empathievermögen Dinge beobachten konnte, die sich ihm entzogen, deren Nutzen er jedoch im Lauf der Zeit zu schätzen gelernt hatte. Dies war einer jener Momente, in denen er wissen wollte, was sie fühlte und dachte – unfundierte Annahmen, basierend auf Instinkt oder Bauchgefühl, eingeschlossen.

»Mir kommt das vor, als hätte ein Polizist ein Kind, das er aufgezogen hat und dem er starke väterliche Gefühle entgegenbringt, gedeckt«, sagte sie.

»Aber Clay war nie im Fokus der Ermittlungen«, entgegnete Cross.

»Weil er früh genug eingegriffen hat.«

»Worauf spielen Sie an?«

»Auf den Wagen. MacDonald muss gewusst haben, dass Clay den Wagen an dem Tag gefahren hat, und das war das Einzige, was ihn mit dem Mord in Verbindung bringen konnte. Also hat er dafür gesorgt, dass diese Spur als irrelevant verworfen wurde, folglich konnte Clay nie in den Fokus geraten.«

»Aber warum sollte MacDonald das tun? Wenn er wirklich wusste, dass Clay Hilary umgebracht hat, warum sollte er das vertuschen? Denken Sie, an ihrer Beziehung war mehr dran?«, fragte Cross.

»Sie meinen, auf sexueller Ebene?«, hakte Ottey nach.

»Vielleicht.«

»Aber er war noch so jung. Das wäre Missbrauch gewesen.«

»Ja, das wäre es.«

Er wartete, um zu sehen, was Ottey daraus machen würde.

»Also hat er das Kind missbraucht. Das Kind wächst auf, begeht ein Verbrechen und erpresst seinen Peiniger …?«, mutmaßte sie.

Cross sagte nichts. Er hasste diese Art theoretischer, spekulativer Gespräche, wusste aber auch, dass sie nützlich sein konnten – bis zu einem gewissen Punkt.

»Bei der Polizei hat es nicht den Hauch eines Verdachts dieser Art gegen MacDonald gegeben, und es hätte zumindest Gerüchte geben müssen. Gerede«, meinte sie.

»Unzählige Kinder waren irgendwann in diesem Haus. Einem Sexualstraftäter hätte das reichlich Gelegenheit verschafft«, sagte Cross.

»Ich glaube nicht, dass seine Frau das hingenommen hätte. Sie etwa?«

»Ich habe keine Ahnung. Alles, was ich weiß, ist, dass etwas MacDonald dazu getrieben hat, sich im Zuge dieser Ermittlungen untypisch zu verhalten.«

»Aber Kindesmissbrauch?«

»Wir könnten das vielleicht während der Befragung aufbringen und sehen, wie er reagiert«, schlug er vor.

»Das ist es, was ich an diesem Job hasse. Er zwingt uns, solche finsteren Orte in unserem Kopf aufzusuchen. Das kann nicht gesund sein«, schimpfte sie.

»Fazit?«, fragte er.

»Wir haben einen roten Wagen mit Händlerkennzeichen, der sich verdächtig schnell vom Tatort entfernt hat und beschädigt wurde. Ein roter Jaguar. Wir haben Clay, der zu der Zeit im Besitz eines roten Jaguar XJR gewesen ist, aber wir haben keinen Beweis dafür, dass dieser Wagen beschädigt wurde. Wir haben eine auffallend ungeschickt durchgeführte Untersuchung unter der Leitung von MacDonald, dem Pflegevater von Clay, der das Auto kurzerhand unter den Tisch fallen ließ. Clay hat den Mann, der ihn mehr oder weniger großgezogen hat und mit dem er, der Pflegemutter zufolge, regelmäßig Kontakt hat, als ›guten Kunden‹ beschrieben. Wir haben Leonard, der besessen davon war, den Mord an seiner Frau aufzuklären. Der daraufhin in einer Sackgasse gelandet und für über ein Jahrzehnt in der Versenkung verschwunden ist, ehe er nach Bristol zurückkehrte, auf der Straße lebte und ermordet wurde. Er hat die Polizei mit Anrufen, Briefen und E-Mails bombardiert, die stets an MacDonald gerichtet waren. MacDonald hat uns nicht erzählt, dass Leonard ihn vor seiner Ermordung mehrfach aufgesucht hat und sie sich gestritten haben. Leonards Familie ist uneins und hat ihn zum frühestmöglichen Zeitpunkt für tot erklären lassen, während Alan zugleich das Familiengeschäft vor die Wand gefahren hat. Hätte Leonards Rückkehr seine Position gefährdet? Ja, vermutlich. Aber sie haben nicht gewusst, dass er wieder da war. Es sei denn, natürlich, Alan hat gelogen. Habe ich irgendetwas ausgelassen?«

»Ja«, konstatierte er ausdruckslos.

»Ich weiß eigentlich gar nicht, warum ich überhaupt frage.«

»Der fehlende Unfallbericht. MacDonald hat ihn Wochen vor Hilarys Ermordung angefordert«, sagte Cross.

»Wir *nehmen an*, dass er ihn angefordert hat.«

»Wilson ist davon überzeugt, und ich sehe keinen Grund, an ihm zu zweifeln, nachdem ich mir seine Akte angesehen habe.«

»Sie haben sich seine Akte angesehen? Warum?«, fragte Ottey.

»Um seine Zuverlässigkeit zu beurteilen.«

»Okay … also, warum könnte MacDonald den Bericht angefordert haben?«

Er dachte einen Moment darüber nach, und wie immer gab seine Mimik nichts preis. Kein Stirnrunzeln beim Gedanken an etwas, das keinen Sinn ergab, keine hochgezogenen Brauen, wenn ihm plötzlich etwas aufging, woran er zuvor nicht gedacht hatte. Sein Gesicht blieb völlig ausdruckslos. Schließlich stand er auf, ging zu dem alten grauen Aktenschrank aus Metall in der Ecke des Raums und nahm eine Akte heraus. Raymond hatte diesen Schrank begehrlich beäugt und gesagt, sollten sie je entrümpeln, könne er ihm ein gutes Zuhause bieten. Cross fragte sich oft, was sein Vater in jedem Raum, den er betrat, an zwar praktischen, aber vollkommen reizlosen Gegenständen so anziehend fand. War das ein typisch pathologisches Verhalten eines leidenschaftlichen Sammlers?

Er blätterte in der Akte, bis er das unbeschriftete A4-Blatt fand, an dessen oberem Rand Malcolm

Clays Visitenkarte mit einer Büroklammer befestigt war. Er nahm sie ab und ging die Liste der Wohltätigkeitsorganisationen auf der Rückseite durch. Dann drehte er sich zu seinem Computer um und fing an, einige davon zu googeln. Ottey hatte geduldig darauf gewartet, dass er etwas sagte. Nun stand sie jedoch auf, ging um den Tisch herum und stellte sich hinter ihn, um zu sehen, wonach er suchte. Normalerweise mochte er das nicht, aber da er so extrem konzentriert auf den Monitor starrte, dachte sie sich, er würde es vielleicht gar nicht merken. Außerdem wusste sie, dass er viel verärgerter wäre, würde sie seinen Gedankengang mit einer Frage stören.

Er sah sich die Homepage einer überregionalen Wohltätigkeitsorganisation an, deren Treuhänder Clay war. Diese spezielle Organisation sammelte Geld, um Laufprothesen für Kinder zu beschaffen, die eines oder beide Beine verloren hatten.

»Was denken Sie?«, fragte Ottey.

»Hilary Carpenters Unfall. Die Eltern sind beide umgekommen, aber da gab es noch einen Jungen. Seine Beine waren schlimm verletzt, eines war praktisch abgetrennt«, sagte Cross.

Ottey rechnete die Sache im Kopf durch. »Der Zeitablauf würde passen«, erwiderte sie, als Cross gerade ein Bild im Medienarchiv der Seite entdeckte, das Clay mit einem ungefähr siebenjährigen Mädchen mit zwei Laufprothesen zeigte. Das Kind trug ein Ballettkleid. Beide strahlten in die Kamera. Clay hatte einen Nadelstreifenanzug und Krawatte an und den

Arm um die Schultern des Mädchens gelegt. Aber was Cross' Aufmerksamkeit fesselte, war, was er mit seinem Hosenbein getan hatte. Er hatte es hochgezogen, um zu zeigen, dass auch er eine Prothese trug, so gefertigt, dass sie perfekt in seinen kostspieligen Oxford Brogue passte.

»Sieh an, sieh an …«, sagte Ottey.

»Clay war der Junge«, konstatierte Cross leise.

39

Während der Fahrt zu Clay Motors dachte Cross darüber nach, wie sich bei den Ermittlungen manchmal alles so plötzlich fügte, nachdem zuvor eine lange Zeit vergangen war, in der die Lösung sich einfach nicht hatte zeigen wollen. Sie hatten alle Einzelteile, die sie zur Aufklärung des Falles brauchten, genau vor sich. Die Antwort hatte ihnen in gewisser Weise direkt ins Gesicht gestarrt. Der Unfallbericht war die Verbindung, die sie einfach nicht erkannt hatten. Davon abgesehen mochten die Beweise zwar auf Clay hindeuten, aber Cross war nicht überzeugt, dass sie vor Gericht standhalten würden. Er würde abwarten müssen, was bei der Befragung herauskam. Auf Augenblicke wie diesen freute er sich. Sie lieferten ihm eine Art Rechtfertigung dafür, was er mit seinem Leben anzufangen beschlossen hatte.

Cross' Entscheidung, eine Laufbahn bei der Polizei einzuschlagen, hatte anfänglich nicht auf »Überzeugung«, wie Raymond gern sagte, beruht. Und natürlich hatte er sie nicht allein getroffen. Raymond war involviert gewesen, wie es viele Eltern bei wichtigen Entscheidungen ihrer Kinder sind. Cross hatte sich, sehr zur Enttäuschung seines Vaters, darauf festgelegt, nicht zur Universität zu gehen. Raymond konnte ihn zwar verstehen, war aber nicht einverstanden. Das war etwas, was er lediglich hinnehmen konnte. Er hatte, seit der Junge auf der Welt war, alles getan, was er konnte, um ihm ein glückliches Leben zu ermöglichen – was bei diesem speziellen jungen Mann eine beachtliche Herausforderung war. Er würde dieses Lebensglück bestimmt nicht gefährden, indem er ihn dazu brachte, etwas zu tun, wozu er keine Neigung verspürte. Cross hatte es nie eingestanden und würde es ganz sicher seinem Vater gegenüber nie zugeben, aber der Hauptgrund dafür, dass er nicht zur Universität (oder »Uni«, wie die jüngeren Leute zu seinem großen Ärger beharrlich sagten) hatte gehen wollen, war, dass er sein Zuhause nicht verlassen wollte. Damals hatte er noch bei seinem Vater gelebt, was ihm sehr genehm war. Er hatte keine Ahnung, wie er mit sozialen Gegebenheiten zurechtkommen würde, die ihm mehr abforderten, so wie es das Leben in einem Studentenwohnheim oder, schlimmer, einer Wohngemeinschaft täte. In Gegenwart von Frauen war er ziemlich unbeholfen, und das wusste er. Das hatte gar nicht so viel mit seinem Zustand zu tun – sie hatten zu der Zeit gar nicht gewusst, dass es da so etwas wie einen »Zustand« gab. Es lag vielmehr an der Tatsache, dass es in seinem Leben im Grunde gar keine Frauen gegeben hatte, seit seine Mutter sie verlassen hatte.

Er und Raymond, nun ja, eigentlich vor allem Raymond, hatten die Suche auf traditionelle Möglichkeiten eingegrenzt wie Kirche, Militär oder Banken. Die

Kirche fiel natürlich aus, da Cross nicht gläubig war. Keine der Streitkräfte beim Militär passte so recht zu seiner Mentalität, obwohl die Erfordernis, Uniform und Schlafquartier stets blitzsauber und makellos in Ordnung zu halten, einen gewissen Reiz auf ihn ausübte. Die Bank passte zwar, da er gut mit Zahlen war, aber sie interessierte ihn nicht sonderlich. Was zumindest zum Teil an der merkwürdigen Haltung zum Geld lag. Er hatte nicht viel dafür übrig, und er missbilligte es, Geld nur um der Anhäufung willen anzuhäufen. Er verspürte keinerlei Neigung, sich um anderer Leute Reichtum zu kümmern. Über die Polizei hatten sie gar nicht gesprochen.

Dann, eines Abends, als sie gemeinsam die Lokalnachrichten schauten, lieferte Cross plötzlich eine detaillierte Analyse einer laufenden Mordermittlung ab und erklärte, zu welcher Vorgehensweise sie vernünftigerweise greifen sollten. Raymond dachte einen Moment darüber nach. Sein Sohn hatte schon immer begeistert Rätsel aller Art gelöst und war – sehr zum Verdruss anderer Menschen – von jeher von Details besessen. Er wollte, dass alles stets präzise ausgeführt wurde, folglich würde die Polizei wunderbar zu ihm passen.

Cross hatte nie Interesse an Raymonds beinahe enzyklopädischem Wissen über die englische und amerikanische Kriminalliteratur des zwanzigsten Jahrhunderts gezeigt. (Hätte er das zu seinem Spezialthema gemacht, hätte er sich bei *Mastermind* bestimmt gut geschlagen, pflegte er den Leuten gern zu sagen.) Denn Cross hatte nie mehr als zwei Drittel eines Kriminalromans geschafft, da er bis dahin längst wusste, wer der Täter war und was dessen Motiv. Einmal ganz davon abgesehen, dass er auch häufig Fehler im Handlungsablauf entdeckte, die Löcher in die Logik rissen. Deswegen verlor er stets lange vor dem Ende Gefallen an den Büchern.

Über die Jahre war sich Raymond der Verhaltensauffälligkeiten seines Sohns deutlich bewusst geworden, und bis zu einem gewissen Grad konnte er sie sogar verstehen. Tatsächlich würden wohl viele derzeitige Experten sagen, dass Raymond selbst mit seiner Sammelei, seinen Obsessionen, einige Anzeichen von Asperger erkennen ließ. Jedenfalls wurde ihm klar, dass ein paar von Georges sozialen Unzulänglichkeiten, seine gesellschaftliche Unbeholfenheit und der Mangel an Empathie in Verbindung mit seiner Beobachtungsgabe und der Fähigkeit, jederzeit große Mengen an Informationen zu verarbeiten, für einen Polizisten extrem nützlich sein könnten. Auch wenn – oder vielleicht weil – all das absolut unorthodox war. Er besaß die Fähigkeit, um die Ecke zu denken.

Also ging er zur Polizei. Cross selbst war einfach froh, dass die Entscheidung gefallen war. Dass die Diskussion über seinen Unwillen, die Universität zu besuchen, endlich beendet werden konnte und dass sein Vater zufrieden zu sein schien. Er wurde also Polizist, nicht, weil er sich irgendwie berufen gefühlt hätte oder weil er der Öffentlichkeit hätte dienen wollen. Das Gefühl, Opfern und ihren Familien zu Gerechtigkeit zu verhelfen, die Befriedigung, dem Sinnlosen einen Sinn abringen zu können, Logik im Unlogischen zu finden, und die Freude, die mit alldem einherging, all das stellte sich erst später ein.

Clay war ein Muster an Selbstsicherheit, als sie ihn in seinem Ausstellungsraum festnahmen. Cross fragte sich, ob das daran lag, dass er schon einmal davongekommen war und glaubte, es würde auch dieses Mal wieder klappen. Oder ob er einfach nur die gut einstudierte selbstsichere Fassade eines Menschen vor sich sah, der es gewohnt war, beim Autoverkauf tagein, tagaus zu lügen.

Cross hatte keinen Sinn für Theatralik, aber er war sich nicht zu schade, eine »zufällige Begegnung« einzufädeln, was in diesem Fall bedeutete, dass MacDonald gebeten worden war, noch einmal zur MCU zu kommen. Noch war keine Anklage erhoben worden, da man in den oberen Etagen immer noch darüber diskutierte, welche Auswirkungen es haben würde, einen ehemaligen Polizisten wegen Rechtsbeugung zu belangen. Das würde alle Verurteilungen, die auf seiner Arbeit beruhten, und sämtliche Ermittlungen, die unter seiner Leitung durchgeführt worden waren, in Zweifel ziehen.

Cross sorgte dafür, dass Clay – in Handschellen – an dem ehemaligen Detective im Eingangsbereich vorbeigeführt wurde. Clay sah MacDonald nicht, aber der Detective erkannte ihn, wie Cross bemerkte. Er erbleichte und wirkte, als bliebe ihm die Luft weg. Dann atmete er einige Male tief durch und versuchte, sich zusammenzureißen.

Clay wurde vom Sergeant der Wache erkennungsdienstlich behandelt. Ehe sie den Ausstellungsraum verlassen hatten, hatte er seine Sekretärin gebeten, seinen Anwalt anzurufen. Er hatte erklärt, er werde keine Fragen beantworten, bis sein Rechtsvertreter käme, was der eineinhalb Stunden später auch tat. Anschließend berieten sie sich ganze neunzig Minuten lang, an deren Ende der Anwalt sagte, sein Mandant bedürfe ärztlicher Behandlung, da seine Prothese ihm Schmerzen bereite. Dann überlegte der Anwalt laut, ob das womöglich mit der Art seiner Festnahme zusammenhing und damit, dass sein Mandant »reichlich unsanft auf den Rücksitz eines Polizeiwagens gepackt« worden sei; eine Behauptung, die Ottey zum Lachen brachte.

»Was ist so amüsant?«, fragte der Jurist.

»Ich war die Polizistin, die Ihren Mandanten festgenommen und in den Wagen gesetzt hat, und ich kann Ihnen versichern, er wurde da nicht unsanft reingepackt.«

»Prothesen sind knifflig. Schon die kleinste Erschütterung oder eine Zugbelastung im falschen Winkel kann äußerst schmerzhaft sein«, klärte der Anwalt sie auf.

»Zeitverschwendung von Beginn an ist stets bezeichnend«, stellte Cross fest.

»Sie sind?«

»DS Cross. Leute, die sich nichts haben zuschulden kommen lassen oder zumindest glauben, dass man ihnen nichts zur Last legen kann, haben es gewöhnlich eilig, die Sache hinter sich zu bringen. Sie wollen schnellstmöglich wieder nach Hause, sobald alles geklärt ist.«

Er wartete nicht auf eine Antwort, denn er hatte keine Frage gestellt. Sowohl er als auch Ottey hatten diese Verzögerung vorhergesehen und nahmen sich daher die Zeit, mit MacDonald zu reden. Das Erste, was Cross auffiel, als sie zu ihm gingen, war die Abwesenheit des Empfangskomitees. Nicht einmal Carson wollte derzeit noch mit ihm in Verbindung gebracht werden. Er gab eine kläglich einsame Figur ab, ganz anders als der selbstsichere Mann unter Freunden, als der er sich das letzte Mal dargestellt hatte. Die Verhaltensanweisung des Chiefs war die Befehlskette hinabgelaufen, was auch MacDonald inzwischen begriffen haben musste. Er war toxisch.

Dieses Mal gingen sie nicht in die VA-Suite, sondern in ein Verhörzimmer. MacDonald geriet für einen Moment ins Stocken, als er begriff, wo er war. Cross fragte ihn, ob er etwas dagegen hätte, wenn das Gespräch aufgezeichnet wurde. Die meisten Leute beantworteten diese Frage mit den immer gleichen Worten: »Bin ich verhaftet?«, aber MacDonald hatte zu oft auf der anderen Seite des Tisches gesessen, um den gleichen Fehler zu begehen. Die Antwort auf die Verhaftungsfrage lautete gewöhnlich: »Nein, wie kommen Sie darauf? Warum denken Sie, wir würden Sie verhaften?« Nur eine Kleinigkeit, aber gerade ausreichend, um den Befragten in die Defensive zu treiben und ihm die erste von einer ganzen Reihe von Verleugnungen zu entlocken. MacDonald stimmte einfach nur zu, und sollte ihn die Sache nervös machen, so wusste er es zu verbergen.

Sorgfältig platzierte Cross seine Akte auf dem Tisch und achtete darauf, dass sie genau mittig zwischen den Kanten lag. Diese Prozedur hatte MacDonald stets in Harnisch gebracht, als er noch bei der Truppe war, und nun reizte sie ihn sogar noch mehr, was er nicht verbergen konnte. Vor Jahren hatte er Cross einmal gefragt, wozu das gut sein sollte. Heute durfte Cross zusehen, wie er aufgebracht auf seinem Stuhl herumrutschte.

»Allmählich glaube ich, ich hätte mir einen Anwalt nehmen sollen, DS Cross.« In diesem Moment tappte er direkt in die meisterlich vorbereitete Falle.

»Wie kommen Sie darauf, dass Sie einen Anwalt brauchen?« Sie sahen einander an und erkannten implizit beide an, dass MacDonald sich einen Schnitzer geleistet hatte. Aber was Cross wirklich interessant fand, war, dass der Mann ihn förmlich und respektvoll angesprochen hatte. Er zeigte sich von seiner besten Seite. Seit ihren letzten Begegnungen während der vergangenen paar Monate war die Lage ernster geworden. Aber für Cross bedeutete das lediglich, dass MacDonald bei seinen Antworten mehr Vorsicht würde walten lassen.

»Malcolm Clay«, sagte Cross.

»Ja.«

»Wie würden Sie Ihre Beziehung zu ihm beschreiben?«

»Er ist ein Freund.«

»Mehr nicht?«

»Ich verstehe nicht, worauf Sie hinauswollen.«

»Darauf, dass Ihre Beziehung über Freundschaft hinausgegangen ist.«

»Was wollen Sie damit sagen?« Er war, dachte Cross, nicht verärgert oder defensiv. Er wollte sich nur Klarheit verschaffen.

»Sie haben ihn großgezogen«, erklärte Cross.

»Das ist richtig.«

»Daher kommt mir ›Freund‹ nicht sehr passend vor.«

»Na ja, er ist ja jetzt ein erwachsener Mann, also hat sich die Beziehung verändert. Geht das nicht den meisten Eltern so?«, fragte MacDonald.

Die Kunst, auf Fragen, die ein Verdächtiger beim Verhör an ihn richtete, nicht zu antworten, wenn sie nicht relevant waren, hatte Cross perfektioniert. Er würde in diesem Raum keinen noch so kleinen Hauch von Ungezwungenheit zulassen, solange er dergleichen nicht selbst für nützlich hielt. Dies war keine Unterhaltung, es war eine Befragung; eine, die er durchführte und die einen Verlauf seiner Wahl nehmen sollte. Hinzu kam in diesem Fall, dass er annahm, MacDonald hatte ihm auf diese Weise geantwortet, weil er wusste, dass Cross selbst keine Kinder hatte.

»Er gehört zur Familie«, sagte Cross.

»Ja, natürlich. Wie Sie wissen, haben wir eine recht ausgedehnte Familie.«

»Ja, das weiß ich. Was Sie und Ihre Frau getan haben, ist bewundernswert.«

MacDonald reagierte nicht. Er wollte sich darauf nicht einlassen, denn er wusste genau, dass Cross versuchte, ihn mit freundlichen Worten zur Unachtsamkeit zu verleiten.

»Wie spricht er Sie an?«, fuhr Cross fort.

»Entschuldigung?«

»Wie nennt er Sie?«, ging Ottey dazwischen, wohl wissend, dass dieses Wort, ganz gleich, wie oft er es auch hörte, Cross immer noch aus dem Konzept zu bringen schien. Was seltsam war, wenn man bedachte, wie gut er gelernt hatte, das Mienenspiel und die umgangssprachlichen Ausdrücke der Leute zu verstehen, die ihn früher ebenfalls verwirrt hatten. Doch bei dieser Wendung schien das nicht zu funktionieren.

»Stuart. Er nennt mich Stuart. Das tun sie alle.«

»Einige Ihrer Mündel sprechen Ihre Frau mit ›Mum‹ an«, sagte Cross.

»Das tun sie.«

»Nennt eines dieser Kinder Sie ›Dad‹?«

»Einige der Jüngeren haben das getan, aber Sheila hat den Großteil der Arbeit übernommen. Sie war so viel mehr mit ihnen zusammen, da ist es nur natürlich, dass sie sie nach einer Weile ›Mum‹ genannt haben. Sie hat sie allerdings nicht dazu ermutigt oder darum gebeten.«

»Oh nein, ich bin überzeugt, das hat sie nicht.«

Cross fand es interessant, dass MacDonald ihn gar nicht gefragt hatte, was das mit dem Grund für seine Anwesenheit zu tun hatte. Warum hatte er nicht gesagt, dass er Clay im Eingangsbereich gesehen hatte? Hätte ihn das nicht überraschen müssen? Hätte ihm diese Art der Befragung nicht merkwürdig vorkommen sollen? Aber MacDonald würde nichts preisgeben. Nicht reden, nicht fragen; das war der Rat, den Anwälte ihren Mandanten erteilten. Nichts offenbaren, was nicht zwingend offenbart werden muss. MacDonald bemühte sich, seine Instinkte im Zaum zu halten, seine Impulse, wie die kurze Pause verriet, die er vor jeder Antwort einlegte. Als würde er versuchen, eine Vorstellung davon zu bekommen, wie die Antwort klingen würde, ehe er sie tatsächlich aussprach.

»Warum sollte er Sie als ›guten Kunden‹ bezeichnen und nicht als seinen Pflegevater oder jemanden, der ihn aufgenommen und großgezogen hat?«, fragte Cross.

»Das müssen Sie ihn fragen.«

»Das habe ich vor.«

Stille trat ein, während Cross überlegte, welche Richtung er als Nächstes einschlagen sollte.

»Ihre Frau sagte, Sie hätten unter all den Mündeln zu Clay eine besondere Bindung aufgebaut«, erklärte er.

»Ist das eine Frage?«, gab MacDonald zurück und schlug Cross so mit dessen eigenen Waffen. Denn er wusste, der Detective hatte ein Problem damit, auf Aussagen zu antworten, die indirekt nach einer Entgegnung verlangten.

»Richtig, entschuldigen Sie. Können Sie den Eindruck Ihrer Frau bestätigen?« Dann, nur um sicherzustellen, dass er klar verstanden wurde. »Von ihrer Bindung zu Clay.«

»Ja.«

»Wie kam es dazu?«

»Ich weiß es nicht. Solche Dinge passieren.«

»Was für Dinge?«, ging Ottey zu Cross' Verdruss erneut dazwischen. MacDonald lachte schallend.

»Ha! Was? Ach bitte, Ottey, tun Sie mir einen Gefallen und hören Sie auf, ehe Sie haufenweise Zeit vergeuden – meine und Ihre. Wollen Sie mich ernsthaft fragen, ob meine Beziehung zu Malcolm irgendwie ungebührlich war?«

»Ich glaube nicht, dass sie etwas in dieser Art gesagt hat«, bemerkte Cross.

»Aber wie ich vermute, werden Sie nun sagen, meine Reaktion auf die Frage sei an sich schon interessant.«

Einen Moment lang musterte Cross ihn forschend; er fand keinen Hinweis darauf, dass dem so sein könnte. Es war nur eine Annahme, die sie getroffen hatten – oh, wie er Annahmen verabscheute, und genau das war der Grund dafür –, weil sie sich gefragt hatten, was Clay gegen MacDonald in der Hand haben mochte, dass ihm sein Pflegevater den Unfallbericht beschafft hatte. MacDonalds Reaktion wirkte auf Cross sowohl in Hinblick auf die umgehende Zurückweisung als auch mit Bezug auf den spontanen Heiterkeitsausbruch glaubwürdig.

»Ganz und gar nicht. Ich denke, Ihre vielen Jahre bei der Polizei haben Sie zu dieser Unterstellung uns gegenüber verleitet. Es war eine einfache Frage, auf die Sie dem Anschein nach defensiv geantwortet haben – was unter diesen Umständen nicht überraschend ist. Lassen Sie uns also weitermachen«, sagte Cross.

Er klappte die Akte zu, die er zuvor geöffnet hatte, und legte eine andere oben auf den Stapel, wobei Cross penibel darauf achtete, dass sie exakt mit der anderen abschloss und korrekt auf dem Tisch positioniert war.

»Mister MacDonald, ich hatte gehofft, Erfahrung – Ihre Erfahrung als Police Officer – könnte dazu beitragen, dass wir diese Befragung unkompliziert und ohne Umschweife hinter uns bringen können.«

»Ich habe damit kein Problem«, sagte MacDonald.

»Dann lassen Sie mich erklären, was mir bei der Lösung des Falles Leonard Carpenter Probleme bereitet.«

»Bin ich darum hier?«

»Das ist eine gute Frage und eine, die zu stellen Sie jedes Recht haben. Denn all unsere vorangegangenen Fragen haben sich auf den Mord an seiner Frau bezogen.«

»Weiter.«

»Ich glaube, beide Morde gehören zusammen.«

»Der Gedanke ist mir auch schon gekommen«, sagte MacDonald.

Cross tat überrascht. »Tatsächlich? Darf ich fragen, warum?«

»Zwei Morde in einer Familie. Der zweite ereignet sich gerade ein paar Wochen, nachdem das Opfer nach Bristol zurückgekehrt ist.«

Nun setzte Cross eine zufriedene Miene auf, ganz so, als hätte MacDonald seine eigenen Überlegungen bestätigt. Und dann zeigte er sich für einen Moment »verwirrt«.

Er bemühte sich nach Kräften um ein Lächeln. Ottey sah es und wusste, was nun kommen musste. MacDonald dachte vermutlich, dass Cross nicht besonders gut darin war, seine Verwirrung zu verbergen. Aber natürlich war er gar nicht verwirrt. Das war lediglich ein Tiefschlag, um MacDonald weichzukriegen. Die ersten Aufwärtshaken würden nicht mehr lange auf sich warten lassen.

»Einen Moment, woher wissen Sie das?«, fragte Cross.

»Was?«

»Dass das Opfer erst kürzlich nach Bristol zurückgekehrt ist. Er hätte doch schon Jahre hier gewesen sein können und auf der Straße gelebt haben. Das ist ein hervorragendes Versteck. Man ist praktisch unsichtbar. Niemand würde einen dort erkennen«, sagte Cross, als würde er tatsächlich laut denken. Eine kurze Pause trat ein, als MacDonald über seine Antwort nachdachte.

»Er hat es mir erzählt.«

»Ich verstehe. Vermutlich bei einem der verschiedenen Besuche, die er Ihnen abgestattet hat und die Sie uns verschwiegen haben.«

»Das habe ich doch bereits erklärt.«

»Wie kam es, dass er Ihnen das erzählt hat?«

»Was?«

»Dass er erst kürzlich zurückgekehrt ist.«

»Das weiß ich nicht mehr.«

»Das ist ein wenig seltsam. Sie erinnern sich, dass er Ihnen erzählt hat, er sei erst kürzlich zurückgekehrt, aber Sie wissen nicht mehr, warum er es Ihnen erzählt hat. Sie erinnern sich an einen Teil des Gesprächs, an andere jedoch nicht.«

MacDonald ließ sich nicht aus der Reserve locken.

»Also, erzählen Sie mir, was Sie sonst noch gedacht haben«, forderte Cross ihn auf.

»Über was?«, fragte MacDonald.

»Über den Fall. Haben Sie noch andere Theorien entwickelt?«

»Ich habe nicht gesagt, dass ich überhaupt irgendeine Theorie entwickelt hätte.«

»Natürlich, lassen Sie mich anders fragen: Sie haben sich Gedanken über den Fall gemacht. Logischerweise. Das Opfer hat Sie aufgesucht und wurde dann getötet. Es stand in Verbindung zu einem anderen Fall, an dem Sie gearbeitet, den Sie aber nicht aufgeklärt haben. Haben Sie sich irgendwelche hypothetischen Szenarios hinsichtlich Leonards Ermordung überlegt?«

MacDonald dachte kurz nach, nicht darüber, ob er solche Szenarios entwickelt hatte, sondern weil er sich fragte, ob es für ihn von Vorteil wäre, sie an diesem Punkt preiszugeben.

»Der polnische Bauarbeiter, der die Tat gestanden hat –«, sagte er.

»Und später widerrufen hat«, fiel Cross ihm ins Wort.

»Er hat nach seiner Entlassung wieder in der Gegend gelebt.«

»Woher wissen Sie das?«, hakte Cross nach.

»Ich habe immer noch Freunde bei der Polizei«, erklärte MacDonald.

»Aber warum sollte Sie das interessiert haben? Aus welchem Grund sollten Sie sich danach erkundigen?«, fragte Cross.

MacDonald beschloss, nicht darauf zu antworten.

»Warum wollten Sie das in Erfahrung bringen?«, fuhr Cross fort, sah MacDonald lange an und widmete sich wieder der Akte. »Aber ich bin froh, dass Sie das angesprochen haben, denn, sehen Sie, etwas ergibt für mich keinen Sinn. Das habe ich gestern sogar dem Chief gegenüber erwähnt.« Er blickte auf und wartete auf eine Reaktion. Sie war kaum wahrnehmbar, aber vorhanden. Eine winzige Augenbewegung, gefolgt von einem unterdrückten Räuspern. Es war, als hielte er sich zurück, bis Cross weitersprach, in der Hoffnung, es würde nicht auffallen. »Möchten Sie ein Glas Wasser?«, fragte Cross.

»Nein danke.«

»Tee, vielleicht?«

»Gern«, stimmte MacDonald zu.

»Und ein paar Kekse, nehme ich an.«

»Versuchen Sie, sich einen Spaß mit mir zu machen?«

Das reichte, um Cross für einen Moment aus dem Konzept zu bringen. Er war ganz sicher nicht auf Spaß aus.

Aber MacDonald war plötzlich unbehaglich zumute. Er wusste, wenn der Chief involviert war, wenn Cross tatsächlich bei ihm gewesen war, dann gingen die hohen Tiere davon aus, dass sie etwas gegen ihn in der Hand hatten. Das war keiner der Alleingänge, die MacDonald von Cross gewohnt war. Dieses Mal hatte er die volle Rückendeckung des Chiefs. Das war nicht die Liga, mit der er sich anfangs konfrontiert gesehen hatte. Sein Selbstvertrauen schwand erkennbar dahin.

»Inwiefern soll das ein Spaß sein? Möchten Sie gern Tee und Kekse?«

»Ja, möchte ich. Danke.«

Instinktiv – und geschult durch lange Gewohnheit – sprang Ottey auf, aber Cross hielt sie zurück.

»Ich gehe«, sagte er.

Er verschwand. Als er am nächsten Büro vorbeiging, in dem Carson und Mackenzie die Befragung am Monitor verfolgten, rief Carson ihn zu sich.

»Cross.«

Der Detective trat ein. Eigentlich wollte er nicht mit seinem Vorgesetzten sprechen. Viel lieber hätte er die Zeit genutzt, um darüber nachzudenken, wie er die Befragung fortsetzen sollte.

»Sir?«, fragte Cross.

»Ich besorge den Tee«, sagte Mackenzie, die bereits aufgesprungen war.

»Und Kekse«, rief Cross ihr ins Gedächtnis.

»Wie nehmen Sie ihn?«

»Ottey mit Milch, ich mit einem Spritzer Magermilch, bitte. MacDonald möchte zwei Stück Zucker und Vollmilch.« Sie zog los.

»Daran erinnern Sie sich?«, fragte Carson. »Wie er seinen Tee trinkt?«

»Das gehört nicht zu den Dingen, die man leicht vergisst, wenn man über die Jahre tausendmal gebeten oder besser angewiesen wurde, welchen zu machen«, erklärte Cross.

»Gutes Argument. Die Erwähnung des Chiefs scheint ihn gehörig durcheinandergebracht zu haben.«

»In der Tat.«

»Was denken Sie?«

»Ich habe noch nie einen Police Officer befragt, weder einen im aktiven Dienst noch einen pensionierten.«

»Macht das etwas aus?«

»Ich denke schon, ja.«

»Inwiefern genau?«

»Insofern, dass ich nicht weiß, wo ich stehe«, erwiderte Cross, als ein Uniformierter anklopfte und eintrat. Clay war dem Arzt vorgestellt worden und stand nun für eine Befragung bereit. Cross sagte nichts, also dankte Carson dem Officer. Cross starrte derweil immer noch MacDonald auf dem Monitor an und dachte genau wie dieser über den nächsten Zug nach.

»Vielleicht sollten wir alles vor ihm ausbreiten. Alles, was wir haben. Und dann lassen wir ihn eine Weile darüber nachdenken, während wir Clay befragen. Wäre ich jetzt an seiner Stelle, würde ich versuchen, mich in uns hineinzuversetzen – immerhin hat er jahrelang auf unserer Seite des Tisches gesessen. Dann würde ich mir überlegen, was wir mit dem, was wir haben, anfangen können. Dann kann er sich entscheiden, wie er damit umgehen will«, sagte Cross.

40

MacDonald hatte weder Tee noch Kekse angerührt, als Cross wieder in das Befragungszimmer kam. Danach saßen sie volle fünf Minuten nur da und sahen einander an. MacDonald hatte nicht die Absicht, Cross in die Hände zu spielen. Und er war nicht verunsichert, denn er hatte den Vorzug zu wissen, dass derartige Pausen bei Cross' Befragungen häufig eintraten. Ob das eine List war oder ob Cross sich nur überlegte, was er als Nächstes tun sollte, war dabei irrelevant. Er hatte jedenfalls nicht vor, irgendetwas preiszugeben.

Während eines langen Verhörs benötigten Detectives oft eine Pause, um sich die weitere Vorgehensweise zurechtzulegen. Der Unterschied zwischen ihnen und Cross war, dass sie dazu hinausgehen und sich ins Lagezimmer oder die Küche zurückziehen würden oder das Gebäude verließen, um draußen zu rauchen. Cross zog es vor, im Raum zu bleiben. Er betrachtete den Verdächtigen ebenso als Beweismittel wie die Forensiker dessen Kleidung. Und im Verhörraum war er nicht mehr auf eine selbst ersonnene Vorstellung von dem Verdächtigen beschränkt, sondern hatte ihn direkt vor sich. Warum sollte er diesen Vorteil nicht nutzen? Und bisweilen hatte das noch den Nebennutzen, dass der Verdächtige versehentlich etwas offenbarte, wenn er versuchte, dem langen Schweigen ein Ende zu machen. Vor allem aber ging es um einen ganz persönlichen Nutzen für Cross, für seine gedankliche Klarheit. Er hatte festgestellt, dass die Gegenwart des Verdächtigen ihm beim Nachdenken half.

Schon so mancher Anwalt hatte verlangt, man solle seinem Mandanten gestatten, in seine Zelle zurückzukehren, wenn er so oder so keine Fragen stellte. Cross kam in den Sinn, dass das mehr mit der Verdrossenheit und der Langeweile der Anwälte zu tun haben dürfte als mit der ihrer Mandanten. Aber wie Cross dann stets höflich zu erklären pflegte: Er war nicht verpflichtet, Fragen zu stellen. Er konnte, solange er wollte, schweigend dort sitzen und darauf bestehen, dass der Verdächtige ihm Gesellschaft leistete, immer vorausgesetzt, sie bekamen Essen und Wasser und ausreichende Pausen. Die monotone Art, in der er dies übermittelte, ärgerte seine Gesprächspartner nur noch mehr, aber das war Cross nicht bewusst. Dafür war er viel zu sehr in Gedanken. Ein paar der Verdächtigen waren tatsächlich direkt vor seiner Nase eingeschlafen. Und er hatte darauf verzichtet, sie aufzuwecken, und stattdessen darüber nachgedacht, was das über ihre Gemütsverfassung aussagen mochte – war es ein Zeichen enormer Zuversicht, verwies es auf Gleichgültigkeit, oder waren sie einfach nur total erschöpft? Einmal hatte er sich trotz der Einwände des Anwalts die Orientierungslosigkeit seines Mandanten gleich nach dem Erwachen zunutze gemacht und ihn mit großem Erfolg hartnäckig ausgefragt.

Derzeit wägte Cross tatsächlich seine Möglichkeiten ab. Genauer gesagt, wägte er vor allem die von MacDonald ab. Der musste wissen, dass sie die Wahrheit über die Morde aller Wahrscheinlichkeit nach früher oder später herausfinden würden. Folglich stand er nun vor der Frage, in welchem Umfang er sie dabei unterstützen sollte und welchen Nutzen er daraus ziehen könnte.

»Mister MacDonald, ich werde Ihnen verraten, wo wir auf dieser Seite des Tisches stehen. Wie sich die Angelegenheit aus unserer Perspektive darstellt. Ich werde Ihnen nichts vorenthalten; stattdessen werde ich Sie aus Respekt gegenüber einem ehemaligen Officer umfassend informieren. Sie sind nicht verhaftet, und ich werde Sie nicht um eine Stellungnahme bitten. Ich werde Sie lediglich bitten, darüber nachzudenken. Aber ich werde Sie nicht fragen, was Sie an meiner Stelle über all das denken würden, wenn Sie gewusst hätten, was wir wissen. Daran bin ich nicht interessiert. Ich möchte Ihnen nur eine Gelegenheit geben, das alles zu erwägen und sich zu überlegen, wie es weitergehen soll. Sind Sie dafür offen?«, fragte Cross.

»Und wenn nicht?«, gab MacDonald zurück.

»Sie sind aus freien Stücken hier«, sagte Cross.

»In einem Verhörzimmer.«

»Ja, in der Tat, und das sollte Ihnen etwas sagen.«

»Das wäre?«

»Dass die Situation ernst ist. Sie in einem Verhörzimmer, die Beteiligung des Chiefs, das alles verweist zweifellos darauf, dass irgendeine Form der Beschuldigung im Raum steht.«

»Und wessen genau soll ich beschuldigt werden?«

»Das müssen Leute in höheren Positionen entscheiden.«

Danach herrschte lange Schweigen. MacDonald hasste es, ausgerechnet diesem Idioten gegenüber in einer untergeordneten Position zu sein. Was gäbe er darum, ihn wieder in seine Schranken zu weisen, nur noch dieses eine Mal.

»Hinzu kommt, dass das davon abhängt, was Sie zu tun beschließen, wenn ich diesen Raum verlassen habe. Sie wissen genau, dass wir der Sache weiter auf den Grund gehen werden, wenn wir hier fertig sind«, sagte Cross.

MacDonald reagierte nicht. Kein Nicken, kein Kopfschütteln, kein Kommentar. Was Cross zu der Vermutung veranlasste, er wusste bereits, dass er aus dieser Geschichte nicht mehr herauskam.

»Der Mord an Hilary Carpenter – die Ermittlungen waren entweder beklagenswert ungeschickt, oder sie wurden gezielt behindert. Sollte Letzteres der Fall sein, lautet die Frage: Warum?«, fuhr er fort.

Das war derzeit der Dreh- und Angelpunkt der ganzen Untersuchung. Cross war überzeugt, dass die Antwort auf diese Frage der Schlüssel zur Aufklärung war. Also sah er MacDonald nur an, um ihm zu zeigen, wo er stand.

»Die einzige ernstzunehmende Spur, die Sie hatten, wurde umgehend verworfen. Ein roter Jaguar, der in derselben Straße geparkt war, in der der Mord stattgefunden hat. Dessen Fahrer so in Eile war, dass er einen Schaden an einem anderen Fahrzeug verursacht und nicht angehalten hat. Und das alles geschah etwa zurzeit des Mordes, wurde aber nicht für wert befunden, näher untersucht zu werden.« Wieder wechselten die beiden Männer einen langen Blick.

»Malcolm Clay war zum Zeitpunkt des Mordes im Besitz eines roten Jaguars. Malcolm Clay, den Sie und Ihre liebe Frau großgezogen haben. Er wurde gefeuert, weil er sich den Wagen ohne Erlaubnis genommen hatte und drei Tage nicht zur Arbeit erschienen ist. Genug Zeit, um einen Unfallschaden reparieren zu lassen, meinen Sie nicht?«, fragte er.

Wieder schwieg MacDonald. Er wartete darauf zu erfahren, wie viel mehr sie wussten.

»Haben Sie diese Spur deshalb fallen lassen?«

»Darum geht es?«, fragte MacDonald lachend.

»Für den Moment.« Interessant, dachte Cross. Gelächter. War das ein Zeichen für Erleichterung?

Als sie zu dem Verhörzimmer gingen, in dem Clay wartete, tauchte Mackenzie auf und reichte Ottey einen Bogen Papier. Inzwischen war sie zu dem Schluss gekommen, dass es zielführender und weniger beängstigend war, Ottey als Vermittlerin zu nutzen, statt Cross direkt anzusprechen.

»Sie haben mich gebeten, MacDonalds Finanzen

zum Zeitpunkt des Mordes durchzugehen. Nichts Außergewöhnliches, abgesehen von dem, was ich markiert habe«, sagte sie.

Ottey sah sich das Papier an und reichte es an Cross weiter, der einen Blick darauf warf und es dann sorgfältig in eine seiner Akten einsortierte. »Danke, das ist sehr hilfreich.« Wäre es nicht hilfreich gewesen, hätte er es ihr zurückgegeben, umgehend und wortlos, aber nicht ohne ihr zu vermitteln, dass sie seine Zeit vergeudet hatte. Lächelnd ging sie davon. Allmählich lernte sie, dass man bei Cross auch für das kleinste Lob dankbar sein sollte, was ihr den Umgang mit ihm im Lauf der Zeit erheblich leichter machen würde.

Im Verhörzimmer sah Malcolm Clay zu, wie Cross seine Akten vor ihm anordnete.

»Zwänge?«, fragte Clay.

»Wie bitte?«

»Sie leiden an einer Zwangsstörung«, erklärte er und zeigte auf die Akten, die Cross auf seine gewohnte Weise auf dem Tisch platziert hatte.

»Nein«, erwiderte Cross und sah keinen Grund, seinen Widerspruch näher auszuführen.

»Sicher?«

»Mister Clay, wo waren Sie am siebzehnten August 2001?«, fragte Cross.

»Ich habe keine Ahnung.«

»Dann lassen Sie uns zum Monat August im Jahr 2001 zurückkehren. Welche Erinnerungen haben Sie an diese Zeit?«

»Das ist lange her, da kommt mir nichts Bestimmtes in den Sinn.«

»Das ist es, aber sind Sie wirklich sicher, dass Sie sich an gar nichts erinnern können? Mir scheint dieser Monat ziemlich ereignisreich gewesen zu sein. Ihr einundzwanzigster Geburtstag fiel in diesen Zeitraum. An solche bedeutsamen Geburtstage erinnern sich die Leute gewöhnlich. Haben Sie eine Party gefeiert?«

»Nein, nur mit meinen Eltern zu Abend gegessen.«

»Das hört sich nett an. Also erinnern Sie sich. Wie steht es mit dem Verlust Ihres Arbeitsplatzes?«

»Ach, das war auch da? Ich war ein frecher Junge, das ist alles. Und ein ziemlicher Depp. Ich habe bekommen, was ich verdient habe. Ich habe einfach Mist gebaut.«

»Sie sind sehr aufrichtig. Also, warum wurde Ihnen gekündigt?«

»Das müssen Sie doch wissen.«

»Bitte beantworten Sie nur die Frage.«

»Ich habe mir ohne Genehmigung einen Wagen aus dem Ausstellungsraum geliehen.«

»Hatten Sie erwartet, damit davonzukommen? Ohne, dass es Konsequenzen geben würde?«

»Wenn ich ihn zurückgebracht hätte, wie ich es geplant hatte, wäre ich davongekommen.«

»Was ist passiert?«

»Ich habe über die Stränge geschlagen.«

»Inwiefern?«

»Der Überschwang der Jugend.«

»Vielleicht könnten Sie das genauer ausführen.«

»Ich wollte eine junge Dame beeindrucken. Sie wissen doch, wie das ist.« Kurz herrschte Schweigen, das Clay jedoch schnell wieder brach. »Oder vielleicht auch nicht«, sagte er, was komplett über Cross' Horizont ging. Er war zu sehr auf seine Fragen konzentriert. Clay würde mit der Zeit noch feststellen, dass diese Taktik, falls es eine war, bei Cross keinerlei Wirkung zeitigte.

»Ich vermute, Sie wollen sagen, dass Sie Erfolg hatten«, sagte Cross.

»Allerdings.« Er lächelte ein bisschen zu selbstgefällig für Otteys Geschmack.

»Und der Name dieser jungen Dame?« Cross griff zu seinem Stift, bereit, ihn zu notieren, aber er erhielt keine Antwort. Er blickte auf.

»Das geht Sie nichts an, Detective«, sagte Clay.

»Ganz im Gegenteil, das geht mich sogar sehr viel an, Mister Clay«, gab Cross zurück.

»Und warum?«, fragte Clay. In diesem Moment beugte sich sein Anwalt zu ihm hinüber und flüsterte ihm etwas ins Ohr. Was immer es war, Clay schien nicht weiter darauf zu achten.

»Sie wurden festgenommen, weil Sie unter Verdacht stehen, Hilary Carpenter am siebzehnten August 2001 ermordet zu haben. Sollten Sie nicht in der Umgebung des Tatorts oder womöglich gar nicht in Bristol gewesen sein, und diese Frau kann das bezeugen, dann würden Sie uns eine Menge Zeit ersparen.« Clay antwortete nicht, und Cross kam schnell zu dem Schluss, dass er dabei bleiben würde. »Kannten Sie Hilary Carpenter?«

»Kein Kommentar.«

Cross blickte auf. Eine »Kein Kommentar«-Antwort war in einer Befragung wie dieser nicht ungewöhnlich.

Aber normalerweise bekam man sie von Anfang an zu hören.

»Erinnern Sie sich an den Wagen?«, fuhr er mit der nächsten Frage fort.

»Ein Jaguar.«

»Modell?«

»XJR.«

»Farbe?«

Cross fiel ein minimales Zögern auf, ehe Clay antwortete.

»Rot«, sagte Clay.

»Irgendwelche Probleme gehabt?«

»Natürlich nicht. Das war ein brandneuer Wagen.«

»Ich dachte eher an einen Unfall.«

»Nein.«

Cross schwieg gerade lange genug, um seinen Zweifel am Wahrheitsgehalt dieser Antwort spürbar zu machen.

»Und da sind Sie sicher?«

»Absolut; das gehört nicht zu den Dingen, die man leicht vergisst.«

»Im Gegensatz zum Namen der Frau, mit der Sie zusammen waren«, bemerkte Ottey.

»Noch vor ein paar Minuten konnten Sie sich an

gar nichts aus dem August 2001 erinnern, obwohl das der Monat Ihres einundzwanzigsten Geburtstags war und Sie Ihren Job verloren haben«, konstatierte Cross.

»Aber Sie erinnern sich ziemlich genau an den Wagen«, fügte Ottey hinzu.

»Ich stehe auf Autos. Das ist mein Ding. Ich bin Autohändler, wissen Sie noch?«

»Erzählen Sie mir von den MacDonalds«, forderte Cross ihn auf und wechselte die Richtung.

»Was haben die damit zu tun?«, fragte Clay.

»Womit?«

»Damit, dass Sie mich festgenommen haben.«

Cross war in Versuchung, ihm zu erklären, dass das tatsächlich genau die Frage war, die er gern beantwortet hätte. Aber er wollte Clay nicht darauf aufmerksam machen, dass die Polizei schon jetzt der Ansicht war, dass MacDonald irgendwie in die ganze Geschichte verwickelt war. »Ich habe nicht gesagt, dass sie etwas damit zu tun haben, doch sie waren – sind – wichtige Menschen in Ihrem Leben«, meinte er stattdessen.

»Sie sind gute Menschen. Na ja, Stuart kennen Sie natürlich.« Er wartete darauf, dass Cross etwas dazu sagte, aber da er keine Frage gestellt hatte, wartete er vergeblich. »Was Sheila betrifft, die Frau ist eine Heilige«, fuhr Clay schließlich fort.

»Sie waren mit ihr im Buckingham Palace, als sie ihren MBE erhalten hat.«

Clay sah ihn fragend an und hoffte auf eine Erklärung, die er nicht erhielt.

»Ja.«

»Warum haben sie Sie ausgewählt, was meinen Sie?«, fragte Cross.

»Wie meinen Sie das?«

»Sie hatten so viele Pflegekinder über die Jahre; warum haben sie gerade Sie gewählt?«

»Ich weiß es nicht. Wir stehen uns immer noch nahe. Soweit es mich betrifft, sind sie meine Eltern.«

»So empfinden Sie das?«, hakte Cross nach.

»Allerdings. Sehr sogar. Ich verdanke ihnen alles.«

»Denken Sie, andere empfinden ihnen gegenüber genauso?«

»Einer oder zwei. Das kommt wirklich darauf an, wie viel Zeit sie mit ihnen verbracht haben und welche Probleme sie hatten, als sie bei ihnen gelandet sind.«

»Waren sie gut im Umgang mit Problemkindern?«, fragte Cross.

»Sie schon. Sehr ruhig. Hat immer zugehört. Das war, als könnte nichts, was man tat, sie ärgern oder auch nur aus der Ruhe bringen. Man konnte total verrücktspielen und sie trotzdem nicht wütend machen. Aber wenn sich jemand zwischen sie und ihre Kinder gestellt hat, dann ist sie ausgerastet.«

Cross dachte einen Moment nach, als würde er versuchen, sich über etwas klarzuwerden, um sich dann, da es ihm nicht gelang, wieder an Clay zu wenden. »Wenn Sie sagen, Sie ›verdanken ihnen alles‹, was meinen Sie da genau?«, fragte er.

»Ich dachte, das läge auf der Hand.«

»Ich fürchte nicht«, sagte Cross, aber Clay ging nicht weiter darauf ein. Cross machte sich eine Notiz in der Akte und fuhr fort: »Haben Sie Ihr Bein verloren, bevor Sie die MacDonalds gekannt haben?«, erkundigte er sich.

»Ja.«

»Wann?«

»Im Jahr davor, ehe ich zu ihnen gekommen bin.«

»Dann müssen Sie ziemlich traumatisiert gewesen sein.«

»Meinen Sie?«

»Wie haben Sie es verloren?«, fragte Cross.

Clay sagte nichts. Sein Anwalt schaltete sich ein. »Die Erinnerung an die Umstände, die zu den Verletzungen meines Mandanten geführt haben, ist schmerzhaft. Wie Sie richtig bemerkt haben, ist es eine traumatische Erfahrung, weshalb er es vorzieht, nicht darüber zu sprechen. Für diese Befragung ist das doch sicher nicht relevant, oder?«

Cross hatte nicht die Absicht, diese Frage schon in diesem frühen Stadium zu beantworten.

»Ich verstehe. Ihre Eltern … was ist aus ihnen geworden?«

»Sie sind gestorben.«

»Wie?«

»Relevanz?«, fragte der Anwalt.

»Mister West, wir stehen hier nicht vor Gericht. Ich kann fragen, was immer ich will. Ob Ihr Mandant antwortet oder nicht, liegt ganz bei ihm. Ich werde weiter die Fragen stellen, die ich für sachdienlich halte, ob Sie das auch so sehen oder nicht«, entgegnete Cross entschieden.

Ohne den Anwalt auch nur anzusehen und sich zu vergewissern, dass seine Botschaft angekommen war, zog Cross seine Akte zurate. »Sie hatten etliche Operationen, seit Sie bei den MacDonalds untergebracht waren«, sagte er.

»Einige.«

»Das muss eine schlimme Zeit gewesen sein.«

»Man gewöhnt sich daran.«

»Es sagt viel über die MacDonalds aus, dass sie bereit waren, sich so einer schwierigen Situation zu stellen.«

»Das tut es.«

»All diese Krankenhausaufenthalte durchzustehen. Endlose Stunden darauf zu warten, dass Sie aus dem Operationssaal kommen. All diese zusätzlichen Sorgen.«

»Denken Sie, diese medizinischen Behandlungen haben dafür gesorgt, dass Sie eine stärkere Bindung an die MacDonalds haben als die anderen Kinder?«, fragte Cross.

»Bei Sheila bin ich da ziemlich sicher, bei Stuart nicht so sehr. Er war ja immer hier, auf der Arbeit«, entgegnete Clay.

Das war interessant für Cross. Clay versuchte, die Beziehung zwischen ihm und MacDonald distanziert darzustellen. Warum? »Unter siebenundachtzig Kindern waren Sie der Auserwählte, der den MacDonalds besonders nahegestanden hat«, sagte er.

Cross musterte Clay, der plötzlich tatsächlich ein wenig nachdenklich wirkte und den Tisch anstarrte. Seine Deckung, die Verkäuferfassade, hatte Risse bekommen, seit Cross die MacDonalds ins Gespräch gebracht hatte. War das, was er da sah, so etwas wie nostalgische Hinwendung oder vielleicht ein Ansatz von Reue? Emotionale Interpretationen dieser Art konnten sehr nützlich sein, aber genauso oft führten sie in die Irre. Denn die Gefühle der Befragten drangen schon wegen der Situation als solche zwangsläufig an die Oberfläche, ob sie schuldig waren oder nicht. Sie befanden sich in einem Verhörzimmer – einer feindseligen, sterilen Umgebung – und standen häufig unter Arrest. Natürlich waren sie nervös und verwundbar. Er hatte Verdächtige erlebt, die in Tränen ausgebrochen waren, nur weil ihnen eine Zigarettenpause angeboten worden war. Folglich war er stets vorsichtig und darum bemüht, nicht zu viel in diese Gefühlsbekundungen hineinzulesen.

Cross wiederholte, was er gesagt hatte. Er gebrauchte dabei exakt die gleiche Formulierung wie zuvor, ganz so, als würde er die Worte nun zum ersten Mal aussprechen. Menschen, die ihn nicht kannten, und sogar die, die ihn kannten, empfanden das bei solchen Gelegenheiten stets als sonderbar.

»Kann ich bitte eine Toilettenpause bekommen?«, fragte Clay.

»Ich würde mich auch gern kurz mit meinem Mandanten beraten«, fügte der Anwalt hinzu.

»Selbstverständlich«, sagte Cross höflich.

41

»Warum haben Sie Malcolm im September 2001 ins Ausland geschickt?«, fragte Cross, als er MacDonald wieder in dem anderen Verhörzimmer gegenübersaß.

»Wir haben ihn nicht weggeschickt«, antwortete MacDonald.

Cross nahm Mackenzies Notiz aus der Akte. »Sie haben ihm ein Round-the-World-Ticket finanziert«, sagte er.

»Über die habe ich immer gestaunt«, warf Ottey ein. »Sie sind so billig.«

»Tatsächlich?«, fragte Cross.

»Solange man nicht die Richtung wechselt«, sagte sie.

»Das war mir nicht bekannt«, gestand er, fasziniert von der Vorstellung.

»Waren Sie nie in Versuchung?«, fragte sie.

»Ich fliege nicht.«

»Sie waren noch nie in einem Flugzeug?«, hakte sie nach.

»Nein.«

»Skurril, wenn man Raymonds Geschichte bedenkt«, bemerkte sie.

»Tatsächlich stimmt das nicht ganz. Ich war Ende letzten Jahres mit ihm in der Concorde, aber natürlich sind wir nicht geflogen.« Er widmete sich wieder MacDonald. »Mein Vater war Ingenieur und hat in Filton an der Concorde gearbeitet«, erklärte er.

»Wirklich? Das wusste ich nicht«, entgegnete MacDonald.

»Es gibt keinen Grund, warum Sie das hätten wissen sollen«, stellte Cross fest.

MacDonald wirkte entspannter als bei der ersten Befragung. Vielleicht, weil er Zeit gehabt hatte, seine Gedanken zu sortieren. Cross hoffte es; fehlgeleitetes Selbstvertrauen hatte sich bei Befragungen schon häufig als nützliches Hilfsmittel erwiesen.

»Malcolms Reise«, sagte er.

»Ja?«, fragte MacDonald.

»Wie lange war er fort?«

»Knapp ein Jahr.«

»Tatsächlich? Das ist ziemlich lang.«

»Ist das nicht normal für ein Brückenjahr?«

»Ein ›Brückenjahr‹? Es tut mir leid, ich verstehe nicht«, sagte Cross.

»Das machen Jugendliche. Sie nehmen sich ein Brückenjahr.«

»Das weiß ich, aber sollte das nicht in der Zeit zwischen Schulabschluss und Studium liegen? Dafür steht doch der Begriff ›Brücke‹, oder?«, fragte Cross.

»Gutes Argument. Ich glaube, mich zu erinnern, dass ich selbst das auch gesagt habe. Er hatte sich gegen ein Studium entschieden. Er hatte die passenden Noten, was nicht zuletzt daran lag, dass

Sheila ihn gedrängt hat, seine Hausaufgaben zu machen und den Stoff zu wiederholen. Aber das war nichts für ihn. Er wollte gleich in die Arbeit einsteigen, was er auch getan hat, doch dann wollte er ein Brückenjahr einlegen, und ich habe ihn gefragt: ›Brücke? Von wo nach wo?‹ Aber Sheila hat sich natürlich wie immer auf seine Seite geschlagen. Eigentlich hat sie das bei allen Kindern getan, sie hat stets für sie Partei ergriffen.« Die Erinnerung brachte ihn zum Lachen. »Ich mag ja jetzt lachen, aber damals fand ich das nicht witzig. Wie auch immer, sie haben ihren Willen bekommen und er sein Brückenjahr, und ich glaube, es hat ihm wirklich gutgetan. Als er zurückkam, war er ein bisschen erwachsener.«

»Hatte es ihm an Reife gemangelt?«, fragte Cross.

»Nicht sonderlich«, ruderte MacDonald zurück, als fürchtete er, er könnte Cross auf eine Idee gebracht haben.

»Tja, das war extrem großzügig von Ihnen.«

»Wie ich schon sagte, es war Sheila. Ich habe das für puren Unsinn gehalten, wenn ich ehrlich bin.«

»Wo ist er hingereist?«, fragte Cross.

»Rund um die Welt«, antwortete MacDonald spöttisch. Zugleich war dies das erste Mal, dass er sich gereizt zeigte. Die Reise kam Cross natürlich äußerst praktisch vor. Erst die Spur mit dem roten Wagen fallen lassen, dann, nur zur Sicherheit, Malcolm einmal um die ganze Welt schicken. Wäre er in dem Fall später zu einer Person von besonderem Interesse geworden, hätte er einfach irgendwo im Ausland bleiben und verschwinden können.

»Erzählen Sie mir von seinen Eltern«, bat Cross.

»Was ist mit ihnen?«

»Wie sind sie gestorben?«

»Das weiß ich nicht genau«, sagte MacDonald, doch sein Blick huschte kurz zu Cross, und sie wussten beide, dass er einen Fehler begangen hatte. Einen kleinen, sicher, aber solche Fehler, wie geringfügig sie auch sein mochten, lösten oft eine ganze Lawine aus. Der Versuch, den Fehler zu korrigieren, führte nur zu weiteren Fehlern, die dann ebenfalls korrigiert werden mussten, bis der Befragte sich bei dem Versuch, den Überblick zu behalten, in ein Netz aus Ausweichmanövern verstrickte.

»Sie wissen es nicht genau«, entgegnete Cross in vollends nüchternem Ton ohne die kleinste Spur von Überraschung oder Zweifel. MacDonald kam offenbar zu dem Schluss, dass es am sichersten war, gar nichts weiter zu äußern.

»Das können wir auch leicht selbst herausfinden«, informierte Ottey.

»Es ist nur so, dass er das nicht gern öffentlich breittritt«, erklärte MacDonald. Cross sagte nichts dazu. »Wird das noch lange dauern? Ich muss meine Frau zur Arbeit fahren.«

»Sie arbeitet?«, hakte Ottey nach.

»Nein, nur ehrenamtlich, aber sie fährt nicht, darum muss ich sie hinbringen.«

Und so endete die Befragung hier, doch sowohl

Cross als auch MacDonald wussten, dass es noch nicht vorbei war. Noch lange nicht.

Cross und Ottey saßen in seinem Büro und überlegten, wie sie weiter vorgehen sollten. Sie hatten die Einzelteile, aber der Kleber, um sie zu verbinden, fehlte. Ottey blickte von ihrem übelriechenden Kaffee auf – es war einer dieser Momente, in denen sogar der besser war als gar nichts, auch wenn sie allmählich Zweifel hegte.

»Taucht Clay in Leonards Akten auf?«, fragte sie.

»Ich hatte noch keine Zeit, sie zu Ende durchzusehen.«

»Warum ist er zurückgekommen?«, überlegte sie laut. Cross sah sie an. »Ich weiß, ich weiß. ›Wenn wir die Antwort darauf kennen würden …‹«, intonierte sie in leierndem Tonfall und räumte damit ein, dass das genau die Frage war, die sie schon stundenlang beschäftigt hatte. »Ich wünschte, Leonard hätte sich an uns gewandt.«

»Warum hätte er das tun sollen? Er hatte kein Vertrauen zur Polizei. Wer könnte es ihm verdenken?«, wandte Cross ein.

»Das ist wahr.«

»Wir müssen die Karosseriewerkstatt finden und Details zu dem Unfall in Erfahrung bringen.«

Cross dachte kurz nach. »Leonard hat alles über den Fall bis ins kleinste Detail festgehalten. So perfekt organisiert. So viele Einzelheiten«, sinnierte er.

»Und?«

»Was, wenn er mit allem so umgegangen ist? Hilarys Unfall – da muss es doch Korrespondenz gegeben haben. Versicherungsschreiben, beispielsweise«, sagte er.

»Aber Jessica glaubt nicht, dass er das da auch getan hat«, wandte Ottey ein.

»Sie könnte sich irren«, entgegnete Cross.

Keiner der beiden Detectives hatte mit dem Bild gerechnet, das sich ihnen bot, als sie Jessica Carpenters Küche betraten. Am Küchentisch, Tee trinkend, Tüten von *Gab*, *Superdrug* und *Office Shoes* zu seinen Füßen, saß Badger. Er sah besser und zufriedener aus als bei ihrer letzten Begegnung. Jessica war mit ihm einkaufen gegangen. Da waren nicht nur die Tüten zu seinen Füßen, er war auch komplett neu eingekleidet. Aber was Cross noch viel mehr überraschte, war Mackenzie, die ihm gegenübersaß. Sie sah aus, als wäre sie bei etwas erwischt worden, was sie nicht hätte tun sollen.

»Alice.«

»DS Ottey. Cross.«

»Ich dachte, Sie wollten sich um die Karosseriewerkstatt kümmern.«

»Ich habe …«

Jessica ging dazwischen. »Das war meine Schuld. Ich habe Alice angerufen. Sie hat mich über die Entwicklungen auf dem Laufenden gehalten … na ja, soweit es welche gab.« Sie klang vollkommen sachlich. Nicht die Spur eines Tadels lag in ihrem Tonfall.

»Als sie mir erzählt hat, dass Terence entlassen wird, habe ich sie gebeten, für mich herauszufinden, wann es so weit ist. Ich wollte ihn abholen, ehe er wieder irgendwo in den Straßen verschwinden konnte, und sie hat sich netterweise einverstanden erklärt, mich zu begleiten«, erzählte sie.

»Darf ich fragen, warum?«, erkundigte sich Ottey.

»Na ja, ich wollte einfach nicht, dass er wieder auf der Straße sitzt. Das ist furchtbar. Er ist ein Veteran, Sergeant, und es mag vielleicht komisch klingen, aber ich finde, er hat unseretwegen schon genug durchgemacht«, sagte Jessica.

»Kann ich alle persönlichen Akten von Leonard sehen: Versicherungsunterlagen, Hypothekenpapiere, Bankunterlagen? Ich muss herausfinden, ob er die Korrespondenz im Zusammenhang mit Hilarys Unfall aufbewahrt hat«, wechselte Cross abrupt das Thema, aber sie ließ sich nicht aus dem Konzept bringen.

»Er war auch die letzte Person, die überhaupt Zeit mit meinem Vater verbracht hat, ehe er gestorben ist.«

»Die Akten?«, fragte Cross.

»George …«, mahnte Ottey.

»Wir stehen wegen Clay unter Zeitdruck«, beharrte er.

»Erzählen Sie weiter«, ermunterte Ottey Jessica.

»So gesehen war es nicht ganz selbstlos. Ich möchte mit ihm über Dad reden und ihm helfen, so gut ich kann. Er hat sich in genau der gleichen Situation wiedergefunden wie mein Vater. Ihm konnte ich nicht helfen, aber vielleicht kann ich etwas für Terence tun.«

»Das ist wirklich nett und vollkommen verständlich. Ich schätze, Ihr Vater wäre stolz auf Sie, denken Sie nicht auch, George?«

»Ich weiß es nicht. Ich kannte ihn nicht, also habe ich keine Ahnung, wie er hätte reagieren können. Ich möchte bitte die Akten sehen«, drängelte er zunehmend frustriert.

»Natürlich.« Jessica ging hinaus. Cross folgte ihr, kehrte aber noch einmal um.

»Mackenzie. Mitkommen.« Sie stand auf und lief hinter ihm her wie ein Kind, das die bevorstehende Maßregelung schon auswendig konnte.

Leonard hatte einen alten Sekretär mit Rollverschluss. Cross und Mackenzie fingen an, systematisch seine persönlichen Unterlagen durchzusehen. Sie waren so gut geordnet, dass sie nicht lange brauchten, um zu finden, wonach sie gesucht hatten. Mackenzie hielt eine Akte mit der Aufschrift UNFALL hoch. Sie teilten den Inhalt untereinander auf. Wenige Minuten später wedelte sie mit einem Papier.

»Hier ist es. Peter und Amanda Clay. Sohn Malcolm, acht Jahre alt«, sagte sie. Cross nahm ihr das Blatt ab, überflog es rasch und verließ den Raum, marschierte schnurstracks zur Haustür hinaus und stellte sich neben Otteys Wagen auf. Mackenzie kehrte in die Küche zurück.

»Er hat, was er gesucht hat«, erklärte die junge Frau.

»Dann gehe ich wohl besser. Wir bleiben in Kontakt.«

Mackenzie folgte ihr, aber Ottey drehte sich zu ihr um und sagte: »Nein, bleiben Sie. Das könnte sich noch als hilfreich erweisen.« Sie war erleichtert, und sie hegte den Verdacht, dass Ottey sie auch aus Cross' Schusslinie halten wollte. Sie dankte ihr und ging wieder in die Küche.

Ein weiterer Wagen fuhr vor, als Ottey gerade das Haus verließ. Es war Catherine. »Hallo! Was führt Sie hierher?«, fragte sie.

»Wir mussten uns Leonards persönliche Akten ansehen«, erklärte Ottey.

»Ist irgendetwas passiert?«, wollte sie wissen.

»Bisher nicht, doch es kommt Bewegung in die Sache«, antwortete Ottey. Sie wusste, wie Cross es hasste, wenn sie derartige Aussagen machte, aber das war ihr wirklich egal. Catherine sah sich zu Cross um und beschloss, keine weiteren Fragen zu stellen.

»Ich bin hier, weil ich offenbar einen neuen Probono-Patienten habe, der eine zahnmedizinische Untersuchung benötigt. Ich werde ihn mit in die Praxis nehmen«, sagte Catherine.

»Tatsächlich?«

»Ja, meine kleine Schwester möchte am liebsten die ganze Welt retten. Sie kann keinem hoffnungslosen Fall widerstehen. Tut mir leid, das hat sich kaltschnäuziger angehört, als es gemeint war.«

»Alice hätte ihn zu Ihnen bringen und Ihnen die Fahrt ersparen können«, bemerkte Ottey.

»Ich weiß. Aber um ehrlich zu sein, ich möchte auch mit ihm reden. Sie wissen schon, über Dad.« Sie verabschiedete sich von Cross. »Inspector.«

»Sergeant«, korrigierte er sie, ohne auch nur von den Dokumenten aufzublicken, die er immer noch studierte. Ein Range Rover fuhr vor. Am Steuer saß Gillian. Catherine drehte sich zu Ottey um.

»Vielleicht bringe ich ihn doch einfach direkt in die Praxis«, sagte sie.

Ottey lächelte. »Ein nachvollziehbarer Gedanke.«

42

Sie waren wieder bei Clay. Er hatte den altbekannten Gesichtsausdruck eines Menschen aufgesetzt, der begriffen hatte, dass man ihn offensichtlich einfach ohne jede Erklärung zwei Stunden lang in der Zelle schmoren lassen konnte, während die Polizei tat, was immer sie gerade tun wollte. Es war eine Sache, wenn man ein paar Detectives in einem Verhörzimmer ausgesetzt war – das mochte eine feindselige Umgebung sein, aber man war immer noch im Mittelpunkt des Interesses. Etwas ganz anderes war es, gegen seinen Willen allein in einer kahlen Zelle zu sitzen und nichts zu tun zu haben. Die Erkenntnis, gegen den eigenen Willen festgehalten zu werden und tun zu müssen, was immer man gesagt bekam, gehörte nach Cross' Eindruck zu den Dingen, an denen besonders Leute wie Clay schwer zu schlucken hatten – Mittelklasse, sein eigener Boss, gewohnt, seinen Kopf durchzusetzen. Der Verlust der Freiheit, wie kurz er auch sein mochte, stellte für diesen Typ eine enorme, emotionale Belastung dar.

»Ich möchte mit Ihnen über den Tod Ihrer Eltern sprechen«, fing Cross an.

»Kein Kommentar«, antwortete Clay.

»Diese Reaktion kann nur dann notwendig werden, wenn eine Frage gestellt wird. Es war ein Verkehrsunfall, richtig?«

Clays Anwalt flüsterte ihm etwas zu.

»War es«, sagte Clay.

»Ihre Mutter war sofort tot, ihr Vater starb eine Woche später im Krankenhaus.«

»Ja.«

»Ich wiederhole, eine Antwort ist nur notwendig, wenn ich Ihnen eine Frage stelle«, sagte Cross.

Viele Leute begingen den Fehler zu denken, Cross würde sie auf den Arm nehmen wollen, aber er tat nichts dergleichen. Tatsächlich bemühte er sich, höflich zu sein und es ihnen leichter zu machen. Andererseits entging ihm nicht, dass er häufig das Gegenteil erreichte. Zusammen mit seiner sachlichen, beinahe monotonen Sprache führte das oft dazu, dass Verdächtige glaubten, er hätte alles im Griff. Er hätte alle nötigen Informationen. Daher rührte auch Clays unbeabsichtigtes Bestreben, Antworten zu liefern.

»Ein folgenschwerer Moment in Ihrem Leben«, fuhr Cross fort.

Clay wollte gerade etwas entgegnen, als ihm wieder einfiel, was Cross eben erst gesagt hatte: War keine Frage gestellt worden, dann war auch keine Antwort vonnöten.

»Einer, mit dem Sie tagein, tagaus leben müssen, nehme ich an. Der Verlust Ihrer Eltern. Das Trauma der Verwundung und die nachfolgenden, beinahe endlosen chirurgischen Eingriffe«, zählte er auf und zog Clays Visitenkarte hervor.

»Aber Sie sind auch all denen dankbar, die sich nach dem Unfall Ihrer angenommen haben. Sie sammeln Geld für das Krankenhaus, das den Großteil Ihrer Operationen durchgeführt hat.«

Dann legte Cross eine lange Pause ein. Endlos lang, soweit es Clay betraf. Er sah seinen Anwalt an, der nur den Kopf schüttelte, als riete er ihm zu schweigen. Schließlich hörte Cross auf, das vor ihm liegende Stück Papier zu studieren, und drehte es mit Vorbedacht auf die andere Seite. So vorsichtig, als hätte er es mit einem seltenen Dokument in der British Library zu tun – die Art, die man gewöhnlich nur mit Handschuhen anfassen würde. Er las auch die Aufschrift auf dieser Seite so aufmerksam, als hätte er sie noch nie zuvor gesehen. Aber natürlich hatte er sie schon gesehen. Etliche Male.

»Wissen Sie, wer für den Unfall verantwortlich war?«, fragte Cross.

»Man sagte mir, es sei mein Vater gewesen«, antwortete Clay.

»Das ist richtig. Es muss sehr schwer gewesen sein, damit zurechtzukommen, stelle ich mir vor.«

Er blickte auf, aber Clay antwortete nicht. »War es schwer?«, hakte Cross nach.

»Ich weiß nicht einmal, ob ich das glauben soll.«

»Warum?«

»Na ja, einem Toten die Schuld zu geben ist leicht, nicht wahr?«

»Das kann nicht der einzige Grund sein. Warum noch?«, hakte Cross nach.

Er erhielt keine Antwort.

»Ich meine, die Schuld geht klar aus dem Unfallbericht hervor.« Cross entging nicht, dass seine Worte Clay verunsicherten. »Ich sollte dazusagen, dass wir, die Polizei, es zwar geschafft haben, den Originalbericht zu verlegen, Leonard Carpenter aber eine Kopie hatte. Sie wissen, wer Leonard Carpenter war?«, fragte er.

»Ja.«

»Wann wurde Ihnen bewusst, wer er war?«

»Kein Kommentar.«

»Sind Sie Leonard Carpenter je begegnet?«

»Kein Kommentar.«

»Aber Ihnen ist klar, warum ich Ihnen diese Fragen stelle?«

»Kein Kommentar.«

»Sind Sie Hilary Carpenter je begegnet?«

»Kein Kommentar.«

»Ist Ihnen die Identität der Person am Steuer des anderen Wagens bekannt?«

»Kein Kommentar.«

»Ist Ihnen von dem Unfall viel im Gedächtnis geblieben?«

»Nein.«

»Das überrascht mich nicht. Es muss eine absolute Qual gewesen sein. Wie gehen Menschen mit derart unerträglichen Schmerzen um? Ist Ihnen die Identität der Person am Steuer des anderen Wagens bekannt?«

Für einen Moment starrte Clay seinen Anwalt an.

Hatte dieser Clown die Frage gerade zum zweiten Mal in exakt dem gleichen Wortlaut gestellt, schien er zu denken. »Kein Kommentar.«

Daraufhin sah Cross bei seiner nächsten Frage den Anwalt direkt an: »Ich wundere mich, aus welchem Grund es Ihrem Mandanten widerstrebt, Fragen über einen Unfall zu beantworten, der sich ereignet hat, als er acht Jahre alt war. Er sagt dabei nicht etwa Sätze wie ›Darüber möchte ich nicht sprechen‹ oder ›Was hat das mit diesem Fall zu tun?‹, sondern verweigert die Antwort mit ›Kein Kommentar‹. Das bringt mich auf den Gedanken, dass er in der Tat etwas mit dem Mord an Hilary Carpenter und, ergo, dem an Leonard zu tun hat«, sagte Cross.

»Ich möchte mich mit meinem Mandanten beraten«, warf der Anwalt eilends ein.

»Ich denke, das sollten Sie. Ich bin nicht überzeugt, dass es in seinem Interesse ist, diese Fragen nicht zu beantworten«, sagte Cross.

»Was zum Teufel scheren Sie sich darum, was in meinem Interesse ist oder nicht?«, geiferte Clay.

»Mister Clay ...«, intonierte leise der Anwalt.

»Ich kann Ihnen versichern, ich bin nur auf Fakten aus. Ich hege keine Gefühle jedwelcher Richtung. Mich kümmert nur die Wahrheit. Ich schere mich darum, was in Ihrem Interesse ist, indem ich sicherstelle, dass die Wahrheit und nicht irgendeine verfälschte Form während dieses Prozesses ans Licht kommt. Damit werde ich fortfahren, bis es vorbei ist«, sagte Cross ruhig, verließ den Raum und überließ es Ottey, sich um den Rekorder zu kümmern.

Die Besprechung zwischen Anwalt und Mandant dauerte eine volle Stunde, was Ottey ernsthaft auf die Palme trieb. Cross hingegen war stets neugierig darauf, was bei solchen Beratungen herauskam. Was hatte so lange gedauert? War das ein Hinweis darauf, was als Nächstes passieren würde? Waren sie nun bereit, irgendetwas einzuräumen? Führte die Besprechung also zu Fortschritten? Cross' Art der Fragestellung hinsichtlich des Unfalls hatte den Anwalt offensichtlich bewogen, seine Strategie zu überdenken.

Dieser Anwalt verstand sein Geschäft. Cross war ihm schon früher begegnet und hielt ihn für angenehm rational und sehr gut, wenn es darum ging, seine Mandanten zu verteidigen und sie bei der Befragung anzuleiten – oftmals brachte er sie dazu zu reden, wenn ihre Instinkte sie drängten, den Mund zu halten. Er hatte ein ausgesprochen feines Gespür dafür, wie Befragungen in der trockenen, klimatisierten Luft eines ruhigen Gerichtssaals wahrgenommen wurden.

Im aktuellen Fall hatten sie während ihrer Besprechung eine Erklärung abgefasst, die der Anwalt nun vorlas. Tatsächlich hatte Cross genau damit gerechnet. Er wusste, der Anwalt musste annehmen, dass sie über alle Informationen hinsichtlich des Unfalls verfügten und die »Kein Kommentar«-Antworten folglich zwecklos waren und auf lange Sicht womöglich sogar Schaden anrichten und Clay vor Gericht weniger glaubwürdig erscheinen lassen würden. Der Anwalt las den handschriftlichen Text auf seinem gelben Notizblock vor.

»Die Identität der anderen Unfallbeteiligten bei dem Zusammenstoß, der zum Tod meiner Eltern geführt hat, ist mir bekannt. Es war Hilary Carpenter. Sie hat mir unmittelbar nach dem Unfall einen großen Dienst erwiesen und ihren Schal dazu benutzt, die Blutung an meinem Bein zu stillen. Sie hat mich dazu gebracht, mit ihr zu reden, und mich getröstet, damit ich bis zum Eintreffen des Rettungsdiensts bei Bewusstsein blieb. Später sagte man mir unmissverständlich, dass sie mir das Leben gerettet hat. Wäre sie nicht gewesen, hätte ich zweifellos das Schicksal meiner Eltern geteilt. Diese Informationen entnehme ich dem, was man mir erzählt hat.«

»Eine Frage, ehe ich an DS Ottey übergebe. Haben Sie jemals den Original-Unfallbericht gesehen?«, fragte Cross. Clay sah seinen Anwalt an, der zustimmend nickte.

»Ja«, erwiderte er.

»Wie sind Sie da drangekommen?«

»Stuart hat ihn mir gezeigt.«

»Danke. Ottey?«, sagte Cross.

Zu Beginn ihrer Zusammenarbeit hatte sie es gehasst, wenn er sich aus heiterem Himmel zu ihr umdrehte und sie aufforderte, die Leitung zu übernehmen. Aber dann war ihr der wahre Grund für ihren Groll aufgegangen – sie hatte an dem Punkt bereits abgeschaltet. Sie hatte den Verlauf der Befragung nicht ordentlich verfolgt und das Gefühl gehabt, er würde sie auf die Probe stellen. Tatsächlich hielt er es, wie er ihr später erzählt hatte, bisweilen einfach für sinnvoll, den Befrager zu wechseln, abhängig davon, wie die Befragung verlief. Er verglich das mit einem Mannschaftskapitän beim Kricket, der zwischen Fast- und Spinbowling, zwischen Würfen über oder um das Wicket den Werfer wechselte. Es veränderte die Situation ein wenig, verhinderte, dass die Befragung in einen Trott verfiel oder einem berechenbaren Muster folgte. Aber ihr war aufgefallen, dass er es auch tat, wenn die Befragung eine unvorhersehbare oder unerwartete Wendung nahm. Oder wenn es eine neue Entwicklung gab, und sei sie noch so geringfügig. Wie beispielsweise die Vorlage einer schriftlichen Erklärung, wie sie sie gerade erlebt hatten.

»Also kannten Sie Hilary Carpenter?«, begann sie.

»Nein.«

»Aber Sie wussten von ihr.«

»Ja.«

»Waren Sie, als es passiert ist, über ihre Ermordung im Bilde?«

»War ich nicht.«

»Obwohl es überall in den Lokalnachrichten war. Der …?« Sie drehte sich zu Cross um.

»… ›Teegeschirr-Mord‹«, sagte er.

»Richtig. Ein schrecklicher Name. Erklärt vielleicht, warum die Nachricht es nur in die Lokalblätter geschafft hat. Aber Sie haben nichts davon gewusst?«

»Ich war nicht hier«, entgegnete Clay.

»Richtig. Sie haben sich ein Brückenjahr genommen.« Er antwortete nicht. »Sie haben das Land gerade vier Wochen nach ihrer Ermordung verlassen.« Wieder antwortete er nicht. »Kannten Sie ihren Mann, Leonard Carpenter?«, fragte sie.

»Nein.«

»Nie von ihm gehört?«

»Nicht bis vor Kurzem.«

»Haben Sie mit Ihren Pflegeeltern darüber gesprochen?«

»Worüber?«

»Ihren Tod. Den der Carpenters?«

»Nein. Warum hätte ich das tun sollen?«

»Die Frau hat Ihre Eltern getötet …«

»Daran war mein Vater schuld. Es war ein Unfall«, fiel Clay ihr energisch ins Wort.

»Die Frau, die in diesen Unfall verwickelt war und Ihnen das Leben gerettet hat, wurde ermordet. Und dann, Jahre später, auch ihr Ehemann. Und das war bei Ihren Pflegeeltern nie ein Thema?«, hakte Ottey nach.

»Wie ich schon sagte, ich war nicht hier.«

»Volle vier Wochen nach Hilarys Tod waren Sie hier. Sie sagen aber, es wurde die ganze Zeit nicht erwähnt, nicht wahr? Obwohl es um die Frau ging, die Anteil an dem schlimmsten Augenblick Ihres Lebens hatte.«

»Ich kann mich nicht erinnern.«

»Trotz der Tatsache, dass Ihr Adoptivvater der leitende Ermittler in diesem Fall war? Er ist nie nach Hause gekommen und hat gesagt: ›Da ist etwas Trauriges und Befremdliches passiert. Diese großartige Frau, die dir das Leben gerettet hat, ist tot. Ermordet.‹ Er hat nie irgendetwas darüber gesagt?«, fragte Ottey.

»Er darf nicht über laufende Ermittlungen reden, nicht wahr?«

»Über Einzelheiten nicht, aber es wäre nichts falsch daran gewesen, wenn er Ihnen erzählt hätte, dass er den Fall bearbeitet.«

»Hören Sie, es mag sein, dass er das getan hat. Ich erinnere mich nur einfach nicht daran«, sagte Clay.

»Hat er Leonards Tod erwähnt?«

»Nein, aber ich habe ihn auch schon einige Wochen nicht gesehen.«

»Das ist nicht ganz richtig, oder, Malcolm?«, hakte sie nach.

»Was meinen Sie?«

»Sie haben die MacDonalds vor drei Tagen am Abend besucht.«

»Habe ich? Hab ich vergessen.«

»Leonard hat Stuart ein paarmal aufgesucht. Wie es schien, ging es bei den Treffen nicht eben friedlich zu.«

»Das wusste ich nicht.«

»Tja, uns hat er es auch nicht erzählt, Sie müssen sich also nicht übergangen fühlen«, kommentierte Ottey.

Clay sagte nichts. Offenbar empfand er Cross' Schweigsamkeit allmählich als beunruhigend. Zu Beginn hatte er den Eindruck vermittelt, er würde die Befragung leiten. Warum also war er nun so still? Für Clay musste sich das anfühlen, als würde Cross etwas zurückhalten; als würde er sich nur überlegen, wann der passende Zeitpunkt war, um sich wieder ins Gespräch einzuschalten.

»Nun sind also zwei Personen, die mit Ihnen in Verbindung gestanden haben, na gut, eine davon hat mit Ihnen in Verbindung gestanden, ermordet worden, und niemand von Ihnen spricht darüber. Verstehen Sie, warum es mir schwerfällt, das zu glauben?«, sagte sie abschließend.

43

Mackenzie fragte sich allmählich, ob sie den Sprühfarbengeruch je wieder aus der Nase bekommen würde. Gleichzeitig fand sie ihn jedoch auch ganz angenehm, so wie der Geruch von Benzin oder Flugzeugtreibstoff, Teer oder Sprühkleber oft einen gewissen Reiz ausübte. Was bewirkte das wohl in ihrem Gehirn?, überlegte sie. War das ein olfaktorisches Äquivalent zu Umami? Während der letzten paar Tage hatte sie Billigläden im Randbereich des Karosseriereparaturgewerbes von Bristol abgeklappert. Die Art von Werkstätten, die sich keine Website leisten konnten, keine brauchten, oder, was bei einigen der zwielichtigeren wahrscheinlicher war, keine wollten. Die Standorte lagen wechselweise an Eisenbahnbrücken oder in Industriebrachen, eine befand sich sogar in den Garagen einer Sozialsiedlung. Sie hatte mehr Körper- und Gesichtspiercings und Tätowierungen – ja, im Gesicht – gesehen als zuvor im ganzen Leben. Zudem schien die Welt der illegalen Karosseriewerkstätten recht international zu sein, nach den diversen Sprachen zu schließen, die sie in den vergangenen Tagen zu hören bekommen hatte. Sexismus und die Kunst der unsittlichen Andeutung, gepaart mit einem profunden Misstrauen gegenüber der Polizei, waren ebenfalls reichhaltig vertreten.

Langsam fragte sie sich, ob sie etwa deswegen zur Polizei gegangen war, doch dann fiel ihr wieder ein, dass sie so oder so nicht sicher war, warum sie das getan hatte. Wie also hätte sie diese Frage beantworten sollen? Sie wusste, sie musste irgendwo anfangen, und dies war die Art von »Grummelarbeit«, mit der sie hatte rechnen müssen. Aber nachdem man ihr eine Metalltür nach der anderen vor der Nase zugeknallt hatte, kam sie sich so unerwünscht wie eine Haustürverkäuferin vor. Inzwischen war ihr das Gefühl, sich an Orten aufzuhalten, wo sie nicht gewollt war, ziemlich vertraut – ein Gefühl, das sie von Zeit zu Zeit auch bei der MCU erduldete. Als sie gerade in einem Café saß, erhielt sie auf ihrem Mobiltelefon einen Anruf von Brendan Davies, dem Autohändler – noch jemand, dem sie eine Karte der MCU gegeben hatte, auf deren Rückseite sie ihre Telefonnummer notiert hatte. Ruckartig setzte sie sich kerzengerade hin und fing an, sich Notizen zu machen, so ruckartig, dass sie dabei ihre Handtasche fallen ließ, deren Inhalt sich über den Boden ergoss.

»Wo waren Sie am Abend des dreißigsten Oktober letzten Jahres?«, fragte Ottey Clay.

»An dem Abend war ich bei Sheila und Stuart«, antwortete er vielleicht ein bisschen zu schnell. Cross blickte auf.

»Warum fällt Ihnen das so prompt ein?«, erkundigte sie sich.

»Weil ich wusste, dass die Frage auf mich zukommt«, entgegnete er.

»Wieso?«

»Das war der Abend, an dem Leonard Carpenter ermordet worden ist.«

»Ich verstehe.« Ottey sah Cross an. »Ich gehe das überprüfen.«

»Was halten Sie von einer kurzen Pause, während sich DS Ottey Ihr Alibi bestätigen lässt?«, schlug Cross vor.

Clays Alibi bestätigte sich. Ein bisschen zu umfassend, wie Ottey fand. Sheila erinnerte sich so mühelos und rasch wie Clay an den betreffenden Abend. Beide bekräftigten, sie hätten zusammen gegessen, und anschließend sei Malcolm so nett und gutmütig gewesen, sich gemeinsam mit ihnen eine der bevorzugten TV-Sendungen von Stuart und Sheila anzuschauen. Ottey befragte Clay noch weiter, bis Cross aus heiterem Himmel und ohne Rücksprache mit ihr erklärte, er sei unter Auflagen entlassen und könne gehen.

Anwalt und Mandant wirkten für einen Moment geradezu schockiert, was Cross ziemlich interessant fand. Als Clay ging, beobachtete er ihn: eindeutig erleichtert. Beschwingt? Cross konnte es nicht sagen. Aber Clay hatte schon sein Mobiltelefon am Ohr, ehe er das wartende Taxi erreichte.

Carson rief sie in sein Büro.

»Also, was halten wir davon?«, fragte er.

Ottey antwortete, ehe Cross eine Chance bekam, sein übliches »Ich habe keine Ahnung, was Sie beide denken« von sich geben konnte, und sagte: »Als Hilarys Mörder würde er mir gefallen.«

»Aber für den Mord an Leonard hat er ein Alibi«, entgegnete Carson.

»Richtig.«

»Was Ihre Theorie, dass beide von demselben Täter ermordet wurden, zunichtemacht«, wandte er sich an Cross, der jedoch nicht antwortete. Ottey sprang ein.

»Für den Moment sollten wir uns auf Hilary konzentrieren. Clay war zum Zeitpunkt des Mordes im Besitz eines roten Jaguars. Hilary hatte faktisch seine Eltern getötet und ihn auf Lebenszeit verstümmelt. Dann, kurz nach dem Mord, ist er ein ganzes Jahr lang verschwunden auf Kosten seines Pflegevaters, der auch der SIO in dem Fall war und alles in seiner Macht Stehende getan hat, um die Ermittlungen zu behindern«, sagte sie.

»Und warum haben Sie ihn gehen lassen?«, fragte Carson.

»Damit wir Zeit zum Nachdenken bekommen und unanfechtbare Beweise vorlegen können, die vor Gericht standhalten, wenn es zur Anklage kommt«, entgegnete Cross.

»Wir müssen diese Karosseriewerkstatt finden«, konstatierte Carson.

»Wir müssen ihn am Tatort platzieren. Der Schaden am Wagen würde ihn nur in der näheren Umgebung verorten«, wandte Cross ein.

»Was aber immerhin ein Anfang wäre«, erwiderte Carson.

Doch da hatte Cross den Raum schon wieder verlassen. Als er dann, gefolgt von Ottey, durch das Großraumbüro spazierte, rauschte Mackenzie herein und verkündete vor aller Ohren: »Ich hab sie. Die Karosseriewerkstatt!«

Cross blieb für einen Moment stehen und setzte dann den Weg zu seinem Büro fort. Das war nicht die Reaktion, die sie erwartet hatte. Ottey signalisierte ihr, sie solle ihr in Cross' Büro folgen.

»Er ist bereit, vor Gericht zu erscheinen und zu bezeugen, dass er den roten Jaguar vor all diesen Jahren schwarz repariert hat. Er ist nicht mehr im Automobilgewerbe. Er hat Clay einen Riesengefallen getan, aber der hat es ihm nicht gedankt, als er dann erfolgreich wurde. Tatsächlich hat er ihn angesprochen und nach Aufträgen gefragt, als seine Werkstatt in Schwierigkeiten geraten ist. Clay hat ihm allerdings nicht geholfen, also ist er pleitegegangen. Und darum ist er nicht gerade sein bester Freund. Clay hat sich ihm gegenüber verhalten, als würde er ihn gar nicht kennen. Brendan Davies hat mir den Tipp gegeben. Er hat gesagt, das wäre der Einzige, von dem er sich vorstellen konnte, dass Clay ihn damals hätte aufsuchen können – und er hatte recht.« Sie strahlte. Na bitte, dachte sie. Das ist echte Polizeiarbeit, vielen herzlichen Dank. Der Durchbruch, auf den alle gewartet hatten. »Jetzt können wir ihn vor Ort platzieren«, fügte sie dienstbeflissen hinzu.

»Wir können ihn in der Straße platzieren, die an den Schauplatz des Mordes grenzt, aber nicht am Tatort selbst. Das sind zwei ganz verschiedene Dinge«, antwortete Cross höflich.

»Was George sagen will, ist, danke. Habe ich recht, George?«, sagte Ottey. Aber Cross war nicht in Stimmung, auf das »Wir lernen angemessenes Benehmen«-Spiel mit Ottey einzusteigen. Er musste diesen Fall knacken. Dies war einer jener Punkte, an denen er wusste, dass sie der Lösung wirklich nahe waren; extrem nahe, lächerlich nahe. Sie wussten, wer es aller Wahrscheinlichkeit nach getan hatte, konnten es aber nicht auf eine Art beweisen, die eine Jury hätte überzeugen können. Das kleinste Detail konnte einen geradezu seismischen Effekt auf die Aufklärung eines Falles haben. Er ignorierte Ottey, dafür sprach Mackenzie sie an.

»Aber bei der Last der Beweise müsste doch jede Jury ihn verurteilen, oder nicht?«, fragte sie.

»Vielleicht, vielleicht auch nicht, und ›vielleicht auch nicht‹ gehört nicht zu den Dingen, auf die ich gern baue«, sagte Cross. Mackenzie wusste es zu diesem Zeitpunkt noch nicht, aber es war gerade Cross' hartnäckiges Bedürfnis nach offenkundigen, unwiderlegbaren Beweisen, das so viele Leute im Department in den Wahnsinn trieb. Sie hatten ihren Mann. Lasst ihn anklagen. Überlasst ihn dem Staatsanwalt. Aber nicht, solange George Cross etwas dazu zu sagen hatte.

»Sehen wir uns Leonards Tod noch einmal an«, sagte Ottey, als Mackenzie gegangen war, und setzte sich Cross gegenüber. »Leonard ist nach Bristol zurückgekommen. Warum? Nach all der Zeit? Hat er etwas Wichtiges entdeckt? Hat es eine neue Entwicklung gegeben?«, fragte sie.

»Ein neues Beweisstück kann es nicht gewesen sein«, sagte Cross. »Wo hätte das herkommen sollen? Also muss es etwas gewesen sein, was da bereits bekannt war, aber auf eine neue Art interpretiert werden konnte.«

Diese Fragen waren sie schon so viele Male durchgegangen. Wiederholen und noch einmal wiederholen gehörte zu Cross' Gewohnheiten. Manchmal sah Ottey sich gezwungen, den Raum zu verlassen, um nicht den Verstand zu verlieren. Aber er besaß diese spezielle Fähigkeit, auch die banalsten Einzelheiten immer wieder aufs Neue zu betrachten, als würde er darauf warten, dass ihm irgendeine Erkenntnis plötzlich ins Gesicht spränge. Und manchmal geschah das auch. Sie stand auf, trat an Cross' Tafel und studierte sie, musterte das Foto von den Fußabdrücken aus Leonards Rucksack und eine Kopie des polnischen Einkaufsgutscheins.

»Warum hatte er wohl einen polnischen Einkaufsgutschein? Das ergibt keinen Sinn. Es sei denn, er hat überhaupt nichts zu bedeuten.«

Cross erhob sich ebenfalls, ging zum Aktenschrank und holte eine Akte heraus, der er eine Prospekthülle entnahm. In ihr lag der Gutschein. Er studierte ihn eine Weile, drehte ihn dann um und betrachtete die Beschriftung auf der Rückseite. Alles auf Polnisch, also sagte es ihm nichts. Er blickte auf. »Wir haben uns die falsche Seite angesehen. Es hat nichts mit dem Einkaufsgutschein zu tun, sondern damit, was auf der anderen Seite steht«, erklärte Cross.

»Soll ich Piotr noch einmal um Hilfe bitten?« Sie bezog sich auf den uniformierten Officer, der ihnen vor einer Weile den Gutschein übersetzt hatte.

»Nein. Lassen Sie uns den Mann fragen, von dem ich annehme, dass er ihn Leonard gegeben hat«, antwortete er.

Und tatsächlich bestätigte Wojtchak, dass Leonard ihn regelmäßig im Gefängnis besucht hatte. Beiden war daran gelegen, den wahren Mörder zu finden, nachdem er sein Geständnis widerrufen hatte. Dann hatten die Besuche aufgehört. Wojtchak bekam nur noch hin und wieder einen Brief von Leonard, der offenbar kreuz und quer durch Europa gezogen war. Bis vor recht kurzer Zeit hatte er sich lange in einem spanischen Kloster aufgehalten. Einen dauerhaften Rückzugsort hatte er das genannt. Zu jener Zeit war es Wojtchak möglich, die Briefe zu beantworten. Und dann wurde es wieder »dunkel« um Leonard, bis er sich im letzten Jahr aus heiterem Himmel am Jahrestag von Hilarys Tod gemeldet hatte.

Wojtchak war froh darüber, denn ein paar Monate zuvor hatte er von seiner Schwester einen Artikel über den Mord an einem polnischen Migranten in Australien erhalten, der sich um die zwanzig Jahre früher ereignet hatte. Das war es, was auf der anderen Seite des Gutscheins stand. Der Mord hatte zunächst nicht aufgeklärt werden können, die einzige Spur bestand aus nicht beweiskräftigen Fußabdrücken. Aber Forscher der Sydney University hatten eine Technik perfektioniert, mit der sie alte Fotos scannen und daraus eine dreidimensionale Nachbildung von Fußabdrücken aufbauen und sogar differenziert darstellen konnten. Der Grund war, dass ihr damaliger Hauptverdächtiger Hüftarthrose hatte – und später eine Hüftprothese –, was bedeutete, dass er seine Beine unterschiedlich stark belastete, wobei das vollständig bewegliche Bein die Hauptlast tragen musste. Sie hatten einen 3D-Druck der Fußspuren angefertigt, und das hatte zusammen mit anderen Beweisen gereicht, um ein Urteil zu erwirken. Wojtchak wusste, dass Leonard von den Fußabdrücken geradezu besessen war, wenn er auch nicht wusste, *warum*. Also hatte er ihm den Artikel geschickt in der Hoffnung, ihm damit helfen zu können.

Cross war inzwischen klar, dass Leonard Clay verdächtigt haben musste. Er blieb noch bis tief in die Nacht im Büro und ging Leonards Archivkästen durch, konnte aber keine Nachweise für den Verdacht des toten Zahnarztes finden. Sollte Leonard etwas gewusst haben, wie er annahm, war es nicht in seinen Akten. Doch es ergab Sinn, dass er in Wojtchaks Artikel eine Chance gesehen hatte, Clays Schuld zu beweisen. Der Druckunterschied zwischen dem gesunden Bein und dem mit der Prothese würde aufzeigen, dass eine einbeinige Person am Tatort gewesen sein musste. Zusammen mit den übrigen Beweisen hätte das reichen müssen.

Er sprach mit der Sydney University und erfuhr, dass die Scantechnik inzwischen häufig zu verschiedenen Zwecken eingesetzt wurde: Polizeiarbeit, archäologische Ausgrabungen, Medizin. Sie stellten für Cross einen Kontakt zu einem Team in Leicester her, das an der Entwicklung beteiligt gewesen war und imstande sein sollte, ihm zu helfen. Als Ottey schließlich alle nötigen Formulare ausgefüllt und eine Kostengenehmigung eingeholt hatte, machte sich das Team in Leicester an die Arbeit.

Es war Donnerstag, also holte Cross das Essen zum Mitnehmen und begab sich auf den Weg zu Raymonds Haus.

44

Raymond war nicht daheim, was ungewöhnlich war. Sie trafen sich stets am Donnerstagabend zum Essen. Das war ihr normales Programm. Cross schuf immer Zeit dafür. Was auch in einem Fall los war, er nahm sich jeden Donnerstag ein paar Stunden frei. Es war der Dreh- und Angelpunkt seiner Woche. So wie er diesen Tag verstand, jedenfalls. Die starre und unabänderliche Kontinuität war für Cross von enormer Wichtigkeit, ganz gleich, wie unbedeutend sie anderen auch erscheinen mochte. Die Tatsache, dass Raymond nicht da war, brachte Georges komplettes Universum aus dem Gleichgewicht. Es interessierte ihn nicht, warum sein Vater nicht da war; er war nicht im Mindesten besorgt. Er war zutiefst verärgert auf eine Art, die andere Menschen als selbstsüchtig empfinden würden. Und das war es natürlich auch, denn seine einzige Möglichkeit, mit der Welt zurechtzukommen, bestand darin, sich selbst in den Mittelpunkt zu stellen und dafür zu sorgen, dass sich alles um ihn drehte.

Er wartete fünfzehn Minuten, ehe er das Essen, das immer noch in der Tragetüte war, in den Mülleimer warf und ging. Gerade, als er auf sein Fahrrad stieg, traf sein Vater mit einem Taxi ein.

»George, wo willst du denn hin?«, fragte Raymond.

»Zurück zur Arbeit«, sagte Cross.

»Aber ich bin doch nur fünf Minuten zu spät dran«, protestierte Raymond.

»Tatsächlich sind es zwanzig.«

»Hast du gegessen?«

»Nein.«

Cross starrte zu Boden und wich dem Blick seines Vaters aus. Der Grund war, dass er Konfrontationen nicht mochte und aus Erfahrung wusste, dass sein Vater zwar nach seiner Ansicht unbestreitbar unrecht hatte, das aber nicht akzeptieren würde, weshalb es keinen Sinn hatte, diese Diskussion zu führen.

»Wo ist das Essen?«, fragte Raymond.

»Ich habe es entsorgt.«

»Also, das ist doch dumm. Komm, wir retten es. Wir können es wieder aufwärmen.«

»Ich esse keine wieder aufgewärmten Speisen.«

Cross stieg auf sein Fahrrad.

»Tu das nicht, George.«

Und da sagte George sehr bestimmt und langsam, als wäre das nötig, damit sein Vater verstand: »Wir essen zusammen. Jeden Donnerstag. Ohne Ausnahme.«

»Ich weiß.«

»Jede Woche. Ohne Ausnahme.«

»George, es tut mir leid. Es wird nicht wieder vorkommen.«

»Hast du damit gerechnet, dass es heute vorkommt?«

»Nein. Ich wurde aufgehalten.«

»Dann kannst du auch nicht sicher sagen, dass es nie wieder vorkommen wird.«

Und damit radelte er davon. Raymond war nicht wütend, er war dergleichen gewohnt. So etwas war schon früher passiert, und jedes Mal, wenn es so weit kam, führten sie das gleiche Gespräch. Beinahe wörtlich. Aber er wusste natürlich auch, dass diese Art von Verhalten direkt damit zusammenhing, wie gestresst George bei der Arbeit war. Er musste kurz davor stehen, einen Fall abzuschließen.

Raymond wusste, dass es George eine Menge abforderte, zuzuhören und zu begreifen, warum er sich verspätet hatte. (Tatsächlich hatte er sich mit den netten Leuten in Filton getroffen und mit ihnen über die Möglichkeit gesprochen, dort als ehrenamtlicher Museumsführer zu arbeiten.)

Tatsache war, dass seine Abwesenheit für George einfach keinen Sinn ergab. Sie hatten eine Vereinbarung, und an die hatte Raymond sich nicht gehalten. Ordnung und Routine waren für George lebenswichtig. Nicht viele Menschen konnten das begreifen, und das war der Grund, warum er oft als sonderbar und schwierig eingestuft wurde. Raymonds Ansicht nach versuchten die Leute gar nicht, ihn zu verstehen. Und darum hatte er Ottey instinktiv ins Herz geschlossen. Sie war, so schien es ihm, bereit, sich um Verständnis für George zu bemühen.

45

Die Entscheidung, Clay wieder herzuzitieren, fiel weiter oben. Warum, wusste Cross nicht recht. Sie hatten immer noch keine Befunde aus Leicester erhalten, aber zumindest hatten sie Beweise für den Schaden an dem Wagen, auf die sie sich stützen konnten. Clay wurde darüber in Kenntnis gesetzt, dass er nach wie vor unter polizeilichen Auflagen stand. Leute, die erst freigelassen und dann wieder hergeholt wurden, zeigten sich stets beklommen; die anfängliche Erleichterung über die Entlassung wurde nun durch den Verdacht befleckt, dass die Polizei etwas Neues herausgefunden hatte. Und was das genau war, wussten sie schlicht nicht.

»John Cottrell«, begann Cross.

Clay sagte nichts.

»Kennen Sie ihn?«

»Nein.«

»Haben Sie mal von ihm gehört?«

»Ja, er ist im gleichen Gewerbe wie ich.«

»Nein, nicht mehr, sein Geschäft ist bankrottgegangen«, warf Ottey ein.

»Ich wusste es! Das überrascht mich gar nicht«, sagte Clay.

»Wie kommt's?«, fragte sie.

»Wenig Geschäftssinn, und unzuverlässig ist er auch.«

»Haben Sie je Geschäfte mit ihm gemacht?«

»Nie.«

Cross meldete sich wieder zu Wort. »Reden wir noch mal über den roten Jaguar XJR. Sind Sie sicher, dass dem nichts passiert ist, während er in Ihrem Besitz war?«

Clay zögerte, ehe er das vorhersehbare »Kein Kommentar« beisteuerte.

»Ich möchte mich mit meinem Mandanten beraten«, sagte der Anwalt.

Diese Besprechung dauerte nicht lange. Wie Cross aus Erfahrung wusste, bedeutete es, dass der Verdächtige und sein Anwalt erkannt hatten, dass die Polizei einen anderen Gang eingelegt hatte und eine entgegenkommendere Herangehensweise nötig sein könnte. Keine zehn Minuten später saßen sie wieder in dem Verhörzimmer, doch statt einer neuen Erklärung hatten sie nun eine unverkennbar veränderte Haltung.

»Ich war dort«, sagte Clay.

»Wo?«, fragte Cross.

»In der Straße, in der die Carpenters gewohnt haben.«

»Ich verstehe.«

»Aber ich bin nicht reingegangen. Ich habe sie gar nicht gesehen.«

»Das ist ein ziemlich großer Sprung, Mister Clay. Ich muss ein paar Dinge klären. Zunächst, weshalb waren Sie dort?«, fragte Cross.

»Ich hatte mich mit Mrs. Carpenter verabredet.«

»Warum?«

»Ich wollte mit ihr über den Unfall sprechen. Ich wollte ihr danken, dass sie sich um mich gekümmert hat. Dass sie mir das Leben gerettet hat.«

»Woher wussten Sie, wer sie ist? Die Identitäten aller Beteiligten wurden unter Verschluss gehalten.«

Clay stutzte. Sein Anwalt beugte sich zu ihm und flüsterte ihm vermutlich ein, dass die Polizei die Antwort offensichtlich bereits kannte.

»Stuart hat mir den Unfallbericht besorgt«, sagte er.

»Warum? Haben Sie ihn darum gebeten?«, fragte Cross.

»Ich wollte immer mehr über den Unfall erfahren.«

»Das ist verständlich.«

»Er hat mir immer versprochen, er würde mir alles erzählen, wenn ich einundzwanzig bin.«

»Und das hat er getan?«

»Er hat mir den Bericht gegeben.«

»Was haben Sie bis dahin über den Unfall gewusst?«, fragte Cross.

»Mein Vater war auf der falschen Straßenseite – na ja, es war eine Landstraße, also bin ich nicht ganz sicher, ob es da überhaupt so etwas wie eine falsche Straßenseite gegeben hat. Wie auch immer, er ist um eine Kurve gefahren, eine unübersichtliche Kurve, zu schnell, und da ist es passiert.«

»Also war es seine Schuld.«

Ein kaum wahrnehmbares Zögern, nicht mehr als ein Wimpernschlag, dann: »Anscheinend.«

»Interessante Wortwahl«, bemerkte Cross.

»Ich kann Ihnen nicht folgen.«

»Es war ›anscheinend‹ seine Schuld. Das deutet auf gewisse Zweifel hin«, führte Cross aus.

»Das war ein Versehen. Es war seine Schuld.«

»Also haben Sie Hilary Carpenter gegenüber all die Jahre keinen Groll gehegt oder ihr einen Teil der Schuld zugeschoben?«

»Wie könnte ich? Ich wusste ja nicht einmal, wer sie war.«

»Ein gutes Argument, lassen Sie mich neu formulieren. Hatten Sie in all den Jahren der Person am Steuer des anderen Wagens gegenüber irgendwelche Gefühle dieser Art?«, fragte Cross.

»Nein, mir wurde immer gesagt, es wäre die Schuld meines Vaters gewesen.«

»Auch das ist eine interessante Formulierung – Ihnen ›wurde immer gesagt‹ –, das deutet an, Sie hätten gar keine andere Wahl gehabt, als das zu glauben, aber der Konjunktiv verrät, dass es da einen gewissen Zweifel gegeben haben könnte«, sagte Cross.

»Was ist das hier? Ein Sprachkurs?«, fragte Clay.

»Nein, Mister Clay«, antwortete Cross, als wäre das eine ernsthafte Frage gewesen. »Das ist eine polizeiliche Befragung zu dem Mord an Hilary Carpenter, und Sie wurden über Ihre Rechte belehrt.« Ottey sah Clay an, dass Cross' methodisches Nachbohren an seinen Nerven zerrte. »Also, haben Sie irgendwelche Zweifel gehabt?«, fuhr er fort.

»Woran?«

»Daran, wer wirklich die Schuld am Tod Ihrer Eltern und dem Verlust Ihres Beins trägt.«

»Nein, gar keine«, sagte Clay.

Cross sah Clay nur an. Eine lange Zeit. Musterte einfach neugierig sein Gesicht.

Das konnte er eine Ewigkeit beibehalten, ohne sich dabei unbehaglich oder verlegen zu fühlen. Ottey hatte sich inzwischen angewöhnt, es eine Weile so laufen zu lassen, ehe sie übernahm. Instinktiv spürte sie, dass es gut war, Cross in Ruhe über was immer in seinem Kopf vorging nachgrübeln zu lassen. So konnte sie sich selbst auch die Zeit zu nehmen, in Gedanken das Grundgerüst der Geschichte von Clay und Hilary Carpenter durchzugehen, die sie später vor Gericht präsentieren würden.

»Gut. Warum wollten Sie Hilary aufsuchen?«, fragte sie schließlich.

»Wie ich bereits sagte: um sie persönlich zu treffen und mich zu bedanken.«

»Hatten Sie vorher schon Kontakt?«

»Ich hatte ihr einen Brief geschrieben, und dann hat sie mich angerufen, und wir haben ein Treffen vereinbart.«

»Hat es sie gefreut, von Ihnen zu hören?«, setzte sie nach.

»Überrascht, schätze ich.«

»War sie nervös?«

»Den Eindruck hatte ich nicht.«

»Haben Sie lange telefoniert?«

»Nein.«

»Wie können Sie das dann beurteilen?«

»Das habe ich nicht. Sie haben mich danach gefragt. Vorher habe ich darüber nicht nachgedacht. Versuchen wir es so: Falls sie nervös war, ist es mir nicht aufgefallen«, sagte Clay.

Cross schaltete sich wieder ein. »Waren Sie an dem Tag nervös?«

Clay dachte einen Moment nach. »Ich glaube nicht. Ich meine, weshalb hätte ich nervös sein sollen?«

»Sie waren im Begriff, die Frau zu treffen, die an dem vermutlich prägendsten Augenblick Ihres Lebens teilhatte«, erklärte Cross.

Clay sagte nichts, wahrscheinlich, weil sein Anwalt ihn gut vorbereitet und angewiesen hatte, auf nichts zu reagieren, was keine direkte Frage darstellte, aber auch wegen Cross' vorangegangener Direktive. Doch gerade in diesen Augenblicken gaben die Leute häufig etwas für den Fall Entscheidendes preis.

»Sie sind also zu ihrem Haus gefahren. Was ist dann passiert?«, fragte Cross.

»Ich habe geparkt.«

»Und dann?«

»Dann habe ich eine Weile im Auto gesessen.«

»Warum?«

»Na ja, das war schon eine große Sache für mich.«

»Also waren Sie nervös?«

»Ich weiß es nicht. Vielleicht.«

»Warum?«

»Weil meine Erinnerungen an den Unfall mehr als nur verschwommen sind und ich da herausfinden wollte, was genau passiert war.«

»Die Wahrheit?«

»Richtig.«

»Also waren Sie doch nicht ganz so sicher, dass Ihr Vater den Unfall verschuldet hat?«, hakte Cross nach.

»Doch, war ich.«

»Hinter welcher ›Wahrheit‹ waren Sie dann her?« Die Frage brachte Clay aus dem Konzept. Er hatte keine Antwort zu bieten. »Die Sache ist die: Was Sie uns nicht erzählen, ist, dass Sie nie wirklich an die Schuld Ihres Vaters geglaubt haben.«

»Doch, habe ich.«

»Sie konnten nicht akzeptieren, dass Ihr Vater dafür verantwortlich war. Dass er Ihre Mutter und sich selbst umgebracht hat. Dass er Sie unwiderruflich verstümmelt und allein zurückgelassen hat.«

»Das ist nicht wahr!«, blaffte Clay.

»Ich nehme an, es ist nicht einfach, damit zu leben.« Cross drehte sich zu Ottey um, nicht, weil er an ihrer Meinung interessiert war, sondern um ihr zu signalisieren, dass sie übernehmen sollte. Das war Taktik. Wenn er erkannte, dass er einen Nerv getroffen hatte, aber noch nicht ganz bereit war, die Lage voll zu nutzen, übergab er an sie, um bei dem Befragten ein Gefühl der Erleichterung hervorzulocken. Clay war jetzt sehr erregt; er war verwundbar und würde sich weniger abwehrend verhalten, wenn sie ihn nach den Ereignissen dieses Nachmittags fragte und ihm Gelegenheit gab, seine Version der Geschichte vorzubringen. Das war, als gäbe man ihm ein Trostpflaster, das Cross sofort, wenn er den passenden Moment für gekommen hielt, wieder abreißen würde.

»Sie sind also nicht ausgestiegen«, nahm sie den Faden auf. »Aus welchem Grund auch immer. Was ist passiert, als Sie dann beim Haus waren?«

»Ja, ich bin nicht ausgestiegen. Und nein, ich bin nicht zum Haus gegangen.«

Cross unterbrach, denn dieser Punkt war wichtig. »Entschuldigung, ich möchte sicherstellen, dass ich das absolut korrekt verstehe. Wollen Sie behaupten, dass Sie überhaupt nicht aus dem Wagen ausgestiegen sind?«

»Richtig.«

»Sie waren nicht im Haus?«

»Nein.«

»Weder an dem Tag noch an einem anderen?«

»Nein.«

»Sind Sie da ganz sicher?«, fragte Ottey.

Kurz zögerte er. Dann: »Nein, ich war nicht in diesem Haus.«

»Sie waren *niemals* in diesem Haus?«, hakte Cross erneut nach.

»Nein.«

»Also gut. DS Ottey?«

»Warum haben Sie es sich anders überlegt? Sie hat

Sie doch erwartet. Warum sind Sie nicht zu ihr gegangen?«, fragte sie.

»Weil ich jemand anderen habe reingehen sehen«, sagte Clay.

»Wen?«

»Ich weiß es nicht. Einen anderen Mann.«

»Können Sie ihn beschreiben?«

»Weiß, gut eins achtzig mit einem großen Tattoo am Hals.«

Ottey sah sich zu Cross um, der sagte: »Sie haben ihr geschrieben, und sie hat Sie angerufen und dieses Treffen mit Ihnen vereinbart.«

»Ja.«

»Waren Sie pünktlich?«

»Ja.«

»Also hat sie Sie erwartet.«

»Ja.«

»Warum haben Sie sich dann nicht an die Vereinbarung gehalten, die Sie getroffen haben? Sie haben sich die Mühe gemacht, ihr zu schreiben, was sehr höflich war. Gehe ich recht in der Annahme, dass Sie nicht angerufen haben, weil Sie sie nicht in Verlegenheit bringen wollten?«

»Genau.«

»Und trotzdem sind Sie dann so unhöflich und lassen die Verabredung platzen. Warum?«

»Ich habe Ihnen doch gesagt, jemand anderes war dort«, sagte Clay.

»Warum sollte Sie das abgehalten haben?«, wollte Cross wissen.

»Ich weiß nicht, ich schätze, ich habe es mir plötzlich doch wieder anders überlegt.«

»Das ist nachvollziehbar. Aber das Tattoo, DS Ottey?«, sagte er, als könnte das dem Fall eine neue Wendung geben.

»Ich weiß«, sagte sie leise.

»Ist das wichtig?«, fragte Clay.

»Das können wir nicht sicher sagen. Es ist definitiv ein besonderes Kennzeichen. Doch derzeit haben wir keine Zeugen für den Mord«, entgegnete Cross.

»Aber wir haben etliche Zeugen, die den Wagen davonrasen gesehen haben. Den Wagen, den Sie gefahren haben«, fügte Ottey hinzu.

»Darunter ein Mann mit einem großen Tattoo am Hals.«

Clay stutzte, als er diese Worte sacken ließ. Damit hatte er offenbar nicht gerechnet.

»Also war er dort! Ich habe es Ihnen ja gesagt«, trumpfte er auf.

»Wer?«, fragte Ottey.

»Wojtchak, der Bauarbeiter, der die Tat gestanden hat.«

»Und später das Geständnis widerrufen hat«, fügte Cross hinzu.

»Schön, ich sage ja nicht, dass er sie umgebracht hat – woher sollte ich das auch wissen? Ich sage nur, ich habe ihn reingehen sehen, und wenn er gestanden hat, dann ist es doch egal, ob er später widerrufen hat. Ich habe ihn dort gesehen. Was wollen Sie denn noch?«, fragte Clay.

»Oh, eine ganze Menge. Warum haben Sie das nicht früher erwähnt?«, hakte Cross nach.

»Sie haben nicht gefragt.«

»Und wie sind Sie darauf gekommen, dass es Wojtchak war?«

Für einen Moment herrschte Schweigen. Dann: »Ich habe ihn anhand der Zeitungsfotos erkannt«, erklärte Clay.

»Woher wussten Sie, dass es dabei um Hilary ging?«, fragte Ottey.

»Es war das richtige Haus.«

»Warum sind Sie so schnell davongefahren, dass Sie ein geparktes Auto beschädigt haben?«, fuhr sie fort.

»Ich habe den Wagen erwischt, als ich aus der Parklücke gefahren bin.«

»Schnell.«

»Ich war ihn nicht gewohnt. Das war ein großes Auto. Riesige Motorhaube. Ich habe mich einfach verschätzt.«

»Warum haben Sie nicht angehalten?«

»Na ja, natürlich weil ich den Wagen gar nicht hätte haben dürfen. Da konnte ich doch meine persönlichen Daten nicht hinterlassen, oder? Und ich wollte auch nicht, dass jemand sich die Autonummer aufschreibt, also bin ich abgehauen, so schnell ich konnte«, erklärte Clay.

Je mehr Clay unter Stress geriet, desto stärker klang sein Akzent nach Bristol – oder »Bristle«, wie Raymond zu sagen pflegte. Hieß das, er log, oder war er nur noch erpichter darauf, seine Version der Geschichte zu erzählen?

»Tja, einer von ihnen lügt, und ich setze mein Geld auf Clay«, stellte Carson fest.

»Wir werden es bald genug erfahren. Sobald die Ergebnisse aus Leicester eintreffen«, sagte Ottey.

»Und was ist mit Leonard?«

»Clay hat ein Alibi, genauso wie MacDonald. Genauer gesagt, geben sie sich gegenseitig ein Alibi.«

»Ziemlich praktisch«, kommentierte Cross.

»Er ist ein ehemaliger Polizist«, protestierte Carson.

»Der gezielt die ursprünglichen Ermittlungen sabotiert hat; der dadurch das Recht gebeugt hat«, gab Ottey zu bedenken.

»Das ist so ein verdammtes Durcheinander«, war alles, was Carson sich abringen konnte, um einzugestehen, dass sie nicht ganz unrecht hatte.

»Er hatte ein schlechtes Gewissen, schließlich hat er Clay den Unfallbericht gegeben. Also hat er sich verantwortlich gefühlt«, sagte Cross.

»Er hätte wissen können, dass Clay sie umbringen würde«, mutmaßte Ottey.

»Ich glaube nicht, dass einer von ihnen das im Voraus gewusst hätte. Ich glaube nicht, dass er vorhatte, sie umzubringen. Die Frage ist, was ist bei diesem Haus wirklich passiert«, sinnierte Cross.

46

Die Ergebnisse aus Leicester trafen ein. Cross sah sie durch. Seine Miene verriet rein gar nichts. Schließlich reichte er sie weiter an Ottey und verließ das Zimmer. Sie folgte ihm umgehend, sodass Mackenzie, die gerade Kaffee für die beiden Detectives gemacht hatte, mit zwei Tassen in der Hand dastand und sich fragte, was die Wissenschaftler in Leicester wohl herausgefunden hatten.

Kurz darauf saß Cross erneut Clay gegenüber und ordnete seine Akten auf die übliche Weise auf dem Tisch an. Clay war dieses Ritual inzwischen ausreichend gewohnt. Außerdem hatte sein Anwalt Erkundigungen über Cross eingezogen und von jedem, den er gefragt hatte, das Gleiche zu hören bekommen: Lassen Sie sich von seinem sonderbaren Verhalten nicht in die Irre führen. Seien Sie wachsam, vor allem wenn er verwirrt zu sein scheint, denn dann ist er besonders gefährlich. Das alles führte dazu, dass Clay Cross nun etwas mehr Respekt entgegenbrachte als zuvor und unverkennbar auf der Hut war vor diesem eigenartigen Gegenspieler.

Ottey kam herein und reichte Cross den Ausdruck aus Leicester, den er sorgfältig in die Akte legte und mit einem anderen Blatt Papier abdeckte. Sie startete die Aufnahme, und sie begannen mit der erneuten Befragung von Clay. Nur, dass Cross nichts sagte und stattdessen Clay lange genug anstarrte, um ihm – oder eher seinem Anwalt, der sich mit solchen Situationen gut auskannte – den Eindruck zu vermitteln, dass sich außerhalb des Verhörraums eine bedeutsame Entwicklung ergeben hatte.

»Ich werde Ihnen jetzt einige Fragen stellen, Mister Clay, und ich möchte Ihnen in Ihrem eigenen Interesse dringend raten, sie wahrheitsgemäß zu beantworten«, sagte Cross schließlich. Clay zeigte keinerlei Reaktion.

»Sind Sie Hilary Carpenter je begegnet?«

»Nein.«

»Aber Sie haben mit ihr gesprochen?«

»Am Telefon, ja.«

»Nachdem Sie ihr den Brief geschrieben und um ein Treffen gebeten haben«, sagte Cross absichtsvoll schleppend, als würde er versuchen, mit einigen sehr grundlegenden Fakten klarzukommen. Das war wohldurchdachte Taktik. Der Ärger, den sie bei Verdächtigen häufig erzeugte, ließ sie seiner Erfahrung nach nachlässig und unachtsam werden.

»Ja«, sagte Clay seufzend. Für ihn war das eine Quälerei.

»Warum haben Sie um das Treffen gebeten?«, fragte Cross.

»Habe ich das nicht schon alles erklärt?«, gab Clay zurück, aber Cross wiederholte die Frage lediglich in dem gleichen monotonen Ton, beinahe, als müsste er sich so sehr konzentrieren, dass er Clay gar nicht gehört hatte.

»Warum haben Sie um das Treffen gebeten?«

»Ich wollte ihr danken, dass sie sich um mich gekümmert hat.«

»Nach dem Unfall?«

»Ja.«

»Das war alles?«

»Ich wollte auch sehen, was für ein Mensch sie war.«

»Nach all diesen Jahren?«

»Es war ein tödlicher Unfall. Sie hat zwei Menschen umgebracht.«

»Wie bitte?«, fragte Cross.

»Ich meine, zwei Menschen kamen ums Leben. Ich wollte nicht ...«

»Es war die Schuld Ihres Vaters«, sagte Cross und nahm ihm damit die Mühe ab, den Satz zu beenden.

»Ja.«

»›Anscheinend‹«, fügte Cross hinzu und zitierte damit, was Clay zu einem früheren Zeitpunkt gesagt hatte. Der reagierte nicht. Cross wartete, ließ Clay Zeit, darüber nachzudenken, was er gerade geäußert hatte.

»Ich wollte nicht ...«, begann Clay.

»Ich weiß, ich weiß. So etwas ist schnell passiert«, beruhigte ihn Cross.

Ottey sah ihn an. In solchen Situationen zeigte er sich so gewieft. Sie war sicher, sie hätte sich wie die meisten anderen Ermittler auf seinen verbalen Ausrutscher gestürzt und nachgebohrt, was Clay denn hatte sagen wollen. Warum er das gesagt hatte. Aber Cross hatte mehr Geduld. Er ließ den Verdächtigen glauben, er käme davon, säte jedoch zugleich Zweifel. Kam er wirklich davon? Cross ließ ihn einfach im eigenen Saft schmoren.

»In welcher Stimmung war sie?«, fragte Cross dann unvermittelt.

»Sie schien okay zu sein.«

»Haben Sie sie gefragt, als Sie mit ihr gesprochen haben?« Cross fiel auf, dass Clay offenbar sehr genau über die Antwort nachdenken musste. Er sah sich vor.

»Nein. Sie kam mir nur so vor. Locker«, sagte Clay.

»Und das haben Sie dem Telefongespräch entnommen?«, hakte Cross nach.

»Ja.«

»Vielleicht hat sie sich gefreut, von Ihnen zu hören?«

»Vielleicht war sie sogar erleichtert.«

»Erleichtert? Warum?« Diese Vorstellung schien Cross aus dem Tritt zu bringen.

»Ich weiß nicht. Ich habe keine Gelegenheit bekommen, sie zu fragen.«

»Sind Sie da wirklich sicher?«

»Es war ein kurzes Gespräch. Wir haben ein Treffen vereinbart.«

»Lang genug für Sie, um zu schlussfolgern, dass sie sich gefreut hat, vielleicht erleichtert war, von Ihnen zu hören«, konstatierte Cross. Clay schwieg.

»Sind Sie sicher, dass Sie das nicht mit dem Gespräch verwechseln, dass Sie mit ihr geführt haben, als Sie sie getroffen haben?«, fragte Cross.

»Ich habe doch gesagt, ich habe Sie nicht getroffen«, antwortete Clay.

»Ach ja, richtig«, sagte Cross und las dann sorgfältig seine Notizen. »Sie haben dort jemand anderen gesehen und es sich anders überlegt. Sind eilig davongefahren und haben einen geparkten Wagen beschädigt.«

»Ja.«

»Eine Sache, über die Sie uns nicht informieren wollten. Tatsächlich haben Sie, als Sie direkt danach gefragt wurden, geleugnet, dass so etwas je passiert sei«, bemerkte Cross. Clay reagierte auch jetzt nicht.

»Jurys bewerten Angeklagte nicht gerade positiv, wenn sie erfahren, dass der Beschuldigte während der Befragung gelogen und die Wahrheit erst eingestanden hat, als er mit unwiderlegbaren Beweisen konfrontiert wurde. Dann zweifeln die Geschworenen die Glaubwürdigkeit all seiner Antworten und Aussagen an. Alle Jury-Mitglieder tun das, was natürlich eine nicht eben geringe Auswirkung auf ihre Entscheidung hat, wenn es um das Urteil geht. Die ganzen ›Kein Kommentar‹-Reaktionen auf Fragen, die der Beschuldigte dann später doch beantwortet, wenn es aussieht, als bliebe ihm nichts anderes übrig, wecken einen leisen Zweifel bei der Jury. Sie hinterfragen den Wahrheitsgehalt der Version, die der Beschuldigte vorträgt.« Cross wartete, damit Clay

Zeit hatte, seine Vorrede zu verarbeiten, ehe er fortfuhr.

»Malcolm, waren Sie am fraglichen Tag im Haus der Carpenters?«, fragte er dann.

Schon wieder? Ernsthaft? Clay sah Cross an und bemühte sich, dessen Mimik zu lesen. Das Verhör hatte sich zu einem Pokerspiel entwickelt. Bluffte er? Hatte er tatsächlich etwas in der Hand, oder versuchte er nur, ihn zu irgendeinem Eingeständnis zu verleiten?

»Nein, war ich nicht«, sagte Clay.

»Waren Sie je im Haus der Carpenters?«

»Nein.«

»Sind Sie da absolut sicher?«

»Wie oft wollen Sie das noch fragen?« Clay klang zunehmend frustriert.

»Oh, er wird so lange weitermachen, bis er sicher ist, dass Sie die Wahrheit sagen«, warf Ottey in vage mahnendem Ton ein.

»Ich bin sicher. Ich war nicht dort. Ich war nie dort!«

»Wenn das wahr ist, ist es also ausgeschlossen, dass wir Beweise dafür liefern können, dass Sie doch dort waren?«, fragte Cross.

»Ja.«

Cross zog das Foto von den Fußabdrücken am Tatort hervor und legte es sorgfältig vor Clay auf den Tisch.

»Für die Tonaufzeichnung: Ich zeige Mister Clay eine Fotografie von Fußabdrücken, die am Tatort des

Mordes an Hilary Carpenter gefunden wurden. Der zuständige Forensiker konnte seinerzeit anhand der Nähe zum Opfer und dem Lagewinkel feststellen, dass die Abdrücke ohne Zweifel vom Mörder stammen müssen«, sagte Cross. Clay schwieg.

»Man konnte sie nicht dazu benutzen, den Mörder zu identifizieren, denn die Sohlen sind, wie Sie zweifellos selbst erkennen können, flach. Keine erkennbare Profilierung. Da, sehen Sie?« Das alles erklärte er Clay, obwohl es unverkennbar war, und er sprach auf eine Weise, die den Eindruck vermittelte, er glaube, Clay wäre daran ebenso interessiert wie er selbst.

»Die stammen aus dem ursprünglichen Ermittlungsbericht; in der Ecke jedes Fotos können Sie die Kennnummern sehen. Aber dadurch sind wir nicht auf sie gestoßen. Nein, wir haben sie in Leonards Rucksack gefunden. Zunächst wussten wir nicht, was er damit wollte. Dann haben wir herausgefunden, dass er über eine neue Technik gestolpert ist. Wir hatten es eine halbe Ewigkeit direkt vor der Nase. Wojtchak hat Leonard eine Information geschickt, doch sie war polnisch, und wir dachten, es wäre nur ein Einkaufsgutschein. Das hat uns völlig verwirrt, wie Sie sich vorstellen können. Aber tatsächlich ging es um den Artikel auf der Rückseite. Dumm, wirklich dumm.« Cross schüttelte den Kopf, als könnte er nicht fassen, wie blind sie gewesen waren und wie amüsant es im Nachhinein schien. Es war, als würde er glauben, Clay müsse es genauso amüsant finden. Was der natürlich nicht tat.

Cross fuhr fort: »Diese Technik stammt ausgerechnet aus Australien. Ein 3D-Scan, mit dessen Hilfe ein Modell des Fußabdrucks hergestellt werden kann. Nun fragen Sie sich sicher, warum das so wichtig sein soll. Das haben wir natürlich anfangs auch gedacht. Es gibt kein Profil, also was soll uns das sagen? Tja, das ist das Brillante an der Sache. Es geht gar nicht um die Form der Abdrücke; es hat vielmehr mit deren Tiefe zu tun. Der Scan liefert Maßzahlen für den Druck, der auf den Füßen gelastet hat. Der ist von Fuß zu Fuß immer unterschiedlich; zwar nur sehr geringfügig, aber es verrät alles Mögliche über den Träger der Schuhe.«

Cross unterbrach sich kurz, um sich zu vergewissern, dass Clay ihm folgen konnte und alles verstand.

»Das ist genial; sie können Menschen identifizieren, die Arthritis in einem Hüftgelenk haben, deren eines Bein kürzer ist als das andere, oder ... jemanden, der eine Prothese trägt. In dem Fall ist der Unterschied, wie gerade Sie sich bestimmt vorstellen können, erheblich ausgeprägter«, fuhr er fort.

Stille.

»Wir haben das Foto mit dieser Methode scannen lassen, und es sagt uns ziemlich klar und deutlich, dass die Person, die diese Fußabdrücke hinterlassen hat – die Person, die Hilary Carpenter getötet hat –, eine Beinprothese getragen hat. Links, um genau zu sein. Welches Bein haben Sie verloren, Malcolm?«, fragte Cross.

Clay erwies Cross nicht die Freude zu antworten.

»Selbst, wenn man berücksichtigt, dass Sie in den dazwischenliegenden siebzehn Jahren an Gewicht zugelegt haben, bleibt das Verhältnis des Druckunterschieds gleich. Die Techniker brüten gerade über den Zahlen. Es ist schon erstaunlich, was die alles hinkriegen«, sagte Cross.

Clay sah ihn an. Offensichtlich überlegte er, ob das Spiel aus war und, sollte das der Fall sein, welche Möglichkeiten ihm noch blieben.

»In Anbetracht dieser Beweise würde ich gern mit meinem Mandanten sprechen«, sagte der Anwalt.

»Nein«, widersprach Clay. »Ziehen wir das nicht unnötig in die Länge. Ich werde aussagen.« Und das tat er.

47

Nun sprudelte alles aus Clay heraus, ein ganzer Wasserfall an Informationen. Er schien regelrecht sein Herz auszuschütten. Es war, als wäre ein Druckventil geöffnet worden. Die Erleichterung stand ihm unverkennbar ins Gesicht geschrieben, dachte Cross. Als wäre es eine unerträgliche Last gewesen, all die Jahre die Fassade aufrechtzuerhalten, die Mauer um diese grässliche Tat, und infolgedessen eine Lüge zu leben. In der Öffentlichkeit eine Maske zu tragen, zu schauspielern, das war etwas, was Cross gut verstehen konnte. Er tat das Tag für Tag, und er wusste genau, wie anstrengend das sein konnte.

Clay hatte ein Treffen mit Hilary vereinbart. Cross war erstaunt, dass sich kein Hinweis auf diese Verabredung in ihrem Terminkalender fand, aber er nahm an, dass sie es vor ihrer Familie geheim halten wollte. Wie tragisch. Hätte sie sich den Termin notiert, wäre der Mord vor langer Zeit schon aufgeklärt worden. Leonard wäre dann nicht nur immer noch am Leben, sondern hätte vermutlich auch zufrieden bis zum Ruhestand arbeiten und den Rest seines Lebens genießen können, soweit es die Trauer um seine Frau eben zugelassen hätte. Stattdessen hatte ihn die scheinbar inkompetente Arbeit der Polizei in den Wahnsinn getrieben, die tatsächlich dem Schutz des Mörders gedient hatte, dem Pflegesohn des zuständigen SIO. Ein winziger Eintrag im Kalender hätte so viel geändert. Bei folgenschweren Verbrechen wie Mord hing allzu oft alles von solch kleinen Details ab.

Hilary war Clay gegenüber freundlich und liebenswürdig gewesen. Besorgt, sogar. Sie hatte Tee gekocht und ihn draußen im Garten serviert, und da geschah, was Clay als »unerklärliche Wende« beschrieb. Er erzählte ihr, wie dankbar er für ihren Einsatz gleich nach dem Unfall war. Sie sagte ihm, es sei offensichtlich gewesen, dass beide Eltern tot waren, und sie habe ihr Bestes getan, um dafür zu sorgen, dass er sie nicht sehen konnte, habe sich zwischen ihn und sie gestellt, um ihm die Sicht zu versperren. Er hatte keine Ahnung, dass sie das getan hatte. Aber als er sich dann für seinen Vater entschuldigte, weil der den Unfall verursacht hatte, da rückte sie mit einer vollkommen anderen Version heraus. Nach einer beträchtlichen Pause gestand sie ihm, dass sie aus ihrer eigenen Sicht für das Geschehen verantwortlich war. Sie hatte vor der Kurve abgebremst, um die Adresse von einem Stück Papier abzulesen, und stand beinahe in der unübersichtlichen Kurve, als Clays Vater um die Ecke kam und mit hoher Geschwindigkeit in sie hineinrauschte. Er hatte keine Chance gehabt. Es musste ihre Schuld gewesen sein, aber als die Untersuchung ein anderes Ergebnis zutage brachte … nun, so tragisch das alles auch war, sein Vater war tot, also schwieg sie.

Da war dieser Moment gewesen, in dem Clay versucht hatte, ihre Worte zu verarbeiten. Und dann hatte er vollkommen die Kontrolle verloren. All der Zorn, der Schmerz, der Verlust, das alles brach sich plötzlich Bahn.

Wie konnte sie sich einbilden, das wäre in Ordnung? Sein Vater mochte tot sein, aber er, Malcolm, war immer noch am Leben. Er musste mit der Tatsache zurechtkommen, dass sein Vater, nach allem, was er gewusst hatte, sich selbst und seine Frau umgebracht und seinen Sohn verstümmelt und allein auf Erden zurückgelassen hatte. Und da erwürgte er sie.

»Ich habe da gestanden und sie angestarrt. Ich konnte nicht fassen, was ich getan hatte. Ich bin in Panik geraten und weggelaufen«, berichtete Clay.

»Aber Sie haben es Stuart erzählt«, sagte Cross.

»Ja.«

»Und er hat Sie weggeschickt.«

»Ich glaube, er hat sich gewissermaßen verantwortlich gefühlt. Er hat mir den Bericht besorgt, weil ich ihm deswegen jahrelang in den Ohren gelegen habe und er mir irgendwann versprochen hat, ihn mir zu beschaffen, wenn ich einundzwanzig bin. Ich hätte die ganze Sache einfach ruhen lassen sollen. Es vergessen. Meine Eltern waren tot. Nichts konnte das ändern. Ich habe es überstanden. Ich habe all die OPs hinter mich gebracht. Ich kam zurecht. Die Leute wussten nichts. Ich bin damit fertiggeworden. Andererseits, ich schätze, das bin ich wohl doch nicht.«

Dann gestand er auch den Mord an Leonard. MacDonald hatte ihm erzählt, dass Leonard nach Bristol zurückgekehrt sei und Beweise habe, dass Clay seine Frau ermordet hatte. Einen Verdacht hatte er schon jahrelang gehabt, doch niemand hatte ihm zugehört. Und dann war er verschwunden. Sie hatten angenommen, das hieße, es wäre vorbei. Aber das war es nicht. MacDonald wusste, wo sich Leonard in Bristol aufhielt. Clay ging zum Shaftesbury House, um mit Leonard zu reden.

»Aber Sie hatten gar nicht die Absicht, das zu tun, richtig?«, fragte Ottey.

»Doch. Glaube ich jedenfalls. Aber als ich dort war, sind er und dieser andere Kerl gerade weggegangen. Sie haben sich über eine Tüte mit Cider gestritten. Ich bin ihnen eine Weile gefolgt und habe überlegt, was ich tun soll. Irgendwann haben die zwei sich in den Downs geprügelt. Der Kerl hat Leonard brutal geschlagen. Ich war erstaunt, dass er nicht zu Boden gegangen ist. Dann hat Leonard dem Kerl eine mit dem Cider verpasst und ihn umgehauen. Am Ende hat Leonard über ihm gekauert; er war sternhagelvoll, und ich glaube, er hat versucht zu begreifen, was da gerade passiert war. Da habe ich meine Chance gesehen. Das kam mir ideal vor. Zwei Säufer prügeln sich, einer von ihnen ist bewusstlos; wenn er wieder zu sich kommt, ist sein Kumpel tot, und er kann sich nicht erinnern, was passiert ist. Im Grunde habe ich Leonard beinahe einen Gefallen getan. Er war in einem schrecklichen Zustand.«

»Wow, ein Verfechter der Euthanasie für Obdachlose. Nett«, kommentierte Ottey.

»So habe ich das nicht gemeint«, begehrte Clay auf.

Das war es also. Ein alter Fall gelöst, ein neuer Fall abgeschlossen. Clay wurde angeklagt. Carson war begeistert; alles, was nun noch zu tun blieb, war, MacDonald herzuzitieren. Was mit ihm geschehen sollte, würden Leute entscheiden müssen, die weitaus besser bezahlt wurden als er. Das war etwas, von dem Carson gut und gerne Abstand nehmen konnte. Glücklicherweise.

48

Ottey erkannte den Gesichtsausdruck, kaum dass sie Cross' Büro betreten hatte. Etwas machte ihm zu schaffen. Er war noch nicht fertig. So enervierend das auch war – nachdem sie nicht nur einen, sondern gleich zwei Fälle erfolgreich abgeschlossen hatten und die beteiligten Mitarbeiter bereits einen feierlichen Umtrunk in ihrem üblichen Pub vorbereiteten –, sie hatte inzwischen gelernt, dass es sich immer lohnte, sich seine Sorgen anzuhören. Und sie musste lächeln, als sie sich Carsons Reaktion vorstellte, wenn ihm zu Ohren kam, dass sein »Lieblingsprojekt«, wie andere Cross bisweilen nannten, nicht zufrieden war.

»Was ist los?«, fragte sie. Er antwortete nicht. Sie hatte nicht geklopft, sondern war einfach eingetreten, als er gerade mitten in seinen Überlegungen war, und er wollte den Gedanken nicht verlieren. Sie würde warten müssen. Sie setzte sich ihm gegenüber. Volle fünf Minuten zogen dahin, doch sollte er gehofft haben, das lange Schweigen könnte sie vertreiben, so lag er falsch.

»Brauchen Sie irgendetwas?«, fragte er schließlich.

»Nein. Wir holen MacDonald morgen früh her. Kommen Sie mit?«, erkundigte sie sich.

»Ich denke nicht.«

»Ich dachte, es könnte Ihnen Spaß machen.« Doch sie bedauerte ihre Worte, kaum dass sie sie ausgesprochen hatte.

»Ich kann mit Sicherheit sagen, dass mir noch keine einzige Verhaftung Spaß gemacht hat. Wie kommen Sie auf die Idee, das könnte dieses Mal anders sein?«

»Na ja, nach Ihrer gemeinsamen Geschichte mit MacDonald ...«, sagte sie.

»Die nichts mit diesem Fall zu tun hat.«

»Vergessen Sie, dass ich irgendetwas gesagt habe. Wir gehen in den Pub, um zu feiern und anscheinend auch, um uns das Spiel anzusehen.«

»Welches Spiel?«

»League Cup. Das Hinspiel war an dem Abend, an dem Leonard ermordet worden ist, wissen Sie noch?«

»Natürlich«, sagte er leise.

»Wie auch immer, ich wusste, dass Sie nie mitkommen würden, aber ich dachte, es wäre einfach höflich, Sie zu fragen«, bekundete sie.

Cross konnte sich nicht erklären, warum es höflich sein sollte, eine Frage zu stellen, deren Antwort sie bereits kannte, aber er war zu müde, um nachzuhaken. Da er allerdings noch ein bisschen Zeit hatte, beschloss er, zur Kirche zu gehen und zu üben. Als er eintraf, war die Kirche leer, was nicht überraschend war. Er setzte sich in die Orgelempore und spielte zum Aufwärmen ein paar seiner liebsten Stücke von Bach, um dann gleich zu Saint-Saëns überzugehen, den zu meistern ihm ein wenig Schwierigkeiten bereitete. Mitten in dem Stück wurde ihm klar, was ihm in Bezug auf Clay zu schaffen machte. Es war sein Geständnis, Leonard ermordet zu haben. Das hatte so vollkommen anders geklungen als bei Hilary. Da hatte er sich Zeit genommen, um die Zusammenhänge zu erklären, hatte alles genau beschrieben. Das Geständnis in Leonards Fall war viel zu einfach gewesen, zu einstudiert, wie die Rezitation eines auswendig gelernten Texts, der Rhythmus zu flüssig, zu perfekt. Keine Denkpausen. Es war wie ein Narrativ, das er geübt hatte und an dem er minutiös festhielt. Und da ging Cross ein Licht auf. Der Bruch im Alltäglichen, den er übersehen hatte. Es war die ganze Zeit da gewesen. Malcolm Clay hatte Leonard Carpenter nicht umgebracht, und Cross musste herausfinden, wer es getan hatte, und zwar schnell.

Er war so tief in Gedanken, dass er den höflichen Applaus, der von den Kirchenbänken heraufschwebte, als er fertig war, gar nicht wahrnahm. Als er runterkam, nahm Stephen ihn in Empfang, was im Grunde nicht ungewöhnlich war, ganz im Gegensatz zu den fünf Frauen, die in einem Halbkreis hinter ihm standen.

»George, ich möchte, dass Sie unser Komitee kennenlernen«, sagte Stephen.

»Komitee für was?«, fragte Cross.

»Das Konzertkomitee«, warf eine der Frauen voller Elan ein. Cross sah den Priester an und wartete auf eine Erklärung.

»Ich habe mir überlegt, wenn wir das machen, dann machen wir es richtig. Also habe ich ein Komitee gebildet, um die Last zu verteilen«, sagte Stephen.

»Was ›das‹?«, fragte Cross.

»Das Orgelkonzert.«

Cross konnte nicht glauben, was er da hörte. Er dachte, er hätte mehr als deutlich gemacht, dass er nicht bereit war, für irgendjemanden zu spielen.

»Das nennt man gewöhnlich einen Hinterhalt, George. Dazu ausgelegt, Sie in Zugzwang zu bringen. In eine Position, in der Sie unmöglich Nein sagen können«, fuhr der Priester fröhlich fort.

»Ich kann das jetzt nicht besprechen«, sagte Cross.

»Hervorragend. Das ist immerhin ein Anfang.«

»Was?«

»Sie sagen damit doch, dass es etwas zu besprechen gibt.«

»Ich sagte nichts dergleichen.«

»Wenn es jetzt nicht passt, ist das völlig verständlich. Wie wäre es, wenn wir einen Termin vereinbaren, um uns zusammenzusetzen?«, schlug der Priester vor.

Gab dieser Mann denn nie auf? Cross stimmte einem Treffen am kommenden Dienstagabend zu, was ihm genug Zeit geben würde, um sich ein gutes Argument oder mehrere gegen jede Art von Orgelvortrag zurechtzulegen – umso mehr gegen einen, bei dem er an den Tasten saß. Er entschuldigte sich und ging.

Stephen war derweil sehr zufrieden. Für ihn war das ein Fortschritt. Das erste Ziel seiner Kampagne war erfolgreich gewesen – sie würden reden.

Nach einem kurzen Besuch in Shaftesbury House und einem Blick auf die Website des Bristol City FC ging Cross zu Bett, überzeugt, dass er die Antwort gefunden hatte.

49

Früh am nächsten Morgen traf Ottey bei MacDonalds Haus ein, begleitet von einem weiteren Wagen mit zwei Uniformierten. Als MacDonald die Tür öffnete, war er bereits geduscht, rasiert und im Mantel. Dieser Mann hatte immer noch Freunde bei der Truppe, die ihn über alle Entwicklungen auf dem Laufenden hielten. Ottey verlas ihm seine Rechte und verhaftete ihn unter dem Verdacht der Rechtsbeugung. Nichts von all dem schien ihn zu überraschen; es war, als hätte er sich in sein Schicksal ergeben. Er wirkte sogar ein bisschen erleichtert. Was man bei dem, was als Nächstes geschah, nicht sagen konnte.

Cross tauchte auf seinem Fahrrad auf, stieg ab und lehnte es vorsichtig an die Wand. Dann schloss er es unnötigerweise ab. Das alles gehörte zu seiner Routine. Nichts konnte ihn dazu bringen, davon abzuweichen. Er nahm den Helm und die Neon-Fahrradklammern an den Unterschenkeln ab. Als all das erledigt war, drehte er sich um und sah, dass Ottey ihn anstarrte.

»Na, sind Sie hier, um sich an meinem Unglück zu weiden, Cross?«, fragte MacDonald.

»George …?« Ottey wusste nicht, wie sie fortfahren sollte. »Ich dachte, Sie würden nicht herkommen.«

Noch ein Streifenwagen fuhr vor, und zwei weitere Uniformierte stiegen aus.

MacDonald und Ottey standen zwischen Cross und dem Haus, in dem Sheila in der offenen Tür verharrte. Cross signalisierte, dass er vorbeiwollte.

»Würden Sie mich entschuldigen?«, sagte er und marschierte an ihnen vorüber zur Haustür, direkt gefolgt von den beiden gerade eingetroffenen Polizisten. Ottey und MacDonald sahen zu, wie er zu Sheila ging und sich vor ihr aufbaute. Sie hatte eine Miene aufgesetzt, die Cross vertraut war. In ihr spiegelte sich die Erkenntnis, dass der Moment, von dem sie immer gewusst hatte, er würde irgendwann kommen, da war. Es war vorbei.

»Sheila MacDonald, ich verhafte Sie wegen des Verdachts des Mordes an Leonard Carpenter. Alles, was Sie sagen …« Und er verlas ihr ihre Rechte. Anschließend eskortierten sie sie zum Streifenwagen und setzten sie auf die Rückbank.

»Aber Sie haben ein Geständnis«, brüllte MacDonald Cross an.

»Und woher wissen Sie das, Mister MacDonald?«, fragte Cross.

»Es war Malcolm. Er hat beide umgebracht. Er hat uns alles erzählt.«

Später, nach einer kurzen Befragung, im Zuge derer Sheila den Mord gestanden hatte, betrat Carson Cross' Büro und wartete auf eine Erklärung. Ottey war bereits eingeweiht. Im Großraumbüro diskutierten mehrere Detectives, die mit anderen Fällen befasst waren, die Ereignisse des Tages und warfen den einen oder anderen respektvollen Blick in Cross' Richtung. Das Mysterium war seinem Ruf ein weiteres Mal gerecht geworden.

Cross erklärte Carson, dass er mit der Art und Weise, wie Clay gestanden hatte, nicht glücklich gewesen war. Es war eine Geschichte gewesen, auf die er sich mit den MacDonalds geeinigt haben musste, eine, die beinhaltete, dass er, sollte die Polizei es schaffen, ihm Hilarys Ermordung nachzuweisen, auch den Kopf für den Tod von Leonard hinhalten würde. Er war der Ansicht, dass er ihnen alles verdankte und dass er für diesen Schlamassel verantwortlich war, also konnte er genauso gut die Schläge dafür einstecken.

»Ziemlich ehrenhaft, wenn man darüber nachdenkt«, meinte Carson. Cross bedachte ihn mit einem Blick, in dem andere abschätzige Fassungslosigkeit gesehen hätten, der aber lediglich darauf beruhte, dass Cross herauszufinden versuchte, ob Carson das ernst gemeint hatte.

»Ich konnte es nicht glauben, als Stuart gesagt hat, der Mann wäre wieder da. Wir dachten, es wäre alles überstanden. Die ganze Geschichte war so tragisch; der Unfall, was Malcolm getan hat. Aber es war vorbei, wir hatten es hinter uns gebracht, und dann war er plötzlich wieder da. Ich arbeite da zweimal in der Woche ehrenamtlich, also habe ich beschlossen, mit ihm zu reden. An dem Abend hat er mit Badger gestritten. Ich bin den beiden bis in die Downs gefolgt. Dort haben sie sich geprügelt, und da habe ich einen Ausweg für Malcolm gesehen«, hatte Sheila bei ihrer Befragung erklärt.

Das war im Grunde das Gleiche, was Malcolm gesagt hatte, nur war dieses Mal sie die Protagonistin. Cross hatte sich erinnert, dass Malcolm und MacDonald beinahe religiösen Eifer entwickelten, wenn es um Heimspiele von City ging, und sich keines entgehen ließen. An dem Abend, an dem Leonard ermordet worden war, hatte das Hinspiel des League Cup stattgefunden, wie Ottey ihm ins Gedächtnis gerufen hatte. Malcolm hatte eine Loge mit Werbung für sein Autohaus an der Vorderseite. Dort empfing er zu jedem Spiel zuverlässig Kunden und MacDonald. Den Mann, der ihn als Kind zu jedem Heimspiel mitgenommen hatte. Sie waren an dem Abend beim Spiel gewesen, nicht zu Hause. Cross hatte mehrere Zeugen, die sie dort gesehen hatten. Und Sheila war auch nicht daheim gewesen. Die beiden waren ihr Alibi gewesen, nicht umgekehrt. Denn sie war an diesem Abend zum Shaftesbury House gegangen.

»Das ist das Komische an Asylen und Notschlafstellen. Sie mögen keine Ahnung haben, wer auf der Suche nach einem Dach über dem Kopf oder einer Mahlzeit zur Tür hereinkommt, aber alle, die irgendetwas mit der Küche und den Lebensmitteln zu tun haben, müssen sich anmelden. Sie brauchen sogar ein Lebensmittelhygienezertifikat. Sie war an diesem

Abend dort. Dem Abend, an dem sie Leonard ermordet hat.«

»Gute Arbeit, George. Wirklich gute Arbeit. Kommen Sie mit in den Pub? Nur dieses eine Mal? Ausnahmsweise?«, fragte Carson.

Cross sah Ottey an, und ihm fiel die Antwort ein, die sie ihm für Situationen wie diese empfohlen hatte. Ganz egal, wie schwierig er das auch fand.

»Nein danke. Aber vielen Dank, dass Sie gefragt haben«, sagte er.

Sie lächelte. Vielleicht lernte er doch endlich dazu. Allerdings er war in Gedanken längst anderswo. Er hatte beschlossen, dass es an der Zeit war, ein kompliziertes Stück von Buxtehude in Angriff zu nehmen.

ENDE

Ich hoffe, es hat Ihnen Freude gemacht, »Der Kriminalist« zu lesen. Wenn dem so ist, werden Sie sich freuen zu erfahren, dass dies das erste Buch einer Reihe über George Cross und seine Kollegen bei der MCU ist.

Das Nächste trägt den Titel »The Cyclist« und ist auf Englisch bereits erschienen. Sie können sich einen ersten Eindruck verschaffen und die ersten drei Kapitel kostenlos lesen. Klicken Sie einfach auf den Link:

https://dl.bookfunnel.com/ivat2yyszx

Die Leiche eines jungen Mannes, eingewickelt in Plastikfolie, wird auf einer Baustelle in einer Baggerschaufel gefunden. Seltsame Bräunungsstreifen am Körper und Narben an den Unterarmen gestatten es DS George Cross, die Möglichkeiten bei der Suche nach der Identität des Mannes einzugrenzen. Hat der illegale Nebenerwerb des Opfers zu seiner Ermordung geführt, oder ist das nur ein einfacher Fall von Eifersucht und Begierde? Für einige in der Major Crime Unit stellt sich Cross' abrupte Kehrtwende mitten in den Ermittlungen als willkommener Makel in der nahezu vollkommenen Erfolgsgeschichte des exzentrischen Detectives dar. Hat er den schlimmsten Fehler in seiner Karriere begangen, oder steht er kurz davor, den Mörder zu entlarven?

Über den Autor

Tim Sullivan ist ein von der Kritik bejubelter Drehbuchautor, der unter anderem die Drehbücher zu *EINE HANDVOLL STAUB* mit Kristin Scott Thomas, *ENGEL UND NARREN* mit Helen Mirren und Helena Bonham Carter, *JACK UND SARAH – DADDY IM ALLEINGANG* (bei dem er auch Regie geführt hat) mit Richard E. Grant, Judy Dench und Ian McKellen und *BRIEFE AN JULIA* mit Amanda Seyfried verfasst hat. Außerdem führte er unter anderem bei den TV-Produktionen *SHERLOCK HOLMES: DER LETZTE VAMPIR* und *COLD FEET* Regie. Zudem hat er viel für Hollywood geschrieben, sowohl für Realfilme als auch für Animationsfilme, und mit Ron Howard, Scott Rudin und Jeffrey Katzenberg beim vierten *SHREK*-Film zusammengearbeitet. Inzwischen hat er eine Krimireihe um den exzentrischen und sozial unbeholfenen, aber bravourösen und beharrlichen DS George Cross begonnen. *Der Kriminalist* ist der erste Roman dieser Serie. Tim lebt mit seiner Frau Rachel Purnell, der Emmy-Gewinnerin und Produzentin von *BAREFOOT CONTESSA* und *THE PIONEER WOMAN*, in North London.

Danksagung

Ich möchte mich bei meinem Lektor James Maw für seine Geduld und seine Klugheit bedanken, größtenteils in dieser Reihenfolge; bei meinem Korrektor Bob Bryon, dessen Blick für das Detail nur von seiner Singstimme übertroffen wird. Dank auch an Roger Mitchell für seine Hilfe bei der Entwicklung der Figuren, vielleicht machen wir eines Tages diese Fernsehserie. Adam Simmonds, dem Optometristen, danke ich für seinen fachkundigen Rat, David Mark, dem Schöpfer der Aector-McAvoy-Romanreihe, für die Ermunterung. Zoe Sharp, Autorin der Charlie-Fox-Serie, für ihren Rat und ihre Unterstützung. Mark Dawson für seinen unbezahlbaren Anfängerkurs im Selfpublishing gegenüberliege – ich hätte überhaupt nicht gewusst, womit ich anfangen soll. Kenneth Cooke drüben in den USA für die Logo-Gestaltung für Pacific Press. David Grogan für das Coverdesign und noch so viel mehr – ich freue mich schon auf die künftigen Cover. Und schließlich ist da noch Ash Lyndhurst, dem ich für die wunderbare Aufmachung der Website danke – und dafür, dass er diesem technophoben Ludditen endlos das Händchen gehalten hat.